望海潮
原创长篇系列

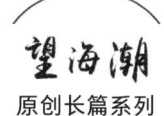

向太阳

李迎春 著

海峡出版发行集团 | 海峡文艺出版社

目 录

引　子　蜘蛛　　　　　　　　　1

第一章　豹迹　　　　　　　　　7

第二章　桃红　　　　　　　　　29

第三章　雪狼　　　　　　　　　65

第四章　石榴　　　　　　　　　92

第五章　困虎　　　　　　　　　117

第六章　芙蓉　　　　　　　　　147

第七章　猎犬　　　　　　　　　177

第八章　紫薇　　　　　　　　　204

第九章　锦鸡　　　　　　　　　228

第十章　蕉花　　　　　　　　　254

第十一章　走马　　　　　　　　278

第十二章　兰芬　　　　　　　　302

引子　蜘蛛

1910年，古坊发生的一件怪事，至今令人百思不得其解。

那是秋日的一个午后，古坊村来了一个疯子。有人说他不是疯子，是从高屋来的算命先生。有人说也不是算命先生，是看风水的地理先生。无论是算命先生还是地理先生，和疯子没什么不同。自古有句话，叫"算命先生半路亡，地理先生冇屋场"。既然如此，古坊人认为只要不是特别出名的先生，可以不管他。古坊人的傲慢，激怒了披头散发的疯子，他不时怒发冲冠，不时神神道道。不可理喻的是，他径直找到族长三叔公的家。三叔公是村里辈分最高的长者，也是年龄最大的寿星，今年刚刚跨过七十古稀。三天前的生日寿宴上，他踌躇满志地宣布，要向耄耋之年攀登，立志成为古坊历史上第一位百岁老人。在古坊，只要提到三叔公，无人敢擅自妄言。如今，疯子站在三叔公刚刚砌好的鹅卵石长坪上，郑重宣布："古坊古坊，小心祠堂；下月今日，大火一场。"三叔公听闻，勃然大怒，一招蜻蜓点水，从家里飞身出来，站在疯子面前怒目而视。疯子面对三叔公，镇定自若，依然如故，慢条斯理道："如果不听我老高言，吃亏在眼前。"三叔公再也无法忍受，站好马步使出古坊祖传的五枚拳，一掌将疯子打出村口。三叔公收拳站立，气沉丹田，吼出一句"妖言惑众，不可饶恕"。围观的村民无不拍手称快。

疯子十分钟后才在村口的贞节牌坊下站稳脚步。他居然不再愤怒，只是甩甩头发，大笑三声，留下一句"好心遭雷打，三更见分晓"，便扬长而去。

没有人相信疯子，却不敢不提防他的咒语。一代代古坊人的格言就是"宁可信其有、不可信其无"。你看青天白日，好端端出来个疯子说两句疯话，是不是有什么预兆呢？疯子的话一传十、十传百，村子里便充满了异常的气氛。大家都在窃窃私语，拆解着疯子的每一句话。其实疯子的话只有两句，但每一句都像一颗惊雷，炸得古坊人心惊胆战。他们小心谨慎地过着每一天，不时掰着手指头算日子，既期待又恐惧那一天的到来。

三叔公左思右想，放出狠话："就算他疯子说的是真话，我们也要把它破解掉。那天谁也不许睡，将祠堂团团包围起来，看谁能够把我们赵家三百年的祠堂烧掉！"

一个月的期限终于到了，三叔公早已做好周密安排。他认为，让全村人不睡觉不现实，于是将村里的人按男女老少搭配，分成三批，实行三班倒值班，一只鸟也休想飞进祠堂里。与此同时，他命令人们早早地将祠堂前面的月牙形池塘灌满水，把祠堂里的木桶一排排放在池塘边上，只要一发现火情，就有专人挑水立马扑灭。虽然这样，三叔公还是不敢大意，由他和另外两个辈分最高、最有威信的人，带领三个班次的人，全权负责护卫赵家祠堂。他负责下半夜，认为下半夜是一天中最危险的时候，只有亲自出马才能确保安全。

整整一个月后的当天，气候如常，秋高气爽。占地三十亩的赵氏祠堂被全村人围得水泄不通，一副誓死拱卫的架势。三叔公一看，人太多，容易出事，让大家按排班表严格执行。除了值班人员，一律不得靠近祠堂。值班期间，三叔公要求每个人都不能抽烟、不得带火、不能脱岗。从早晨到中午，村庄静寂，平安无事。直到午后某时，不知从什么地方飘来一朵黑云，将圆圆的太阳遮挡得严严实实。古坊人如临大敌，看着天上不祥的云朵，仿佛末日来临。一个时辰过去，太阳才艰难地露出脸庞，将乌云甩在身后，大家仿若绝地重生，长吁一口气。三叔公表情凝重，告诫大家危险还没过去，须怀一千个小心，将神经都集中在祠堂。又一个半天，从白天到黑夜，与平日并无两样，大家都稍稍松了口气，只有三叔公绷紧着脸，一直在思考还有什么漏洞没有。到了晚上十一点，三叔公开始带班上岗。除了值班人员，大家都架不住准备回家睡觉了。有德高望重的人说："三叔公带班，还有什么不让人放心的，我们回去好好睡觉吧。"人们走了，夜安静下来，浓重的夜色笼罩着古坊，除了灯火通明的祠堂，村里一片漆黑。三叔公精神抖擞地交代大家千万小心，不得打半点瞌睡，等今天过去平安无事了，族里杀头大肥猪犒劳大家。大家果然精神一振，百倍小心地守在清凉的夜里。三叔公沿着祠堂周围巡查一遍后，举着油灯到里面察看。

"轰"的一声，天空突然划过一道闪电，将黑夜撕开一道口子，从裂缝中透出的电光从天空直冲下来，一头栽倒在祠堂的天井里。"啊——"祠堂里传来一声惨叫。值班的人们赶紧冲向祠堂，向着叫声的方向寻找。他们来到祠堂大厅，被眼前的一幕惊呆了。大厅里一片火光，三叔公蜷缩在地上，不停地大叫着。有胆子大的年轻人跑上前，将三叔公从火海里拖出来，抬起旁边的水缸，一股脑儿将水倒在他身上。此时，大厅的火势已经迅速蔓延开来。负责挑水的人匆匆担起木桶打水，却发现长期不用的木桶早已像竹篮一样，满满一桶水，还不到大厅便漏得精光。当大家从四面八方抄着脸盆、水桶之类赶到祠堂时，祠堂已经是一片火海，根本无法救援。从半夜烧到第二天中午，三百年的祠堂除了部分青砖、一口铜钟，其余都烧了个干干净净。三叔公被大火烧得面目全非，人们将他轻轻抬回家，由村里的郎中用土法医治。由于伤势严重，痛苦不堪的三叔公在呻吟一个月后撒手人寰。临终前，他说出火灾那天的真相：闪电打中了装满桐油的大桶，桐油流满大厅。一只巨大的拖丝蜘蛛突然从屋顶上方掉到他鼻子上，他吓得大叫一声，油灯掉在地上，将地上的桐油点燃。他倒在桐油地板上，根本站不起来，眼睁睁看着火势蔓延，连自己也烧成了一团火。

祠堂烧了，族长死了，古坊人到处寻找那个疯子，连人影都没发现，古坊陷入一阵惶恐之中。正在群龙无首的时候，赵善财站了出来。论田地财富，赵善财是古坊第一等的地主。可是论房派，他就吃了亏，小房派，辈分低，在独姓村庄里自然没有什么话语权。精明的赵善财意识到自己的机会来了，主动担起重任，将村里人召集起来，提出重修祠堂，重振古坊雄风。

重修祠堂谈何容易，太平时期都要个十年八年，何况是动荡年代。村里人嗤之以鼻，根本不相信他的话。

"重修祠堂，不可能再像原来那样雕梁画栋。现在兵荒马乱的年头，只要能建起来将就着用就行。"赵善财劝大家实际点，不要只会自哀自叹。

"钱呢？钱从哪里来？"村里人质问他。

"钱的事，由我来负责，保证祠堂一年内建完。"赵善财胸有成竹。

古坊人都知道，关于钱的事只有赵善财敢拍胸脯，但这件事他没必要拍胸脯。建祠堂是宗族里大家的事，族长死了，由接任的族长负责。以赵善财的辈分排，村里人都当完了，也没有他什么事。大家都怀疑是不是赵善财遇到了什么邪气，才要这样作践钱。

赵善财不管众人的眼光，果然在一年之内将祠堂建起来了。新建的祠堂墙薄了些，做工粗了些，还算稳固气派。古坊赵氏的脸面总算保住了。祠堂竣工那天，烟花爆竹齐鸣，十里外的田坝头都闻到了烟火味。赵善财在众人的簇拥下，主持了祠堂祖宗牌位的安放仪式。新任族长陪在他的身边，既没有笑，也没有哭。

"不是族长的族长。"村里人都将这个秘密牢牢地守在自己的低声细语里。只有遇到赵善财和新族长时，他们的眼神才会出卖自己。

赵善财还是一如既往地低调，仿若指点他的赵先生。他此时正忙着筹备儿子的婚礼，等待建祠堂后的好运降临。

赵善财的儿子赵田禾，前些年留学日本，在早稻田大学学习政法，毕业后在上杭城里租了房子，专门替人打官司。村里人不解，说赵善财真是糊涂，自己的稻田都耕不完，还送儿子到日本的稻田里读书。赵善财先是暗暗发笑，后来也觉得有些道理。送儿子去日本留学原意是想让儿子光宗耀祖，没想到毕业回来，对家里不管不顾，还替什么穷人打官司，真是不务正业。思前想后，他决定自作主张，替儿子张罗一门亲事。有老婆了，才能拴住浪子的心。

浪子赵田禾剪了辫子，回到古坊村。父亲赵善财大骇，村里人也唯恐避之不及。听说介绍了一门亲事，他倒也没什么过激反应，只是不断地念叨着"共和""愚昧""国之不国"之类。赵善财怕夜长梦多，祠堂竣工一个月后为儿子举办了一场轰轰烈烈的婚礼。为了掩饰儿子被剪了的辫子，赵善财不知从哪里搞来一条假辫子，让儿子戴上。同样奇怪的是，赵田禾在新婚那天一直很正常，直到夜深人静，亲朋好友都离开后才出问题。一开始是新郎不入洞房，非要在书房过夜。赵善财夫妇和一帮家人苦苦相劝，他还是无动于衷。后来，见大伙劝累了，他借口上厕所，提着个马灯匆匆往外跑，直接跳进百米外的儒溪里。扑通一声，把大伙都吓坏了，几个年轻人也接二连三跳下去，赶紧将他捞了起来。赵田禾捡回一条命，却昏死过去不省人事。

赵先生得知此事后，从赵坑村赶来，给赵善财出主意。三天之后，赵田禾终于苏醒过来，几天后身体康复，回归正常。再后来，终入洞房，赵田禾和新娘子恩恩爱爱。

细心的古坊人发现，赵氏祠堂厢房侧厅多了一个神位，神位牌上写着"顺风顺雨至圣仙姑"八个大字。神位的来历不明，传闻是赵先生的主意。至圣仙姑就是蜘蛛精，古坊的事缘起蜘蛛，故设一神位，有祈求护佑之意。有人说，也有人说，鬼话，赵田禾是吃了中药才醒过来的。不管如何，赵善财的心里总算踏实起来。神位一设，香火一点，赵田禾就睁开了眼。

传言毕竟是传言，谁也不知道是不是真的。哪一个村庄没有几件这样的事呢？时间长了，大家也就信了。

第一章　豹迹

一

春天像怕羞的孩子，在南方的天空中打三个响指，又缩回去了。

赵田禾怀疑自己的思维也被冻僵了，脑海一片空白。回家的路显得漫长而孤寂，冰化的石砌官道上，悄无一人。寒冷打碎了人们出门的奢望，只有马蹄敲打青石板，发出"咯吱咯吱"声。今天是1912年3月11日，虽然赵田禾喝了一肚子洋墨水，但在他看来，还是农历好记，现在还是正月二十三哩。今天一早，家里送来急信，说夫人要生了，老爷吩咐快点回去。因为是长孙，父亲赵善财特别重视，他自己也莫名有了一丝兴奋。比起万事不幸，这个总算是件好事罢。天气特别冷，他的鼻涕挂在唇边，全无斯文人的模样，春节的鞭炮声也未能将冷冷的天空震出一丝温情。过去的一年，飞溅的血腥使东南一隅的闽西，除了暴力，便剩下一地共和闹剧。他沉浸在往事中，随手挥挥马鞭，大白马不情愿地加快脚步，终于发出"嘚嘚"的响声。不多久，道路宽了起来，冰块也开始化成水，原来已经到了古田的田坝头。

一阵震耳欲聋的炮声从田坝头村传来，赵田禾吃了一惊，猜不出发生了什么事。随即，敲锣打鼓和唢呐声响起，将宁静的山村变成一个喜庆的欢场。他以为是村里迎神打醮，掐指一算，正月未出，哪里来的拜菩萨？总归不是打打杀杀就好。于是，他提起精神，放心地进入村子。一到田坝头，只要再走十里就到家了。

道路一个转角，马头一仰"嘶"的一声，前蹄抬起，赵田禾慌忙拉住缰绳。定睛一看，原来一大批人浩浩荡荡地从村中走来，前头四人扛着先师公爹，然后是锣鼓队、唢呐队，接着是举着各种彩旗的队伍，以及男女老少长长的队伍。队伍里最引人注目的是高高举起的红纸黑字纸牌，上面写着"袁""汝南郡""中华民国大总统袁世凯为袁氏争光""袁大总统，国之大幸"等字。赵田禾终于明白，田坝头人是在为袁世凯庆祝呢。昨天，袁世凯在北平就任中华民国临时大总统，今天田坝头的袁氏家族自然要扬眉吐气一番。正想着，赵田禾被一个人拽住脚踝，一时左脚动弹不得。他正要发火，一看，有个高大的中年人怒气冲冲地看着他。自从剪了辫子后，什么样的脸色没看过，但此时，他实在不明白对方发怒为了什么。

"你下来！听到没有？"中年人大声吆喝。

"凭什么？"他也不甘示弱。

"凭什么，睁开你的狗眼看看！宗叔袁世凯当总统了，现在是袁家的天下。你到了袁家的地盘还不下马进村！"中年人显然余怒未尽。

"哦，袁世凯当总统了，你嘚瑟什么！他是你爹，还是你爷啊？"他感到极其好笑。

"袁大总统可是我袁家的，虽然他不是田坝头人，可是我们头上都顶着同一个字，同宗同族！"中年人竟然不理会他的嘲笑，一本正经地解释道。

他看着中年人一副无知的模样，不想多费口舌，缓下口气说："你让我过去，家里有急事呢。"

"不行，再急也要下马走出村子。"中年人执拗得像大水牛。

正在争执不下，一阵马蹄声来到两人眼前。一位身穿革命军戎装的年轻军官从棕色骏马上跃下来，立即向中年人喝了一声："强叔，不得无礼！"然后，对着赵田禾迎着笑脸，"田禾兄，真巧啊！"

赵田禾这才看清，站在面前的是田坝头举人袁松奎老爷的大公子袁宝儒。袁宝儒比他小四岁，1891年生，辛亥革命前在汕头入了新军，后回到上杭，两人算是老相识。

"宝儒兄怎么才回来？"赵田禾努努嘴，向着热闹的人群问。

"田禾兄见笑了。我也是被爹逼得没办法，才回来凑数的。不然，这些事我是不掺和的，天下共和是一家，谁当总统还不是一样。"袁宝儒是个灵活人，即使为了照顾赵田禾的情绪，也不得不这么说，毕竟都是追随孙文先生的人。

"这也正常，皇帝老子一统天下，袁家出人头地，毕竟是光宗耀祖的事。说不定哪一天袁大总统看上贤兄，立马就飞黄腾达了。"赵田禾呼出一口热气，让人看不出是真话还是嘲笑。

"不然，田禾兄到舍下一叙？"

"袁家盛事，怎能容赵某人插足？在下还有急事，等下次再拜会令尊吧。"

说完，两人告辞。赵田禾快马加鞭往古坊赶去。

二

赵田禾穿梭在冷冷的寒风中，想不出那个即将称他为爹的人正在通向人间的哪个环节。对于生儿育女之事，他一概不知，属于只知耕耘，不知收获的那种人。他想，人在悲观的时候总会有一些好事，让你有了生活的勇气。然后又是一些啼笑皆非的现实，将你的希望变成遥不可及的理想。

热闹是别人的，赵田禾的春节可谓一片沉静。正月初三一过，他便闭门谢客，初八到上杭参加完辛亥革命死难民军烈士追悼大会后，又返回家乡古田的古坊村，元宵节赏完花灯，他骑上马再次到上杭城里。春节里,他像一个独行侠,往返于上杭城与古坊之间,谁也不知道他在想什么。其实在想什么,他自己也不知道。虽然留过洋,虽然活了二十多年,可最近一年发生的事实在太快太多,他还没理清一个头绪。他躲开众人,就是想弄明白一点,这革命革来革去,老百姓得到了什么,他该做些什么?他不想只做同盟会会员,要做就做一些实在的事。可眼下,还能做些什么事呢?孙文先生的临时大总统没当几天,袁世凯要上台了。上杭城的衙门还是像戏台一般,你方唱罢我登场。他赵田禾看得累,也不想跟他们唱下去,于是乎上杭和古坊成了躲避麻烦的两头。凡俗与理想像夹心饼干的两面,必须合起来吃才有味道,专吃一面容易生厌。

就要做父亲了,赵田禾似乎还没有思想准备。二十四岁在乡里,孩子都可以长到五六岁,可他不急。读私塾、到福州读高等预科学校,甚至漂洋过海东渡日本,他用"唯有读书高"的理由将文盲的父亲一次次哄过,直到去年才定下亲事,家里轰轰烈烈将白砂大户邱仲林之女邱细凤娶进门。邱仲林是方圆二十里有名的大户,经营着纸厂,田产百亩、山林无数。当然,他的女儿肯嫁到古坊赵家,也是门当户对的。父亲赵善财从帮新泉地主打理田产开始,家业逐渐兴旺,成为独步古坊的财主。况且,眉清目秀的赵田禾是古田地区第一个留学生,他的故事早已传遍周边,邱家怎么不动心?赵田禾玉树临风,学富五车,邱细凤虽一个大字不识,却是十八芳菲,在两家看来是十分般配的。

赵田禾当初并没放在心上,县城开设的律师事务所并不顺利。别说穷人的官司,连富人的官司都打不赢。对不对,全凭法官一张嘴,律师算什么?只是一个摆设。对于婚姻,他抱着无所谓的态度,反正他不会待在古坊,到时候一走了之就行。表面上,让人感觉一切都由父亲做主。直到结婚那天,他才暗暗着急起来。真要进洞房抱娇妻,不是他想要的结局,宁愿进烟花巷狎妓,也不肯让婚姻束缚自己。毕竟自己的阅历浅，结婚那天走投无路之下一时冲动，跳进儒溪水，搞出了一场大动静。三天后醒过来，他仿佛变了一个人，觉得自己是多么的荒唐与无知。当细凤软言软语出现在他面前时，他吃了一惊，没想到美可以如此自然。细凤脸颊圆润，鼻梁挺直，透出一股健康的气息。他抬起头，看见她大大的眼睛，羞涩中带着隐隐的喜悦。身体康复后的第一夜，细凤要他重新掀起盖头。他的欣喜中夹着一丝紧张，轻轻地揭开了细凤头上的红绸，那一刻他感到真真切切触摸到了婚姻的存在。平生第一次与陌生的女子挨得那么近，他的身体有了反应，想控制，却完全控制不了。他怯怯地将手伸出去，轻轻地摸了摸细凤的脸蛋，才知道女孩子的身体里竟然会有强大的力量，带给他痉挛般的窒息。细凤坐在床沿，像坐不稳的不倒翁，手一伸过去头就靠在他的胸前，连带柔软的身体也挨了过去。他一下变得慌乱，下意识将细凤压在身下，两只手却夹住她的胳肢窝不知该怎么办。细凤被他压得似乎喘不过气来，抓住他的手腕往自己高耸的胸脯移动。

父亲的眼光不错，他说一个女人要健壮，才能更好地传宗接代。细凤不像那些大户人家的千金小姐，纤弱得能被风吹走，她健康丰满，却不失青春少女的美丽活力。赵田禾的心思终于被细凤收归，整整一个月没有迈出古坊。赵善财的心里乐开了花。在他的心里，守本分求心安是最重要的，家里已经足够儿孙安安稳稳过一辈子。虽然豆大的字不识一个，但他却达到了许多读书人终其一生都梦寐以求的目标，家有良田万顷，财可富甲古坊。当初，送田禾读书，无非就是不能再吃没文化的亏，不受外姓人欺侮。现在目的达到了，唯一的希望就是田禾能安安稳稳留在古坊，不再往外跑，守住家业。他和白砂邱家有一些生意上的来往，知根知底，细凤也是个实诚人，人又漂亮，所以他认为两家结亲是天作之合。可不，现在细凤牢牢地拴住了田禾，不是前世修来的福分是什么？

俗话说，猪肉吃多了也会腻。这男欢女爱当不了饭，再激动人心的开始也会落到世俗的平凡中去。最关键的是，细凤没文化，两人除了身体的互相吸引，很难有共同的语言。赵田禾对细凤说："要学些文化、认些字，不然以后我离开家，有信写回来你也看不懂。"细凤点点头，将热乎乎的脸庞靠在他的身上。新婚宴尔，他讲自己读书留学的经历，她听得津津有味，对他崇拜得五体投地，晚上抱在被窝里，总像做梦一般幸福。其实细凤只有一颗做少奶奶的心，却没有和新青年做伴侣的准备。家常的一切应酬和管理田间地头，她应对自如，在乡间也是上得了厅堂下得了厨房的好媳妇。可是，她也慢慢觉得两人之间有着看不见的隔阂，他的心思不在家里，全是外面的革命啊、国家啊，一大堆她听不懂也不想管的事。他在家里从不打牌赌博抽大烟，一身干干净净，有闲暇只是读书写信。她坐在旁边，什么忙也帮不上，这时她倒希望丈夫是一个呼朋唤友、喝酒玩牌的人，那么她就可以亲自下厨做饭，站在旁边看着他打牌赢钱。现在安安静静的日子，感觉心里空落落的，越想和他挑起话题却越开不了口。而他浑然不觉，只有夜晚的灯光下，才有心思端详着她，抱着她讲一讲话。她像一个孩子，暖暖地靠着，心里马上就踏实了。细凤要他教识字，他就每天用一个小时教她，陆陆续续识了一些字。

　　开春的时候，发生了影响家庭的两件事。一是惊蛰那天，细凤怀孕了。赵田禾不知这日期是怎样推算出来的，反正赵家上下一阵欢天喜地，细凤脸上泛起红晕，沉浸在喜悦中。赵田禾的心里却突然放松下来，好像完成一件大事似的；二是，两个月后，他再次离开古坊，往上杭城去了。他和细凤说，广州发生了黄花岗起义，他也准备到上杭做些工作。细凤一听，吓得赶紧劝他，留在家里不要去干那些事。他说，要变天了，他不出去不行，不然那么多书就白读了。细凤无法说服他，只能眼睁睁看着他头也不回地走出古坊。

三

离开田坝头不出五里地，赵田禾来到开蒙老师赵先生的赵坑村。照例他是必进去问安一趟的，今天情况特殊，他准备直接回家。可是，天寒地冻的山村里，一个老者的身影雕像般地站立在村牌下，不是赵先生还会是谁？他赶紧策马过去，飞身下马，向赵先生躬身问安。赵先生说他已在此地等候多时，知道田禾一定会来。

先生在左，田禾在右，并肩向村口的矮屋走去。客家人称平房为矮屋。先生的矮屋名曰清庐，真是清白无艳的屋子，清贫而不寒酸，室陋而不破败。先生轻叩柴门，屋里一股暖流扑面而来。赵田禾的身体一个激灵，仿佛有一束闪电从屋顶钻入头颅，脑海中出现一片丛林，丛林里蹿出一只猛兽，还没看清，就转眼冲进一片白茫茫的草丛。他摇摇头，看见师母已将一碗糖姜水端上四方桌，微微地笑着，满脸慈爱。他和先生在四方桌前面对面坐下。

赵先生道："昨晚静观天象，茫茫然孤星高悬，朦朦胧乌云遮月，心有不安。于是，老夫在寒风中只为一见田禾，便可心安。"田禾一听，不禁感激涕零，二十多年来，赵先生将田禾视为己出，田禾也在心里将他比作父亲，谁知昨夜一时之思竟让老人在寒风中苦等几个时辰。

赵田禾喝下一口糖姜水，说起今早见闻，将田坝头袁氏的闹剧说了一遍，口气中满是轻蔑的意思。赵先生看着他，只是眯眯笑，并不说话。他知道自己说错话了，但一时猜不透老师为何反对自己的话。

赵先生好一会儿才说："田禾，天下大势近一年来变化最甚，让人目不暇接，但是有一点是不变的，不知你发现没有？"

赵田禾一愣，想不出什么是不变的，连辫子都剪了，皇帝都下台了，还有什么是不变的吗？

赵先生死死盯着他，"只有强权不变！谁得势谁得天下！老夫愚钝，但几千年历史无不如此。你想想，每次朝代更迭，还不是比谁的拳头大，书生意气不管用。皇帝下台了，为什么袁世凯会上台，而不是孙先生的天下？你想必也知道，孙先生没有新军，没有洋枪大炮，就凭着他的理想，终究是无法实现的。"

赵田禾听了无异于晴天霹雳，一股热辣辣的气流从胸中涌上心头，一时觉得云开见天、寒风尽散。他从来没有听到先生如此言论，更惊诧于他对天下之事分析得如此透彻。先生并不是乡野普通酸秀才，他的眼界远远高于常人，田禾能够走出古坊漂洋过海，与先生的鼓励不无关系。

"所以，田禾，田坝头人虽然荒唐，但也不无道理。我们要从中看到积极的因素，袁氏能在革命中坐收渔翁之利，不是他有什么运气，靠的是实力。你父亲能够从一介佃农成为富甲一方的地主，就是靠实力一步步积累起来的。而那些想靠赌博起家的人，永远还在破烂的茅屋做着白日梦。你说，我说的在理不？"赵先生与父亲赵善财是莫逆之交。两人年纪相同，却分住在不同村，分属不同房族，一个饱读诗书，一个大字不识，但两人在某个时刻却一见如故，并将友谊保持至今。据说当年赵先生屡试不中，无颜见父母双亲，便投儒溪河而去。恰遇父亲在溪里深潭摸鱼，一把拖起先生。从此，先生醍醐灌顶，告别科举，专授私塾，后来竟成古坊赵家的专职先生。父亲与先生，一文一武，优势互补，成为古田佳话。

"你见到袁宝儒了？"先生端起糖姜水，轻轻呷一口。

"是的，我们在村口相遇。"田禾将两人相遇的情景复述一遍。

"今后你们注定是要多交集的，两虎争锋必有一伤，但是你要记住，狭路相逢勇者胜。田禾，有时不能太心慈手软。"先生似乎漫不经心地说。

"先生，我不明白，难道一定是要下狠手吗？难道一定要流血才能改变现实吗？"在田禾看来，凄冷的寒风吹硬了先生的心肠，让人捉摸不透。

"你会明白的。"先生不紧不慢地说。他告诉田禾，昨晚子时有阵乌云吹过屋顶，差点将村子都吞噬而去，他推开窗，看见黑暗中有一道亮光从田坝头划过古坊，然后破窗而入，将他击倒。待他清醒过来时，天已微明，鸡啼鸟叫，一切如常。"刚才的那些话，似乎已在胸中藏着多年，但我知道以前并未曾讲过这些，一句也没有。现在我讲的这些，只是将未讲之话说出而已。田禾，你明白吗？"

"弟子明白。"一切如混沌初开，一切如开蒙点朱，田禾告辞先生再次上路。

四

赵田禾和袁宝儒两人做梦都不会想到，作为闽西古田地区两大家族长男，两人竟同一时间加入革命党，成了同盟会会员。在那个差点脑袋落地的瞬间，两人似乎就要成为患难之交，然而两人终究还是触电一般迅速分离。赵田禾的先生是闻名古田的赵寿铭大先生，袁宝儒的先生是享誉上杭城的郭秀才。后来，赵田禾在福州读新学，以第一名成绩公派到日本早稻田大学，轰动全古田。袁宝儒则去了汕头读书，后进入粤军新兵营，还当上连长，据说以凶狠闻名于汕头，后被汕头当地人挤对开除出新军，只好灰溜溜地躲回田坝头。

袁宝儒曾到古坊拜访过赵田禾，那是袁家人十年来第一次踏上伤心之地。当赵田禾收到由村民带来的袁宝儒要求拜会他的帖子时，他马上到村口将袁宝儒迎进来。在他家宽大的书房里，两人彻夜长谈。第二天，赵田禾神采奕奕送到村口，一直将手挥到袁宝儒消失在视线中。后来，家人问他两人谈了什么，他笑而不答。

袁举人袁松奎对赵善财恨之入骨。想当年，他袁家可是仅次于新泉大地主杨家在古坊的第二大地主，古坊三分之一的土地属于袁家。古坊一姓独大，百分之九十都姓赵。三百年前，赵家先祖因战乱从江西逃到古坊，没田没地，世代租种两大家族的田地。后来，赵氏家庭人丁兴旺，但由于没文化，一直受人欺侮，站在杨袁两家前，大气不敢出一口。然而，杨袁两家做梦也没想到，赵善财会平地起惊雷，将他们逐出古坊。赵善财家一穷二白，连田都租不起，从爷爷手上开始就在白砂人经营的纸寮做苦工。赵善财从小就跟着父亲在纸寮生活，十来岁就开始向大人们学造纸。由于聪明灵活、吃苦耐劳，深受老板和伙计们喜爱。他人生的第一个转折点在于改进造纸工艺，经他手焙出的玉扣纸比别家的光滑柔韧。他回到古田，借钱独立建起一座纸寮，赚到人生第一桶金。也该他老赵家时来运转，正在此时，古田地区连续三年大旱，佃农们叫苦连天，根本无法上缴田租。被地主们逼得不行，他们竟联合起来，抵制交租，连村子都不让地主们进去。无奈之下，杨袁两大地主便纷纷低价抛售土地。谁知一般的地主也因为干旱歉收没有余钱，古坊的大片土地没有人敢接盘。赵善财看到机会来了，悄悄叫几个兄弟出面向两大地主购置田产。两大地主不明就里，就将土地分割成几大块，分别出售给他们。等到旱灾结束风调雨顺之时，两个地主才发现，田地都被赵善财收购了。这还没完，当上地主的赵善财，深谙积德生财的道理，降低租金，捐钱修路架桥，村里的老族长都对他佩服有加。于是，杨袁两大地主再也无法在古坊经营下去，不到五年就彻底退出。古坊成为赵善财的天下。鼎盛时期，赵善财经营着三家纸寮和上千亩田产，成为古田与袁松奎相匹敌的大地主。袁松奎不仅失去了古坊的田产，更主要的是，他无法忍受白丁赵善财竟和他平起平坐。他堂堂一个举人大老爷，老脸往哪儿搁？

不过，上代人的恩怨，在赵田禾和袁宝儒看来并非不可跨越的鸿沟。不管是在日本留学，还是在汕头加入新军，两位年轻人的眼光早已超越古田，他们的心中有更大的野心和冲动。但是，他们又不得不暂时蛰伏在古田，随时等待机会到来。袁宝儒重武轻文，信奉铁拳打天下；赵田禾强调启发明智，信奉思想改造运动。在田坝头，袁宝儒仍一身戎装，还以新军连长自居，并很快说服父亲袁老爷出资拉起一帮乌合之众，自称古田新军。

袁老爷十分满意儿子能够审时度势，再三告诫儿子，不要吃他的亏。早年如果自己有队伍，就不会把古坊富得流油的土地拱手让给赵善财。他躺在宽大的紫檀木沙发上，咕噜咕噜地吸着水烟，慢条斯理地对高大英武的儿子说："你管枪，我管田，今后古田就是我们的天下。"

袁宝儒满口允诺，还向父亲提议与赵家改善关系，防止赵家再次翻盘。袁松奎袁老爷最怕听到"赵家"两字，将水烟壶重重地拍在桌上，霍地站起来，坚决地说："绝对不行！我们袁家与赵家势不两立！只要我们的武装搞起来，还怕他赵善财吗？"

袁宝儒提醒他："不是赵善财，而是他的儿子——留洋回来的那个赵田禾。"

袁松奎老爷露出轻蔑的神态说："难不成那小子将倭寇带回来？不用担心，喝洋墨水解决不了我们的土问题，他成不了气候。"袁宝儒深知赵田禾不是等闲之辈，某种程度他还在心理上矮三分，于是仍选定一个黄道吉日拜访了赵田禾。

赵田禾对袁宝儒这个新军连长的到来还是欢迎的，但也基于相安无事的目的。他知道，袁家的田产落到赵家手里，袁老爷是不会善罢甘休的。不过，总有一天家族的使命会落到他们身上，作为两家的长男，命运似乎早就安排好结局，他们只是等待这一时刻的到来。但是，他心有不甘，这个新军连长也不甘，所以两人都需要时间养精蓄锐，谋求一条未曾知晓的道路。他保持着与外界同学好友的密切联系，如饥似渴地阅读各种刊物和思潮，甚至奇谈怪论。早在日本时，他就接触到孙文先生的思想，对其倡导的民主、民生思想尤其感兴趣。回到古坊后，他利用在日本收集到的乡村自治运动材料，试图以试验的方式改造中国乡村。当袁宝儒和他长谈的那一晚，两人对乡村自治更是争论不休，火花四溅。那一刻，理想的光芒与激情洋溢在他们年轻的脸庞上，将古田寂寥的夜晚搅得热血沸腾。

五

雾霭从山坳一阵阵袭过来，眼前一会儿清晰如洗，一会儿又白茫茫一片。赵先生的话照亮了赵田禾的心扉。他想起两年前与袁宝儒交谈的那晚，对方以武装捍卫自由的观点，竟然与赵先生今天的谈话有异曲同工之处。他深深感到自己太过书生气，对现实的认知还是有差距。

回家的路不知走过多少次，自从到福州读书后，每次离家回家成为常态。这个眼中越来越狭小的家乡，曾一度在他的梦中消失。他害怕听到大祠堂里"咿咿呀呀"的客家傀儡戏唱腔，不愿看到一帮人抬着一具没有生气的所谓菩萨四处巡游，甚至那缕缕祈求平安幸福的香火也让他深深厌恶，仿佛随时会被烟火呛出泪水。他害怕乡村死一般的生活，年复一年，人生就是从村口直到村尾，一眼就望穿了未来。而今天，回家的路好像变得神秘莫测，似乎有一股力量在推动他走向隐隐希望的那种变革。

那个辛亥年，革命的风潮终于来临。武昌首义的消息震惊中外，上杭虽然偏僻封建，但革命的脚步总算在一个月后姗姗到来。赵田禾在入城的潭头渡口，碰到同样两眼放光的袁宝儒。袁宝儒没有穿军装，只是一身普通的短装。两人相视而笑，颇有心领神会的意思。城里有两帮人在忙着光复上杭。一位日本留学时的同学从潮州来到上杭，托信叫他速到上杭城。同学已加入孙文先生的同盟会，正代表同盟会来到上杭发动民众入会，每人只要找一个介绍人，交一块大洋会费，诵读一遍同盟会纲领，就可以成为同盟会会员。赵田禾来到同学报名的南门码头前，扔进一块大洋，还没读完纲领就被同学拉进队伍做工作人员。第二天一早，袁宝儒和一帮人也来到南门码头。赵田禾热情地招呼袁宝儒，让他同样交了一块大洋就顺利加入同盟会。多年以后，他们都笑自己为"一块钱的会员"。不过当时，有了这一块钱的会员，就有了参加革命的资格与底气。对于他们，也仿佛生长出一种走出古田的勇气。心怀天下、兼济天下，类似的崇高想法只是写在古书里的教条，年轻的他们只有用闯荡世界的激情安抚一颗不安分的心灵。

可入会却差点要了他们的命。上杭知县龚时富在一片讨伐声中，眼珠子一转，成了最识时务的官员。还不等剪了辫子的新军冲进衙门，他就带着一班人马抢先举起白旗。他精神抖擞地站在县衙前的台阶上，招来云里雾里的民众，一手抓住长长的辫子，一手拿起锋利的剪刀，"咔嚓"一声剪断辫子，向大伙宣示脱离清王朝，宣布上杭光复。随后，他的一帮随从也纷纷效仿，一时间"咔嚓"声不断，台上的人们都成了"假洋鬼子"。台下的民众一看，瞬间掀起轩然大波，人们议论纷纷，有指责的，有叫好的，还有瞎起哄的。还有一帮胆小的，赶紧捂住辫子悄悄地往后退，一个趔趄走出人群就没命似的躲避起来。赵田禾夹杂在人群中间，也弄不清龚时富葫芦里卖的是什么药，只是感叹这条变色龙比泥鳅还滑，变脸比川剧还精彩。他深深领教过国人善变的秉性。在日本的时候，有一帮辫子同学，见人说人话，见鬼说鬼话，在日本人面前说自明治维新以来日本最好，在中国人面前说大清国才是世界的正统，而日常则混迹于妓院茶馆之间，早将报效国家之类的豪言壮语抛到茫茫大海。今天见识了龚时富的把戏才知道，这是部分国人与生俱来的本能。他在加入同盟会的当天剪下辫子，并一个转身将它扔到滔滔汀江里。然而龚时富不一样，他的剪辫行动与其说是表演，不如说是保命，但是命却不是他说保就能保的。

因此，第二天上午赵田禾看见剪掉辫子的龚时富被剪掉了脖子。龚时富宣布上杭光复的当天晚上，杭中路一间简陋的阁楼上，同盟会上杭分会骨干会议在昏暗的油灯下焦急地召开。原本打算以光复的名义将龚时富的衙门端掉，如今他自己站出来光复，故事突然逆转，没同盟会什么事了。同盟会怎样做？是继续端掉龚时富，还是与龚时富议和，分光复的一杯羹？大家争得不可开交。赵田禾静静地坐在靠近楼梯的角落，没有人注意他，也没有他什么事。最后，没兵没械的同盟会决定明天上午去衙门与龚时富议和，要求同盟会参加新政府的重组，不然就组织群众游行。决定完，有个叫会长的外地人突然发现了赵田禾，叫他明天一起去，有个本地人好照应。赵田禾没听清怎么回事，稀里糊涂地答应下来。第二天，他一直睡到自然醒，才奇怪怎么没有人招呼去衙门。他匆匆往衙门方向跑去，才知道上杭城又发生大事了。龚时富的头颅被高高挂在衙门上，用竹竿挑着，一滴滴鲜血还从脖子处渗下来，石板台阶上一摊猩红的血在阳光下闪闪发亮。原来今天一大早，从广东梅州过来的一帮新军将县衙团团围住，把还在与小妾亲热的龚时富从被窝里光溜溜地拉出来，直接杀头示众。梅州新军悬挂龚时富头颅的时候，同盟会上杭分会的代表正步履整齐地迈上台阶，看见龚时富瞪着牛眼的头颅，吓得纷纷作鸟兽散，据说跑得慢的还被新军抓了起来。看见此时此景，赵田禾吓得一身冷汗，心里暗自庆幸，瞌睡虫帮了他的大忙。突然，他看见袁宝儒正拨开人群向他挤过来，于是两人走到旁边的小巷僻静处站立。

袁宝儒说，好险啊，他听到同盟会要去龚时富那里讨说法，早早在半路与代表会合，要求一起走，正要走进衙门的时候，新军头目就带着人端着枪迎面出来，幸好他身手矫健，第一个从危险中撤出来。赵田禾问他怎么还混在人群里，不赶紧跑掉。袁宝儒笑笑说，还想看看他们怎样变把戏。赵田禾问看出什么把戏了。袁宝儒看了看四周，悄悄地说，他们这套把戏我早就会，现在我就回去，将家里的兵勇带出来，找一个地方扯上光复大旗自立为王，还问赵田禾跟不跟他一起干。赵田禾摇摇头，说别扯了，我们都快点离开这个是非之地吧。于是，两人从小巷出来，互相道别离开。

六

  天气似乎愈来愈冷，吹得连骨头也在哆嗦。赵田禾正要扬鞭快步，看见前方岔道上有一个人不断地跺脚跳跃。走近一看，是一个戴着狗皮帽的少年一边搓手一边跺脚，估计是太冷了以这种方式取暖。他怜悯之心顿起，下马询问少年。少年并不理会，只是停止运动，冷冷地看了他一眼，就将视线转向远处。

  鼻涕从少年的嘴角垂下，即将断线时被他迅速用衣袖一抹，在鼻孔下面形成一丝透明的横线。

  赵田禾突然对少年有了更多的兴趣，也许是即将为人父的喜悦，也许是天性使然，他微微弯下身子，说："家在哪儿，我载你回去。"

  少年抬起头，目光中有股倔强的味道，大声说："我们不同路，我家在竹岭！"

  竹岭在北，古坊在东南方，果然不是同一条路，难怪赵田禾觉得脸生。但少年却识得他，不然怎知不同路。他看着眼前这个少年，想起当年孤身一人漂洋过海站在东京街头的样子，爱心顿时泛滥，他口气坚决地说："我送你回去！"

  少年再次看了他一眼，没有说什么，举起右手再次将鼻涕擦了一遍，然后在空中狠狠地甩了甩。

  赵田禾跨上马，伸出手拉住少年，少年一个飞跃，稳稳地坐在他身后。"嘚嘚嘚……"骏马渐渐消失在苍茫雾色里。

七

待赵田禾走进古坊的时候，已是正午时分。家里的长工刘大哥早就等在村口，一见面就高兴地咧开嘴，连声说："少爷，总算到了，老爷都急得要骂你呢。"

"怎么啦？少奶奶生了吗？"赵田禾牵着马，急急往家里走。

"还没有，少奶奶还在屋里，痛得直叫喊，孩子却像哪吒在肚子里玩风火轮，就是不肯出来。"

赵田禾又重新跃上马背，飞也似的跑到家门口。

父亲赵善财正在屋里来回踱步，母亲正在二楼正厅烧香拜佛。赵田禾风风火火地踏进家门，才感到自己在路上耽误太多时间，正要向父亲请安。赵善财头也不抬用手一挥，向屋后指了指。他赶紧往后堂的房间走去。穿过中间两个天井，正要迈进后屋高高的门槛，就听到里面传来婴儿清亮的啼哭声，然后是一阵欣喜的叫声："生了生了！"

他心里一喜，跨过门槛，却与迎面跑来的丫头撞个满怀。丫头一见竟拉起他的手，语无伦次地大喊："少爷，少爷生了，生了个夫人！"

他高兴地笑起来，"什么？少爷生了个夫人？"也不管丫头茫然的神情，轻轻扒开她的手，径直向房间走去。看到房间门还紧闭着，便停下脚步，将脑袋贴在房门上悄悄地倾听。

不一会儿，一家人都围了过来，满脸喜气又焦躁不安地等待房门打开的那一刻。赵田禾的心情平复下来，才感到脸上一片僵硬，想对父母亲笑一笑也十分困难，于是将冰凉的双手往脸上搓。赵善财看见，马上将他的双手打开，告诉他不能用手搓，不然皮肤就坏了。他知道自己脸上肯定冻成猴子屁股一样，可这有什么关系？正庆幸自己赶得及时，也许这个孩子就是幸运星呢。正想着，门突然吱地打开一条缝隙，露出接生婆着急的脑袋，神秘而不容置疑地说："快将虎皮拿来！"

大家听了一愣，都不明白是什么意思。

接生婆提高声音喊道："快点！我要一件虎皮！"

赵善财最先明白过来，对夫人说："快去将家里的虎皮衣拿来！"赵家在十年前得过一件虎皮衣，那是从梅花山的猎人手中高价收购的虎皮，是赵家最值钱的宝贝。古坊人都知道这件宝贝，却没几个人真正看到过。赵夫人哦的一声，马上迈开大步去拿虎皮衣。不过一刻钟，赵夫人抱着一件棕色的虎皮衣匆匆回来，将它塞进接生婆手里。接生婆一手接过虎皮衣，一手将房门紧紧扣上。"哇——"房间里再次传来婴儿的啼哭。人们都屏住呼吸，竖起耳朵，紧张地探听里面的声响。

突然，房门吱的一声，打个半开，接生婆抱出一个虎皮包裹的婴儿，喜气洋洋地对赵善财说："恭喜老爷，添丁添福！"外面的人长吁一声，顿时放松下来，随即高兴地叫起来。赵夫人接过虎皮包裹着的孙子，笑得合不拢嘴。夫人一手抱着小孙子，一手小心翼翼地拨开虎皮衣，一张小脸出现在众人面前。

赵田禾第一次看见刚出生的婴儿，却与他印象中的孩子完全不同。眼前的孩子眼睛眯着，基本看不见眼珠，头发湿漉漉地贴在头上，额头有着小小的皱纹，脸庞只有巴掌那么大……他感觉如此陌生，想用手去动他的脸，又觉得不卫生，只是傻傻地看着。直到母亲对着他说："禾儿，高兴得傻了啊，你看多漂亮的孩子！"他才浅浅地笑了笑。幸好众人的欢声笑语将他的尴尬掩饰过去。几天后，当他看到孩子红润的脸庞、大大的眼睛时，才明白生命来到世间的神奇，开始从心里真正喜欢上孩子。

在那个乍暖还寒的夜晚，他感受到春天的讯息，决定给孩子取名为鹏飞。庄子的《逍遥游》中有记："北冥有鱼，其名曰鲲，鲲之大，不知其几千里也；化而为鸟，其名为鹏，鹏之背，不知其几千里也，怒而飞，其翼若垂天之云。"鲲鹏精于变化，通灵万物，助天帝澄清玉宇，受敕封为九天鲲鹏。他希望孩子比他有出息，能够展翅高飞，立报国之志，扶国家于危难之时。黑沉沉的夜晚，他仿佛一眼看穿，看到那无尽的北方，嘈杂的争论和无止休的闹剧。不过一年，满腔的热血和青春的理想，只剩一地鸡毛尘土飞扬。国之不国，家之不家，而他却只能龟缩于乡野之地，堂堂七尺男儿浪得虚名。当他郑重地在宣纸上写下"鹏飞"两字时，自己也哑然失笑，难道真要让才出生几天的婴儿，尚未明白人间冷暖，就开始背负如此沉重的所谓使命吗？

鹏飞满月那天，却闹出不愉快来。田禾是赵家最后一个听到故事的人，而之前关于鹏飞出生的事已传遍古坊。坊里传说鹏飞出生时是一只金光闪闪的豹子，幸亏接生婆用虎皮将豹子盖住，才变成一个婴儿。更为神奇的是，田禾出生的时候是老虎转世，也是用虎皮盖住才变成人形的。父子为虎豹，可不是一般的来头，大家都在议论赵家必成大器，将统治古田。赵田禾知道后，勃然大怒，质问赵家下人，是哪个长舌头信口开河，乱了赵家规矩。他知道，赵家树大招风，更何况乱世时期，这样的言论会使周边地主如何作想？弄不好他们联合起来对付赵家，可不是闹着玩的。他将下人全部召集到后厅，白净的脸上涨满红霞，面对众人气得将桌子拍得砰砰响。他不擅长发火骂人，往日的平易近人变成一副骇人的模样，却不懂得如何表达自己的愤怒。他的质问吓坏了众人，谁也不承认传播此事，哪怕前一刻他们还在称赞赵家的神奇，以为讲得越神奇东家会越高兴。听了半天，他们才知晓祸从口出的道理，再也不敢吱声。最后，当接生婆低着头挪着微步站在对面时，赵田禾却发不出火来，他突然想明白了，一切的命运都早已安排完毕，该来的总会来。于是，他挥挥手，向众人鞠了一躬，独自离开后厅走进书房。

八

　　距离古坊村口一里左右有一座尖顶的木屋子，突兀地耸立在路边山脚下。这房子是座教堂，住着一个叫查理的牧师。当初查理来到古坊时，村里人看稀奇似的看着他。不过，查理显然是有备而来。他并不像孙悟空闯入女儿国时那么慌乱，而是温文尔雅地说着简单的汉语，很快消除了人们的警惕。精明的查理知道，这都与赵田禾先生有关，见过世面的赵先生包容了他，古坊也就包容了他。

　　牧师查理是古坊的一道奇异风景，红头发、白皮肤、高鼻子与村民格格不入。他一般待在教堂里，每周进村里两次，为村民看病，村民就将一把把蔬菜送到教堂。查理先生成为村里令人尊敬的牧师。当然，对查理先生最敬重的是赵田禾赵先生。每年正月第一餐，赵田禾便将查理请到家里来做客，敬他一杯浓浓的冬至酒。

　　这杯冬至酒温暖了外国人查理牧师的心，他对赵先生和他的古坊村都尊重有加，也因此成为古坊人的好朋友。比感情更好使的是查理带来的西药，村里中药管不好的病，只一两粒药丸就将奄奄一息的病人起死回生。也因此，查理牧师的教堂常常挤满了人，每到做礼拜的时候人们都虔诚地坐在教堂粗糙的木凳上，合起双掌念圣经唱赞美诗。善良的古坊人觉得到教堂做礼拜是对查理牧师救死扶伤最好的回报，不仅仅是来而不往非礼也的讲究，还是一种实实在在的报恩。

　　救死扶伤也有马失前蹄的时候，不灵验就算了，最怕人就死在病床上，四肢僵硬，周围一片亲人悲惨的哭声。查理先生知道人总是要死的，药也不是万能的，每个人总有一天会在吃下某种药后，毫无悬念地离开人世。但亲人们不会这么想，只会猜测是不是用错了药，甚至认为是医生的无能，这时医生的处境就困难了。查理不是医生，他只是个牧师，他抱着侥幸心理为自己狡辩。可这样的狡辩在真正出事时是不管用的，甚至你根本没机会说出这样的话，拳头加长腿就飞过来了。

这天上午，外国人查理牧师的大门是被田坝头人急促的叫喊声吵开的。其时，查理牧师由于昨夜饮下过量的冬至酒，尚未从酒意中还魂过来。但是嘈杂的声音迫使他放下一切继续睡觉的幻想，睡眼蒙眬地打开大门，看见田坝头人扛着一个不断呻吟的病人请求他医治。他简单地测量了血压和心跳，认为自己无能为力，便请他们赶紧到县城治疗。然而，病人痛苦的呻吟和旁人的要求，让他在病人被抬出门的一刻，从药瓶里掏出一粒止痛丸，给病人服下。谁也没想到，尚未止住痛，病人刚抬回田坝头家里就断了气。

病人是袁松奎老爷五服内的堂叔，平时关系平平，但一牵涉到死亡，辈分亲疏就显示出来了。袁松奎听后很生气，认为查理故意害死病人。于是，堂兄弟之间纠集了十来人，怒气冲冲地跑到古坊教堂，一脚踹开大门，将一脸发蒙的查理从床上抓起。消息灵通的古坊人闻讯赶来，保卫查理和教堂的安全。双方僵持不下，械斗一触即发。

赵田禾急匆匆赶到教堂时，查理牧师正急得哇哇大叫，脸涨得通红，像一只发怒的鹦鹉。对面是持着刀械的田坝头人，他们怒目而视，手臂上的青筋勃起，个个像受伤的野猪，随时可能不顾一切地扑将上来。双方之间的战斗一触即发。幸好由古坊群众站成的人墙及时阻截了牧师与田坝头人的愤怒，使他们的情绪无法直接碰撞燃爆。局面到了关键时刻，谁也没有注意到赵田禾的到来。田坝头人和查理都听出了对方的虚张声势，但都找不到决胜的突破口。古坊人的坚定，使本来气势磅礴的场面变得滑稽可笑。查理的怒吼终究有中气不足的时候，于是他不得不停下来，气喘吁吁地坐在旁边的木凳上。田坝头人一看，企图伺机冲过去，将查理再次抓起来。岂料，古坊人精神抖擞，个个挺胸挽手，一副视死如归的样子。

赵田禾看着僵持不下的局面，跨步走上前，对田坝头人说："乡亲们，有什么事对我说。查理先生是客人，不要为难他。"

田坝头这边有人认出赵田禾，大声说："赵先生，我们的事与你无关，我们要查理拿命来！这个草菅人命的骗子，不能让他再祸害人了！"

田坝头人神情激动，齐声高喊："不能再让红毛鬼子祸害人！"

赵田禾看着他们，真诚地说："乡亲们，你们的事我都知道。查理是牧师，治病是他的副业，他本身就不能包治百病。树头叔的死，我也深表同情，我想查理先生也不想看着他死去。可是，妙手也有回不了春的时候。大家扪心自问，有多少人的病是查理先生治好的？难道就因为他这次没有治好病，就要把他打倒，甚至打死他吗？如果这样，以后谁还敢去治病救人？"

赵田禾的一席话说得众人哑口无言，现场静寂下来，但他们仍然一副不肯罢休的架势。

赵田禾看着他们，继续说："查理先生平时在村里行医都不收费用，所以他的医疗费都由我代收起来了。今天，我将这笔钱带来，就作为他对树头叔的一点抚慰吧。"说着，他从家里长工刘大哥手上接过两锭银子，恭敬地捧到中间带头的那人面前。

田坝头人觉得事已至此，也不好再胡搅蛮缠下去，何况也变不出什么把戏，于是就借机找个台阶撤出来。但是戏份必须做足，他们骂骂咧咧地将不满撒在回家的土路上。一阵灰尘扬起在他们身后，迟迟不肯散去。

赵田禾的工作还没做完。他来到垂头丧气的查理面前，和颜悦色地说："查理先生，您还是收拾一下，离开古坊吧。"

不仅是查理，连在场的古坊人也大吃一惊。查理猛地抬起头，心里无疑一阵晴天霹雳。他还想优雅地感谢赵先生的及时解围，哪知画风转得太快，一向自恃聪明的他一时也回不过神来。于是，他只剩下大声叫喊，看不出一丝牧师的教养，"为什么？赵先生，这是为什么?"

赵田禾微微一笑,不急不忙地说:"查理先生,不是我要赶您,我也是千万分不愿意让您离开。您不是看到了吗?田坝头人虽然暂时离开了,但他们是不会罢休的。你以崇高的品德、精湛的医术维护了古坊的稳定,田坝头人心怀妒忌,他们还会乘机闹事。有了第一次,就会有第二次、第三次……袁家一直视古坊为囊中之物,我赵某人无枪无炮,实在无力保护先生安全啊。"

查理听了,沮丧地低下头,好一会儿,抬起头缓缓地说:"好吧,我明天就走。"

让查理离开古坊既是赵田禾的临时起意,实际也是思考已久的问题。自从各地发生驱逐牧师的风潮以来,他意识到要带领古坊群众走一条新路,就不能被查理的思想所左右,不能让查理的和风细雨麻痹人们。他敬重查理作为牧师时的良好操守,但并不认同查理的思想。田坝头人闹事,正成为将他请出古坊的好时机。可查理走了,没有西医,有些病中医又不管用,该怎么办呢?古坊人最担心查理一走,没人给他们治病。这点赵田禾早已胸有成竹,当然他考虑到的还不止这些。

第二章　桃红

一

古坊的变化就像春天妖艳的桃花，粉粉地透出一股新鲜而诱人的色泽，外村人看了无不羡慕中夹着妒忌。赵田禾趁着查理离开古坊，迅速做了三件震惊古田的大事，令人刮目相看。也正是在完成这三件事的过程中，赵田禾逐渐接掌古坊，使古坊顺利地按照他的意思被改造。而父亲赵善财看到赵田禾的所作所为，也终于松了口气，感到自己让他娶妻生子的策略终究是对的，只要他肯将心收归，古坊的天就还是他赵家的。

这头一件事，是赵田禾对父亲说，田坝头有新军，古坊也要建自卫队。父亲早就吃了不能自卫的亏，很容易就答应下来。自卫队怎么建呢？无非是人财物。赵田禾说，发动村里十八至二十八岁的青年全部参加，组成古坊自卫队，按照忙时劳动、闲时训练的方式，灵活机动，保卫家乡。训练场所就将赵氏宗祠旁的一处房产拿出来，还可以利用宗祠前面的大坪开展武装训练。自卫队需要的装备，由他到汕头购买三支来复枪，其余大刀长矛由村里的打铁铺按样打造。他要求父亲拿出钱来购买枪支，赵善财满口答应。但日常的支出呢？赵善财思考良久，对儿子说可以划出家里的一部分田产，作为自卫队的日常支出，此外还有个要求，那就是赵田禾要担任自卫队的头儿，任何时候不能把这个队长头衔让给他人。赵田禾自然知道父亲的用心，特别经过上杭光复闹剧，他已经彻底看清，谁有武装力量谁就可以占山为王，什么宣言理想都是一堆空话，只有架在权势之上的语言和行动，才能达到希望的彼岸。他点点头，答应了父亲。

赵田禾亲自拜访村里德高望重的老人，然后集中民意，拟了一份成立古坊自卫队的通告。通告说自卫队是古坊百姓自愿组成的保护家乡生命财产安全的武装组织，凡十六岁以上三十岁以下的古坊青年没有特殊情况一律自动加入自卫队，自卫队不发饷，一切开支和武器装备由赵田禾负责筹集。等等之类，通告贴出一个月后，古坊自卫队就正式成立，一共有五十六人。赵田禾暗暗一算，估计比袁松奎老爷家的新军还多，只是新军是全职，自卫队属于半军事组织。他自己担任队长，并挑选一位练过武术的青年赵福民担任副队长，作为他的副手。赵福民是古坊赵氏族里大房的人，积极主动，人又灵活，赵田禾用他可以平衡房族之间的关系，平时训练值守就由他负责管理。

秋天的稻子收割后，农村进入农闲时节。赵田禾利用自己是同盟会会员的身份，从上杭县城的新军营里请来一位教官，对自卫队进行正规化训练。从步伐到射击，从体能到基本的文化知识，由教官和赵田禾两人分工教学。两个月后，年关将至，自卫队的短期训练宣告结束。赵田禾别出心裁地搞了个军训汇报会，让全村百姓前来评判。汇报会包括跑操、棍术、刀械和刺刀表演等内容，老百姓感到十分新奇，纷纷评头论足。赵田禾看着初具规模的自卫队，心里十分欣慰，回到家里破天荒抱了鹏飞到村里玩，晚上还主动扳过细凤，用细细的胡子扎她温热的胸脯。他对细凤说，明天进一趟城，可能得几天，准备他的第二件大事。细凤紧紧地抱着他，久违的踏实感重新涌上心头。

第二天吃过早饭，赵田禾骑上马往村口走去。又是一个天寒地冻的日子，冷风袭来像一把把无影刀在天空飞舞，他的心里却暖洋洋的。虽然江湖一片厮杀，但他独守古坊倒也安稳平和。自卫队建立起来，他就具备了与袁家抗衡的资格，也保持了古田片区的稳定。虽然袁家的势力有不断扩张的趋势，特别是袁老爷利用儿子女婿在古田周边拥兵自立。唯有古坊，没有被袁家的势力渗透。他是有理想的，乡村自治运动的梦想萦绕在心中，古坊自然成了他的试验田。骑在马上，看到宁静的村庄、干净的道路，他的自豪感油然而生。在村口，两个自卫队员站立在樟树下，寒风凛冽却依然纹丝不动。他跳下马走过去，关切地和他们打招呼，问衣服是否够厚。看到他们穿着单薄，他想该给每个人配上棉衣棉帽了。

正漫无边际地想着，他突然发现村口不远的道路上堆着两团黑影。他快步上前，只见两团黑影竟是两个大活人，一个倒在地上，一个蹲坐着背朝他。他连忙躬身问道："怎么啦，老乡？"

蹲坐着的人转过身，是一个女孩，她哭丧着脸回答："我爹被人打了，起不来。"

"怎么回事？"眼前的孩子他并不认得，在自己的村口被人打了，他怎能不着急？

"我们想进村里讨一碗饭吃的，被村口看守的两个人驱赶，还拳打脚踢。爹爹被打得倒在地上不能动弹……"说着，她伤心地哭起来。

他赶紧伸出手将倒在地上的人扶坐起来，让身体靠在他身上，他看清是一个衣衫不整的中年人，脸色发白，眼睛无神地耷拉着。他对孩子说："来，我们一起将你爹扶进村里。"

孩子迟疑着，显然她怕进不了村，还挨一顿打。

"孩子，有我在，不用怕。救你爹要紧。"他试图打消孩子的顾虑，鼓励她。

孩子相信了他的话，赶紧一同将爹爹扶起来，慢慢地向村口走去。

村口的两个自卫队员先是一阵困惑，接着很快就过来一起帮忙，将中年男子带到了村里的中医铺。

赵田禾压抑着愤怒的情绪，铁青着脸，一边让郎中看病施救，一边叫人送来衣物和食品。天寒地冻，也不知他们在路上冻了多久，他心里像刀割一般难受。幸好，中年男子并无大碍，伤势不严重，可能是过度饥饿和寒冷导致轻度昏迷。半天时间，他已基本恢复正常。经过询问，才知道他们是逃荒的父女俩，流落到此，本想在古坊讨一碗饭，没想到还没进村就莫名其妙挨了一顿打。赵田禾听了，更加悲愤难忍，于是决定将父女俩安置在村外空置的教堂里，旁边的一块菜地给他们种，平时除了自己种点东西，再由村里接济一些。父女俩听了感激涕零，对赵田禾不住地叩头。

安置完落难的父女俩，赵田禾马上召集自卫队队员开会。他首先质问值守的两名队员，为何在这样的天气里将他们抛在野外，还殴打他们？两名队员委屈地说，自卫队规定不准没有亲戚的外人随便进村，他们想强行进村，就发生了冲突，也没料到那个男的会被推倒在地上。后来男的慢慢起来后，就向村外走去，由于雾气太大，值班的没注意后来的情况。赵田禾听了一头雾水，作为队长的他根本不知道自卫队还有不让外人进村的规矩，他只讲过不让滋事闹事的人随便进村，有突发事件应及时报告阻止。经过询问，才知道这个规矩是副队长赵福民定的。赵福民理直气壮地说，现在流浪的乞丐特别多，扰乱了村里的秩序，所以他交代值班人员一律不让乞丐进村。赵田禾听了更生气，说如果不是连饭都吃不饱，哪个人会背井离乡到处乞讨啊，只要我们有能力，就分给他们一碗吃的，积德的事我们要多做，损人的事绝不允许在古坊发生。一顿训斥后，他宣布从此以后，只要不是坏人，就都让他们进村，像过去没有自卫队时一个样。

处理完事，赵田禾气呼呼地回到家里。今天的事幸好让他碰上，如果发生什么意外，他的罪过就大了。自卫队组建以来，他只注意到让队员掌握技能，能够保卫家乡，却没想到还要做好他们的教育，看来还是自己疏忽大意所致。想着想着，自己也心生愧意，觉得还是要多花时间管好这支队伍。想起那对流浪的父女俩，他赶紧叫人送些粮食和蔬菜过去，让他们暂时渡过难关。

二

第二年转春的时候，赵田禾才将第二件事办成。因为村口事件的发生，赵田禾便将进城办事的计划暂时搁置起来，处理了村里要紧的一些事。他还想让父亲将家里的大部分田产拿出来，作为公共田产，一方面便宜租给缺地少地的村民，另一方面用田租做一些公共事务。这样既方便将家产与公产分离，也可以促使村里的其他地主将多余的田产一起贡献出来，一起办好村里的事。可赵善财有顾虑，怕招来其他地主的反对，落个吃力不讨好，于是这事也没办成。一晃又过年，照例是庸常的忙碌，不喜欢又不得不应付。现在他已基本将家里的大梁挑起来，因此便多了不少场面上的应酬。

刚开春，村里接二连三几个老人过世，都是身体虚弱，熬不过季节交驳时的气候异常。赵田禾感觉一阵紧迫感，这件事不能再拖下去，必须尽快解决。正月刚过，他再次启程前往县城的最大药房济善堂。

济善堂老板姓江，是个潮汕人。济善堂是潮汕一带规模最大的药房，上杭县城开的是分店，相当于现在的连锁经营。济善堂是县城唯一经营着西药的药店，店员里也有专门的西医，赵田禾就是冲着这一点要和济善堂打交道。然而济善堂门槛高，不是随便什么人能够进去的。赵田禾有位潮汕的同学姓江，是江老板家族同辈兄弟，所以同学的一纸荐书使他顺利地和江老板接上关系。江老板听说赵田禾是喝过洋墨水的留学生，又是同盟会会员，自然也是尊重有加。得知赵田禾登门拜访的时候，他正在后花园里看外江戏，看到《孟丽君》一出如痴如醉。这是他特意邀请潮汕有名的"荣天彩"戏班前来演出，看戏的时候不许人打断，也不管药店生意，一切应酬都推掉，一心一意只看演出。这次不知着了什么魔，听到赵田禾的名字，江老板竟然放下最喜欢的戏段，亲自来到前厅左侧的药店迎候赵田禾，并邀请一起看戏。

赵田禾对外江戏没有多大的兴趣，盛情难却，只得装着兴趣盎然的样子，眼睛随着舞台上鲜艳的服饰不断飞舞。有时他偷偷瞄过去，看见江老板神情痴迷，不时击掌叫好。他暗暗佩服，一个生意人能将俗事抛开只为看场好戏，真是洒脱而有情趣。后花园的戏台建在假山花草间，看戏的人坐拥园林，闻着花香，惬意地品茶看戏。春天的阳光照在花园里，明亮而充满生机，仿佛歌声和花香一起飘舞，萦绕在花园上空澄明的天空下。除了江老板和几个男的，还有一群女子围坐在一张八仙桌旁，津津有味地看着，他一时猜不透这些人的身份。阳光慢慢集中在树冠和一丛丛红艳的三角梅上，他觉得时光在这里过得特别缓慢，甚至在某一刻停止转动，他的思绪随着戏曲飞到很远很远，远到可以忘记古坊和他的一大堆壮志宏图。

下午的戏终于结束，江老板才彻底从戏剧的世界回到现实。他活动活动筋骨，站起来将瘦长的身子在夕阳下摇摆几下，好像这样才能让自己相信现实的存在。他热情地拉起赵田禾的手，向那群女子介绍这位青年才俊。他介绍完自己的夫人和女儿后，指着一位长得高挑圆润的姑娘对赵田禾说："赵先生，这位可是你的邻居，应该好好认识。"不料，那位姑娘自己先开了口："江老板，我和赵先生可不能见外，还是由我自己介绍吧。"江老板听了，哈哈一笑，忙说好好。

姑娘上前一步，轻轻一个躬身，说："赵先生，我也是古田人，我是田坝头袁举人的长女，袁宝珍。赵先生的大名如雷贯耳，只是一直无缘相识，今日巧遇，深感荣幸。"

赵田禾大吃一惊，没想到会在这里与袁老爷的长女见面，而且落落大方的模样与袁老爷家的保守家风竟毫不相同。不过他迅速想到袁宝儒也一样，只不过袁宝儒锋芒毕露好出风头，与眼前的袁大小姐风格不太一致。

江老板笑呵呵地补充道："现在袁大小姐已是卢夫人了，她的先生正是白砂新军营的卢天明营长。"

赵田禾再次如一根闷棍敲打过来，脑海里来不及反应，他怎么也想不到地痞流氓卢天明会是眼前美丽大方的袁大小姐的丈夫。

"江老板，你吓到赵先生了……"袁宝珍说完，自己用手掩嘴笑起来。

江老板和众人都笑起来。

赵田禾脸上微烫，也不好意思地笑起来。

第一次的会面，赵田禾像个腼腆的学生，袁宝珍反而像个大姐。但这样的会面并不尴尬，两人都留下深刻的印象。几年后，赵田禾想起这次会面，仍然有一丝怦然心动的感觉，外表上袁宝珍和细凤有一些相似，但在气质和交际上袁宝珍远远超越了细凤，特别是她身上流露出的那种教养，是细凤所不具备的。也许骨子里，他是喜欢具有文化教养的那种女子，只是细凤的到来，掩盖了通往心灵的那条秘道。不过几分钟，袁宝珍跟随江夫人离开了花园，往前厅走去。

江老板领着赵田禾来到会客厅，准备谈正事。赵田禾开门见山地请求江老板的济善堂到古坊开一家店铺，将村里原有的中药铺一并集中，由江老板派人经营，原有中药铺的郎中占一定比例参股得红利。江老板听了立即表示赞同，但他提出能否直接在古田集镇上开，这样能将古田地区的资源都利用起来，店铺经营才能做到有利可图，长久运转。赵田禾认为先做古坊的，以后有条件再扩大。两人热烈地探讨着，虽然江老板的年龄比赵田禾大了一轮，但并不妨碍他们大有相见恨晚的那种感觉。

在江府简单吃过晚饭，为了让江老板不耽误晚上看戏，赵田禾礼貌地告辞出来。他来到南门码头的十字街上，找了间经常借宿的干净旅馆住下，以便这段时间与江老板商讨具体的细节。县城的街道他是再熟悉不过。自日本回来后，他便和一帮青年经常组织集会，探讨治国抱负和实业救国理想。在这条铺满青石板的十字街上，他们常常在子夜时分从某间屋子里像风一样蹿出，余兴未尽地边走边谈，不时还高声争吵。偶尔有愤怒的人们，揉着惺忪的睡眼，推开窗门，朝街上大骂一通，或者将一盆不知什么水倾泻下来，将他们满腔的热情淋个落汤鸡。如今刚过完正月，十字街上生意萧条，人们早早地关了店铺，行人也三三两两。走在朦胧的街上，久违的冲动再次涌起，那些乌托邦似的理想和争论，度过了青春荷尔蒙过剩的日夜，回过头来是多么美好啊。现在的日子虽然充实，却过得越来越俗气，那种心有不甘的念头不时冒出来。正是因为这样，才有了将古坊作为试验田的想法。如果能将济善堂设在古坊，那么他的理想又往前推进了一步。他看见自己斜长的倒影被自己的脚步不断地踩着，开心地傻笑起来。

躺在旅馆里，外面码头上偶尔传来几声船工的酗酒和争吵声。一阵倦意袭来，他轻轻地闭上眼睛，眼前浮现出袁宝珍带着酒窝的甜美笑容。

三

赵田禾没想到袁宝珍自己找上门来。其实不是她找上门来，是托人带了口信，邀请他见面。也不是两人单独会面，是要他和一群人见面。即使这样，赵田禾心里也悄悄地激动起来。他恨自己那么没定力，还暗暗骂自己下流，不能去赴约。但到约定时间时，他还是不由自主地往目的地走去。

从江老板口中，他已经知道袁宝珍的一些情况。原来袁宝珍和江老板的女儿秀英在县城的萃英学堂一起同学过，两人关系很好，江老板夫妇也将她作为自己女儿一样看待。这次，袁宝珍身体虚弱，特地到县城来调理一段时间。江老板的女儿嫁给了城里一个姓郭的大户人家，与江府只隔一条街，因此袁宝珍和秀英两人天天腻在一起打发日子。但是，捎口信的人并没有说请他去做什么，他疑惑不解，想了半天也想不出一个所以然。

赴约的地点在贞洁巷郭府，从旅馆走过去不到十分钟的路程。赵田禾看见一座青砖砌墙石板门楼的大宅子，灯笼上的"郭"字十分醒目。他来到大门口，正要敲门，门却"吱"的一声自动打开，旋即出来一位家丁，将他恭敬地迎进去。他没有多话，跟随着家丁从左边侧门进入一个长廊，然后穿过堆积假山的花园，来到两层楼高的厢房。屋里传来嘈杂的女声，偶尔还有一串玲珑般的笑声。他一听就知道是袁宝珍的声音，他也感到奇怪，其实并没有听过她的笑声，凭什么认为现在传出的就是她的声音呢？可是，他是那么坚定地认为，果真后来的接触印证了自己的判断。

他跨进古色古香的厅堂，一眼就看见袁宝珍和五六个女子坐在红檀沙发上谈兴正浓。而他的到来，好似点亮了屋子，瞬间的光芒触发女子们的神经，不约而同地站立起来。袁宝珍未说先笑，将小小的酒窝展示得俏皮可爱，然后一边向他走来一边说着抱歉，还说冒昧邀请赵先生请不要见怪。赵田禾走上前，互相客气了一番，然后坐下来。

袁宝珍说今天非要请赵先生来不可，因为只有先生才能使今天的聚会变得有意义。赵田禾一脸不解，被她越说越糊涂。她一见便笑起来，酒窝变得更深，说："好了，我们不跟赵先生打哑谜了。我们几个好姐妹啊，原本也是萃英学堂上下届的同学，碰巧十多年了也都还在附近打转。我们这些既不新也不旧的女子，不会女红也不会打牌，于是商量着成立一个读书社。据说大城市很时兴成立什么社什么团，也把读书当作一种时尚，所以我们也就时尚一回，成立了这个萃英读书社。读书社不定期举行聚会，每次读一本好书奇书。"

赵田禾这才明白，原来请他来是与读书有关的事，想想一天来的胡思乱想，自己觉得惭愧。为了掩饰自己的荒唐，他只默默地听不发表意见。

袁宝珍看着他，举起一本线装书，说："今天要读的书，本不适合我们这些弱女子阅读，无奈我们好奇心太盛，又没有能力读懂，所以请赵先生帮我们解读。"

赵田禾凑前仔细一看，原来是邹容的《革命军》。这本《革命军》早在日本留学时他就看到过，作者邹容也曾东渡扶桑，所以他读起来特别有感触，也成为他的人生指南，后来他加入同盟会参与共和事务，与《革命军》有绝大的关系。可是，他疑惑不解，这些女孩子也竟然喜欢这类书籍，特别是袁大小姐，顽固保守的袁老爷家怎么会养出如此思想的女子呢？他在心里啧啧称奇。

赵田禾最喜欢的事就是和一帮朋友读书论道，和一帮女子一起读书倒没有经历过。虽然男女授受不亲的观点早已打破，可是真正落到现实之中的少之又少，更何况偏僻的小山城。不过，此刻他是由衷地欢喜，没想到光复之后妇女能够真正变得具有独立之思想。他不知不觉露出笑容，并接过袁宝珍递过来的《革命军》。

袁宝珍向他介绍读书会的姐妹们，除了江秀英外，都是第一次见面。她们还未等赵田禾说些客气话，就纷纷向他提问，既有问邹容个人的经历，也有问《革命军》里的内容，不过她们最感兴趣的却是日本的情况。赵田禾自然没见过革命启蒙者邹容，他来到日本早稻田大学时，邹容早已牺牲在清王朝的监狱里，年仅二十岁。但自从读过《革命军》后，他曾追寻邹容在日本留学的足迹。那年冬天，他踏着积雪行走在东京街头，终于在一片萧瑟中找到同文书院。借助在那里留学的中国同学，他得以在图书馆找到邹容最喜欢阅读的卢梭的《民约论》、孟德斯鸠的《万法精理》、约翰·穆勒的《自由原论》。在宁静的图书馆里，他翻开日文版的启蒙著作，思想的天窗顿时打开，和《革命军》一道，像霞光笼罩，像苍穹惊雷，思想之光引导他在白雪皑皑中坚定前行。赵田禾的话题就从日本的顿悟谈起，结合《革命军》的内容谈自己对革命的认识，对邹容的景仰。

客厅内鸦雀无声，只有赵田禾抑扬顿挫的讲述汩汩流进她们的心里。他也沉浸在往昔的时光里，回味着追逐进步的脚印。他朗读："革命者，天演之公例也。革命者，世界之公理也。革命者，争存争亡过渡时代之要义也。革命者，顺乎天，而应乎人者也。革命者，去腐败而存良善者也。革命者，由野蛮而进文明者也。革命者，除奴隶而为主人者也。"他的讲述得到了袁宝珍的极大呼应，也给予甚高的评价。末了，几个女子不住地询问日本的留学生活，缠住他，要他介绍日本的富士山和樱花、日本的艺妓和清酒。赵田禾也向她们一一介绍，不时还赢得她们开心的大笑。在讲到艺妓的时候，她们还问得特别细，要赵田禾讲和国内的妓女有什么不同。赵田禾支支吾吾讲不清，更让几个胆子大的女人取笑。幸好袁宝珍及时解围，才避免更大的尴尬。

读书会结束的时候，袁宝珍送赵田禾走出郭府，不住地感谢他屈身为她们讲解，使自己受益匪浅。她还对赵田禾说，赵先生是思想之大家，古田的明天全仰仗他去改变，希望他多抬爱袁家和卢天明的新军，双方携手共创未来。

赵田禾跨出郭府高高的门槛，抬头望见阳光明媚，转过身客气地与袁宝珍等人道别。

四

田坝头袁家有书底是远近皆知的事实。自袁松奎老爷上溯三代，不是举人便是秀才，虽然后来时局动荡，但殷实的家底仍在，袁宝儒这一代自然也非等闲之辈。袁松奎早年还是能够跟上潮流，虽然清王朝摇摇欲坠，他的举人老爷身份也在一直贬值，但他毕竟不同于一般乡绅。他始终将读书作为大事，有私塾时办私塾，有新学了也果断送孩子去读新学，连女儿也不例外，因此大儿子宝儒、大女儿宝珍和小女儿宝莲个个都读过新学。当然，袁老爷还有一件事让人津津乐道，是今年小儿子宝清的出生。四十三岁得子，幸好宝儒媳妇和宝珍还没有正常怀上孕，不然就爹爹爷爷一起当了。次子出生，袁老爷乐得开怀大笑，仿佛看到袁家灿烂的未来，也更加坚定了保卫袁家地位的决心。

倒回二十年，他田坝头袁家还是古田的第一财主，跺跺脚古田的地皮也要抖三抖。要不是自己打了个盹，才不会一不小心让古坊那个姓赵的钻了空子，来了个穷人大翻身。赵善财的出现搅乱了古田的格局，差点让古田重新洗牌。袁松奎措手不及，忙中出错，结果让其他地主也得了利，最后只保住田坝头和周边几个村子的田产，变成与赵善财等人势均力敌，再也无法呼风唤雨。他隐隐感到世道正越来越糟，越来越看不懂，有时心里莫名地发慌，觉得周边没有一样东西可以使自己踏实下来。晚上频繁地做噩梦，梦见自己被打倒，变成穷光蛋，流浪在古田街头。更为糟糕的是，原来以为袁世凯当上大总统，就坐稳了江山，后来袁世凯登基当皇帝，更是袁家人的天下，孰知袁世凯不过百天就被迫退位随后一命呜呼，成为一个天大笑话。他急得上火，好像自己犯了大错羞于见人，只能困在家里自寻出路。

最先是从儿子宝儒身上看到希望。袁松奎曾对儿子感到失望，儿子从小不认真读书，胆子大得可以骂天，喜欢卖弄小聪明，他认为没有继承袁家的书种。他曾将宝儒捆起来毒打，儿子却依然无法安心读书，最后只能听之任之。长大了，他执意要跑到潮汕去读什么书，谁料却是去加入新军。虽然不多久就灰溜溜地回到家里，还用新军的名义来拉大旗作虎皮，但收效却十分明显，周边的人对袁家的敬畏之心陡然增加。看到这些，袁松奎立即支持儿子，要他以新军的名义成立一支武装力量，于是就有了古田新军的由来。

古田新军没搞多久，没想到半路杀出个程咬金，平地冒出个卢天明。卢天明是谁？方圆二十里也是小有名气，不过是恶名声臭脾气。放在二十年以前，袁松奎同样嗤之以鼻。卢家只不过是白砂里小坑村一介平民，略有薄田，世代算是本分，然而默默无闻。可到卢天明出生后，这小子像石头缝里跳出的孙猴子，顽皮捣蛋，把村里搞得鸡飞狗跳。他勉强读过几年书后，就再也不肯挨先生的戒尺。到他十五六岁的时候，村里来了一帮闽南打石师傅，为一家地主雕门楼刻石像。他着了迷似的喜欢上了石雕还有那些光着膀子的石雕师傅，工期结束后，就跟着他们到了闽南。他父亲不管，村里人也松了口气，暗中祈祷他永不回来。

几年后的一个月黑风高夜，一阵旋风刮进白砂里，"嘚嘚嘚"急促的马蹄声震得小坑村心惊肉跳。自光复以来，村里就谣言四起，大家都不知道光复是什么意思，只知道县太爷下台，许多人在争官当、互相斗殴，村里也没有人敢管事。然而，终究村里太过偏僻，没有什么新的动静，大家也就相安无事。这天晚上的马蹄声显然不同，不仅仅是一两匹马，最少是一支队伍，而且来得突然而诡异，村民们都吓得缩在被窝里不敢动弹，更没胆量推窗看热闹。马蹄声终止在卢天明家门前，他的父母任凭屋外的人如何礼貌地呼叫也不敢出来开门，其实也不是不敢，是根本吓得爬不起来。后来，屋外的人急了，一脚踹开松垮的木大门，举着汽灯怒气冲冲闯进屋里。一阵照射之后，发颤的卢父才看清眼前的正是消失多年的儿子卢天明。

待看清确实是儿子后，卢父掀开被子，对床上的老婆说："吓鬼哩，是天明这个王八犊子。老婆子，快起来！你儿子人模狗样了！"

听完父亲的这句话，卢天明哈哈大笑起来，对正在穿大裤头的父母说："你们看，儿子我发达了！你放心，今后谁也不敢欺负我们卢家。"

卢母这才有空看了看儿子，发现他穿着一身灰军装，浑身冒着一股精神气，与原来的卢猴子完全两码事。她放下心来，相信儿子不知得哪个菩萨保佑，混出模样来了。她走上前，小心地摸了摸儿子笔挺的衣服，捏了捏粗壮的手臂，发现儿子长大了，就牵着他的衣袖呜呜地哭起来，诉说自己如何想念他，如何担心他吃穿住行，怕他学坏，怕他抛尸荒野……卢父一边听得不耐烦，就喝住老婆的唠叨，叫她不再说晦气的话。父亲终究是父亲，他一挥手叫儿子将外面的人招呼进来喝上一杯热茶。卢天明说不用，那些都是他的手下。父亲眼睛一瞪，手下就不是人啊，黑灯瞎火地跟着你回家，像土匪进村，你还不让人家进来喝茶暖身子。卢天明一挥手，士兵们都拥进来，将小小的厅堂挤得满满当当。

谁也不知道卢天明干了什么勾当，突然就带了一帮讲闽南话的士兵回来，还有每人一杆枪。很快他就在白砂里扎下来，与当地豪绅勾结起来，成立白砂新军。在白砂集镇的主路旁，卢天明驻扎下来，坐地收赃，过路费、经营费、卫生费……还美其名曰收税为民，说什么新军保护白砂平安，为民消除隐患。不过，他对老百姓倒没多少伤害，知道那些穷光蛋压碎了也榨不出几两油水。他除了所谓收税外，就是充当大地主的打手，将争夺利益中处于劣势的小地主补上一锤，让他们彻底破产，不得不被大地主们兼并。

卢天明的动静再大，比起袁宝儒，他就是一个地痞，也没有什么教养。然而他胆子大，更加勇武敢干。袁松奎自感遇到比赵善财父子更加强大的对手，如果不加防范，他的枪口不知什么时候就对准田坝头了。田坝头是袁松奎最后的堡垒，也是他的底线，于是他交代宝儒加紧训练新军，不能吃白砂新军的亏。袁宝儒也不是吃素的，他比卢天明有文化也更有见识，考虑问题也更为周到。自古以来，潮汕一带与上杭、古田之间关系更为密切。上千年的汀江船道，将上游的上杭和下游的潮汕地区连成一片，两地之间有着商贸和人员的往来。袁宝儒的发家之地在潮汕，卢天明的发迹地是闽南，从人脉关系上看，闽南与上杭的联络显然更少些。袁宝儒很快就找到更大的势力，将卢天明的气焰压制下来，使他不敢对袁家小觑。相反，一两次的敲山震虎之后，卢天明主动上门拜访袁家父子。虽然骨子里不爽，但是卢天明的姿态还是赢得袁松奎老爷的满意，袁宝儒也一副惺惺相惜的样子，热情接待了他。两支新军头目在酒酣脑热之际，还确定了联保制度，即平时互不干涉，有事共同对外。后来，两地有来有往，关系逐渐融洽，袁松奎老爷竟也有些喜欢卢天明豪放、敢作敢为的性格。

直到有一天，白砂的大地主上门为卢天明提亲，请求袁松奎将大女儿宝珍许配给卢天明，被袁松奎一口回绝。然而，得知消息后的宝珍对父亲说同意嫁给卢天明，请托信回复媒人。袁松奎大吃一惊，思索良久，也终于答应这门婚事。不久，卢天明就热热闹闹迎娶了古田最有名声的袁家长女，成为当地最为轰动的新闻。

五

赵田禾通过县城的好友，很快弄清楚袁家和卢天明的关系，但他始终不明白为何知书达礼、思想进步的袁宝珍会同意嫁给地痞流氓出身的卢天明。在他看来，如此聪慧的女子只有饱读诗书的青年才俊才能配得上。可现实让他大跌眼镜，也再次证明他的书生气。对于女人，只能说他还太幼稚，自己的思维太简单。袁宝珍嫁给卢天明，好处是显然的，从此卢天明归顺袁家。之前袁宝儒与驻扎在汀州的潮汕军阀接上头，被任命为新泉新军革命营营长，新泉和古田田坝头片都归他管辖。卢天明在南，袁宝儒在北，南北两翼成为袁松奎的左臂右膀。袁宝珍的大义，成就了袁松奎合纵连横的妙棋，重新成为古田地区之翘楚。

在赵田禾不胜嘘唏的同时，药店设点的事也顺利地签订了合约。古坊片济善堂由江老板和赵田禾共同经营，江老板负责供应药品和人员，赵田禾负责场地和一应用具。赵田禾问江老板，在古坊建分店不介意袁家会不高兴吗？江老板马上说，生意人不介入任何纠纷，如果袁家愿意合作，济善堂照样欢迎。赵田禾点点头，也放下心来。于是，他选择一个春光灿烂的日子，向江老板和还在调养的袁宝珍辞行，回到古坊。袁宝珍在临行前，特意对赵田禾说，想找一个时间好好听一听他的乡村自治试验，让古田全区都能够走上康庄大道。赵田禾答应她，等三件大事一做成，就请她到古坊考察。

赵田禾骑着马经过教堂时，正碰上流浪的父女俩要外出。他跳下马，问他们生活情况，还有什么困难没有。流浪男子看见赵田禾，感激涕零，说大恩大德永世不忘，这些日子幸而有他照顾，父女俩已经完全康复，要离开古坊，回家继续租田生活。他看到父女的脸色红润，衣着整洁，精神也重新焕发起来，放下心来，便从衣兜里掏出一块银圆，作为他们种田的本钱。父女俩一见，再次千恩万谢，好一会儿才各自告别相向而去。

回到家里，赵田禾高兴地告诉父亲，建医院的事办成了，不久村里就有自己的医院，百姓看病就不用愁了。赵善财得知最负盛名的济善堂能够将分店开到小小的古坊，也欣欣然击掌叫好。他再次慷慨提议，按药房和医院要求，将村中心一处三堂出水的青砖瓦房进行改造，全部提供给济善堂。屋内需要添置药柜家具之类，一应用上等木材请最好的木匠定制。按照赵田禾的意思，有了济善堂村里就不再设其他中药铺，村里的两个铺子都归到济善堂来，统一经营，统一管理，使医药卫生规范起来。

赵善财听后，忧虑地说："村里的两个中药铺虽然都是赵家人在经营，但他们都和自己不同房族，平时就有些小矛盾，他们未必肯合并。"

赵田禾乐观地说："我们这是服务村里亲房梓叔，男女老少都受益的事，济善堂的药品和医疗水平都是无可挑剔的，他们应该会识大体。"

赵善财呵呵一笑，没再说什么。赵田禾知道父亲的"呵呵"大有深意，却不知道他的"呵呵"指向哪里。果不其然，两个中药铺的先生都不同意，而且有很强的抵触情绪。为了叙述方便，我们将中药铺的主人分为大赵先生和小赵先生。大赵先生对小赵先生说："看来善财家的手伸得很长啊，是不是要将村里的全部财产都归并到他家？"

小赵先生立即表示赞同，大声说："善财善财，善者不来。一个纸厂学徒，能够将袁老爷都逼出古坊，他们家有什么做不到的呢？看来我们只有束手就擒的份。"

两位先生都在学中医时，受过一些启蒙教育，所以也能说一些艰深的词语。尽管赵田禾开出的条件很优惠，他们自己也清楚，只要济善堂开张，小小的中药铺估计也只能关门大吉。可是，他们咽不下这口气，受不了赵善财家的蒸蒸日上。况且，还有一些小地主背着赵田禾父子，在大小赵先生面前煽风点火，造成他们与赵田禾父子势不两立。赵田禾看此情况，只好告诉他们合并与否并不强迫，只要想通了随时可以合作到济善堂来。大小赵先生在赵田禾走出铺子后，分别朝他的背影吐了一口很浓的痰。

中药铺的不合作，并不能阻止济善堂进驻古坊的步伐。三个月内，赵善财将房屋和药店设备全部修建完毕。随后两个月，由济善堂派来的负责人陈医生和一名药士、两名护士负责打理药店。到农历七月底的时候，"双抢"完成田里的秧苗全部插完，赵善财选了个黄道吉日，济善堂正式开张。开张那天，江老板和赵田禾亲自为济善堂揭牌，然后点燃烟花，将古坊的蓝天熏得烟雾缭绕。四面八方的百姓闻讯赶来，他们不仅看热闹，还顺便抓一些中药回家。特别是济善堂的特效药万宝油五折优惠，人们蜂拥而上，不过一个时辰就抢购一空。

江老板和赵田禾看此情景，笑得合不拢嘴。村里的老百姓说，即使一年一度的扛仙师菩萨也没见这么热闹，济善堂把古田人的魂都勾来了。几十年后，古坊人看惯了买盐抢购、买肉抢购、买布抢购，常常不屑一顾地说："我早在民国初年就看够万宝油抢购了。"

大小赵先生的中药铺果真日落西山，一日不如一日。尽管他们要尽手段，向济善堂的门上抹牛屎，在村里张贴污蔑济善堂的大字报，向病人散布济善堂的坏话，然而事实胜于雄辩，大小赵先生不但没有收效，反而引火烧身，惹得众叛亲离，连自己的亲房叔伯都跑到济善堂看病抓药。大小赵先生一气之下，两人喝下六斤珍藏三年的陈年老酒，在酒桌上抱头大哭，然后在漆黑的夜里，唱着"风萧萧兮易水寒，壮士一去兮不复还"，雄赳赳气昂昂地离开古坊，到外地开辟疆域去了。

六

赵田禾觉得只要一鼓作气，再干完一件事就可以请袁宝珍来村里，让她看看自己心中的乡村。虽说并不曾承诺什么，但他总以为袁宝珍理解他的理想，理解他为此奔波实践的乡村建设。他需要有人理解，希望得到她欣赏的眼光。袁家兄妹大不一样，袁宝儒有一股骄纵之气，而袁宝珍却散发出淡淡的沁人心脾的清香。这清香不是兰香，比兰香浓一些，比桂花淡一些，像什么呢，像粉红的桃花散发出若有若无的气息。对，袁宝珍就像桃花，艳而不俗，红而不烈，盛开在平常山谷，照亮了初春的天空。

办一所乡村新式学校是赵田禾的梦想，也是他乡村自治运动最重要的一环。他把办学放在三件大事最后，只是因为教育需要稳定的环境。启发民智才能脱离愚昧落后，才能使古坊走向现代，建设一个新的乡村，培养一批新人。他在许多个漫长的夜晚，看见窗外漆黑的世界，心中不断盘算如何将乡村点亮。他在黑暗中规划古坊村未来的布局，哪里是医院、哪里是学校、哪里是体育场、哪里是议事厅……慢慢地，古坊的每一块土地都填上他饱满的理想。他将学校设计在村里小溪边的大樟树旁边，以文昌阁为倚靠，教室、实验室、教工宿舍和运动场一应俱全，全都按新式学校的样子建造。他一遍遍画学校规划图，又一次次否定自己，终于在某个黑夜将尽黎明到来的时刻，他突然想到将南洋风格与本土方土楼相结合，建成一个外面封闭、走廊相通、留有大天井的三层教学楼。他放心不过别人，将建校的任务交给父亲，要严格按照图纸建造，楼层要高、天井要大、通风要好。赵善财虽然大字不识，但要求严格，做事缜密，负责建学校是再好不过。

赵田禾眼下最要紧的是请校长请教师，他要争取一开春就让孩子们入学，全部进入新式学校读书。医院已经进入稳定的发展状态，每天都有来自周边的病人前来。赵田禾没想到救死扶伤的同时，还能得到不菲的分红。几次他想降低医疗费用，但江老板不同意，说这是当初已经定好的协议，不能更改。于是，他利用积累的分红，用来做村里的公益事业。医院太小了，他还在紧锣密鼓地扩大规模。这边学校也正式启动，教学楼已经破土动工。赵善财对儿子保证，半年内将教学楼建起来，再用半年时间添置设施用具，绝对不会耽误春季开学。赵田禾心里有了底，就开始四处物色能够胜任校长的人选。他开出一张长长的要求清单，送给同学朋友，请求他们帮忙推荐。然而，他们一看到清单，自己先吓了一身冷汗，说这哪里是选校长，根本就是选魔术师。要说符合，网罗古今中外，只有孙悟空一人符合要求，反正身怀七十二变，怎样都难不倒他。赵田禾转了一圈，也没有合适的人选，正想降低要求，却有人毛遂自荐上门揭榜。

赵田禾大喜过望，打着赤脚出门迎接。却见门口站着一位身体短小、粗布长衫的男子，大约四十出头，与印象中儒雅斯文的校长形象大相径庭，他顿感失望，却不敢表露出来。

赵田禾对男子拱拱手,说着欢迎欢迎,脚步却不挪动,问:"先生贵姓,如何称呼?"

来人看着他,也拱拱手,并不回答。

他以为对方没听清楚,又问了一句。

"战国时,孟尝君求贤若渴,门客数千,天下寒士无不蜂拥而至。如今,先生欲效贤能,家中门槛怎么如此之高?我人矮身小难以跨越。"

他听了大吃一惊,赶紧躬身道歉,请男子入内详谈。

他取出去年清明节那天采摘做成的白毛尖,泡上一壶,顿时客厅内飘逸着浓浓的茶香。男子端起茶杯,轻轻呷上一口,慢慢润入喉咙,随后面露喜色,主动自报家门。原来男子姓刘,叫刘庆兴,以前是汀州开明小学的校长,由于与当地乡绅意见不合,所以一气之下辞职不干。听说赵田禾思想开明,便过来应聘。谁知开门相见,刘庆兴见他以貌取人,便以为徒有虚名,与其他地方乡绅并无两样,略感失望。刘庆兴说:"幸好赵先生上等的白毛尖,让刘某重获温暖与清香。不知先生有何要求?"

赵田禾看着其貌不扬的刘庆兴,心里已经有谱,便问:"刘先生对乡村教育有何看法?"

"所谓教育无非是开启民智,培育人才,造就能够适应未来之需要的全新一代。"刘庆兴说起乡村教育侃侃而谈,从中国现状到闽西特点,从新学兴起到未来社会发展,他像一部开动马达的机器,谈兴一起就难以刹车。

赵田禾听着过瘾,两人一拍即合,当场决定留下刘庆兴,担任古坊平民小学首任校长。刘庆兴击掌而歌,唱道:"登车不复顾,去意何决然?捐生报知己,孰为效燕丹?田光明一志,将军无二言。信任能如此,一身何足恋?"

这天中午,赵田禾请轿夫将赵先生请到家中,与刘庆兴一道喝酒畅谈。赵先生与刘庆兴一见如故，两人频频举杯，谈笑风生。不多时，赵先生竟有醉意，不断对赵田禾说今日幸会，古坊有福，他也放心了。赵田禾请求他担任平民小学顾问，他摇摇头醉眼眯缝，拒绝邀请，说自己早已归隐山田，远离尘嚣，学校的事有刘先生在，他一万个放心。赵田禾只道先生是酒话，没想到第二天特意提议，他还是坚定回绝。

赵田禾将家里右厢房最好的房间分给刘庆兴，请他一道谋划校园建设，同时全权负责老师招聘。刘庆兴不肯住在赵家，但一时又没有地方可住，就答应暂时住一段时间，等学校建好就搬到学校吃住。刘庆兴对学校事务稔熟颇有经验，赵田禾很快就看出他的才能，特别是他注重科学与思想的教育，也让赵田禾充满信心。但他也很快看出，这个刘校长不是一般人，他的老练中隐含着一股说不清的东西，让人一眼看不透。他突然有些担心，不知道这个从汀州府过来的校长有什么不为人知的秘密。

刘庆兴常常以招聘老师为名离开古坊，一去就是十天半个月。秋天的银杏叶落在村口路旁，赵田禾亲自到村口迎接第五次出门招聘的刘校长。到目前为止刘庆兴每每空手而归，每一次回来总是说着一个个优秀的教师和学校充满希望的未来。刘庆兴并没有感到什么异样，他已经习惯眼前的孟常君对他的优待。两人亲密地回到赵家后，两人一边交谈一边喝酒。待酒过三巡，赵田禾将酒杯重重敲在桌上，脸色一沉，对刘庆兴说："刘校长，我待你如何？"

已有酒意的刘庆兴毫不在意，"不错不错，越来越有孟尝君的胸怀和气度了。"

"可我怎么感觉自己像个被猴耍的傻子？"赵田禾歪着头，斜着眼质问他。

"谁是猴？谁是傻子？"他还是一副不知情的样子，但明显心里有点异样，"田禾，你可要说清楚！"

"刘庆兴，刘校长，我把你当朋友，你把我当什么？你说到古坊来到底是为什么？"赵田禾再也控制不住，忍不住发起火来。

他突然一个起身用手一拍桌子，低沉地说："我来古坊搞共产！赵先生，我把你当朋友，你帮我，我也帮你！"

赵田禾没想到他那么直截了当，气就消了半截，就继续质问他为何要选择古坊。他不再避讳，直接说是党组织的安排，赵先生是民主人士，思想开放，易于接受新事物，当然就要从这里打开局面。

赵田禾生气地说："你说我思想开放，为何一开始不说实话？"

刘校长哈哈大笑："一开始就说实话啊，我确实是从开明小学辞职真心要来应聘的。只不过，你也没问我是不是共产党员啊？"

赵田禾端起酒杯，与刘庆兴碰个满怀，两人一饮而尽。

七

赵田禾第三次和父亲促膝长谈，这一次脸上有了喜气。他们之间的长谈事关家庭和古坊全局，不再是搞自卫开医院建学校，而可能是改变命运的抉择。一开始赵田禾找到父亲的时候，赵善财脱口而出的四个字是"你疯了吗"，接着怎么也不答应，反而告诫他提也别提这件事，这是痴心妄想。碰了一鼻子灰，赵田禾并不灰心，他像吃了迷魂药似的，再次找到父亲。在昏暗的屋子里，父子俩秉烛夜谈。从家世转到身世，谈到如何艰辛地摆脱家庭的赤贫，赵善财几次哽咽落泪。正因为受尽了贫穷的苦，赵善财对家产有种刻骨铭心的保护意识，他不是守财奴，却无法做到千金散尽的洒脱。赵田禾自幼读书明理，又接受西式教育，行为率真大胆，也给自己带来极大风险。父亲曾对他说，"田禾，我们是平头百姓，救不了国，就好好地保自己的家吧。"他认真地对父亲说，"爹，你看国家现在乱糟糟的，再这样乱下来，我们的家怎能保得住呢？"赵善财总算有了触动，但无论如何，触及底线的时候，他是不会松口的。

　　刘庆兴频繁地找赵田禾谈话，外人都以为两人是因为办学的事情忙着，实际上，刘庆兴已经将赵田禾作为发展对象，成为他的联络人、负责人。赵田禾追随孙中山的理想，一度对三民主义奉为圭臬，后来军阀割据，又建立国民党，心生厌倦，才全身心投入乡村自治运动，颇有点自扫门前雪的意思。如今，埋藏在心中的激情被刘庆兴重新燃起，开始信仰共产主义，并在平民小学开学后的第三周，向党组织递交了入党申请书。他托刘庆兴带来马恩著作，还有《新青年》《新潮》《列宁学说》《独秀文存》等激进书报。每当谈到兴奋处，他便快步来到学校，与刘校长长谈公事，外人一概不准入内。就是在这一次次的交流争论中，他们萌发将世世代代"耕者有其田"的理想付诸实践的想法。赵田禾激动地站起来，对刘庆兴说："就从我家开始吧。"

　　赵田禾要和父亲长谈的正是分田减租的事。赵田禾"崽分爷田"当然不心疼，但赵善财怎么不心疼？家里的每一分田都是他苦心经营的结果。这还不算，在儿子的嘴里，这些田产还是不义之财，是他剥削榨取的结果，要归还那些穷人。他当然想不通，还生起了气，有一段时间见到儿子都不想说话。

　　赵田禾却抱着"我不下地狱，谁下地狱"的气概，想方设法做父亲的思想工作。他那种世界大同般的理想，最让人心动的在于平等与自由，即便是赵善财这样独占古坊的地主，社会地位也不高，还时时面临外界的挤压和盘剥。父亲见他意志坚决，终于松了口。自他接手家庭以来，每一件事都做得有模有样，古坊已经做到了天翻地覆之变化。父亲相信儿子的判断，决定跟随他赌一把，但父亲提出只能将家里的田分出一半。他一口允诺，感谢父亲的开明大度。

　　父亲答应分田的时候正是秋收结束，也正是分田的好时机。赵田禾与刘庆兴商量以后，决定做村里其他几个小地主的工作，让他们也划出五成土地，分给无地佃农。这一次赵田禾吸取合并药铺的教训，自己不急于出马，而是以古坊农民协会的名义贴出布告。一时间，整个古坊一片哗然。无地农民欢呼雀跃，立即奔走相告。村里的地主都拥到赵善财家，围着赵善财要求他出面说话。千年规矩，怎么能说改就改呢？自古以来，谁有权势谁拥有土地，是天经地义的事。哪里冒出个农民协会，一张纸就把规矩破了，这不是无法无天嘛！

赵善财坐在太师椅上，示意大家坐下谈，由下人端上茶烟。听完众人叽叽喳喳的吵闹后，说了句："皇帝老子都拉下马了，还有什么法什么天！"众人全都死一般静下来。"拿出五成的田，我是同意了的。前些年，田坝头人轰轰烈烈祝贺袁世凯当大总统，后来还想当皇帝，结果不到百天就倒了台，还送了命。钱是赚不够的，大家还是破财消灾吧。"众人听出弦外之音，都不再作声，垂头丧气地走出赵善财家。

赵田禾和刘庆兴时刻关注着村里的动静，奇怪的是竟然没有大的波澜。自从在赵善财那里自讨一番没趣后，村里的地主联名具了一状给农民协会，要求降低分田份额，不能大户小户一个样。赵田禾和刘庆兴商量了一下，也认为瘦死的骆驼比马大，小户的田分少，分掉一半也剩不多，于是就决定拿出三成的田，但必须好坏田各半。得到答复后，地主们再没什么异议，白天都缩在家里，也没有什么串门的迹象。刘庆兴认为这是暴风雨前的宁静，不正常，就要求自卫队加强巡逻，以免有人暗中破坏，农民协会也要抓紧将分田方案拿出来，争取在过年前将田分到农民手里。

果然，刘庆兴猜测得没错。就在地主们联名告状的第三天晚上，自卫队的巡逻队员抓住两个鬼鬼祟祟的黑衣人。带到队部一看，原来是村里的两个地主，准备偷偷跑出村。巡逻队员一再审问，他们一口咬定是出门走亲戚，说是白天事情多，只有晚上去串串门。在冷冰冰的夜晚，鬼才相信他们的谎言，可是又抓不到什么证据，巡逻队员立即向赵田禾报告。赵田禾赶到时，两个小地主抖抖索索缩成一团，还不肯将头抬起来。赵田禾问了问巡逻队员，才发现这两人就是开中药铺的大小赵先生。原来大小赵先生听到又要分田，着了急，前段时间匆匆赶回了古坊。看他们两眼一斜，死也不肯说出夜里出门的原因，赵田禾决定先放了他们，静观其变。他也相信，一场风雨很快就会到来。

八

下午无事，身体不舒服，赵田禾正想到床上躺躺。刚躺下，被告知来了客人，还是一个女的。女的？他满腹狐疑，整理衣冠后，方才走出客厅。客厅上方的宾客位坐着一位穿着暗红旗袍的女士，那不是袁宝珍还会是谁！赵田禾满心欢喜，快步走了过去。"宝珍，你怎么来了？"他的声音和着一股快乐溢了出来。袁宝珍连忙站起来，向他问好。他心里暗暗吃惊，旗袍衬托出眼前这位少妇成熟丰盈的身材，凹凸有致、窈窕婀娜，手臂像雪白的莲藕，脸还是少女般的鹅蛋形，微微一笑时两边的小酒窝露了出来，真是有万种风情。不过，今日可不是谈论风月的时候，袁宝珍脸上写满了不安与焦虑。

还不待赵田禾与袁宝珍寒暄，袁宝珍急切地向赵田禾透露了一个令人震惊的消息：古坊村的地主们联名向国民政府告状，说古坊的农民协会在共党分子的蛊惑下，破坏土地政策，逼迫地主分田。国民党党部已经下令，闽西混成旅将在一两天内派军进攻古坊，收复被农民协会收缴的土地。赵田禾吃了一惊，没想到敌人那么快就动手了。他问，"是混成旅的全部人吗？"袁宝珍说，"不是全部，是混成旅一团二团，就是卢天明和袁宝儒的部队。"赵田禾明白了，去年春天，国民党福建省党部下令改编闽西所部，全部编制为国民党闽西混成旅，袁宝儒成为国民党闽西混成旅一团团长，卢天明当上闽西混成旅二团团长，一南一北，使袁家在动荡不安的年代里，保持了相对的稳定与独立。如今，古坊搞土地改革，影响到田坝头的土地基础，所以他们一定要把古坊搞垮。

"赵先生，您快想些办法吧。卢天明和袁宝儒的部队人多势众、武器精良，恐怕你们难以抵抗。我一个弱女子，唯一能做的就这些了。您多保重。"袁宝珍站起来，对赵田禾作了最后的交代。说完，就要往外走。

"宝珍，谢谢你！"赵田禾不知说什么好，"我的马送你一程吧。"

"不用了，先生，我是偷偷地跑出来的。"袁宝珍无奈地看着赵田禾，"我现在必须尽快回去，不能让人怀疑。"

袁宝珍头也不回地走出赵家，向村外走去。

"快叫刘校长过来。"赵田禾对刘大哥说。

刘庆兴连走带跑往赵家冲，一进大厅看见赵田禾像热锅上的蚂蚁来回踱步。赵田禾看到刘庆兴，拉着他就说开了。刘庆兴当然知道这事的严重性，混成旅一团二团总共一千多号人马，人手一支步枪，而古坊自卫军充其量也不过五六百人，枪支不过百。一个是正规的军队，一个半农半军的自卫组织，根本无法同日而语。怎么办？如果两军相交，等于鸡蛋碰石头；如果放弃自卫，古坊必遭大劫。

"打，只有抵抗和反击！即使头破血流也要保卫家乡！"赵田禾的热血涌上来，握紧的拳头狠狠地捶在八仙桌上。

"好，我们一起计划，同时向党组织寻求帮助。"刘庆兴也下定决心，"我们要有谋略，不能蛮干。"

赵田禾点点头，说："听你的，只要古坊免于战火就行。"

刘庆兴和赵田禾两人商量了半天，总算有了结果，但形势很不乐观，只能做最坏的打算。兵力上的差距，无论如何是迈不过的坎。虽然自卫武装成立有好几年，从原来的一两百人到现在的五六百人，号称自卫军，但从未打过仗，实弹射击也少得可怜。最重要的是队伍的素质，一直得不到有效提高，选出的具体负责人赵福民有勇无谋，打起仗来注定吃亏。他们合计的结果是，尽最大可能将敌人抵御在村口，尽量减少敌人对村庄的破坏。如何才能做到尽量减少损失呢？敌人一旦进入村庄，还能控制他们吗？赵田禾认为太天真，不切实际。刘庆兴不这样认为，任何东西都有一个量的把握，如果不能控制局面，那还做什么准备？不如直接缴械投降，对村里的损失最轻。他提出的办法是"围魏救赵"，派出一支队伍乘田坝头空虚直捣袁宝儒的老巢，前方的敌人得知消息后肯定马上回援，古坊就能保住。这个方案看不出什么不妥，问题是派多少人、怎么派？刘庆兴显然胸有成竹，他答应向上级党组织汇报，由周边地区的秘密组织"铁血团"组成一支特别行动组，加上古坊派出五十人左右，用近百人的队伍去袭击田坝头，肯定会收到意想不到的效果。赵田禾被说服，同意刘庆兴的方案，决定由刘庆兴负责袭击田坝头，由他负责在古坊村口的黄泥岗狙击敌人。

刘庆兴出门的时候，赵田禾叫住了他，让他袭击田坝头的时候，不得向袁宝珍开枪，还要保护她的安全。

刘庆兴咧开嘴笑道："放心，我们还没有那么大的能耐，卢少奶奶想不安全都很难。"

赵田禾想了想也对，自己才是泥菩萨过河呢。

九

前方探报，敌人已经向古坊方向开进，有一千五六百人，现在赵坑村附近，只要半个小时就将到达古坊。自卫军已经在黄泥岗严阵以待，赵田禾亲自站在土壕沟指挥战斗。

今天这场战斗是赵田禾和袁宝儒真刀真枪的第一次交火。自从辛亥年加入同盟会以来，两人有过短暂的蜜月期，所谓共同理想就是那个可怜的"共和"两字，然而共和未成梦先泯灭，两人各自拥兵自重，却渐行渐远。袁宝儒来到古坊，与赵田禾彻夜长谈，年轻人畅想着壮志与理想，大有纵横捭阖之势。时光倏忽而过，转眼已过十八载，尚未沧海桑田，已然物是人非。袁宝儒与卢天明沆瀣一气后，在古田、新泉、白砂等地作恶多端，被百姓视作恶魔。赵田禾自然不屑与之为伍，他早先崇尚日本武者小路的"新村思想"和英国欧文的"空想社会主义"，一心试图以古坊为试点开展乡村运动。刘庆兴的到来，为他开启了另一扇窗，开始接触共产主义思想和共产党。他接受了刘庆兴的观点，但反对暴力革命的观点。他说："我不崇尚暴力，只自卫。"刘庆兴严肃地说："你以为自卫就有用吗？以革命的手段对付反革命的手段，就必须进行暴力革命。这是马克思主义的观点。我们党早期就是吃了这个亏，也以为可以只讲政治不讲武装，但在现实面前节节败退。在惨痛的教训面前，才开始举旗起义，建立自己的军队。"刘庆兴失望地说，他来古坊的目的就是看中赵田禾和他组织民众的力量，没想到赵田禾还醉心于乡村自治。他说，这就是一出败棋，不信走着瞧。如今，这个走着瞧就要变成现实，只不过谁也还不知道，现实会是怎样的景象。

　　枪在手里死死地握着，掌心里已经出汗，赵田禾瞪着前方，不敢有一丝疏漏。这是一场力量悬殊的较量，更是一场你死我活的战斗，无所谓荣誉，只有让失败小一点、少一些。他无暇去后悔没听刘庆兴的话，也无法估量古坊到底会遇到怎样的打击。他做了最坏的打算，安排家人和村里所有非战斗人员立即向山上撤离，直到战斗结束。

　　中午时分，太阳热辣辣地射在黄泥岗上，自卫军的队员们晒得大汗淋淋、饿得饥肠辘辘，眼看敌人越走越近，谁也不敢有丝毫大意。许多人不断地抹着脸上的汗珠，汗水滴进眼珠，视线一下就模糊了。赵田禾判断敌人已进入射程范围，率先向敌军开枪。随后，自卫军的枪声大作，密集地射向敌人。敌人慌作一团，根本没提防半路杀出个程咬金，不由自主往后退去。卢天明一看，赶紧开枪警示，才将阵脚稳住。回过神来的敌人开始反击，在卢天明的指挥下，分路包抄，向自卫军两翼打过来。自卫军哪见过这个架势，看着敌人像蜜蜂一样围拢过来，吓得胆战心惊，连枪都不会举了。赵田禾看到这种情况，大声呼叫大家向村里撤退，进入第二道防线。

  自卫军连滚带爬躲进了第二道防线。这是进入村子的第一道关口，也是哨口所在地。这里两山对峙，留下一条狭窄的缝隙，缝隙中间是进入村口的道路和儒溪。第二道防线设在山上，敌人进入村子必定要经过这里，大有一夫当关之势。赵田禾要求自卫军务必守到天黑，没有命令谁也不准撤退。按照他和刘庆兴的约定，只要能够守到天黑，敌人会自动撤离。同时，刘庆兴的特别行动队估计会在中午时分到达田坝头，下午就可以完成袭击，迫使敌人撤出古坊回防田坝头。到达第二防线后，自卫军稍微稳定下来。赵田禾反复交代大家必须严防死守，否则按逃兵处置。敌人顺利攻下黄泥岗后，加快速度向古坊推进。到达第二防线后，敌人一开始还嚣张地往前冲，随着士兵接二连三地倒下，他们很快就意识到问题的严重性，退缩到安全距离，与自卫军形成对峙状态。

  敌人根据地形开始调整策略，分成三路攻打，一路与自卫军直接交锋，另外两路找机会袭击自卫军。赵田禾看出敌人的企图，对有可能上山的路线进行封堵。战斗似乎在僵持着，一些零星的枪声不时在双方阵地响起。敌人意识到如果一直冷战下去，对进攻方不利，于是决定三路强攻，以消耗对方弹药为目的。没有了弹药，自然就没有了战斗力。这招果然奏效，袁宝儒和卢天明指挥着部队逐渐掌握了主动权。战斗越来越激烈，自卫军的阵地不断往后缩减。终于，自卫军开始放弃阵地，迅速向村子后面的丛林撤退。敌人像打开闸门的洪水，向村子中心涌去。赵田禾和自卫军的兄弟们看着敌人冲进村里，泪水扑簌簌地掉下来，好多人伤心地哭了，哭自己无能，无法保卫自己的家乡。

敌人跑进村里，发现偌大的古坊没有一个人影。气急败坏的敌人开始破坏房屋家当，后来直接冲到村中心的赵氏祠堂，洗劫一空后，放了一把火将祠堂烧了起来。接着，还有一帮人跑到赵田禾家，一并放火烧掉。大火熊熊燃烧，把古坊村照得通红，村子后山都能听到火烧房子发出的"哔剥"声。赵田禾强忍悲痛，却无可奈何。

正当人们无计可施之时，村子里再次响起枪声，接着传来一声声吆喝，似乎是在传达什么命令。听到命令的敌人马上到达村口集合，简单整队后，匆匆忙忙离开了古坊。赵田禾担心有诈，直到敌人离开半个时辰，才带着队伍下山，赶紧灭火。赵田禾带领自卫军收拾残局，在完全确认安全后，叫人到山上请回全体村民。村里经过一番洗劫，每家都有不同损失，特别是赵氏祠堂再次被烧毁，赵田禾家也烧得只剩下两边厢房，其余家当全部毁于一旦。

第二天，赵田禾才知道，昨天下午正是刘庆兴带领的特别行动组成功袭击田坝头，才使敌人匆忙放弃古坊，回到田坝头驻防。围魏救赵的战术取得效果，只能怪自卫军太弱，未能阻挡敌人的进攻。刘庆兴告诉赵田禾，这次古坊保卫战影响很大，已经引起了国民党的极大恐慌。党组织将这次战斗称为古坊暴动，与闽西的其他暴动相呼应，是开天辟地的壮举。闽西特委要求赵田禾承担起更大责任，为党领导的土地革命作贡献。

十

赵善财回到家后，看到苦心经营的家产毁于战火，连象征荣誉的祠堂也被烧毁，一下急火攻心，病倒在床上。济善堂的医师看过后，说需请县城堂号里的黄医师。赵田禾特地让人到县城请来黄医师。黄医师看过后，开了些方子，说主要是心病引起的心肺功能紊乱，需要静养。赵田禾看到这种状况，心想当务之急是将家中的房屋重新修缮起来，至于祠堂花费巨大，已经没办法再次重建。这次战火，让赵田禾不再犹豫不决，下定决心跟着共产党干。田坝头有了袁卢联姻，靠上国民党，越来越有坐大成势的风头。如今世道，单靠一方自治是决然不行的，他在熊熊大火中已经明白自己的路在何方。他匆匆往古坊平民小学走去，刚到校门口，迎面碰上刘庆兴。刘庆兴也说正要找他哩。

"庆兴，我要入党。请您抓紧介绍我加入中国共产党。"赵田禾似乎一刻也等不及，边走边向刘庆兴说自己的心愿。

"好啊，我也正要找您说这件事呢。我完全没问题。"刘庆兴高兴地说，"这次古坊暴动主要在于我们没有及时引导革命群众，主动举旗暴动，导致了整体失败。但也并非一无是处。它在全省产生了积极影响，带动了闽西各地的武装暴动，动摇了国民党的反动统治。从这一点来说，是非常必要的。"

刘庆兴答应，将以最快的速度向闽西特委报告，听取特委领导意见。其实，刘庆兴找赵田禾，还有更重要的任务。刘庆兴在他的校长办公室里，悄悄地告诉赵田禾，为了配合红四军入闽，闽西特委决定将办公地点搬到古坊，请求赵田禾支持闽西特委这一决定。赵田禾当即同意，并答应在学校拿出一幢小楼房给闽西特委办公和住宿，对外宣称学校新招聘的教工。刘庆兴握住赵田禾的双手，高兴地说："只要向着光明的方向前进，就一定能够战胜困难，取得胜利！"

闽西特委很快就在古坊平民小学驻扎下来，除了刘庆兴，还有三位同志，两男一女，为首的人称严先生。赵田禾在与闽西特委领导人会面的那天，被告知，为了革命的需要，暂时不加入共产党，以民主人士的身份支持革命，更有利于这一时期党在闽西开展工作。严先生对他说："赵先生，您是闽西有名的民主人士，又是老同盟会员，在各界人士中有较高威望。您在党外，可以为我们做更多工作。希望您理解。"

"谢谢严先生的信任。我可以暂时不入党，如果时机成熟，请优先考虑我的入党要求。"赵田禾诚恳地说。

严先生点点头，说那是一定的。

赵田禾让祥和叔把祠堂里唯一剩下的铜钟搬到学校来，替换原来的铜钟。祠堂的铜钟历经两次大火而安然无恙，敲出的钟声愈发清脆响亮，比学校的钟好多了。赵田禾对刘庆兴说，这个铜钟音质好，一敲全村都听得见，不仅可以用来提示师生作息，还可以作为秘密的信号，一举两得。

赵善财的病不见好转，把家里人都急得团团转。赵田禾思量着得赶紧把烧毁的房子建回去，不然父亲的病很难好起来。他委托刘大哥去请最好的泥匠、木匠，叫上村里的乡亲一起帮忙，要在腊月之前把自家的房子建好。刘大哥是个实诚人，虽是家里的长工，其实也和自家人一样，父亲和赵田禾都放心他做事。刘大哥果然请到了整个上杭最好的师傅，立马就按赵家原来的规格建起来。赵田禾交代，木料要用上好的，山上的来不及用，就去周边或者村里有老木料的人家里买，雕梁画栋这些就免了；也不砌砖，就地取材，夯土墙，厚实点就行。赵田禾的想法是，年一定要在新家过，让父亲有一个好心情。对于他自己，其实也是一种姿态，自己的房子建好了，也给乡亲们一个信心。当然，他不可能像父亲一样，再来建个祠堂。现在他的花销要用在刀刃上，学校、自卫军都需要大笔开支，必须确保。特别是自卫军，他已经和刘庆兴商量好了，改名为红军，由闽西特委派人来进行改编。军队可以抵抗侵略，教育可以启发民智，这两样在他看来是最重要的，也是确保古坊未来的根本保证。

房子重建的时候，赵先生来过两三次，什么时候落地基、什么时候行墙，都由他确定。他认为，只要房子建好了，他的好朋友赵善财一定逢凶化吉，重新恢复健康。

可惜赵田禾的如意算盘都落空了。房子在立冬那天放梁封顶，赵田禾买来一大堆烟花爆竹，庆祝新屋竣工。在一片喜庆声中，赵善财挣扎着从床上起来。看到房屋已经重新建好，心情十分激动，他刚要讲话，结果一口痰上不来，被活活憋得断了气。此时，赵先生和赵田禾正围在他的左右两边，亲眼看到他断气却无可奈何。赵田禾全身像浸泡在冰窖里，浑身发冷，差点昏死过去。

新房成为赵田禾的终生遗憾。自从五年前母亲因病去世，如今又失去父亲，他才掂量出"父亲"两字的含义。这个大字不识一筐的文盲父亲，生了三个孩子，两个姐姐一个他，自然他是这个家中的掌中宝。父亲从来没有流露出任何娇惯的举动，甚至对他有些严苛。可是，从他意气用事要到日本留学开始，父亲从来都以最大的包容来对待他，尽量满足他的要求，出钱出力，甚至将一生的心血——田产都毫不保留地交给他处置。这样的父亲不是有什么大义，只是相信自己的儿子，愿意为儿子付出一切。在父亲下葬的那天晚上，赵田禾忽然想清楚这些之后，眼泪哗地涌了出来，止也止不住。他知道，从此那个没有任何保留支持他的人，永远不会回来了。他像掉进黑夜的孤儿，再也无力冲出夜的边沿。后来，每当走进家里，猛然想起父亲断气的那个场景，肚子就一阵阵地痉挛、疼痛，止也止不住。这个想法有时有，有时没有，他也无法控制。无奈之下，他不得不独自搬到学校里居住。很长一段时间，他对回家有一种莫名的恐惧感。

十一

转眼到了第二年阳春三月。几场春雨过后，古坊村口的千亩桃花一夜之间就穿上粉色的衣裳，放肆地在高高的枝头招摇过市。原来枯黄的山地突然有了生气，像青春的少女，像快乐的孩童，像春天调皮的微笑。这是赵田禾乡村建设的一部分，他带领村民将村口荒废的山地开辟出来，种上优质桃树，一来观赏，二来品尝。没想到，第三年开始桃花就满树摇曳，惹得四面八方的人们来看热闹。从此，3月看花成为古坊盛大的节日，赵田禾赚足了风头。今年的桃花照常多姿，它才不管人间有多少悲欢呢。赵田禾没心情赏花，细凤邀了几次也懒得出去。

一天早上，刘大哥递给他一封信。他一看，竟是袁宝珍隽秀的笔迹。她说久闻古坊桃红柳绿，春色满园，定于今天上午到古坊赏花，不知先生可否陪同偕行？赵田禾知道袁宝珍无事不登三宝殿，借口赏花一定有名堂。他一个激灵，马上起身，回房换上正式一些的穿着，准备到村口迎候她的到来。

袁宝珍骑着马，由两个随从相伴，英姿飒爽地从黄泥岗方向奔过来。赵田禾站在牌楼下方等候着她，脑海里还是上次她穿着旗袍优雅的样子，没想过她今天竟是骏马奔驰，别有风情。袁宝珍看到赵田禾，赶紧下马，向他问好。赵田禾开心地说："宝珍真是女中豪杰啊！"袁宝珍红扑扑的脸上笑开了花，和春天的桃花一样灿烂。赵田禾让人把马牵进村里，带着她向桃花深处走去。

两人沿着弯弯的小路，一边赏花一边聊天，来到山坳清幽处。这是桃花尽头，有一条从山上岩石间流下的小溪流，溪流旁有一座小平房。"山涧依硗堉，竹树荫清源。"袁宝珍赞叹，这才是真正的桃花源！赵田禾告诉她，这里原是他建给看管桃树的休息房，现在桃树不用管护就空着。他烦闷的时候，就到这里坐着，或者到小溪边钓钓鱼，或者什么也不做。他将这里命名为闲坐斋，只要坐下来，心静了，事也清了。袁宝珍说，先生有这么好的地方，应该早告诉她。以后，她的心烦了也来这里清静清静。说话间，赵田禾已经将平房里的四方桌搬到外面的草坪上，两人面对溪涧而坐，品茗清谈。

"这是明前茶，是去年采摘的头批嫩芽，我特地留下了一斤，招待贵客。"赵田禾将烧开的水冲到茶壶里，一阵浓郁的茶香弥漫开来，令人精神一振。

袁宝珍轻轻地呷上一口，舌尖的味蕾被瞬间打开，唇齿留香，轻轻饮下，喉咙滑润，然后是生津回甘。她知道这是难得的好茶，说："没想到赵先生对制茶也这么在行。"

"我呀，在父亲眼中就是不务正业。读书走偏门，回家不务农，净是干些败家的事。"赵田禾感叹道。

"先生胸怀大志、满腹经纶，治理古坊远近闻名，怎么会是不务正业呢？今天不请自来，就是向先生讨教的。"袁宝珍乘机将今天的来意说了。

袁宝珍说，在古田谁人不知赵家和袁家是两大家族，是古田的保护伞，护佑着百姓安居乐业。但是世事难料，人心不古，古田和外面一样风雨飘摇。特别是去年夏天，兄弟相刑，同室操戈，为亲者痛仇者快，实则两败俱伤之举。今后，赵袁两家能否划地自治，互不干涉？当然，如果能够同心协力，共治古田，那是再好不过。

赵田禾暗自佩服眼前这个有胆有识的女子。自从县城江府见过她后，便觉得她是一位追求进步、不同凡响的奇女子。去年，她冒着巨大风险，甘愿背叛父兄和丈夫，也要在第一时间向他报告消息，令他感动不已，心里又加上"是非分明、胸怀大义"这一条。今日相见，同样令他刮目相看。不管她是奉着家族使命，还是她个人意愿，都与那些高谈阔论之辈不可同日而语。他心中明白，无论是自治还是共治，今日古田已难以安放一张平静的书桌，所谓树欲静而风不止，时势已变，哪里还有可能回到从前。不过，以目前形势看，革命形势高潮，袁家已经感到自己的地位摇摇欲坠，所以首先要确保周边安全。而周边安全第一要紧的，就是确保赵田禾的自卫军不再袭击他们。他肯定不会向袁家挑衅，毕竟袁宝儒和卢天明的两个团，实力远超于自卫军。所以，说互不干涉，他是完全同意的。

"听说，红军已经打到汀州了。宝珍，你不用担心我，应该多关注红军的动向。"赵田禾提醒她。

"红军的事让袁宝儒和卢天明去管，他们有党国。我关心的是我的小家，我的眼界只够管好田坝头。"袁宝珍品着茶，看着他。

"好吧，我答应你，我们两家划地自治，互不干涉。"他举起茶杯，和她轻轻碰杯。

袁宝珍的到来，当然逃不过刘庆兴的眼睛。赵田禾哼着小曲回到学校，他就知道被那个女人灌了迷魂汤。他问赵田禾的魂去哪儿啦，是不是被那个姓袁的女人带走了？赵田禾斜着眼瞥了一下，并没有多言。刘庆兴没法，只好和赵田禾好言好语，问清楚情况。赵田禾这才肯将袁宝珍的来意说清楚。

不料，听完赵田禾的话，刘庆兴勃然大怒，说："赵田禾，你这个混蛋，怎么能答应她互不干涉呢！现在红军就在汀州城，很快就要打到闽西其他地方。袁家是大地主，是我们打击的目标，怎么能互不干涉？还有，你那个破自卫军，就要改编为红军了。改为红军就要服从统一指挥，怎么做到互不干涉！你糊涂，你混蛋！"刘庆兴被气得破口大骂口不择言，还怒气冲冲地拍了拍桌子。

赵田禾看到刘庆兴发疯的样子，也把头一扭，大声说："人家一个女子，冒着生命危险向我们告密，使我们免遭更大的破坏，如今她提出互不干涉的要求，我们都不能答应她，那我们算什么？我们就那么忘恩负义吗？难道我们干革命就是要无情无义吗？"

"这是两回事！情义要讲，但在大是大非面前，不得糊涂！袁家和他们的反动军队是一定要消灭的，没有什么价钱可讲。你擅自答应不干涉，就将自己推入到不仁不义的局面。你想过没有？"刘庆兴反驳道。

"我不革命了还不行吗？"赵田禾头一偏，说出狠话。

"你，你——你不革命，就是反革命！"刘庆兴也放出狠话。

赵田禾被莫名训一顿，气得要跳脚，只好不理他，从学校走出来。

第三章　雪狼

一

　　1927年冬，一支新的队伍在梅花山诞生了。梅花山是闽西最高峰，也是最大的山脉。波浪式的群山偶尔托起一两座顽石累累的山峰，构成它雄峻的一面，更多的时候它以母体般的温暖包容了它的子民。自古以来这里人烟稀少，是绿林好汉、流民土匪聚集的好地方。古田地区就在梅花山边上，只要过不下去了，上梅花山就是一条活路。在丛林与虎豹豺狼为伍，过着打家劫舍的生活，成为他们人生的全部。丛林有丛林的法则，他们也有自己的地盘，各自划地而居，互不干扰。外人要想进入梅花山，同样要按丛林法则办事，本事为王，弱肉强食，才能扎下根来。

　　钟汉生在成为茶盘崟的红帮头目之前，是古田地区竹岭村的一个孤儿。三年前跟着红帮上了梅花山，靠着一身五梅拳功夫和不怕死的性格，成为红帮的小头目。这年春天，当家的在一次械斗中被对方一枪毙命，红帮连茶盘崟的地盘都被对方抢了去。技不如人，只能倒霉认输。红帮统共只有二十来人，最好的武器是匕首鸟铳，离开茶盘崟后在梅花山流浪过日，风餐露宿，饥肠辘辘。他们说自己还不如一只流浪狗。看着新当家的软弱无能，钟汉生凭着胆大不怕死的天性，看准时机取而代之当上大当家。这个大当家没什么好处，手下的要求也低，只要不饿死有饭吃就行。钟汉生一上台，就带着六个人偷偷地在青帮的地盘劫了一队商贩。五个人三匹马，载着上等布料，钟汉生在一个偏僻的山坳悬崖边，活生生将五人刺杀抛尸，带回了马和布料，还有不少银圆。靠着这一单买卖，十九岁的钟汉生在红帮立住了脚，很快就获得大家的信任和拥护。青帮头目后来知道红帮在他的地盘上抢了生意，发誓要来报复。结果还没出发围剿红帮，却在一个风高夜黑的晚上，遭到钟汉生的突然袭击，青帮头目一命呜呼。青帮成员被神出鬼没的红帮吓破了胆，竟然乖乖地缴械投降，收归红帮统一指挥。钟汉生大喜过望，带领队伍浩浩荡荡向茶盘峚出发，轻而易举将盘踞在那里的仇人歼灭。重新夺回茶盘峚的钟汉生，思量一番，怕青帮不服管，干脆做了个大人情，让青帮全部人马回到青帮原来的地盘，红帮青帮共结兄弟之盟，平时各自发展，有危险时共同御敌。青帮的兄弟们听说可以回到自己的地盘，都纷纷对钟汉生表示，青帮兄弟都服从他统一管辖，只要一声令下，兄弟们不敢不从。钟汉生大喜过望，决定对内各自发展，对外统一宣称青洪帮，归他全权指挥。

人马多了，地盘大了，单靠山里和周边的"劫富济贫"已经难以为继。冬天一来，上山投靠的人多了，钱财来源少了，日子过得捉襟见肘，手下兄弟开始有怨言，说什么没钱撑大户，还是以前小日子过得舒坦。钟汉生的想法不一样，他认为既然家大业大，就要有家大业大的样子，不能再像先前一样抢抢杀杀。他萌生了下山去过好日子的念头。他心中的好日子是像卢天明一样出人头地，活出个人模人样。他还在竹岭的时候，卢天明的事迹就传遍了整个古田。一个无恶不作的坏蛋，竟然摇身一变成为国民党的团长。卢天明有什么能耐，难道有翻天的本事？他曾特意悄悄到过白砂，去翻卢天明的老底，了解卢天明发迹的套路。他知道好日子可没那么容易，不是梅花山里打打杀杀，要靠头脑，会谋划。他把一本通俗的《三十六计》翻得缺角散页。

今年的冬天来得特别早，一到立冬雪就纷纷扬扬地飘下来，整个梅花山白茫茫一片，将前往汀州府的官道给封死了。路一封死就断了财路，青洪帮只能在附近抢点东西、打点猎，坐吃山空，平时没事睡大觉，少吃点粮食减少点负担。钟汉生可没闲着，他叫来三个副手，分别是老二、老三、老四，商量着干一件大事。和所有见不得人的勾当都在酒足饭饱之后发生一样，一阵痛快淋漓的推杯换盏之后，钟汉生让他们都听好了：今年过年前，必须拿下上杭县城！三个副手一听，酒醒了一半，忙问大哥是怎么回事，是不是喝醉了？钟汉生哈哈大笑，告诉他们，就是拿下上杭城，而且必须一次成功！

"怎么拿下？"三个人满脑子疑问。

"靠脑子，靠实力！我自会安排。"钟汉生毫不犹豫地说，"现在开始，你们不能再睡懒觉了，必须听我安排，各自负责，不把事情办好，绝不罢休。"

"好，我们听你的，大哥！办不好事提人头来见你！"三个心腹也是有肝有胆之人，他们端起酒再喝，说今晚喝痛快，明天死了也值。

第二天一早，钟汉生就从床上将他们仨赶起来，交代给他们任务：老二留在山上看家，绝对不能让家被别人端了；老三赶去上杭城，摸清楚城里驻军的情况，越详细越好，同时要发展一两个线人；老四跟着他出一趟远门，十天半个月后才能回来。他警告老二、老三，没有他的命令，不能干其他任何事，趁火打劫的事不能干，别乱了计划。他交代老二，把山上的兄弟招呼好，准备干大事，挨过这一段就好了。他说，现在山上两百来号人就是本钱，我们要用这个本钱来翻倍赚大钱，成败得失在于一举。随后，他又交代老四准备最好的服装，去见大世面时用得着。他自己也回到屋里，将早已收拾好的皮箱带上。

一切准备就绪，钟汉生和老四骑上马一起下山。白雪皑皑，寒风凛冽，呼呼的风声从耳边刮过，钟汉生全身暖乎乎的，并不觉得寒冷。两匹马在山路上小跑着,像两只精灵飞舞,在丛林深处若隐若现。钟汉生担心马跑得不快,不断地吆喝催促着,马不情愿地跑起来,不多久又慢下来。积雪的山路实在太滑,一不小心就有坠落的危险,马也不敢轻易冒险。好不容易赶在太阳落山之前走出了梅花山,钟汉生精神一振,抽上一鞭子,来不及歇息的马儿不得不加速奔跑。幸好,不到一小时,天刚刚黑下来的时候,钟汉生两人到达竹岭,悄悄地在堂叔家住下。当天住在堂叔家,是钟汉生计划的一部分。从梅花山下来,在竹岭住上一晚,不仅可以让人马补充能量,而且还要换上随身行头,装扮成生意人模样。钟汉生还要求助堂叔,向他要族里的族谱。他知道族里的族谱管得严,平时由堂叔保管,不轻易示人。要是拿走,必须经族长同意。谁都知道钟汉生当了土匪,族长肯定不同意让他拿走族谱。他给了堂叔一大笔钱,多到够他们全家一年的花销,要求偷偷借走族谱,用完原书奉还。当天晚上,堂叔将包裹好的族谱交给他,要他千万不能有任何闪失。他接过族谱,同样小心翼翼地将它放进皮箱里。老四不明白,一本破族谱能有什么用?他微笑着,只说:"到时你就知道了。"

第二天一早,天还没开眼,钟汉生和老四就悄无声息地离开竹岭,向广东方向出发。老四刚刚问清楚了,他们今天之内必须赶到广东梅州。闽西与梅州接壤,两百多里的路程。钟汉生早就计算好了,顺利的话两人能到梅州吃晚饭。

二

梅州是钟汉生的福地,他相信此行一定会有收获。上梅花山之前,他在梅州广大米行当过短暂的店员。他的外婆是广东梅州人,从小失去父母成为孤儿后,外婆收养了他。他不是读书的料,勉强读过一年新学,实在不行,外婆就给他找了一个米店,让他当店员混口饭吃。可惜后来，舅舅出南洋，外婆一场意外去世，他又成了孤儿。生性放荡不羁的他，没有了管束，便辗转各地，最后上梅花山当了土匪。梅州是他人生中最快乐的一段时光，从小失去家庭温暖的他，在外婆身上重新找到了爱，找到了家的感觉。因此，他踏上梅州，心里有一种踏实与自信。他相信，命运会青睐他的。

钟汉生此行是去找一个叫钟良的人。说起钟良，梅州城里无人不知，三岁孩童也会唱"打了吴良来钟良，百姓手中有了粮"。他是广东军阀陈济棠手下的一名副官，黄埔军校毕业，北伐开始后，被陈济棠任命为梅州警备区司令，负责梅州及周边地区的防务，防止其他部队干涉广东。钟汉生来广东就是找钟良这个靠山，但他与钟良非亲非故，甚至连面都没见过，怎么能靠上去呢？这点他早打听好了，外婆的一个侄子，也就是他堂舅，叫曾文焕，在梅州警备区任高级参谋。曾文焕很早就在政府机关任职，斯斯文文，对外婆也多有接济。钟汉生早在一个月前就独自来到梅州，带着不菲的财物，与曾文焕接上了头，请他帮助在钟良面前牵线。凭着堂舅这一层关系，曾文焕满口答应，今天正是他们约定的日子。曾文焕告诉钟汉生，这段时间广东不太平，警备区的防务压力重，钟司令一直在下面督查，过几天才能回来。

三天后，钟汉生终于在警备司令部见到了钟良。钟良一表人才，高大儒雅，还笑容可掬。不知是曾文焕的面子，还是眼前的司令官礼贤下士，他的疑虑一下被打消，胆子也大了起来。他拎起皮箱，放在桌上，准备打开箱子。"慢着！"钟良见状，"你要拿什么东西给我？我不吃那一套的。"钟汉生笑了起来，说："大家都知道司令清正廉洁，我怎么敢坏司令的规矩呢？我要拿一样东西给司令看，司令一定喜欢。"他将箱子打开，从里面拿出那本包裹严密的钟氏族谱，放在钟良面前。钟良一看，是《闽西竹岭钟氏族谱》，顿觉奇怪，问，这是什么意思？钟汉生恭恭敬敬地翻开族谱的一个折角，指着上面的名字让钟良看。"钟良，毕业于日本早稻田大学，现任职于国民政府广东行营。"钟良轻轻地读着，觉得更加奇怪了，自己的名字信息怎么会在这本族谱上？钟汉生回答："这是竹岭钟氏家族前几年新编的族谱，编入的都是从竹岭迁出去的同宗梓叔。司令的上祖于一百五十年前从竹岭迁到焦岭，然后又从焦岭迁到了岩前，所以族谱上如实记载了岩前各世系男丁情况。司令是钟氏宗亲中的翘楚，族谱上自然少不了您的大名。"钟良听了恍然大悟，说："我听说过我们祖上是从竹岭搬过来的，但不知道竹岭在什么地方，也从来没有去过。你今天这么一说，我就明白了。"他拿起桌上的族谱仔细地翻了起来。

"汉生，你是竹岭人？"钟良的口气中透出一丝亲切。

"是的，司令，我是竹岭人，母亲是从梅县嫁过去的。"钟汉生简单说了自己的情况，并告诉他，自己现在有一支部队，欲投靠司令麾下，愿为司令在闽西打开局面。

钟良听了心里一喜，正中他的下怀。他自己是闽西人，对闽西有天然的情结。梅州和闽西历来不可分割，想要把好广东的东大门，非得把控好闽西。今年的南昌起义部队从闽西进入大埔，幸亏调度及时，才没有让起义军计划得逞。近年来，闽西的赤化运动愈演愈烈，也实在需要一支部队加以干涉。钟汉生的出现，无疑是及时雨，也可解钟良心头隐患。他问钟汉生，有什么打算？

钟汉生不假思索地说，现在上杭城盘踞的是一支游兵散勇，归属于闽南军阀，经常寻衅滋事，扰乱广东边境，他打算带着队伍将他们端掉。请司令赐给他一个名号，他才有理由进攻上杭，使上杭归属梅州，凡事听从司令派遣。

"好，汉生，你有胆识，我支持你。我任命你为国民革命军闽西独立团团长，人员由你组织，经费由你筹措。只要你把上杭城拿下，我会亲自过来祝贺。如果拿不下，就重新回到梅花山当你的山大王，你的团长职务一并免除。"钟良当然知道上杭县城的那支部队，还对他们的骚扰非常烦躁，对钟汉生的提议正中下怀。

钟汉生没想到一切如此顺利，向钟良保证不辜负司令厚爱。

钟良让曾文焕带领钟汉生到部队走走，让他学习怎样带兵打仗、指挥战斗。曾文焕答应下来，带着钟汉生离开司令办公室。临走时，钟良让钟汉生离开梅州时来拿走任命书。

从司令部出来，钟汉生别提多高兴了，仿佛一切还在梦中，生怕不真实。在梅花山时，他梦寐以求像卢天明一样，将自己洗白。母亲临终前对他说，要走正道，做一个好人。可好人哪里那么容易做到？像他这样的孤儿，连族人们都看不起，好不容易投靠外婆，却又遭厄运。他只好做个恶人，靠拳头、靠暴力获取自己想要的一切。在梅花山站住了脚，他不满足，想着不是长久之计，还得下山，光明正大地做一个土皇帝。他想出人头地，人模人样地活一回。现在自己的任命书一到，把上杭城攻下，自己就是堂堂正正的国民革命军闽西独立团团长了。南方谁人不知陈济棠，他现在就是陈济棠部的团长，比卢天明的闽南军阀的小团长强一百倍。他知道，这步险棋就要走通了，只要再加把劲，就可以稳坐钓鱼台。

曾文焕领着钟汉生回到家中，祝贺他荣升，同时对他进行上岗前培训。钟汉生是他的人，能够得到钟良赏识当然与他不无关系。他知道钟汉生这人胆子大，敢作敢当，但没多少文化，谋略差些，特别是容易冲动，不计后果。当年离开米店，就是因为一件小事惹毛了钟汉生，结果他将店里的经理殴打一顿，扬长而去，幸好他出面才摆平这事。这几年，钟汉生上山当土匪，能够迅速成为一两百人的大当家，就是最好的证明。他对钟汉生说，想下山改邪归正，作为舅舅很高兴，也很愿意帮这个忙。现在如愿以偿，就得好好干，不负苍天不负贵人，特别是别辜负了外婆和母亲。他让钟汉生多读书，不要整天打打杀杀，要用脑子带兵，不要轻易结仇，凡事跟着钟良好好干。钟良是闽西人，在闽西有根基，现在又是陈济棠身边的红人，听他的话准有好前途。"英雄不问出身，你能够迷途知返，就要好好把握机会，干一番事业。"曾文焕的一席话，让钟汉生佩服得五体投地，从此将堂舅视为自己的老师。

在曾文焕的安排下，钟汉生和老四还到梅州警备司令部直属大队跟班学习半个月，让他们大开眼界，终于明白土匪和军队的区别。钟汉生向曾文焕要来一套军队管理制度，让老四好好学习。学习结束后，钟汉生遵照指示来见钟良。钟良亲手将任命书送到他手上，还告诉他有大礼相送。原来，钟良让人准备了两百套军服，包括钟汉生的团长肩章。钟汉生感激涕零，说他也有礼物送给司令。这次钟良没有拒绝，要看看他到底拿出什么礼物。

钟汉生打开皮箱，从箱底拿出一件虎皮袄，送给钟良。他说，这是上梅花山后打到的一只老虎，其他的都被大家瓜分掉了，他只留下虎皮做成了这件袄，当作纪念。如今，面对司令大恩大德，无以言报，将皮袄相送，以感谢司令培育之恩。

钟良哈哈大笑，高兴地让人收下。他说，留着虎皮做纪念，也当作一个承诺，希望汉生好好干，在闽西打开一片新天地。

"汉生，你没什么文化，一定要多向有文化的学习。赵田禾是我留学时的同学，有什么事，你多向他请教。"钟良说，"他有智慧。如果不是困在那一亩三分地，他就是一只下山虎。"

"我知道赵田禾，古坊的大王，威震上杭。不知道他竟是司令的同学，我到上杭后一定拜访他，向他请教。"钟汉生窃喜，有了钟良，赵田禾这一关就容易了。

"汉生，你不要做单打独斗的老虎，要做一只狼，有智慧的狼。当今世界，浩浩荡荡，善于抓住机会者才能取得胜利，要像狼一样敏捷、果断，也要像狼一样团结合作。"钟良显然对钟汉生寄予厚望。

三

梅花山雪后初晴,远远望去,山林里一片晶莹剔透,丛林里,哗啦啦的雪水在山涧流淌,一阵风吹过,树上的冰雪簌簌地往下落。钟汉生从梅州回来,心情大好,但并没有像往常一样喝酒打猎,而是整天和三个副手商量攻打上杭城的细节。老三带回来上杭城驻军情况,让钟汉生信心倍增。原来这是从闽南流窜过来的杂牌军,团长姓张,打着闽南军阀张贞的旗号,实际上与张贞没有多大关系,人数也就二三百号人,战斗力不强,特别是没有军费保障,日子过得很艰难,靠着当地商铺和豪绅的捐赠过日子。现在冬天来了,除了团长和部分官兵住在衙门,大部分要自己找地方住,城隍庙、文庙都住满了士兵,没有御寒的,只有到郊区抢些干稻草铺在地上当作床铺,席地而睡。吃饭也没有保障,全靠自己的本事填饱肚子。整个部队军心不稳,兵不聊生,只要把当头的拿下,士兵全都作鸟兽散。老三还说,冬至那天是张团长的四十岁生日,准备举办生日宴,请来城里的官员、豪绅,以加强联络、改善关系。钟汉生听了,决定就在冬至那天动手。至于进城的路径,老三早已收买好了守城的士兵,大部队从北门和西门直接进,来个直捣黄龙,打他个措手不及。大家都说这个主意好。

冬至前一天,钟汉生将全部人员带到了城郊的一个小村落,准备第二天中午夺城。老三已经带着二十人的先锋队,化装成建筑工人,提前潜伏在县城。先锋队将与城里的内线接上头,配合做好明天攻城的准备,特别是要确保两个城门已经控制在手中。

冬至日,果然天气冷了许多,太阳也被浓浓的乌云遮盖,吃过早饭天上竟下起绵绵细雨。冷风夹着雨水,城门洞开,守城的士兵冷得直哆嗦,他们一边搓着手一边直骂娘。路上行人稀少,一片萧条肃杀的景象。中午一时,早在城门外埋伏已久的钟汉生部分成两拨,同时从北门、西门快速进入。两支队伍穿着钟良拨给的军装，高举着"国民革命军闽西独立团"的旗帜，浩浩荡荡向县衙门进发。路上的官兵们来不及反应，就被钟汉生的部队击毙或俘虏。不到二十分钟，部队已经将衙门包围，并由钟汉生亲自率队冲进最里面的厅堂。张团长正和一帮官员、豪绅酒过三巡，喝得不亦乐乎，他此刻还想着多和他们打好关系，好在上杭长久治安呢。可惜梦还未醒，枪声已到，钟汉生他们的突然出现，令宴席上的全部人目瞪口呆，只能乖乖束手就擒。就这样，前后不到一个小时，钟汉生就控制了上杭城，坐实了国民革命军闽西独立团团长的位置。

钟团长和张团长有什么区别，老百姓不知道，也不关心。动荡年代，军阀火并，胜者为王败者寇，自古以来就是这个理。不过，这个钟团长进了城之后，还真有些不一样。首先，他不准士兵随便安置，而是将原来的察院行台、千户所等公产，按官兵编制安排住宿，伙食统一供给。其次，部队按国民革命军纪律要求，对官兵进行管理。违者以军法处置。再次，颁布《告上杭百姓书》，指出上杭县城统一由国民革命军闽西独立团接管，所有政府、教育、卫生、市场等事项均由独立团负责。不服从管理者，从严处置。

钟汉生的"三斧头"还真起了作用，整个县城秩序顿时井然，连那些绅士和老百姓都暗暗称奇。但他知道，这三脚猫的功夫全都是曾文焕面授机宜得来的，如果没有一个军师，他这个程咬金的真面目很快会暴露。他让老二、老三、老四到县城各个角落打听打听，有没有懂管理、不迂腐、见过世面的文化人。三个人又派了下面的人，满大街找能人。可能人没贴字，哪里能轻易找得到呢？他们个个在梅花山可以来去自如、呼风唤雨，一到县城都怂了，像个瞎子，找了半个月也没有遇到一个能人。钟汉生气得直跳脚，骂他们是一群蠢货。

比起他那群蠢货兄弟，钟汉生还是见过些世面的，梅州就是他治理的榜样。他知道，养了那么多兵，还有政府官员要发饷，钱从哪里来？肯定不能像以前一样杀人抢劫，而是要有来源。没有稳定的收入，不要别人赶，自己都宁愿重回梅花山。想到这些，他比手下的兄弟们更着急找人。他坐不惯衙门的太师椅，天天不是带兵操练，就是穿着普通地在街上游逛。游逛他是带着心思的，左顾右盼，就想抓一个有能耐的师爷。俗话说功夫不负有心人，倒有一个人被他撞到枪口上了。

一日，他来到北大街，看见一个名叫"梨岭茶馆"的店名，觉得有趣，便信步走了进去。梨岭是梅花山上的一个地名，也是他的福地，他在那里第一次抢劫成功，得以在梅花山混下来。梨岭茶馆就是一个喝茶聊天的地方，喝的是梅花山梨岭采摘的高山茶，甘甜回味，尤以清明前后为佳。他向店小二要了一杯茶、一碟花生，慢慢悠悠地品尝起来。他享受这种时光。以前，别说喝茶吃花生，连饭都吃不饱，也从来没有正经下过馆子，即使在梅花山上当了山大王，有钱没身份，同样也没有光明正大逛过街、进过店。打进上杭城后，下人变主人，目之所及，都是自己掌管的地盘。走在街上，那份从容、那份自信，是从未有过的幸福。苦孩子有了自己的满足，心里是开心的。此刻，他可以悠闲地坐在茶馆里，不用担心被人赶、被人瞧不起。

钟汉生正喝着茶，一个打竹板的人进来，径直来到厅中间，站稳脚跟手上就动起竹板来。茶馆里顿时热闹了许多。抬头望去，那人高高瘦瘦，披头乱发，不知是乞丐还是流浪艺人。那人左手握三块竹板，右手一块锯状竹板，先是左手节奏打起来，间或两手竹板相交摩擦出呖呖声，一下就把大家吸引住了。接着，他开始唱：

    东边烧火西边烟，
    上杭城里变了天。
    去了一个神经病，
    来了一个刚发癫，
    当官个个得人厌。

刚一唱完,茶馆里响起一阵叫好声。他继续唱着:

兄弟姐妹真可哀,
冇吃冇穿心不安。
革命一场空欢喜,
心甘情愿当狗官,
百姓何时心才安?

茶馆里不断响起掌声、叫好声,还有人喊着:"能牯,好!唱得好!"

钟汉生不动声色,喝完碗里的茶,起身走出茶馆。他对随从的士兵使个眼色,交代将里面唱竹板歌的带回衙门。

四

能牯很快被带到了钟汉生的面前。在宽大威严的团长办公室,能牯没有一丝害怕,反正带着嘲讽似的微笑。

钟汉生盯着能牯,"我在你眼里,形象就那么差吗?为什么要在茶馆骂我?"

"我没骂你。不管是谁当官,我都这样唱。只要他们高兴,愿意施舍我,我就唱,乌龟王八我都唱。"能牯说。

"你说真的?"钟汉生脸色更加难看。

"当然,那些歌我前年就在城里唱了。你进你的城,我唱我的歌,这个世界该怎样还是怎样,谁也不伤害谁,谁也不妨碍谁。"能牯说着,突然看着钟汉生,似笑非笑,"谁能想得到团长亲自来茶馆喝茶?我唱了三年的歌,没有一个团长听到过我唱,否则我还能站在您面前？"

钟汉生觉得这话有点意思，不禁笑了笑，继续盘问他："你不是上杭人，怎么跑到这里来？"

"你是梅花山的山大王，怎么也跑到城里来啦？"能牯反问道。

"我的意思，你是外地人，你讲话有广东口音。你到底是哪里人，为什么来这里？"钟汉生并没有恼。

"我是梅州兴宁人，三年前因生意失败流落到此，现以乞讨为生。"能牯坦然回答。

难怪竹板歌唱得那么好，原来是兴宁的。钟汉生相信他说了八成实话，这已经够了。"你愿意跟着我干吗？到我部队里来，吃香的喝辣的。"

能牯不相信自己的耳朵，"您不杀我或者关押我吗？"

钟汉生点点头，"我要用你。跟我一起干吧。"

"好啊。算命先生说我今年会遇到贵人，没想到是团长。"能牯嬉皮笑脸的，鬼知道他说的是不是真的。

能牯确定留下来后，才说出了实情。能牯原名叫张兴能，能牯是小名。家在兴宁，从小读过私塾、新学，还在丘逢甲创办的岭东同文学堂读书。后在汕头继承父业，开商铺经营海产品和日杂。辛亥革命后，商铺被军阀侵占，无端欠了一屁股债，无奈之下，远走潮汕，流落到了内地上杭。

钟汉生暗暗佩服，这个人虽然以乞讨为名，实际是让债主们打消追债的主意，好为以后东山再起作铺垫。他对能牯说："现在你在我这里，债主哪个还敢追上门来，你就放心大胆干吧，把你在生意场上的那一套用上来，帮我稳定军队，在上杭扎下根来。"

也许三年来内心里也是盼望这个结果吧，能牯看钟汉生也是个爽快人，也就不再搞"三顾茅庐"那一套，何况他现在也没有多少本钱可让人三顾。如果不是一帮土匪兵，钟汉生也不至于满大街找"贤人"。能牦是不是个贤人，自己也不知道。但他是个聪明人，知道见好就收，最终能否留得下来，还得看实际效果。经济方面，他有生意人的敏感，决定从经济入手，作为钟汉生的新政第一方略。何况钟汉生现在最缺的就是钱。钟汉生相信他，广东人有天然的生意头脑，人称"广东拐子"，不会做亏本生意的。

能牦就是能牦，既然答应了钟汉生就得说到做到。他要钟汉生给他一个月时间，制订一个经济计划。当然这个计划，他不原创，而是抄书，抄广东某地的书。他乔装一番，潜回广东，找到他那些在官场上混的同学，抄了一袋子书回来，稍微组装了之后，形成了上杭文案，交到了钟汉生手上。钟汉生一看，看不太懂；听他说，说了半天，也听不太懂。干脆就不看不听，放手让他去做。

其实，能牦的办法很简单，五个字：收税、做生意。他按照农业、工业和服务业三个领域，突出市场流通这个环节，拟出了十一个税种，参照广东的收费标准收取。这个做法没有什么特别，只要是衙门机关，都收税，只是从来没有什么标准，标准都在头头那里，爱收多少就多少。现在能牦要求标准化，不能随意收取。他知道兵荒马乱的年代，税收解决不了问题，几百号人的吃饭就是个大问题，何况还要维持政府机关的运转，所以他提出来部队也要做生意。做什么生意？他想好了，买几条船，由军队押送，取道汀江做货运生意，将上杭的纸和木材到潮汕一带，从潮汕一带运海盐和日杂用品去到上杭，不出一年半载保证赚个盆满钵丰。能牦在钟汉生的支持下，大张旗鼓地干起来，很快就取得成效。税收方面，由于有了规矩，而且张贴公布，收多少税大家心中有数，比以前好收多了。做生意方面，能牦更是如鱼得水，上杭的货钟汉生自会负责，潮汕的货能牦亲自联系，所以开春以后就做起来了。上杭和潮州之间十天一个来回，每次都满载而归。因为有了军队押送，沿江的土匪不敢来抢劫，商家也想请他们运送货物。于是，能牦干脆购买了两艘船专门运送货物，赚物流的钱。

在这种思路的驱动下,钟汉生的脑子活了起来,不仅做水路的生意,还做烟花爆竹生意。上杭附近有一个乡镇叫高梧,世代相传烟花爆竹手艺,钟汉生认为这个手艺平时可赚钱,战时可转化为武器,一举两得。他让能牯和高梧人合作,既办厂还管销售。潮汕人迷信,喜欢讨吉利,烟花爆竹用量大,能牯在潮汕地区的销售渠道,可大大提高烟花爆竹的生产销售。就这样,钟汉生有了钱,部队也渐渐像样起来,加上钟良派了三个教官专门训练官兵,钟汉生的闽西独立团成为闽西武装力量最强的一支部队。部队有经费保障,也不太扰民,与先前的军阀武装有了区别,竟也赢得一些口碑。

五

钟汉生决定去拜访赵田禾。为什么不早去找赵田禾?钟汉生有他的自尊,认为如果自己只是一个土匪,赵田禾不会看得起他。即使因为钟良的关系,在赵田禾看来也不过是仗了势的狗。他从来就不是一条狗,自己是一只狼,从梅花山下来的雪地狼。他在等待能够拥有与赵田禾对话的资本。如今有了一座靠本事得到的城,赵田禾无论如何也不敢小视他。甚至他有一种预感,赵田禾也在等待他的到来。

他经常无端地想起十七年前的那个冬天,那个冰雪覆盖的路口,那个骑着骏马的男子。当他一个飞跃坐在男子的身后,暖暖的体温触电般地向他传递过来,瘦弱的身躯仿佛被融化。在那个人生偶遇的路口,他记住了这个人和那温暖的气息。多年以后,赵田禾早已威震闽西,他也成为梅花山的小头目。但他从来没有将赵田禾作为自己的榜样,而是向卢天明看齐。一介土匪没必要装什么文明人,赵田禾的那套他学不来,必须另辟蹊径,所以才会有投靠广东军阀这一出。果然,大树底下好乘凉,有了陈济棠的招牌,一般人不敢招惹,上杭城倒也平安无事。现在整个上杭分成了三股势力，他钟汉生一家独大，霸占上杭县城和周边地区；古田则分成了两块，一是袁家和卢天明的地盘，另一块是赵田禾的天下。看上去钟汉生最风光，占有最好的地段，但明眼人都知道，那是最危险的地方，没有谁坐稳过一年两年。自辛亥以来，衙门里像吃流水席一样，去了一拨又来一拨，坐在最中间太师椅上的人最没有安全感，谁也不知道什么时候连命都保不住。可袁家和赵家的地盘不一样，一般人根本进不去，就是进得去，也扎不下来。钟汉生很清楚，自己就是替人代管几天而已，要想长久治安，必须抱大腿见机行事。

钟汉生带上警卫，骑着马向古坊奔去。他不喜排场，最烦一群人像蚊子一样围着他转。能牯对他说，你现在是团长，要注意安全，出行还是多带些人马。他不以为意，说散漫惯了，人多了碍事，有几个兄弟随行就可以。因此，他出门往往就三五个人。他们的马快，顺利的话中午之前赶到没问题。

偏偏在食水井的时候，遇到了事。本来也没什么事，只是食水井还是在他钟汉生的地盘上，有什么事，当然得管一管。他们的马从食水井经过的时候，突然传来女子恐惧的呼救声。钟汉生立即勒住马头，停下来观察发生了什么事。有警卫快速往前查看，马上回来报告说一群土匪在抢劫演木偶戏的父女俩。他一听，火气腾地升起来，大喊一声："给我打掉那帮家伙！"声音未落，早已挥起鞭子驱马冲向前。警卫员不敢怠慢，紧随其后。

"砰，砰砰……"枪声划破山林，连女子的呼救声也停了下来。正在抢劫的一群土匪，不，不是一群，其实也就五六个人，衣冠不整，没有枪，只有几把砍刀，一看就知道是一帮乌合之众。听到枪声，再看到骑着马的军人，土匪们吓得魂飞魄散，连砍刀也扔在一边，逃进了山林。钟汉生并不追赶，下来查看倒在地上的父女俩。老人倒在地上，半侧着身子，捂着胸口，小声地呻吟。女子蹲在老人旁边，轻轻地哭泣着，手足无措。两人旁边是散落了一地的木偶戏行头。钟汉生蹲下来，用手轻轻地摇了摇老人的肩膀，问："老人家，怎样？哪里受伤了？"老人停止呻吟，用手指了指胸口。他的眼光投向女子，问她："老妹，老人是你父亲吗？"女子点了点头，并没有抬起头来。他又问了一些情况，知道他们是白砂水竹洋人，准备到石圳去演木偶戏，同戏班的人先走了一步，他们父女俩才在半路上遇到了打劫的土匪。他看着受伤的老人和柔弱的女子，便交代警卫员带着父女到城里，请名医治疗，一切由他负责。他自己去拜会赵田禾。警卫员说，路上不太平，团长一人走不安全，还是由警卫员守护一起走吧。他摆摆手说，没什么大不了的，谁敢动他一个手指头。

女子听到警卫员叫他团长，不禁抬起头看了看眼前的救命恩人。

女子的目光看到钟汉生的时候，他的眼睛也看到了对面的女子。只见对面的女子长发散开披在肩上，衬托出粉色的脸庞，圆润中带着清秀，大大的眼睛含着晶莹的泪水，像两粒饱满的葡萄，清纯无邪，又楚楚动人。他的眼前突然闪亮起来，一缕穿透心胸的光芒，触电般战栗着心房。他一下傻了眼，杀人如麻的男人，哪里有过这样的遭遇，哪里有过比遇见敌人更加可怕的心灵震动？他目不斜视地看着女子，一时竟手足无措起来。

女子羞红了脸，稍稍低下了头，不好意思地站起身子。女子修长而丰盈的身材，在钟汉生的眼里显露无遗。这又是一颗炸弹，将钟汉生的心灵炸得七零八落。他也不由自主地站起来，怔怔地望着她。

时间在食水井的山林间凝固了。不过是一两分钟的事，却在他们心里走过了十年八年。钟汉生就在这时下定决心，要将眼前的女子娶回家。

钟汉生很快从失态中拉回现实，交代警卫不得延误，抓紧治疗老人的伤病，并在他的住处安排出房间给他们住。说完，他策马飞扬，向古坊奔驰。

六

赵田禾的烦躁不是一天两天的事。自去年以来，袁家势力的坐大，刘庆兴的介入，他的双臂像被无形的手束缚，伸展不得、挥舞不成，像一只关在古坊的困兽。对，就像一只困兽。这种感觉越来越强烈，古坊还是那个古坊，他却不是当初那个他。独坐书房的时候，他常常想起与刘庆兴相遇的那会儿。两人一见如故，相谈甚欢，颇有"羽扇纶巾，谈笑间，樯橹灰飞烟灭"之势。什么时候开始有了分歧呢？是袁宝珍的到来，还是袁宝儒进攻古坊之后？总之，理想碰到现实，现实的种种便成为两人之间情感的导火索。这段时间以来，双方火气都大，一言不合就吹胡子瞪眼，继而拍着桌子不欢而散。他感觉到刘庆兴甚至在考虑让特委是否前往其他地方。他不计较，但感觉到刘庆兴对他不信任，因此，他苦恼。

最近，赵田禾和一个人走得近。此人叫温永祥，茶树下人，在福建船政学堂读过书，后因时事动乱回到家乡，创办农艺学校。温永祥戴着眼镜，中等身材，看着像斯文人，却有一身肌肉。说是船政学堂时锻炼的结果，后来创办农艺学校也是体力活，因此他健壮的身体洋溢着热情与活力。茶树下与古坊相距三四十里，赵田禾见到他时，他正醉心于农艺学校，在家乡的田地里进行作物种植试验。那天，他赤膊上阵，在稻田里记录禾苗长势，热得满头大汗，却依然一丝不苟。赵田禾一下就被这场景感动。在他的理想境界里，正是需要一批这样实干而有技术的人才，才能构筑起乡村的希望。他们俩一见如故，一个在稻田里，一个在田埂上，眉飞色舞地谈论了老半天。中午时分，回到温永祥家里，除了吃饭，都在讨论着乡村运动的发展。这个时候，赵田禾早已把刘庆兴抛到了十万八千里之外。在他的潜意识里，平和的乡村改革，才更接近自己的理想。而遇上温永祥，就是沙漠里遇上绿洲，两人的攀谈如饮甘泉，痛快淋漓。

赵田禾请温永祥到古坊来一起治理乡村。温永祥摆摆手，说："古坊已成革命的中心，我一介农夫，已跟不上形势，还是先在茶树下干几年吧。"于是，两人两地，彼此往来，倒也有"君子之交淡如水"的意味。

自从古坊被卢天明、袁宝儒的部队攻击后，赵田禾盘算着让鹏飞去厦门集美读书。记得自己十六岁的时候，已经到省城读书了，现在鹏飞已经比当年的自己更有思想和文化，应该到大地方锻炼锻炼。其实，在他心里还有一层顾虑，万一古坊被攻击的情况再一次发生时，至少确保赵家的香火不能断。他有一个同学在集美学村当教员，鹏飞到那里读书是最好的选择。他将这个想法和温永祥一说，温永祥也赞同，并请他将自己的女儿洁萍也一起带去读书。洁萍是温永祥的小女儿，比鹏飞小一岁，从小和男孩子一起读新学，早就嚷嚷要到县城去读书。现在有这么好的机会，温永祥觉得与其到县城，还不如到厦门见见世面。

赵田禾一听，大声说好，还开玩笑说："我们干脆结成亲家好了，这样他们一起出去读书，我们也就放心啦。"

温永祥也笑了，"田禾，你是一个开明人，怎么也像那些人一样讲究这些。孩子们的事，让他们顺其自然吧。"

赵田禾摆摆手说："不对，永祥。孩子的事，永远得父母操心，何况婚姻大事呢。我看，你是舍不得吧？"

"我不是舍不得，我是巴不得呢。整个上杭，谁不知道你赵先生的大名呢。但一码归一码，我们做父母的不干涉。"温永祥倒是认真了起来。这点，赵田禾十分佩服，这是一个讲原则、有底线的人，相信这也是值得信任的人。

据说是豹子托生的赵鹏飞，已长成十六岁的少年，比父亲赵田禾高出半个头，鼻子也更挺拔，目光清澈有神。在古坊平民小学读书时,鹏飞深受刘庆兴的喜爱,除了上课的教授外,还私下教鹏飞读了不少进步书籍。鹏飞天资聪慧,从国文到算术,一学就会,一点就通,成绩一直名列第一。赵田禾心里也略感欣慰,对鹏飞的期望值也越来越高。与父亲当年对自己的期望不同,他希望鹏飞有所变,变得与自己不同,至少是不要走同一条路。至于是什么路,在他心里还是一片迷茫。未来会给出答案的,他想。

鹏飞当然希望自己能够去集美,古坊的天空实在太小了。他知道如果自己一直待在这里,那么他就是井底的青蛙,永远不明白世界有多大,自己的路在何方。他羡慕父亲,能够漂洋过海,到最先进的地方学习本领。现在时代变化了,他却还没迈出过古坊半步。当父亲征求他意见时,他不假思索地同意,并请父亲早早安排,希望早一点到集美学习。

春雨飘洒在古坊干涸的田地里,野花野草忽地长了出来,浅浅的青绿让乡村活泼了起来。赵鹏飞和温洁萍结伴走出乡村,向大海边的集美走去。临走的时候,赵鹏飞收到了两本书,一本是父亲送的《空想社会主义》,另一本是刘庆兴送的《共产党宣言》。

赵鹏飞和温洁萍到达漳州的时候,意外遇到了袁松奎的小儿子袁宝清。原来趁着即将开学的时候,袁松奎也是痛定思痛,希望自己家里能够出一个真正的新式文化人,于是将袁宝清送到集美学村,准备读一门实用的专业,再不济的时候可以做一个靠技术吃饭的人。三人彼此有些认识,于是高兴地结伴而行。

七

如果放在几年前,赵田禾根本看不上钟汉生,不管他是土匪还是团长。但经历这些年风雨,他不再以出身论英雄,开始思索更加实际的问题。这些,当然离不开刘庆兴的思想灌输。刘庆兴用十月革命那一套理论，让赵田禾心潮澎湃，巴不得马上就进行革命。但现实的逼仄又使他很快消沉下去，一夜之间又念起乡村自治的好，不造反、不流血，多好啊，温情还在，人情尚余，对于他来说是最好的选择。不过，他也明白，当今社会温情早已荡然无存，在古坊不过是借助了父亲积下的善德与余威，才使自己发展起来。使自己真正发展的，不是田亩三千，也不是家产万两，而是他手中的枪，他组建的自卫军，现在被称为闽西红军营的队伍。有了共产党的支持，他才成为威震一方的赵先生。

他不拒绝钟汉生。所谓后生可畏，从钟汉生的咸鱼翻身可见一斑。这个梅花山的土匪头目，摇身一变成为闽西独立团团长。如果只是一个团长，至多也是另一个卢天明。但钟汉生明显技高一等，不仅夺得上杭县城，还治理得像模像样，据说在城里口碑还不错。他嗅出钟汉生的危险，也预感这个人威力的长期存在。他不得不重视，所以当钟汉生提出拜会他时，他满口答应。不过，这次他同样瞒着刘庆兴。

赵田禾早早在闲坐斋等着钟汉生的到来。他命人在那里生了火，做了一桌好菜，专门招待钟汉生。果然，不到正午时分，钟汉生就在刘大哥的引导下来到闲坐斋。钟汉生牵着马顺着桃花树旁的小道走来，一身戎装，倒也英气逼人。走到跟前，赵田禾才看出来人脸上有一股抑制不住的气势，仿佛随时会释放出来。钟汉生见到他，高声叫着："赵先生！"声音高扬而外露，脸上笑容浮了上来。他赶紧迎上去，抱起拳作恭，向钟汉生问好。

山环水抱，涧流潺潺，炊烟袅袅，香气扑鼻。钟汉生的五脏六腑都被勾引起来，仿佛回到熟悉的梅花山，又仿佛回到童年时的竹岭家中。他刚刚坐下，不待赵田禾上茶，就开门见山地说："赵先生，今日拜访，实为十六年前的往事而来。"

赵田禾倒茶的手抖了一下，停下来，扭过头不解地问："十六年前，汉生兄弟是为何事？赵某人愚钝，不太明白。"

钟汉生哈哈哈地笑起来，"先生，十六年前的大雪天里，您骑着白马，半路上帮助一个冻僵的少年，将他送回竹岭。今天，特地向先生致谢！"说完，他认认真真地站起来，向赵田禾鞠了一躬。

赵田禾愣了一下，半晌没有回过神来，十六年前的一件小事，他早已忘得一干二净。如今，钟汉生的提醒，他终于有一点模糊的印象——好像有那么回事。他微微一笑，"此等小事，何足挂齿，哪里值得烦劳团长亲自前来寒舍？"

钟汉生不理会他的客气，继续说："先生的帮助，我铭记在心，不敢忘记。只是先生是高雅之人，我等下三流人不敢高攀。今日汉生事业略有起色，所以特地前来贵地拜访。"

赵田禾暗暗吃惊，一介土匪，说起话来竟也有条有理，还带着一丝文气，心里便添了一丝敬重。他和钟汉生一边聊着一边让人将酒肉菜肴摆上，两人兴致都不错，话也投机起来。

酒过三巡，他们的声音终于盖过溪流的响声，在空旷的山谷回荡。赵田禾的心也被释放出来，心里痛快了许多。钟汉生见时机已到，又抖出一个秘密。他从兜里掏出一封信，递给赵田禾。赵田禾看到信封上飘逸的书法，再看到落款"钟良"两个字，眼睛瞪起来，吃惊地看了一眼他，急忙将信封打开。原来这是钟良向赵田禾推荐钟汉生的信，请求看在老同学的面上，帮助钟汉生在上杭站稳脚跟。赵田禾立即明白了，难怪钟汉生打出的是广东军阀的旗号，原来是请老同学钟良做的靠山。钟良在信中称钟汉生为宗侄，自己以宗族长辈自居，目的是让赵田禾重视钟汉生。赵田禾一边看信一边频频点头，说："汉生兄弟，果然智勇双全，难怪我这个老同学钟良对你赏识有加。"

钟汉生听了，高兴地向赵田禾敬酒，不待他举杯，便自行举起酒杯一饮而尽。

赵田禾答应钟汉生相互保护，不得侵犯对方领地。如有情况，第一时间向对方通报。他说："汉生兄弟，红军的队伍在不断壮大，你那个县城迟早会打进来的，要做好准备啊。"

钟汉生瞪起眼，"谁敢跟我打，我给他拼命！红军？除了你赵先生的部队，还怕它个逑！"

"汉生，错了！你拼命有用吗？拼命只会使人财两空。要用脑子！县城是守不住的，你要想好退路，甚至必要时主动退出县城，到其他地方开辟天地。"赵田禾带着醉意，打着手势大声说着。

"好，赵先生，听您的。我回去就准备退路，不跟你们红军玩了。"钟汉生半醉半醒的样子，赵田禾不知道他说的是真还是假。

"我们红军？嘿嘿，是刘庆兴的红军！"钟汉生也不知道赵田禾说的是真还是假。

一顿酒从中午喝到下午四点，钟汉生向赵田禾告辞。虽然已有醉态，但他坚持要返回县城。他急着回到城里，天黑之前一定要到。赵田禾交代刘大哥让人跟随保护钟汉生回城，以防不测。

钟汉生以最快的速度向上杭县城赶去。

八

端午节前夕，上杭县城的大街小巷都在传一条新闻：团长要娶戏子为妻，还要举办新婚大礼，就在端午节那天。

团长就是钟汉生，新娘就是他救下的女子，名叫陈金娣。那天受伤的老人是她父亲陈傀儡，白砂木偶世家"福荣堂"堂主。陈傀儡以演高腔木偶为生，挑着木偶担子四处讨生活，妻子早逝，只留下独女相依为命。陈傀儡技法高超，远近闻名，因为木偶在当地称为傀儡，所以他的名字也渐渐变成了陈傀儡。钟汉生看上陈金娣后，就向留在县城治疗的陈傀儡提亲。陈傀儡说，钟团长威名远扬，自己和女儿只是不入流的戏子，实在配不上团长，请团长三思。钟汉生说，不用三思，早就思考好了，戏子出身没什么了不起，自己也当过山大王，只要双方不嫌弃，这事就成了。陈傀儡还是有顾虑，觉得自己是草头百姓，靠上个军爷说不定还招来什么祸端呢。钟汉生见陈傀儡不答应，便转向陈金娣，问她什么意思。出乎他的意料，陈金娣倒不娇捏，思考一两天后落落大方地点头同意。陈金娣跟她爹说，现在兵荒马乱的年代，连手艺人都被打劫，还有什么安全感，钟汉生虽然是土匪出身的军爷，但他仗义救人，有情有义，这样的男人值得托付。陈傀儡思索良久，也终于同意这门亲事。他说乡间里十八岁也该考虑婚姻大事了，既然遇到了合适的，女儿同意，做父亲的也没意见，一切姻缘由天定。

钟汉生对陈金娣说，"金娣"这个名字太土，竹岭村就有好多叫金娣的，干脆改个名。金娣说，改什么名呢？钟汉生说，他钟汉生的女人就是要娇生惯养，叫娇娇好了。金娣笑了起来，说什么娇生惯养，自己从小就是苦命人，只要和团长过个安稳日子就行。

婚礼是由能牯操办的，声势造得大，整个县城都盼望着这场婚礼的到来。婚礼前三天，钟汉生让人将已经痊愈的陈傀儡父女送回白砂，并派人日夜守护。婚礼那天，迎亲队伍一早就敲锣打鼓从东门出发，到白砂接亲。上午十一时，抬着陈娇娇的轿子在一阵欢快的唢呐声中热热闹闹地进了城。城里烟花爆竹引路，锣鼓队打头，舞狮队殿后，娶亲队伍像一条游动的长龙，缓缓移动，蔚为壮观。大家都纷纷走出家门，一睹娶亲盛况。

待喜庆的队伍进入衙门，四大城门的助演活动也拉开帷幕：东门演傀儡戏，南门演杂技，西门打船灯，北门唱汉剧。在县衙门的平地上，师傅们正在扎架花，准备晚上烧架花。烧架花一般在正月十五的元宵节晚上，能牯为了增添喜庆气氛，特地从乡下把扎花师傅请到城里来，扎一座最高最大的架花。果然，那天晚上，前来观看烧花架的人流可谓人山人海。烧架花前是杂技、船灯等民间技艺的热身活动。到晚上九时，架花准时烧起来。只见高十五米、直径三米的架花，点燃引线后，烟花从底部开始嗞嗞地燃烧起来，发出一闪一闪耀眼的亮光。整整一个小时，架花随着火焰越烧越高，各种烟花造型，各种颜色亮光轮番上阵，引来观众一阵阵欢呼。这个端午节因为钟汉生和陈娇娇的婚礼，让大家沉浸在暂时的欢乐中，成为那一年津津乐道的话题。

钟汉生并没有沉醉在幸福之中，他比任何时候都清醒。他不仅在城内安排士兵管好秩序，还在四大城门重兵把守，不敢有丝毫闪失。他知道自己的大婚，正是对手袭击的好时机。他大请宴席，但自己滴酒未沾，用温开水代替敬酒。甚至，他进了洞房，并没有和娇娇同房。他要确保万无一失，绝不能在关键时刻翻船。他让线人随时报告城外状况，官兵们保持战备状况。

果不其然。子夜时分，守城的士兵发现有人偷偷用云梯登城，被士兵及时抓捕。一审问，原来是一些小股兵匪，想乘机捡漏。哪想到，钟汉生做得滴水不漏，兵匪们阴沟里翻了船。

第二天，县城恢复了平静，但关于团长婚礼的话题还没结束，包括那些想浑水摸鱼的兵匪，也成为团长用兵如神的见证。因为，关押起来的兵匪，第二天被大张旗鼓地押送到北门的山包上，干脆利落地全部枪决。清脆的枪声响彻县城天空，在山谷里回响。人们都用自己的语言形容昨天晚上激烈的战斗，虽然没有一个人亲眼所见。

这天晚上，钟汉生同样没有与娇娇同房。他对娇娇说，正在准备干一件大事，让娇娇先睡，自己处理好就回来。结果，到了大半夜，他才满身酒气地回到房间。娇娇侧着身子，装作早已睡着的样子，泪水默默地掉下来。

早晨，钟汉生被隐隐约约的抽泣声吵醒。他奇怪地睁开眼，发现娇娇泪眼婆娑地哭泣着。他不明白怎么回事，赶紧爬起来，问娇娇怎么啦。不问还好，一问娇娇，她倒哭得大声起来，显然受了莫大委屈。他以为是娇娇想家，想父亲了，便安慰她说："想家了我派人送你回家住几天，如果是想父亲，把父亲接过来住就行了。"可娇娇仍然还是哭个不停。

过了一会儿，娇娇的情绪稍微稳定下来，才带着哭腔说："你是团长，娶我这个下三流的女子干什么！如果想嘲讽我，说出来便是。"

钟汉生被她说得云里雾里，更是不知所以然。

"把我娶进家，又对我不管不顾，算什么事！我有什么不对的地方，你直说就是。"娇娇终于说出了原因。

钟汉生这才明白娇娇的意思，知道她误会了，赶紧向她解释，并说过两天，她就会明白。

娇娇不明白，但也不再哭泣。这件事总算勉强过去了。

两天后，一条惊人的消息传遍上杭城：钟汉生带着部队离开上杭城，到了距离梅州城八十公里的岩前，上杭城只留老三带着百来号人把守。大家都不理解钟汉生的这波操作，好好的县城不住，跑到岩前那个小地方干什么，难道不怕县城被别人占领吗？

钟汉生带着娇娇乘着晨雾出了城门，不过两三个小时就到达岩前的一个寨子。寨子占地上千亩，后面是山坡，三面都是稻田，是驻军的风水宝地。寨子早已被钟汉生清空，其他家当已经安排妥当，钟汉生进入寨子终于长长地叹了口气，全身都放松下来。

娇娇问他，为什么要从县城搬到岩前来？

钟汉生告诉娇娇，上杭县城目标太大，谁都想占领，所以当官的才会像流水席上的客人一样。他从赵田禾家回来，终于明白为什么赵田禾实力最强却从来对县城不上心，因此萌发了寻找退路的想法。他思来想去，决定把据点搬到岩前。原因有三：一来岩前的位置特殊，与梅州交界，最靠近梅州，但地理上又还属于闽西；二来钟姓是岩前大姓，他在这里容易取得信任；三是钟良是岩前人，驻扎在梅州，一般的人不敢对岩前轻举妄动。他说干就干,马上到岩前物色地方,终于选中了这个寨子。端午节前,一切准备就绪。他要和娇娇风风光光结过婚后,再转移到岩前居住。

娇娇恍然大悟,心里暗暗佩服他的谋划,而且口风把得那么紧,连她都蒙在鼓里。她怪嗔地说,为什么不早告诉她,难道就那么不信任自己的妻子?

钟汉生开心地笑起来,一把抱起娇娇往屋里跑。

娇娇很奇怪钟汉生竟然没动过女人,看他那笨手笨脚的样子,她又紧张又刺激,不由自主迎合上去,紧紧地贴住了他。他手足无措,只会将她紧紧抱住,差点让她窒息。她从他的怀抱里挣扎出来,站在他的面前,慢慢地将衣服褪去,水汪汪的大眼睛大胆地看着他。他飞快地脱去衣服,再一次抱起她,将她轻轻地放在床上……

几个月后,上杭城被红军攻破,战斗喜讯刊登在红四军创办的《浪花》报上。不过其时,被打败的是另一支军阀部队。钟汉生部队在主力撤出一个月后也全部撤退到了岩前,然后乘机占领了另一个叫武平的边陲小县城。

第四章 石榴

一

暮春时分，初夏已至，繁花满枝，落英缤纷。赵田禾的心思像春天吐着芯子的花蛇，迷失在纷繁的世界里。刘庆兴给了他一堆书籍，都是马列主义和进步书籍。他读着读着就走了神，理论与理论在头脑中互相打架吵闹，经常脑海里一片混乱。他对刘庆兴说，读不下去，自己的思想中缺乏一种坚定的东西，往往被一些琐事左右，情绪也容易激动，不适合搞革命工作。刘庆兴不这样认为，他说是主观能动性问题，是脑子出了问题，不听指挥了。也许说得对，他也无法给自己一个合理的解释。

红军是他派出去的，但他并没有跟随，更说不上指挥。自从古坊暴动后，他就发现自己没有军事指挥才能，所以他等于是自动放弃了军事指挥权。一开始，他将权力交给赵福民，后来感觉刘庆兴更能做好指挥官，于是主动把刘庆兴推到了前台。他自己呢，倒乐得清闲一些，想一想乡村试验运动的走向，甚至他也希望自己和温永祥一样，做职业教育，在田间地头做一些实际工作。

5月下旬，从井冈山下来的红四军，第二次由赣南进入闽西。古坊的自卫军已改编为闽西红军营，战斗力大大增强。在刘庆兴的带领下，闽西红军营全部参与到红四军的战斗之中，队伍得到极大锻炼，战斗力得到明显增强。赵田禾略感欣慰，心里更多的是不安。原来，闽西红军营在红四军的统一部署下，攻打田坝头，毫无悬念地赶跑了袁宝儒和卢天明的部队，连袁松奎都被赶到深山老林躲了一阵子。这下，袁家人把仇记到了赵田禾身上。赵田禾不怕他袁家人多势众，只怕负了一个人——袁宝珍。他答应过袁宝珍互不侵扰，而且袁宝珍在危难关头曾冒死送信。现在不过区区几个月，他竟然落了个背信弃义的下场。他深感对不起袁宝珍，但又无法解释。这样的事只会越抹越黑，他只能听天由命。

袁宝珍可不一样，她既视赵田禾为兄长，又以有共同语言的知己自居。然而，一场暴风骤雨式的进攻，将袁宝珍心存的幻想彻底打碎。她想起自己第一时间送鸡毛信，主动向他求和以图平安相处，感到自己是如此自作多情，不禁为自己感到害臊。一种被欺骗的感觉从心里涌起，她暗自决心，从此与赵田禾势不两立。

赵田禾几次来到刘庆兴的房间，欲与其辩论，但想到辩论的效果肯定不佳，又干脆不说为妙。自卫军是他的心腹，改编为红军他也没意见，可眼见自己的部队越来越脱离自己的指挥，他还是有一丝酸楚。他不想带兵出去，兵又不能不出去，在两难的选择间，他不知不觉选择了逃避。刘庆兴劝他带兵，说都是自己人，他的话官兵都听。赵田禾则听出了潜台词，认为刘庆兴是变相说那些兵只服赵田禾管，而不服他刘庆兴。这一点，赵田禾不可否认，也依此认为自己与官兵们有感情。

刘庆兴还是来找他了，气氛有点尴尬。傍晚学校已经放学，校园里一片空旷，挂着铜钟的大樟树下，刘庆兴和赵田禾边聊边走。

"田禾，是不是对出兵田坝头还有意见啊？"刘庆兴好像不经意地说。

"兵是你在带，没错，但出兵田坝头，你应该提前跟我讲吧。毕竟这支队伍还是我带出来的。"尽管赵田禾放低了口气，但一肚子牢骚的气息，还是随着讲话浓浓地袭了过来。

刘庆兴笑了起来，"如果提前讲了，你还会答应我的出兵要求吗？如果你不答应，那我们拿什么配合红四军打胜仗呢？"

"红四军那么强大，还在乎我们这点家底。我的意思是说，没有我们的红军参与，田坝头战斗照样能胜利！"赵田禾还在赌气。

"这次行动，当然是我们在不在，胜券一定还是在红军这边。但关键在于我们的参与，更多是一种态度、一种表态，它关系到红四军和闽西的前途命运。"刘庆兴的老师身份，说明他是善于说理的。

"你不要拿你那些理论来吓我，我要的是实际，实际效果好就好。就比如，这次进攻田坝头，给我们带来的就是背信弃义的恶名。"

"田禾，你的思想怎么还停留在讲哥们义气上呢？我们的革命必须算大账，不能以个人好恶对待革命。"

"你当然可以算大账。我不能，因为这里是我家乡。我负了袁小姐，就少了一个缓冲的地带，将会给双方带来更大的仇恨。"

"田禾，你醒醒，你跳出来看这场革命，你才会更加懂得该怎样做。阶段仇恨不是一两个人造成的，是这个社会、这个时代的共性。只有剧烈的暴动、猛烈的革命，才能摧毁旧制度，造出一个全新的社会。古坊只是信封大的地方，你治理得再好，也只是这么一个地方。如果能够带领大家建设更多更大的家乡，不是我们最大的幸福吗？"

"抱歉！我赵某人能力有限，只想把信封大的地方治理好。"

"你，田禾——哎，你真是太让我失望了，幸亏你当时没有入党，否则，这怎么像个党员？"

赵田禾闭上嘴，不想再说。

刘庆兴是个大嗓门急性子，遇到赵田禾的撒手锏——沉默是金，就再也没辙。两人的谈话至此已经被判处死刑，无法再往下谈了。

晚风轻吹，树叶婆娑，夕阳的余晖映在对面的山头，像燃烧的火苗，又像流血过多的战士。两人都静默不语。

二

李芳的到来，出乎赵田禾的意料。没想到革命者也有女同志，他不禁为自己幼稚的想法感到可笑。秋瑾不是一位女侠吗？他嘲笑自己不仅是井底之蛙，而且还胡言乱语。李芳是一名女共产党员，1929年作为特派员来到古坊指导革命，帮助闽西地方培训干部和举办军事培训班。与她一起来的是两位男同志，身份是配合她的工作。我们可以称他们为教官。也许是刘庆兴无法再与赵田禾进行有效沟通，组织上让李芳与赵田禾直接联系。

李芳称不上漂亮，人也不高，稍显胖，似乎还有点婴儿肥，所以笑起来可爱。从着装上可以看出她是个知识分子，接触之后你又会感到她是一名训练有素的革命者。她落落大方，处理事情有条不紊，工作经验丰富。后来才听说，五四运动的时候，她就参加福州全市的学生大游行，还是个小领导呢。她身上有一股感染人的力量，话不多，干起事来风风火火，就像她剪短的头发，干净利落。

刚开始，赵田禾对她的印象并不太好，不过也不坏。在他的心里，可能还是像袁宝珍那种类型的，更符合自己对女性的心理预期。李芳虽然是知识分子，但她不藏事，有什么事直说，有问题及时解决。这点对他的胃口，也使他和特委领导之间的关系缓和了不少。一句话，他们之间不温不火，恰如他和闽西特委之间现在的关系。记得有一次，李芳对他说，现在整个闽西的革命形势发展很快，革命群众热情很高，打土豪分田地，处处洋溢着革命激情。对比起来，最早一批开展革命斗争的古坊反倒冷淡下来，缺乏一股革命蓬勃向上的力量。她直言不讳地说，现在闽西特委对古坊的现状不太满意，希望他能够振作起来，带动周边的革命暴动。赵田禾涌起一丝反感，觉得她的谈话似乎是代表着组织的意图。他不太喜欢受太多的约束，对于这种太正规的谈话有种抗拒，许多话跑到嘴边硬是给咽了下去。

6月的时候，由于红四军入闽，带动各地开展土地革命，闽西的党组织发展很快，也进入了最忙碌的时候。刘庆兴基本不在古坊，其他特委的同志也经常外出指导革命。李芳成了常驻的代表，与赵田禾的接触也更多起来。她告诉赵田禾，要加紧训练部队，准备随时投入战斗，支援主力部队打仗。赵田禾半开玩笑说，他的部队交给她很放心，怎样训练怎样打仗，全听她一句话。她认真地说，那就说好了啊，一言为定。

战斗果然很快就来了。一天早晨，接到红四军命令，要求红军营赶赴白砂支援主力部队攻打白砂敌军。白砂敌军是原来汀州城守敌，红军攻打汀州城时逃散到此，还用了国民党混成旅的番号，实际仅有一个团的兵力。虽然人数不多，由于敌人占据了有利地形，几次攻打不下。白砂是闽西重镇，打下白砂具有战略意义，红四军前委决定增加力量，一举挫败敌人。李芳带着红四军前委的指示，找到赵田禾，请赵田禾带兵出发。赵田禾举棋不定，尚在犹豫间，李芳一看急了，指着他说："一个大男人，婆婆妈妈，还像个样子吗！你不去，我去！"说完，她就气呼呼地往外走。

赵田禾被她一激，赶紧跟了上去。本来嘛，赵田禾是红军营正式任命的营长，刘庆兴是党代表，刘庆兴不在时，李芳担任临时党代表。于是，赵田禾和李芳搭档第一次走上战场。

赵田禾走出院子，没有发现李芳的踪迹，气得跺脚，"这个男人婆，性子比男人还烈！"估计她到了红军营驻地，他赶紧追着上去。快步走了十来分钟，来到营地，看见李芳已经集合队伍，正在训话。在她的安排下，红军营留下两个连守家，其余三个连配合红军主力攻打白砂。赵田禾见没自己什么事，交代警卫将他和李芳的马备好，准备立即出发。自刘庆兴、李芳插手部队以来，他越来越少去管具体的军事。今日一见，暗自吃惊，自己一转眼工夫，李芳就把队伍集合起来进入战斗状态。这支队伍真的是今非昔比。

不过一个小时，李芳和他就带着队伍快速向白砂出发。待他们赶到白砂时，战斗已经打响，双方正进入胶着状态。按照红四军前委部署，红军营配合主力红军打好歼灭战，从后山包抄，伺机攻下敌人驻地，使敌人顾此失彼。李芳将队伍在外围停下，让人了解后山的道路和敌人驻地的地形地貌。她询问是否有人熟悉那里的情况，队伍里有两个人站了出来，原来他们有亲戚在那一带，经常走动，对情况很熟悉。于是，她让那两人带路，她带着一个连队作为先头部队，偷偷进入后山观察情况。由赵田禾带领后续部队，一边观察后方敌情，一边沿着先头部队的路线进入后山，半小时后两支队伍会合。赵田禾同意了。

半个小时后，赵田禾带领部队来到后山丛林里，却没有发现李芳和她的部队。只有一个战士在等候他们，原来李芳发现敌军驻地空虚，大部分兵力都去支援前方战斗了。于是，她当机立断，带着部队直接就冲下去了，现在已经投入战斗。赵田禾一听，吓得冷汗都冒出来，就怕她中了埋伏，后果就严重了。他二话不说，带着部队急急往下冲锋。

敌人驻地在山岗上的一片土楼里，三五座连接在一起，处于整个白砂最高处，周围也没有别的房屋。赵田禾刚刚冲进土楼，迎面碰上从土楼出来的李芳。原来，她已把土楼里的敌人全部收拾干净，还缴获了一大批枪支弹药。赵田禾气喘吁吁地说："见到你就好，见到你就好！"

李芳笑了起来，"好什么？难道是怕我被敌人抓起来当小老婆？"

赵田禾笑了起来，发现她的笑容很美。

得知老巢被端的前方敌人军心大乱，根本无心恋战，一下就作鸟兽散。红四军乘胜追击，把敌人打得落花流水。战后，红四军首长接见了李芳和赵田禾，表扬红军营英勇善战，是闽西红军的榜样。

李芳向首长提出，红军营的官兵们能否和主力部队一起行动，真正在战斗中成长起来？首长笑了笑说："李芳同志，心急吃不了热豆腐。现在还不到时候，每支队伍都有自己的责任，等整个闽西赤化了，我们的队伍会集合成一个战斗力最强的红军部队，到时候大家再一起打胜仗。"李芳心有不甘，只能悻悻然作罢。

三

白砂一仗，使赵田禾对李芳刮目相看，也开始反省自己的带兵之道。外界评论拉开土地革命序幕的古坊暴动，在他心里一直是个失败之战。连祖宗的祠堂、自己的家园都被烧毁了，还有什么荣耀可言。事后，他找了很多理由，刘庆兴也和他谈了许多。比如没有主动出击，导致被动应战，最后将战火烧到了自己头上。他不否认有这种因素，但是他认为主动出击只会使自己失去道义，而不能从根本上挽救失败。他一度以为，实力的强弱是摆在桌面上的，古坊的失败是一种必然。李芳不这样认为，她说："合纵连横是基本常识，你只囿于自己的一亩三分地，即使你在兵力上占有优势，也必然导致失败。今天不败，明天一定失败。"他曾经不屑一顾，现在开始认真思考她说的话。

赵田禾将自己关在房间，将白砂战斗李芳的表现进行复盘。他认为最重要的是她把握了时机，准确判断了敌我双方的力量对比，所以直接冲进敌人老巢，取得胜利。但是她也有冒险的地方，部队尚未集结，却急着往前冲，万一情报不准，有可能导致战局失利，甚至付出生命的代价。而古坊战斗，最主要还是战斗力太弱，自卫军从来没有打过像样的战斗，自己也没有临场指挥的经验。如果要说机会，最有可能的就是诱敌深入之后，将他们各个歼灭。但是，这样太危险，可能伤亡和损失会更大。卢天明的手下个个凶神恶煞，古坊人历来老实巴交，在气势上就输了半截。他想不太明白，决定去找李芳聊聊。

李芳住在学校的宿舍里，正在厨房里做饭。她带着两个大男人教官，经常自己下厨。赵田禾交代让人多送些菜来，家里做了豆腐之类也总有他们一份。这点和特委的同志有区别。由于特委工作的特殊性，他们出行没有规律，所以由他们自己解决吃饭问题，赵田禾从不过问。今天，赵田禾故意踩了个饭点，带上油炸小溪鱼、古坊米酒，来蹭饭吃。

李芳一见赵田禾就说："赵先生辛苦了！怎么还带酒，难道是想犒劳我们吗？"

赵田禾提着鱼和酒，笑着说："李党代表辛苦了！你是巾帼英雄，赵某人只有佩服的份。今天是带着酒来向你请教的。"

李芳哈哈地笑起来，叫两位教官摆上碗筷，将赵田禾带来的酒满上。不等赵田禾开口，她率先提议共同干上一碗，庆祝白砂战斗取得胜利，红军营受到首长表扬。四个人举起碗，"咣当"碰在一起，一饮而尽。

"赵先生，你是无事不登三宝殿。你看，酒也喝开了，有什么事，你就说。"酒桌上的李芳更有一种豪气，似乎离知识分子的形象越来越远。这样的形象，赵田禾没有再觉得反感，而是一种可爱，一种让人放心的状态。

"我没什么事，就是想看看战斗中的党代表和生活中的党代表是怎样判若两人。我特别好奇的是，你怎么不等我们到来，就敢冲下去，难道不怕反遭围困吗？"赵田禾老老实实将来由说出。

"咳，狭路相逢勇者胜呗，打仗靠的无非就是一个'勇'字。就像喝了酒，胆子雄了，什么事不能干？"李芳的风格是真性情，"当然，有一个前提条件，白砂战斗我们是强势的一方。经过多次战斗后，我们对敌人已经了如指掌，敌人的守势已如强弩之末，加上这次红军对白砂势在必得，战士们士气高涨，所以我才敢直接冲下去。"

"了不起，你的一番话，解我多日困惑。我在想，眼前漂亮的党代表是怎样的一个女英豪？是什么使一个优雅的女学生成为叱咤战场的革命者？"赵田禾被酒精催热的脸庞变得通红，好像有一丝腼腆。

"如果我告诉你，我是黄埔武汉分校的毕业生，你会相信吗？如果我告诉你，我参加过北伐，你相信吗？"李芳霍地站了起来，站了个正步，将胸脯挺得高高的，"尊敬的赵先生，只有经历过苦难，才明白苦难的意义；只有参加过战斗，才明白战争的残酷。明白了这些，我们才算脱胎换骨，才会珍惜每一次战斗，打好每一个仗，在战斗中成为一个标准的女汉子！"

赵田禾不禁鼓掌向她致敬，他万万没想到，她竟有如此丰富的历史，对生活有如此深刻的理解。

"赵先生，我同样佩服你。一个地主的儿子能够舍弃丰厚的家产，一个留学日本的高才生能够屈居乡野，为了自己的理想之境，艰难探索，构建起一个充满生机的新天地。我知道，你并不理解我们所做的一切，但你同样以最大的热情支持我们。因为我们的到来，也给你带来很多的困惑。但我相信，若干年后，你会感谢今天做出英明决定的自己。因为，我们代表着民众的愿望，代表着中国的明天。"李芳似乎喝多了酒，变得兴奋，"赵先生，我衷心希望你早一天真正地站到我们阵营，为多灾多难的祖国，为光明的未来，做出我们的贡献。你现在不明白不要紧，但是，你一定要多与我们接触，多走出去，看看外面沸腾的世界。看得多了，想得清楚了，你就会明白的，你就知道，我们的人生还可以有更多的目标值得去奋斗，甚至牺牲自己的生命！"说完，她竟然泪流满面，哽咽着说不出话来。

赵田禾也被她感动了。她的真诚，她对信仰的坚定，使他看到了年轻时的自己，那些热血岁月，那些奔腾往事，像风一样袭来。这一刻，他的激情被点燃起来，甚至他想走过去、抱住她，告诉她，赵田禾相信她的话，会和她一起战斗。可是，他不能走过去抱她，只能端起碗，猛地将酒喝下。

李芳也端起酒，喝下，将碗一扔，掩面而泣。

四

这年冬天的时候，鹏飞从集美来信说，准备结束学业回到古坊。赵田禾不明所以，本想写信让鹏飞多读一些，不必着急回来，但是鹏飞的信里说，即将离开集美，几个月后自会回到家中，让他不必担忧。他到茶树下找温永祥，问洁萍的情况。温永祥拿出一封信，也说刚收到女儿的来信，信里的内容与鹏飞如出一辙。他们判定，两人应该是在一起的。无奈，两人都只好干等孩子回来。

自入秋以来，古坊也发生了不少变化。其中最重要的是闽西红军营改编进红四军第四纵队，刘庆兴和李芳担任了纵队领导，赵田禾以不善带兵打仗为由推辞了拟任职务。编进了主力部队，就要参加战斗，因此部队也在前委的领导下统一行动。后来，红四军前委和闽西特委考虑到古田地区的特殊位置，决定由李芳带回一部分官兵，组成闽西红军独立营，对外称第四纵队某部。就这样，李芳又回到古坊，与赵田禾共同守护家园。

还有一件事，让赵田禾不痛快。严先生和赵田禾打交道并不多，除了工作上的交流，很少谈话交心。在赵田禾看来，严先生是个严肃的人，也是一个办事严谨的人，姓严真是姓对了。然而，一天严先生找他谈话，却使他感到严先生的"严"字，还可组成"严重"一词。严先生在一个午后找到他，要和他认真地谈一次话。他感觉到不太妙，但想不明白有什么需要那么严肃地谈话。他觉得自己要说的话要办的事，都和刘庆兴或李芳说过了，没什么秘密或见不得人的事。可严先生开头一句话，就把他吓了一跳。

"赵先生，钟汉生是你什么人？搬出上杭是你的主意吧？"

"钟汉生与我没有任何关系,他离开上杭从来没有跟我说过,我更没有出过主意。"赵田禾觉得莫名其妙。

"好,那为什么他来拜会你后,就从上杭撤出去了呢?"

"我怎么知道?他来拜访我,纯属礼节性的往来。之前我们没有任何交往,后来也没有什么联系。至今,我们之间也没有任何书信往来。"赵田禾生气地辩解着。

"那段时间,我们正在谋划攻打上杭城,将钟汉生的部队一网打尽。然而,正在部署的时候,他却从容地逃脱了。他在岩前安营扎寨,势力越来越大,而且很快就夺取武平县城。失去了那次机会,使他成为我们最大的威胁。"严先生慢条斯理地说着,"钟汉生是一介草民,一个土匪,大字不识几个,没么高深的计谋,所以我们考虑会不会背后的军师是你赵先生。"

"纯属污蔑,我赵某人不做这种下三烂的事。何况,你们在我的地盘上,我们是一条船上的兄弟,我干吗要做这种损人不利己的事?我和他们之间,没有什么利益输送,而且我赵某人不需要这种交易。"赵田禾气得脸色发青。

严先生看谈不出什么效果,便放弃了交流,从赵田禾家里退了出来。

好在李芳回来了,有些话他可以找她谈。她是理解他的,他凭感觉认为。在思想上,他们之间有许多相通的地方。那天酒桌上的梨花带雨,不仅使他产生了男人的保护欲,更是引起了他的共鸣。他全力支持她,有什么事也愿意听取她的意见。他也开始走出去,参加一些统战工作,将一些民主人士争取过来。特别是红军攻下上杭城后,他也高兴地进了一次城。距离上一次进县城,已经整整两年没有迈进过城门。他利用自己的身份,频频拜访同学同人,以及城里的知名人士,取得了他们的支持,对红军也渐渐转变了观念。特别是筹备县苏维埃政府的时候,民主人士也加入进来,对于稳定民心起到了积极作用。可惜好景不长，红四军奉命出击广东东江地区，失去军队保护后，党员干部又从县城主动撤退。赵田禾和李芳只好回到古坊，等待新的时机。

红四军出击东江失利，不得不回到闽西。年底的时候，在古田召开红四军党的第九次代表大会，总结经验教训，重抓思想建设，军队风气为之一变，战斗力再次得到提升。新年过后，主力部队向赣南转移，闽西面临新的考验。

冬天是寒冷的，尤其是南方山区，阴冷潮湿，晚上睡觉手脚冰冷，往往半夜都被冻醒。闽西特委和地方红军面临比天气更为严峻的考验——来自闽南、广东两个方向军阀的侵扰。幸好，经过一年来的锻炼，干部和队伍都已成长起来，大家都充满信心，一定会渡过难关，迎来春天。赵田禾对李芳说，队伍还是由她带，他协助，需要什么由他负责。严先生离开了特委，据说到其他地区干革命工作了。刘庆兴肩上的担子更重了，很少和赵田禾交流，也许没时间，也许他们真是渐行渐远了。

幸好鹏飞终于回来。他和温洁萍赶在春节前两天回到家里。一年多未见，鹏飞像个大人，胡子长出来了，看上去成熟了许多。当他提着皮箱出现在家里时，赵田禾感觉那个不是自己的儿子，而是当年外出回家时的自己，那形象、那神态，活脱脱就是当年自己的模样。这一刻，他感慨万千，世事变幻，不过物是人非、沧海桑田，可自己的青春与激情似乎早已消耗，幸而今天看到鹏飞的一身朝气。他上前接过鹏飞的皮箱，拍了拍儿子的肩膀，说了句"终于回来了"。母亲细凤则一脸的喜庆，她开心地看着高大的儿子，摸摸他的衣服，捏捏他的手臂，不肯让他从眼前消失，生怕一转眼他又出门去了。总之，家里一片欢喜，可以热热闹闹过个大年。

过年自是热闹的，鹏飞回到家里却没有闲着。第二天吃过早饭，他和父亲打了个招呼，就径直往学校走去，直到午饭时分才回来。下午，他又出去了，连晚饭也没回来吃。赵田禾一肚子疑问，但没有张口，等待儿子亲口和他说。晚上，夜深人静的时候，鹏飞敲响了父亲书房的门，父子俩开始有史以来最为正式的交谈。在鹏飞看来，这次谈话就是自己的成年礼。在此之前，父亲眼中的孩子，现在已经长大，可以独立思考独自决定自己的大事了。而父亲赵田禾，显然对此准备不足，没有想到不经意间，儿子已经和他平等对话，开始独立选择人生道路。

鹏飞在父亲面前坐下，一开始还是有点拘谨，说话吞吞吐吐。赵田禾让儿子大胆说，有什么想法都说给父亲听，父亲是过来人。鹏飞想了想，鼓起勇气告诉了父亲。

"爹，我这次回来，并不是为了回家过年，是根据省委安排到闽西特委接受任务的。"鹏飞压低着声音，话语中带着某种激动。

"什么？哪个省委？"赵田禾猜到了一些，但没想到这个层次。

"就是我们的党，中国共产党，中国共产党福建省委。"鹏飞兴奋地说。

赵田禾已经明白，只是一时没转过弯来。他问："你什么时候入的党？"

"今年春天，在集美，学生爱国运动和革命斗争已经非常踊跃，我就是在参加革命活动的时候，遇到了接受福建省委领导的闽南党组织。爹，在革命斗争中我经受了考验，党组织认为我已经具备一个共产党员的条件，所以很快就入了党。今年冬天，我和洁萍受党组织委派，准备回到闽西参加土地革命，于是离开了集美学村，先在漳州一带参加了革命活动，积累经验。通过党组织考核后，终于回来参加革命了。"鹏飞一口气将情况全说了出来。

"唉，你还小，应该多读一些书的。革命斗争不是过家家，很严峻，也很危险。"赵田禾带着担忧的口气说。

"爹，我已经长大了。你那个时候不是远渡重洋吗？何况我还是在自己家乡做革命工作。"

"那不一样，鹏儿。既然回来了，就先在家里多待些时日吧。革命的事，过一段时间再说。"

"不行的，爹。你也是参加革命的人，你知道，党的纪律是很严明的，只要命令一下都要无条件服从组织的安排。"

赵田禾叹了一口气，没有立即接过话题。过了一会儿，他才问："鹏儿，你今天去找谁？"

"找李芳姐，她是我们的领导。我和洁萍都归她领导。"鹏飞说，"李芳姐是个传奇人物，早在集美的时候我们就听过她的故事。现在能够在她领导下工作，我们都觉得很幸运。"

哦，赵田禾显然放心许多，于是又交代一些注意的事项，结束了父子间的谈话。

这天晚上，赵田禾一夜未眠，而鹏飞则一觉到天亮，嘴角还带着浅浅的微笑。

五

李芳一见到鹏飞就喜欢上了这个孩子，一脸的朝气与阳光，同样让她看到了多年前的自己。

在特委的办公室里，鹏飞向李芳汇报了自己入党经历和工作情况，将福建省委的介绍信郑重地递给她。他向李芳请求，到最艰苦的地方去锻炼自己。李芳反问他，难道不想在古坊干革命吗，这里既是闽西特委所在地，又是自己的家乡，开展工作最为方便。鹏飞说，不想在太安逸的地方工作，更不想在父亲的庇护下成长，他要做驰骋大山的森林之王。

李芳哈哈大笑起来，"森林之王？难道是要做老虎吗？"

"不，是豹子。豹子体积更小，但更灵活，更有战斗力！"鹏飞握紧拳，举起手臂，突然话锋一转，严肃地对她说，"您知道吗？我就是豹子转世的。"

李芳笑得更厉害了，"豹子转世，还有这种说法，真有意思。好，就当你是豹子转世，但愿你成为真正的森林之王。"

"我是说真的，李芳姐，我告诉您一个秘密。"看着李芳不着边际地笑着，鹏飞倒着急起来。

李芳看着鹏飞认真的样子，打住了自己的笑声，听他说什么。

鹏飞将自己出生的故事讲给李芳听。她听得很认真，没想到还真有这种故事。

"不过，我也不知道是真是假。别人都说是真的，而我的爹娘却怒斥他们胡说八道，还说再乱说要割他们的舌头。"鹏飞说，"但我觉得豹子转世也挺好啊，这样我就更有信心和勇气去挑战困难，去战胜一切敌人。李芳姐，你说是不是？"

李芳开心地笑起来，不断地点头说是。

"李芳姐，我是豹子转世，那您是什么呢？"鹏飞突发奇想，还用手比画着自己的脑袋。

李芳想了想，说："我最喜欢石榴花，那我就是石榴转世哦。"说完，她自己都笑了起来。

"为什么喜欢石榴？"鹏飞一本正经地问。

李芳向鹏飞讲了一个故事。她说，石榴花有一个凄美的传说。在北欧神话中，有一对恩爱的夫妻，妻子芙蕾雅是美与爱之神，丈夫奥都尔是夏日化身。随着时间流逝，奥都尔厌倦了和芙蕾雅在一起。于是在某一天他不辞而别，浪迹天涯，再也没有回来。芙蕾雅一人孤独地守在家中，伤心落泪。她的泪水滴在石上，石头变软；滴在泥中，深入地下化为金沙；滴在海里，则化为透明的琥珀。伤心过后，芙蕾雅最终决定改变自己，以顽强的毅力走遍世界寻找丈夫。她伤心的眼泪伴随着她寻找的每一个日日夜夜，世界各地都留下她眼泪变成的黄金。终于有一天，在阳光照耀的南方石榴树下，芙蕾雅找到了奥都尔，两人终于再次团聚。看着重新回到身边的丈夫，芙蕾雅快乐如初，无比甜蜜。为纪念芙蕾雅对爱的坚贞，直至今日，北欧的新娘在婚礼那天，都是戴上石榴花的。

鹏飞痴痴地听着，入了迷。他问："李芳姐，您是说要像芙蕾雅一样坚持自己的信念，坚守自己的爱，就一定会取得胜利，是吗？"

李芳高兴地说："是的，只有坚持，才会有胜利，纵然会经历痛苦、困难和失败。"

"李芳姐，我懂了。"

看着鹏飞走出校门，李芳的思绪被拉回现实。虽然随着红四军离开闽西转战赣南，国民党对闽西的"三省围剿"不攻自破，但是失去红军主力的闽西，敌我双方力量再次均衡，特别是地方豪绅勾结敌人试图从各个方面挑衅刚刚建立的苏维埃政权。像田坝头的袁松奎虽然一打就走，现在却大摇大摆地卷土重来，还杀害了一批党员和参加革命的进步群众。如何扩大红军队伍，提高红军战斗力，成为闽西特委工作的首要任务。前几天召开的特委会议，已经对工作进行了分工，不等过年都到各地发动群众，准备组建更大规模的红军队伍。她的任务则是动员赵田禾坚定地投身革命，以古坊为中心，组建新的红军队伍。想到赵田禾，她的心里十分复杂，心里隐隐有一丝担心。担心什么，她也说不太清楚，觉得他还是醉心于乡村运动，对马列主义和中国革命的现状了解太少，只要一谈到实质性问题，他还是回避。但她从鹏飞身上看到了希望，看到闽西革命的新生力量正在成长起来。

李芳思考的问题，赵田禾同样面临着新的抉择，他的痛苦从不对人说，也觉得无法诉说。春节那天，家人们都在忙着，赵田禾则带着鹏飞去了两个姐姐家。姐姐金香、银香嫁到另一个自然村，叫古石背，都还属于古坊片，不过相距五六里路，平常也多有往来。鹏飞学成归来，自然要去拜访两位姑妈。鹏飞小时候，两位姑妈对他疼爱有加,赵田禾没空理他,姑妈就带着他到家里住上一段时间,直到爷爷想孙子了,才将他送回古坊。鹏飞踏进金香姑妈家时,大吃一惊,熟悉的场景不见了,不要说张灯结彩,也不要说瓜果满厅,就是热闹的气氛也淡了下来。再到银香姑妈家时,也和金香姑妈家一样,除了空荡荡的大楼,昔日的繁华欢喜都不复存在。他悄悄问父亲为什么。父亲说,革命一来,世道也变了,两个姑妈家都是地主,当然得将多余的田产交公,现在他们自己也要下田劳作,自力更生。鹏飞清楚这些,但很少往自己的亲人身上想。当年父亲请求爷爷交出田产,并迫使村里的地主,也和自己家一样,将多余的田地分给那些贫农和佃农。父亲也向两位姑妈提出分田分地,可两位姑丈不同意,只好作罢。后来革命形势一变,姑妈家成了革命的对象,于是也和村里的群众一样,一亩三分地自己种自己收。看到姑妈家的现状,鹏飞的心情也低落下来。倒是两位姑妈,看到鹏飞到来,高兴得脸上开花,用粗糙的双手拉着他,问个不停。看到他心情低落,都安慰他:"现在挺好的,虽然苦一点,但心里踏实。我们原来都是小地主,不是恶霸,不欺侮人,现在我们自己种自己吃,挺好的。再说,你父亲带了头,姑妈还能说什么。"鹏飞笑了笑,心里不是滋味。

回来的路上,一开始父子俩沉默着,都没有说话。还是赵田禾打破僵局,问鹏飞有什么心事。

鹏飞说:"看到姑妈家现在这个样子,想起小时候在他们家时的欢乐,有一种恍如隔世的感觉,心情一下子掉到了谷底,适应不过来。"

"革命是好的,可我担心革命过了头。唉,只要大家自力更生过好日子了,为什么非要闹个家破人亡呢?"赵田禾忧心忡忡地说。

"爹,我不这样认为。虽然看到姑妈家我也很难过,但这与我们革命的目标并不矛盾。个人的命运必须服从民族的命运,我们原来是既得利益者,现在只不过回归正常的生活。我想,我会摆正自己的位置。"鹏飞说，听得出他正在调整自己的心态。

"鹏儿，你现在经历的事少，还不懂这里的利害关系。参加革命后，凡事要三思而后行啊。"赵田禾想起当年父亲也是这样对自己说。

"爹，难道你不革命啦？听说，你对外出带兵不太主动，对革命的热情也大不如前。"鹏飞试探着问。

"你不要听信谣言。不革命，我哪里会把自己的家财田地都交出来？我只不过不擅长带兵，让人误会罢了。"赵田禾不想多谈。

"那就好。爹，我想和您商量一件事。"

"什么事？"赵田禾一怔。

"过完年后，我想去部队做政治工作。"鹏飞说出自己的想法。

赵田禾本想叫他留在古坊，但知子莫如父，他已经想好的事，很难再改变，于是改口说："既然决定了就去吧。"

鹏飞高兴起来，说："谢谢爹！让我们父子共同努力吧！"

赵田禾微微点点头。

六

李芳终于见到了温洁萍。正月初三刚过，鹏飞就领来一位学生模样的姑娘。姑娘和鹏飞年纪相仿，身材高挑，齐肩短发，衣着朴素。还不等鹏飞开口，李芳就让鹏飞不要说话，让她猜猜姑娘的名字。她看着姑娘，肯定地说："温——洁——萍。"鹏飞拍起手，表扬她猜测得准。姑娘也点点头，叫了声"李芳姐"。两人就算认识了。

特委的其他负责同志都外出开展革命活动了，只有李芳一人留在古坊负责特委日常工作。鹏飞已经提出去部队，要在战场上磨炼自己。李芳本打算将洁萍安排在自己身边，协助自己开展工作，特别是洁萍，作为是本地人，可以帮助她解决方言这一关。可洁萍有自己的打算，她在集美学的是护理，想和鹏飞一起到部队，在卫生队工作，帮助救治伤病员。李芳听了洁萍的话，觉得也有道理，现在医生护士都奇缺，特别是战场上，急需这方面的人员，洁萍到部队去更有发挥的余地，于是同意了她的选择。李芳想到闽西特委在龙岩城办了一个红军学校，专门为红军培养各种人才，如果鹏飞和洁萍先到红军学校培训，再到部队会更适应。在征求他们两人意见后，李芳向他们开具了介绍信，让他们近日到红军学校报到，参加为期半年的军事训练。

李芳喜欢洁萍，觉得她像自己的妹妹一样，让她在古坊住上几天，然后再去龙岩的红军学校。洁萍高兴地答应了，晚上就和李芳住在一起。农历正月还是冬天的季节，半夜里竟淅淅沥沥下起米头雪，就是像米粒大小的雪。南方的雪不像北方一样雪花纷飞，而是夹着冰粒一样的雪滴飘落下来。到了早晨，雪下得更大、更轻盈了，有点雪花飞舞的感觉。洁萍兴奋地叫起来，离开家乡后，她就没有见到雪了。现在又见到白茫茫的一片，她巴不得站在雪地里变成一个毛茸茸的雪人。她从被窝里拉起李芳，催促她赶快到坪地里堆雪人。李芳自来到闽西，已经见过好多场雪，对雪早已失去了新鲜感，反而一下雪全身就发冷，特别是以前受伤的膝关节一阵阵钻心地痛。既然洁萍兴致勃勃，她也不好扫兴，只得衣服一套，走出房门。

她俩刚走下楼梯，就遇到准备上楼的鹏飞。原来鹏飞看到大雪飘扬，正想邀她们下来玩雪人打雪仗。李芳听了，接上话说："鹏飞想要邀请的不是我们，而是某个人吧？"

鹏飞一听，脸带羞涩地笑了，还不好意思地低下头。

洁萍听出话中有话，将双手拉住李芳的手臂，说："李芳姐别胡思乱想，哪有的事呢。鹏飞是古坊人，当然得尽地主之谊，请我们赏雪玩雪啦。"

李芳笑笑，说："我这个怕冷之人，现在是舍命陪君子。不过，以后你们可要记得请我喝喜酒啊。"

说笑着，一行三人来到雪地里堆起雪人。虽然寒气逼人，但厚厚的雪给了他们创作的热情，沉浸在雪的欢乐里，暂时忘记了世俗的烦恼。洁萍说堆一个圣诞老人。李芳不同意，说难度大一点，堆两个雪人，一男一女拉着手。于是，他们认真地堆起来，身子、头、鼻子、嘴巴，最后是眼睛，终于堆成了两个雪人，还真有点牵手的感觉。虽然不够逼真，他们已经很开心了。李芳指着两个雪人说，这是鹏飞，这是洁萍，你们俩手拉手，奔向新生活。

话一说完，洁萍就将雪向李芳身上扔去，说姐姐不正经，胡说八道。李芳也不甘示弱，抓起一把雪塞到洁萍的衣领上，一边说她不承认，不是好孩子。两人嘻嘻哈哈地打闹起来，将安静的雪地变成开心的欢场。鹏飞看着两人，开心地笑起来，将一把雪扔向茫茫天空。

晚上，天气太冷，李芳和洁萍早早就倚在床上，盖着厚厚的被子，互相依偎着亲密地聊天。不过两天时光，两人已经无话不说，像一对亲姐妹。李芳问洁萍，是不是和鹏飞好上了？洁萍羞涩地低下头，轻轻地摇头，说没有呢。"那你喜欢鹏飞吗？"她的脸立即红了起来，抿着嘴唇只是轻轻地笑着，不说话。"鹏飞也喜欢你吧？"她摇摇头，说不知道。"傻孩子，我都看出来了，鹏飞对你不知有多好呢。"说完，两人都笑了。过了一会儿，她问，李芳姐，您有喜欢的人吗？李芳微笑着的脸庞突然变得严肃，沉默着，没有马上回答她的话。她吓了一跳，生怕自己问了不该问的话，一时不知该怎么办。谁知，李芳回答了她的话：有的，可是永远不可能了。接着，李芳向她讲述了一段关于他们的往事。

五四运动那年，他和她相遇在福州街头。当时他们是各自学校的学生会干部，都参加了福州市学生联合会的大游行。最后一天的时候，由于军警的冲撞抓捕，学生队伍被打散，他们躲在郎官巷里。后来，搜查的警察到了巷子口，他牵起她的手狂奔，终于脱离了危险。相同的身份，相似的境遇，使年轻的他们相互吸引，共同参加革命运动。面对白色恐怖的威胁，他们转入福州郊区开展秘密活动。国共合作后，已经是共产党员的他们一起进入黄埔军校武汉分校就读。毕业后，他们又被编入叶挺独立团，参加了著名的北伐战争。1926年8月19日，他们随北伐军突破汨罗江后，沿粤汉铁路及两侧地区向北攻击前进，25日到达湖北咸宁境内的汀泗桥以南。汀泗桥的位置极端重要，是武汉的屏障，也是北伐进军的必经之路。吴佩孚深知这座桥的重要性，在这里部署了一个多师的兵力固守。叶挺独立团和第三十五团接受正面强攻的任务。26日，他们和北伐军的官兵们对汀泗桥发起猛烈攻击，敌军凭借有利位置顽强抵抗。北伐军连续冲锋十多次，敌人也誓不罢休，汀泗桥几度易手，双方伤亡惨重，争夺异常激烈。后来，他主动接受炸桥任务，和敢死队员冒着密集的炮火向前移动。就在接近桥墩的时候，他被敌人发现，于是猛烈的炮火全部集中在他身上。他被当场打得血肉模糊，后来连尸体都无法辨认。战斗胜利后，她在他牺牲的地方痛哭流涕，直至昏厥过去。两人相爱多年，因为革命战斗，他们始终没有走进婚礼的殿堂，他们没有享受一天家庭的生活。本想着，等着胜利的那一天，他会为她披上幸福的婚纱，可是，这一天永远不会到来了……

　　李芳讲完故事，已经泣不成声。洁萍抱着她，一起哭着，仿佛这样能够减轻一点她的痛苦。后来，她对洁萍说，将他们的故事讲出来，是让洁萍对未来的生活有所准备，革命者身不由己，不能够选择自己的生活，包括自己的爱情。只要革命还在继续，牺牲就是常有的事，革命者都要有勇于牺牲的准备。

　　洁萍问她，"你参加革命，后悔过吗？"

　　李芳摇摇头，说从未有过。即使他牺牲了，也没有后悔，只有更加坚定地走下去，替他去完成未竟的事业。

　　两人谈着哭着，不知不觉都睡着了。洁萍做了一个梦，梦见她穿着婚纱和鹏飞奔跑在硝烟弥漫的战场上，不断地奔跑，不断地躲避炮火。后来，他们在牺牲战士的旁边捡起还有温热的长枪，向着前方射击,敌军的阵地掀起白色的巨浪……她和他笑了、哭了,然后又笑了,最后他们紧紧地抱在一起,任凭炮火声在耳边呼啸。

第三天,太阳出来,积雪开始消融,洁白的世界又恢复了往日的模样。待冰雪全部融化,李芳刚好要去红军学校送一份文件,于是让鹏飞和洁萍也一起前行。鹏飞和洁萍顺利进入红军学校后,开始新的生活。

七

李芳觉得有必要和赵田禾作一次长谈。自从来到古坊后,她一直把他当作值得敬重的大哥看待。但是,作为一个革命者,她对他的所作所为又不敢苟同。这些年走南闯北,她看到好多像他这样的知识分子,在革命初期的时候,是走在最前列的最勇敢的战士,一身正气,无畏牺牲。可是当革命风起云涌,掀起惊涛骇浪的时候,却开始退缩观望,甚至保全自己,连战胜自己的勇气都没有。她看过了太多人的面目,却不敢对赵田禾抱有一丝不敬的想法。他既有作为知识分子忧国忧民的一面,也有作为传统乡绅守成不变的一面。他的不敢斗争不敢革命,往往建立在人性理想化的基础上,具有浓重的乌托邦性质。对于怀抱理想的人,她深怀敬意。所以对待赵田禾,她还是愿意和他交流。更何况,现在是非谈不可的时候了。

起因很简单,来源于一些小事。比如部队枪支的问题。以前不管是自卫军还是改编为红军后,实际的掌权人都是赵田禾。自卫军的时候没什么仗打,装备也差,大家也没什么想法。编为红军后,参加战斗的机会多了,枪支弹药就变得极端重要。只要打了胜仗,缴获枪支后,赵田禾首先就是将部队的装备进行更新,淘汰一部分枪支,渐渐地部队的装备也好了起来。后来,闽西各地都有了武装力量,红军的队伍也渐渐扩大起来。为了提高各支队伍的装备,闽西特委要求,对缴获的枪支进行统一管理调拨。这本是好事，也能最快地解决各地装备不平衡的问题。可是，赵田禾不这样做，还是按老规矩，只要缴获了好的枪支，就让留下，充实到自己队伍里，而原来差的枪支作为战利品上交。这样的次数多了，引起其他部队的不满，特委领导也批评赵田禾不遵守纪律，破坏了规矩。但他听不进去，认为自己打的胜仗，首先装备自己的部队没有错，甚至自己能主动上交多余的枪支就很不错了。这样的态度，激怒了特委领导，对他的不满情绪像乌云般加剧。

还有一个就是开会的问题。赵田禾不是党员，进入不了特委班子，可他又是一个举足轻重的角色，所以有些会还是要请他参加，一些组织机构特别是军队这类的领导还是由他担任。在这些问题上，他似乎喜欢和特委捉迷藏。特委请他来开会，他说自己不是党员，没有资格开会。后来，特委郑重决定吸收他为党员，他又说原来想入党的时候不让入，现在也没必要入了。请他担任某个职务，他说自己能力不够；没有安排他工作，又说特委不信任他。这样就陷入了一个怪圈，似乎特委怎样做都不对，怎样做都不行。而赵田禾自己，并没有在这场游戏中得到快乐，相反，他很痛苦，认为革命已经离他越来越远，他已经成为革命的闲人。所谓过眼云烟处，自我逍遥游，他感到人生的虚无与缥缈。

因为这些态度，因为这些积压着的问题，促使闽西特委下决定搬离古坊。表面说是革命形势的变化，需要在更大的地方发挥领导中枢的作用，实际上与赵田禾不无关系。刘庆兴几次劝赵田禾拿出当年的勇气，投身到革命的洪流去，赵田禾总是以"老夫不提当年勇"搪塞过去。特委决定让李芳和赵田禾作一次长谈，并动员他跟随特委出来工作，最好能够以积极态度加入党组织，继续为革命作贡献。李芳面对棘手的任务，左右为难，躺在床上思索半天，也没有很好的办法，最后决定开诚布公地谈、真心实意地谈。

这天天气晴好，阳春三月，一派生机。李芳问赵田禾，听说闲坐斋附近的春笋早已冒尖了，能否在那里品尝开春的第一锅山鲜呢？赵田禾自然听懂了她的话，高兴地邀请她一起去挖春笋。

村前的桃花已经开始冒出粉色的花骨朵，星星点点，只待一场春雨，一次阳光。赵田禾领着李芳走到桃花树旁，特地摘下几串有着花骨朵的枝条，送给她，让她插到房间的花瓶里。他说，这些桃花是他乡村运动最成功的作品，不仅装点了古坊，而且还让古坊人吃到了最甜的桃子。李芳说："桃李不言，下自成蹊，赵先生的辛劳没有白费。""可是桃种多了，花开艳了，各种的说法也来了。所谓闲言碎语，唾沫也会淹死人啊。"赵田禾的话自然有所指。"身正不怕影子斜，只要桃树结的果子甜，什么闲言杂语也不怕。"李芳一边抚弄着花枝，一边轻松地回着话。不知不觉，他们已经到了山坳处，闲坐斋就在前方。赵田禾从屋里拿出一把锄头、一个竹篮，往旁边的竹林走去。

竹子在山间随意地生长着，路旁、树下、石头缝里，只要有土就有它生长的空间。竹子的根系发达，春雨一来，地下就冒出无数的竹笋，争先恐后地伸展出白白胖胖的身子，像哪吒一样活蹦乱跳，把春天的山峦都吵醒了。赵田禾拎起锄头，对准笋的根部切过去，"吱"的一声春笋就倒了下来。李芳负责把笋放进竹篮。不过十来分钟，竹篮就装满了春笋，两人一起抬着往闲坐斋走。

趁着煮笋的工夫，两人在屋子外面的坪里喝茶谈心。李芳对赵田禾说："赵先生，根据现在的革命形势，特委前几天开了会，决定将办公地点迁移出古坊。"

赵田禾听了手一抖，端着的茶水荡了出来。他说："是吗，准备迁到哪里？"

"由于龙岩城已经被我们控制，特委将迁到龙岩城里办公。"李芳直接说了出来。

"哦，好的，龙岩城好啊，比古坊好多了。"赵田禾像是喃喃自语，又像是在思考什么。

"先生，特委让我专门向你表示感谢，感谢你在特委最困难的时候给予全力的支持。"李芳真诚地说。

"没什么，我们也感谢特委的领导，也感谢你对部队的指导。"赵田禾的回答像是应付场面上的话。

"先生，你愿意跟我们一起出去工作吗?"

"我吗？我能出去做什么？我留在古坊就好了。你们不要古坊了，我可不能不要它。古坊是我的家乡呢。"

"先生，不是这个意思。我们是真诚地希望先生出来工作，不要埋没了先生的才华。"

"李芳同志，你就不要劝我了。感谢你的好意，我真不适合出来，留在古坊我觉得踏实。我本乡野之人，故土难离，就在这里耗尽一生的时光罢。你看，我有山、有水、有竹林、有茅屋，得此福地，夫复何求？"赵田禾的话里不乏真诚，李芳知道不用再劝了。

李芳告诉他，特委迁出古坊后，她还将继续留在这里，和他共同带好部队，提高部队战斗力，并寻找机会扩大红军队伍。赵田禾听了略感欣慰，对她说，队伍都由她调遣，如何训练，如何扩充队伍，一切都她说了算。他对她提出的唯一要求，就是抽空陪他喝茶聊天。

春笋在山泉水的熬煮下，散发出诱人的清香。赵田禾赶紧起身，从锅里盛出热腾腾的菜肴。两人痛痛快快地吃了起来。

第五章　困虎

一

春天如期而至,好运却姗姗来迟。赵田禾觉得自己流年不利。从闲坐斋回来后,突然就病倒了。起先是鼻塞流鼻涕,后来就重感冒,咳嗽、胸痛,伴着低烧,整个人昏昏沉沉。济善堂的先生来看了几次,中药西药都开了,吃了一大堆,效果不太明显。闽西特委就要搬到龙岩城了,特委的领导们来到他家中告别,他躺在床上没有起来。他们要进屋里来看,他说怕咳嗽会传染,只让他们站在门外说了几句客套话。他们离开古坊的时候,他自然也没有去送别。这一病就个把月,桃花谢了变成青涩的果子,既不好看也不能吃,连摆设都谈不上。赵田禾觉得像极了自己。

李芳来看了他好几次。病得厉害的时候,他同样让她站在房间门口,以免传染。在他心里,担心自己不是普通的感冒,怕是患上肺痨病什么的。幸好,终于慢慢恢复起来,能够坐起来的时候,他就在客厅里枯坐。李芳来看他,就有一句没一句地聊着,打发时光。好在李芳会将一些情况告诉他,也使他不至于成为睁眼瞎,能及时知晓些外面的情况。据说,闽西特委搬到龙岩城后,革命形势发展很快,已经建立了闽西苏维埃政府,他熟悉的那些领导人都在新政府里担任了相应职务。他听了，默然不语，有时也会突然抬起头，对她说："好了，我知道了。你不是又来劝我出去工作吧？"她哈哈地笑起来，说："先生，你也太自作多情了吧，我还没说话呢，何况我没有这个意思。你愿意在这里做神仙，我为什么要叫你去当苦行僧？"他像做错事的孩子，又低下了头，还嘟囔着："我不是不愿意当苦行僧，我是不愿意被条条框框管。"她看着他的神情，忍住不笑，怕伤了他的自尊。

待到他能够走出家门，到村子里转的时候，突然看到一片萧条的景象。明明是姹紫嫣红的春天，为什么在他看来却没有生机和活力呢？村里的一切都没有变，最多只是少了几个特委领导，恐怕变得是他的心情。他觉得这个春天糟透了，因为听说有几个党员提出来，前年的分田不彻底，也没有打倒土豪劣绅，要重新分过田，向土豪劣绅清算。整个古坊他家是最大的地主，向哪个人清算？不是明摆着冲着他来的吗？他不禁生起气来，差点又病倒在床上。

李芳知道这件事后，及时制止了那些党员的荒唐行径。她找那些本地的党员，教育他们干革命要讲究方式方法，要按实际情况办事，不能照本宣科，干教条主义、本本主义那一套。党员们不服气，与她论理。她反复与他们沟通，强调古坊的革命斗争在早期就是一面旗帜，特委和上级党组织是肯定的，特别是特委设在古坊的一段时间，起到了领导中枢的作用。至于存在革命不彻底的问题，是当时缺乏斗争经验所致，在全国范围内都存在这种问题。现在古坊党组织不能向后退，还是要往前看，干更多有益于革命的工作。好不容易，那些党员才没有再折腾。李芳知道，他们服从主要是因为她是特委委员，代表上级党组织。暗地里，她也为赵田禾担心。

一日，有人送来口信给赵田禾，说是赵坑村的赵先生请他去一趟。他二话不说，立即让人牵了马，往赵坑村奔去。先生平日很少惊扰他，特地请人传话一定有事相告。他曾诚恳地请先生到古坊来，指导他搞乡村运动，也可以担任平民小学校长。先生不肯答应，说自己只是个私塾先生，见识不广，已经跟不上形势，不能干扰你们的革命工作，赵坑与古坊相邻，有事自会相求。这些年来，赵田禾每隔一段时间就会到先生处，问候交流，一直保持着师生之情。春节过后，除了例行的节日慰问，他倒有好几个月未曾过去。也许先生挂念了吧？他这样胡乱想着，很快就到了先生住处。

赵先生老了许多，精神却抖擞，满头银发，说起话来眼睛还是发亮。赵田禾很羡慕先生的激情与睿智，他从容、内省、不与人争、甘于寂寞，却有胸怀天下济苍生的情怀。可先生从不这样认为，他觉得年轻时为功名浪费了大把时间，幸而醒悟过来，然而已经失去最为宝贵的时光，因此空有抱负却只能有自知之明，做一些高谈阔谈而已。他见到赵田禾，远远就叫着："田禾，快进来喝春茶，我准备了刚刚做好的白毛尖。"赵田禾的心里亮了起来，似乎心胸也开阔了许多。

"田禾，好久没你消息，我担心有什么事，就托人叫你过来了。"先生果然是牵挂着他。

"先生，您放心。没什么事。"赵田禾轻轻地品一口茶，笑了。他感觉自己已经很久没这样自然而然地笑出来，感觉真好，全身都放松下来。

"不对，你有心事，你的精神状态不太好。"先生看着他，很认真地说。

这个老头不好骗，什么事都瞒不过他。赵田禾这样想着，又笑了起来。于是，赵田禾将近期的事原原本本告诉他，末了，还不忘添上一句，现在总算都过去了，没事了。

"有事，还有事。"先生听完，沉思起来，他听出了一些弦外之音，"那些党员提出重新分田或者批土豪劣绅，虽然是趁着闽西特委搬离后提出的无理要求，但那些人并不是一时头脑发热，应该是积蓄已久的小爆发。你还是要注意。"

"嗯，我担心的也是这个。按下葫芦浮起瓢，这个事了了，他们还会生出其他事。"

"田禾，做事要果断。当断不断，反受其乱。一个小小的古坊，都是亲朋好友、宗亲族友，千丝万缕的关系，编织在一起，你怎么逃得出这人情世故。你是留过洋，喝过洋墨水的人，眼光不要囿于古坊这个纸片大的地方。你知道吗？一个有思想的人，终日局限于一个地方，就会痛苦，就会像困在丛林里的老虎，看不到初升的太阳；就像池塘里的鱼，看不到大江大河，更看不到浩瀚的海洋。"赵先生问他，"你有什么顾虑吗？"

"倒不是顾虑，只是放不下。每次想到父亲因我而逝、两个姐姐家道中落、赵氏祠堂被烧，我就寝食难安。您知道，我原是追寻空想社会主义那一套的，后来加入同盟会，在思想上并没有什么转变。而恰恰共产主义运动席卷全国，狂飙突进中我也不由自主参与其中。但是，说实话，我心里是没有准备的。所以，这些年来，心里一直痛苦着、纠结着。"他将心里的话掏给先生。

"这就对了。心有郁结而孤寡难欢，但是经过去年一载，你难道没有感受到什么吗？中国共产党领导的军队在闽西大地如入无人之境，所到之处，敌人无不呈摧枯拉朽之势。你是当事者之一，你的队伍在这一年中发生了什么？从原来对付袁家时的不堪一击，到成为威名远扬的胜利之师。人还是那些人，变的是什么？是思想、是科学的方法。田禾，不要当局者迷。"

"先生，那我该怎么办？"

"只有破局，勇敢地走出去。离开古坊，向革命的先进分子靠拢，才有你施展才华的舞台。现在闽西特委搬到龙岩城，发展很快，新成立的苏维埃政府如果还需要你，为什么不去呢？"看着他沉默不语，先生站起来，对他说，"如果你离开古坊，我愿意到古坊去，去当你那个平民小校的校长。"

他抬起头，看着先生，眼泪一下涌出来，眼前似乎有晶莹的亮光。

二

没想到，李芳也来向赵田禾辞行了。虽然是意料之中的事，但他还是觉得来得太快，有些猝不及防。

这事有个前奏。红四军离开闽西后，闽西特委急需组建一支新的红军部队。当时，红四军前委也考虑到闽西革命的需要，将由闽西子弟兵为主的四纵留下继续驻守闽西。新的红军部队就是在四纵的基础上，发动各地扩红参军。古坊的红军本来就是四纵建制内的队伍，理所当然需要调拨到一起，组成新的红军队伍。李芳向他汇报了特委的决定，并请他支持，还说队伍可以独立成编，以他为主要领导。

赵田禾一听，觉得事情大了。编入四纵时，部队还是在古坊，称呼变了但性质未变。现在部队开拔出去，以后就不会再回来，虽然暂时归他指挥，但他对军事不感兴趣，被替换是迟早的事。本来与特委一帮领导就闹过不快，如果没有了部队，怎么在那里立足？他思前想后，不同意特委这样做，表示部队统一番号可以，但必须留在原地，有战斗时服从派遣。闽西特委听了汇报，觉得简直是胡闹，完全没有组织纪律性，就下了一道命令，要求他服从安排。谁料，他的犟脾气起来，竟将特委命令置之不理。事情果真闹大了。

李芳心急如焚，想来调解。她对赵田禾说："部队统一行动，是我们红军最基本的要求，哪里有同一支部队不在一起战斗的？如果有仗打时在一起，没仗打时各自回家，那还是共产党的部队吗？我看那是杨家将、郑家军。"

赵田禾赌气地说："那你认为我这个是赵家军吗？"

"如果不服从命令，那我们这支红军就是你赵家的，就是赵家军！"李芳也不客气地回话。两人之间太了解了，李芳就想故意激他。

"好，如果特委一定要调离我们的部队，那我宁愿被人说成赵家军，也不会松这个口。"赵田禾认为军队是他的命根子，把部队留在古坊是底线。

"赵田禾，你一定要搞清楚，现在不是你松不松口的问题，是你执不执行特委命令的问题。"李芳急得差点跳起来。

"好吧，我不执行。"赵田禾猛地坐在椅子上，干脆半躺着，一副死猪不怕开水烫的样子。

李芳气得说不出话来，扔下一句话："好，你做你的土皇帝吧，我不陪你玩了！"说完，立马走出赵田禾家。

赵田禾还是保持着半躺的姿态，半天没有动一下。

过了一个晚上，赵田禾从家里出来，慢吞吞地来到李芳的办公室，坐在了她的对面。李芳装作没看见，埋头看书，不理他。赵田禾从她手里夺过书本，她还是不理他。他想出各种法子逗她，她还是无动于衷。他终于忍耐不住，大声地说："为什么不理我？难道要我求你说话吗？"

李芳抬起头，瞪起大大的双眼，"你现在知道不理人是什么滋味了吧？特委一而再、再而三地向你示好，你却动不动甩少爷脾气，根本没把组织放在眼里。你想过别人的感受吗？为什么什么事都要以你的标准为标准，为什么要让大家都屈从你一个人的意志？"

"别这样，我的李大小姐，我错了还不行吗？你这张嘴，一出口就将我打回原形，难道我就那么一无是处？今天，我特地过来，就是向你道歉，和你商量来的。"赵田禾无奈地说。

"你是大名鼎鼎的赵先生，你有什么错！要错也是我这个女流之辈的错。你有什么要商量，去找有资格的人，我没有资格和你商量大事。"李芳还是一副不饶人的姿态。

"我真是和你商量的。昨天晚上我想了一宿，觉得你说得对，这支队伍本来也是特委培养起来的，理应为特委服务。但是，万一队伍全部拉走，如果来了敌人怎么办？像上次袁家打击古坊一样吗？我就想，能不能你带走大部分官兵，我留一部分作自卫用。"赵田禾说清来意。

李芳猛地站起来，说："赵田禾先生，怎么到现在还讨价还价呢？看来你一宿是白想了。"她又坐下来，"现在特委已经下了最后通牒，田禾，这样估计不行啊。你这样考虑是没错，如果一开始能够这样想，也许特委也就同意了。可现在形势变化了，我也拿不准是否行得通。"

赵田禾望着她，讨好地笑着，"请李大小姐出马，到特委那里帮我说说话，行吗？除了愿意留下的人员，其余你全部带走。我不到部队任职，也从此不掺和部队的任何事。"

李芳望着他可怜巴巴的样子，又好气又好笑，只得同意再去给特委报告报告，争取这个折中的办法能行。

事不宜迟，李芳不等他反应过来，咚咚咚走下楼，走到马棚，骑上马就往龙岩城跑。到了龙岩城闽西特委驻地，她径直找刘庆兴。可刘庆兴刚好到郊区去了，要傍晚才回来。她就在特委等到他回来。她想，赵田禾的情况只有刘庆兴最清楚，也许他能够体谅赵田禾，同意这折中的方案。当然，她会用"两全其美"来代替"折中"这个词，让这个方案听上去更能让人接受。

傍晚时分，疲惫不堪的刘庆兴才回到特委。一见到李芳，他就诉起苦来，说现在太多事了，苏维埃政府才刚刚成立，什么事都还没有一个规矩，千头万绪都要处理，真是忙坏了。原来苏区刚建立，干部奇缺，一个人当作两个劳力用，他在特委和苏维埃政府都担任了职务。他还说，李芳同志，快点回来，帮我们分担些工作。李芳笑他能力强，一个顶俩，哪里需要她，只怕是她回来越帮越忙呢。两人一边谈笑着，一边坐下来谈正经事。

李芳将赵田禾的情况说了一遍，还说他最近思想变化比较大，在和她的交谈中，还流露出到外面工作的设想。不过，他说对带兵打仗不擅长，对做司法工作和经济工作比较感兴趣。对于部队，他希望能够一分为二，古坊保留一点保卫力量，其余都按照特委意思调遣。

听完她的汇报，刘庆兴说："其实一开始特委也有这个意思，只是没想到一提'调拨'两字赵田禾就那么紧张和无理，所以特委才强制下达命令。既然他现在思想通了，我们当然会考虑他的诉求，古坊的红军按自愿的原则，可以保留一些下来，甚至只要个人愿意的就可以留下来，其余的由你带到龙岩来，统一编入新组建的十二军。赵田禾对革命立了功，我们还是要实事求是看待他。他不想带兵可以不带，他想出来工作，我们欢迎。但是，担任什么职务，要看他的表现。如果还是这样患得患失，会把革命事业搞砸的。"

李芳听到刘庆兴的话，心里彻底放心了。她敬重刘庆兴作为领导人的开明与智慧，也从他身上学到了许多工作经验。她同样敬重赵田禾，他身上的理想主义气质曾深深吸引着她。但是在具体问题上，刘庆兴显然比他高明多了。她担心赵田禾将一手好牌打得稀巴烂。

刘庆兴让李芳回去后，马上着手队伍的整顿分流，根据人员情况重新编制。要求党员带头遵守特委命令，新组成的队伍里成立党组织，由李芳担任党组织书记。他给李芳的任务是，确保将队伍安全顺利带回来，不得发生任何意外。他说，现在是敏感时期，要防止赵田禾阻挠部队调拨，也要防止部队内部发生矛盾乃至斗争，无论如何要确保人身安全。李芳是老党员、老同志，斗争经验丰富，当然知道其中的利害关系。虽然从情感上，她相信赵田禾对革命是有感情的，不至于发生内乱，但是斗争的残酷性明白地告诉她，任何斗争来临的时候，都不会有人主动发信号弹的。因此，她也感到此次任务的艰巨性。刘庆兴问她，是否需要其他干部协助她工作？她说，不用了，还有两个教官是她的得力助手，保证完成任务。

临走的时候，刘庆兴对李芳说："李芳同志，革命斗争是无情的，我们一定不能感情用事啊。"

李芳点点头,告诉他自己知道孰轻孰重。

回到古坊,李芳第一时间将特委意见转告赵田禾。赵田禾表示完全服从。于是,按照刘庆兴对她的指示,李芳首先召集共产党员开会,要求无条件服从特委部署。其次,她对全体人员进行思想动员,讲革命斗争形势,讲理想信念。紧接着,让官兵们投票自由选择去留。结果除了本古坊的非共产党员,其余都同意按特委指示编入红十二军,人数大概一比三。这个比例符合李芳和赵田禾的心理判断,很快双方认可了投票结果。分流形势明朗后,剩下的事情就简单多了。赵田禾让李芳做主就行,包括枪支弹药,让她多带一些去,战场上用得着。

让李芳没想到的是,从营区出来的时候,她被几个官兵围住了,要求赵田禾营长也要和他们一起去,说这支队伍是他拉扯起来的,特委不能甩下赵营长不管。李芳哭笑不得,告诉他们是赵营长自己不肯离开古坊,不是特委不同意。他们不相信,硬要说特委没有重视赵营长,还说没重视他实际是不重视咱们这支队伍,弟兄们都不服气。李芳只得说,让他们去问赵营长,真相到底是什么。这些官兵真的气呼呼地找赵田禾去了。赵田禾也解释了半天,他们才相信这是营长自己的决定。

终于要离开古坊了,李芳觉得依依不舍。对比外面的动荡世界,古坊真有世外桃源的感觉。这里的山水是宁静的,这里的人是念旧的。他们有过悲伤,也有过欢喜,但更多的时候他们愿意遵循自己的内心。可是,覆巢之下岂有完卵,继特委搬离部队开拔后,古坊能保持多久的安宁呢。要想真正地安宁,只有和时代一起,勇敢地迎接暴风雨。这些话,她已经多次和赵田禾说过,真心希望他能够去接受更大的考验。甚至在夜深人静的时候,她想,如果他能够和自己一起并肩战斗,也许,她会爱上他。可是,他终究是迈半步,退一步,直到无路可退。她觉得，再这样下去，古坊终将成为又一个伤心之地。现在离开，不过是添了些不舍、不甘而已。

所有感伤的别离都有一次不成熟的告别。她和他的告别，发生在部队离开古坊的前一天晚上。他们站在办公室里，昏暗的油灯将他们的身影拉得很长很模糊。

"我明天就要走了，你要多保重。"

"好，你也要保重。把部队带回去后，还是到机关或地方工作吧，不要再带兵了。"

"如果你改变主意，那我将很乐意带兵。我当营长，你当书记。"

"我还不是党员呢，当不了书记。"

"只要你愿意，一切都有可能的。关键你是否有决心迈出那一步。"

"我懒散惯了，也许天生就不是干革命的料。所有伤我悲我，都是我自作自受。命运如此，我愿承担。"

谈话进入虚无，便是将话聊死的节奏。两人沉默着，任油灯在微风中摇摆。

"我们也许不会再见面了，你会想念我吗？"

"我会记住你现在的样子，还有你的笑声。"

"我的笑声太放肆，不是你喜欢的淑女样子。"

"那笑声刚好，像春风飘过耳边。"

"你能抱我一下吗？"

"不能。抱了就分不开了。既然要分开，又何必拥抱呢？"

她转过身，极力像若无其事般离开办公室。只有灯光和他的身影在摇晃。

三

日子似乎又回到从前，古坊只剩下古坊人。那些来过的人和事，仿佛都像梦境一般，消失得干干净净。古坊人没有惊奇，也没有高谈阔论，好像一切都是应当发生的。学校的铜钟枯燥地发出声响，大樟树上的红布条在风中飘飘荡荡，断了半截的石桅杆瘦瘦的站立着，古坊像一个无着无落的孩子，在时空中流浪。古坊人自古爱唱山歌，无论男女老少都会唱上两句，除了赵田禾。古坊流传的一首首歌谣，经过口口相传，不知传过了多少朝代，也不知会唱到什么时候。日出东山的晨曦中，放牧的老人孩童会在田野唱着歌谣：

　　日出日落多少年，
　　放牛老子最清闲。
　　大官来了我不管，
　　逍遥自在做神仙。

白天的时候，男人上山割松香，女人上山砍柴火，他们喜欢唱：

　　高山岽上一碗茶，
　　哥看妹来心撩撩。
　　山歌好比长流水，
　　哥哥可是好人家。
　　入山看见藤缠树，
　　出山看见树缠藤。
　　藤生树死缠到死，
　　树生藤死死也缠。

也有男人劳作归来，唱一首山歌解解乏：

　　放下担子坐茶亭，

敢唱山歌怕乜人。

阿哥好比诸葛亮，

唔怕曹操百万兵。

　　古坊人的山歌没有停歇，古坊人的生活好像又是按部就班。比如现在，学校少了校长，赵田禾好像并不担心，让一个老师临时负责，保证正常运转。药店里因为战乱西药紧缺，赵田禾随口问过几次，也没下文。甚至红军营剩下的战士们，又回到自卫队时期，半工半军，很快成了乌合之众，赵田禾还是不着急，只让赵福民去管理。甚至，他还将好久未用的渔竿拿出来，擦干净，好好地在儒溪钓了几天鱼，还亲自下厨，做了一碗浓浓的鱼汤。邱细凤以为他回心转意，对家庭上心了，高兴地品着鱼汤，笑得合不拢嘴。

　　但赵田禾终究不是山歌里的诸葛亮，敢挡曹操的百万兵。内心里，他甚至怕卢天明一样的土匪兵再来骚扰。他知道赵福民有几斤几两，不把事情搞砸就阿弥陀佛了。人也走了，鱼也钓了，生活还是要回归常态。他想着建立一个世外桃源，但更明白古坊不会是一个世外桃源。他必须振作起来，开始新的谋划。

　　秋季就要开学了，临时负责的老师再一次找到赵田禾，请他抓紧请一位校长，军中不可一日无帅，何况这种状况已经持续了半年时间。他想了想，利用一个好天气，提着自己钓到的鲤鱼，去了一趟赵坑，请赵先生出山，担任平民小学校长。赵先生欣然允诺，说过两天就去古坊上任。那天，赵先生兴致很高，喝了陈年老酒，还聊起己酉年古坊发生的那件奇事。

　　他问赵先生："那个高先生真的那么神奇吗？他真的可以看透前世与未来吗？"

　　赵先生笑了笑说："信者有，不信者无。"

　　"那您见过高先生吧？"他还是想问出个所以然来。

"见过，年轻时见过，他是个独行侠，据说研究过易经和八卦，平时疯疯癫癫，是个真正的高人。"

"那和他有过交流吗？"

"没有，他的世界岂是我等粗人可以窥视的。只有远远望其背影，足矣。"

喝完聊足，赵先生还不尽兴，邀他登高赏秋。他担心先生身体，先生摆摆手说没问题。于是，他们沿着后山的小道往上攀登。至半山，有一松风亭，据说是清代士人所建，为风水宝地。因为站在此处，可远观江水，近听松涛，连绵青山尽收眼底。传说中曾有白鹤仙称赞此地："云山苍苍，江水洋洋，五百年后，朱紫盈坊。"先生说："青山未老人已衰，慷慨激昂已惘然。人生逆境多歧路，抬头望眼心胸宽。田禾，多来爬山心情自然就好了。"他点头称是。"你看，我们抬头才会前进，低头就下山了。人生的姿态决定了你的道路。"先生总是像当年一样，就怕学生没走好路。

从赵坑回来，赵田禾决定重振部队。至于名称，他认为保留红军独立营的称呼，不做改变。按照李芳的训练方法，让部队保持军事化常态。他想好了，万一以后经费不够了，可以做一些贸易。利用汀江通往潮汕地区的便利，将山上的木材和玉扣纸运往潮汕，从潮汕购买日用洋货回来。只要往来安全，一来一往获利颇丰。早些年，为了维持古坊乡村运动的开支，他以入股的方式做过些尝试，也赚了些钱，所以做生意的事对于他并不是难事。

赵田禾找到赵福民，要求带头模范遵守部队纪律。部队由自卫军改为红军的时候，赵福民有抵抗情绪，不愿意被管束，后来被晾在一边，由党员和派来的干部管理。特别是李芳来了以后，队伍面貌焕然一新，战斗力也大大增强。现在李芳和党员都离开了队伍，赵福民才重新起用。山中无老虎，猴子称大王。赵田禾也是无奈之举，只好对赵福民多加监管。赵福民也表示一定改变自己，像李芳一样带领好队伍。他还是不放心，每天坚持早起，到营地察看，名曰指导，其实是监督赵福民等几个负责人。半个月下来，赵福民按照要求，严格训练队伍，改变了涣散的状态。赵田禾看在眼里，心里放下了一块石头。

令赵田禾感到意外的是，李芳竟然给他来信了。她在信中说，部队已顺利到达龙岩接受改编，现在属于红十二军十六团，另外还补充了一些兵源。现在整个红军队伍发展很快，相当于红四军尚在闽西时的人数。十六团官兵素质高，在比赛和战斗中表现出色，受到首长的表扬。她现在是十六团政委，团长是从别的部长调过来的。她还说，鹏飞和洁萍刚好从红军学校毕业，就把鹏飞拉到了十六团，洁萍被统一安排在军部的卫生队。鹏飞现在是班长，各方面表现都很优秀，思想进步，技术也过硬，是块当兵的料。李芳还说，现在革命形势越来越好，闽西大部分区域都已建立党组织和苏维埃政府，特别是龙岩成立闽西苏维埃政府后，成为闽西革命的中心。最近，还成立了闽西工农银行、粮食调剂局，对稳定经济、保障民生起到了巨大作用。她说，如果他愿意到龙岩来工作，参加经济或社会工作，她会极力推荐的。古坊是个好地方，但星星之火已成燎原之势，必须冲出山区，才能取得更大的胜利。"希望我们能够在火热的革命战场上相见，握手。"

握着李芳的来信，他久久没有放手，望着天空燃烧的晚霞，仿佛火红的场面复活了。

四

正在赵田禾准备重整旗鼓的时候，意外的事情发生了。他收到袁宝儒的密信，说过两天将偕福建省国民党党部黄处长来古坊拜会赵先生，就建设美好古田共商大计，请予接洽。他不知袁宝儒葫芦里卖的是什么药，只能静观其变。他交代赵福民加强警戒，不得出现任何意外。

两天后,黄处长和袁宝儒如期而至。除了他们之外,只带了两名警卫,也算是轻车简从。赵田禾稍稍松了口气,看架势不至于剑拔弩张,于是也就表面上客客气气。对于袁宝儒,因为袭击古坊事件,他们已经好长时间水火不相容。虽然年轻时有过交情,特别都曾是同盟会会员,但是不同的立场,不同的处世方式,他们早就形同陌路。他想不出一个人要多无耻,才会把自己的所作所为不当一回事,转眼又来称兄道弟。所以,当袁宝儒抱拳向他问好,称"田禾兄"时,他只应付式地说声"袁团长好"。至于那个黄处长,一看也不是善茬,满脸横肉,说起话来阴阳怪气,像肚子里吃进了苍蝇,让人浑身不舒服。

赵田禾将他们带到学校会客室,双方也不绕弯子,直接开门见山。黄处长打过哈哈之后,说:"赵先生是闽西知名人士,不仅饱读诗书,古今中外无所不能,而且治理有方,威震闽西。黄某久闻先生大名,佩服得很。今天冒昧前来,目的是邀请先生共谋大业,为党国服务。"

赵田禾一听,暗地吃惊不小,但他没有表露出来,说:"赵某不才,岂敢让处长大人牵挂?我本乡野之人,平时散淡惯了,怕是不能完成处长要求。"

"先生客气了。现在政局动荡,匪乱严重,正值党国用人之际,先生留在古坊,是党国的一大损失啊。今天,黄某受省党部指派,特地请先生出山,担任闽西保安司令部总司令。请先生务必赏脸。"黄处长笑着说。

"田禾兄出任总司令,我袁某人一定听从兄长指挥,协助做好闽西剿共工作。"袁宝儒附和着。

"对不起,赵某无意当什么总司令,对武装部队也没有什么兴趣。请处长另请高明吧。"赵田禾不想兜圈子,直接予以回绝。

"先生不会还想着与共匪合作吧？"黄处长脸色一变，不阴不阳地问。

"黄处长，我说过自己是闲散之人，不参与党派之争。现在共产党已全部撤出古坊，与他们也没有联系，不存在合作不合作。至于处长抬举赵某，赵某自知有几斤几两，实在担当不起党国重担。"赵田禾不亢不卑地回答。

话已到此，已经没有谈下去的必要。临走前，黄处长扔下一句狠话："希望先生自重。一旦发现有通共事件，党国将严加追究。到时候，可别怪黄某手下不留情啊！"

赵田禾抱拳示意，不说话，送别两人。看着人已走远，他慢慢走回屋里，心绪十分复杂。他对黄处长、袁宝儒之流极为反感，对国民党也早就失望透顶，所以绝对不和他们同流合污。在他的心里，佩服共产党，也曾经希望入党，现在虽然与特委有矛盾，但他认为这是具体工作问题，与信仰无关。今天，黄处长和袁宝儒无归而返，肯定不会善罢甘休，下一步他们会有什么诡计呢？他不得不防。

他决定去找赵先生。上次与赵先生交谈后，赵先生按时来到古坊，已经担任了平民小学校长。他经常与赵先生喝茶聊天，也舒畅了许多。现在这次黄处长和袁宝儒来者不善，怎样防备还得多多商议。见到赵先生后，两人一边散步，一边商讨计策。他将今天的情况说了一遍，征询先生看法。

先生想了一会儿，分析道："这个袁宝儒恶毒得很，这次来找你不是随意之举，而是一箭双雕之计。一来如果你答应他们的要求，你就和他们是同一阵营，一起对付共产党人；二来如果你不答应，就得了他们的口实，他们一定会想办法来对付你，甚至可以名正言顺地来打你。现在你回绝了他们，我们要赶快想办法，如果他们派人来袭击古坊，我们该如何办。目前的兵力恐怕难以抵挡敌人，你有想过怎么办吗？"

"我现在也担心这个。自从部队主力调拨出去后，留在古坊的兵力不足以抵抗敌人。如果打起来，我们肯定吃亏。要不要搬救兵，还是以什么方式来解决，我也一时吃不准。所以想听听老师您的意见。"赵田禾说。

"现在有两条路，一是向闽西特委求援，二是看看有没有其他力量可以制衡他们。目前，国民党在闽西的势力分成两块，一是福建省国民党党部的势力，主要是闽南军阀；二是陈济棠领导下的广东军阀势力，主要是钟汉生的部队。但是他们的力量都比不上共产党领导的红军部队，红军的力量一天天强大，他们才是闽西最有生机的力量。最上策是寻求闽西特委支持。我知道，你和特委之间有隔阂，但你们在对付国民党方面是一致的。你可以以此为基础，重新与他们取得联系。"赵先生分析得头头是道。

"现在恐怕很难取得特委支持，而且目前也没有什么动向表明袁宝儒之流会有什么动作。钟汉生的部队主要在西南部靠近广东方向，与古坊相距较远，行动起来也有一定难度，何况平时也没有多少往来。看来只能自己加强戒备，做好情报工作。"赵田禾担忧地说。

"嗯，还是多加小心吧。你看看还有没有什么办法，比如给李芳通个信，如果有危险时，请她帮忙增援，毕竟十六团是你组建起来的队伍，帮忙也在情理之中。另外，你看，国民党省党部那边有没有熟悉的人，向黄处长那边说说话，不至于到时候让袁宝儒拿着黄处长的令牌，堂而皇之地进攻我们。"

"好，我给李芳写封信。国民党福建党部也有同学在，让他也说说话。"赵田禾觉得只能这样做。

"田禾，现在古坊人才紧缺，各方面都没有得力的人，你要注意搜集人才，不然遇事没有一个商量拿主意的人，很难维持下去啊。我已是老朽之人，身体不行，思想也跟不上了。现在古坊众目睽睽，正是多事之秋，需要几个好搭档。"

"先生，我也正为这个问题苦恼呢。您心中有什么合适的人选吗？"

"我看茶树下的温永祥是一个人才，你们关系也好，是可堪重用的人选。"

"我早前已邀请过他来古坊共同创业，他婉拒了我。过一段，我同他谈谈，争取请他过来。那样，我们三个人一起，一定能够重振古坊。"

"是啊，三个臭皮匠抵过一个诸葛亮。"

五

事有凑巧。袁宝儒刚离开古坊，钟汉生又找上门了。

自从红四军离开闽西之后，钟汉生瞅准机会，又从岩前杀回上杭，并派了一个营的兵力驻守。他自己不进城，住在岩前，遥控指挥武平、上杭两座城，成为把控一方的实力派。背后有广东军阀支持，部队规模也越来越大，已改编成一个旅，称为国民革命军闽西第一混成旅，他任旅长。当他得知闽西特委已迁到龙岩城，赵田禾并没有随行龙岩，想联合赵田禾一起，强强联手，争取将闽南军阀赶出龙岩。至于红军，现在正是不断壮大的时期，他还没那么大胃口。一般情况下，他采取的策略是红军打过来就避开，红军一走他就卷土重来。他善于保存实力，特别是将大本营设在岩前后，背倚广东梅州，等于巩固了大后方，不管是闽南军阀还是红军，一时都奈何不得。乘这个有利时机，他将自己的势力范围越做越大。

因为有少年时的巧遇，还有钟良同学的情谊，钟汉生与赵田禾之间有了一种说不清道不明的亲近。特别是作为长者的赵田禾，对钟汉生总有一种自然流露出的爱护。不过，话虽这么说，现在钟汉生强势了，他赵田禾也绝不会轻易提什么要求。知识分子的自尊和土匪钟汉生的要强，其实是一回事。也正因为这种自尊，使他们成为势压一方的地头蛇。

赵田禾对于钟汉生的到来自然是高兴的，与袁宝儒的到来有天壤之别。他早早就到村口迎接，还亲自迎进家门，在家里招待钟汉生。这次钟汉生的出行阵势不太一样，而是带了十来个随从，说是现在太引人注目，路上怕被人埋伏。赵田禾说，"现在兵荒马乱的，你现在是树大招风，一定要多加小心啊。"他和钟汉生走进正厅，随从就在门口守卫。赵田禾拿出朋友从武夷山带回来的大红袍，还特地拿出平时不太用的建盏，自己煮水泡茶，两人一边喝茶一边谈事。

"汉生，现在做得风生水起啊，坐拥两座城，真是自古英雄出少年啊。"赵田禾由衷地发出感叹。

"先生，还是托您的福啊。没有您的指点，我哪有今天呢？"钟汉生谦虚地说着。

"我哪有什么指点啊，全部都是靠你自己努力得来的。"赵田禾想了想，确实没有指点过他，不能贪功。

"上次来拜访先生，听了您的教诲，学到了很多东西。特别是您有实力，但不占城镇的做法，启发了我，所以才会将大本营转移到岩前。幸好及时转移，才躲过共产党红军的一劫。不然，我钟汉生的部队早就被打没了，弄不好自己的小命都要搭上。到了岩前，不但真正有了钟良司令这棵大树做靠山，而且向武平、上杭两个城市行动都十分方便。今天的这一切，都是您启发我的。您说，先生是不是我的恩人？"说完，钟汉生哈哈大笑起来。

赵田禾也笑了起来，没想到自己还对他起到了那么大的作用。自己不肯走出古坊，除了家乡的缘故，也确实是有过退守方便的想法。不过，自己可没那么大的野心，如果条件允许，还是愿意搞乡村运动，兵不血刃好像更符合自己的个性。

"汉生，今天来是有什么事吗？"赵田禾知道他今天一定是有事而来的。

"先生，我想得到您的帮助。您是闽西最有影响的人物，汉生不敢贪求您到我地盘上当老师，只希望您可以和我们一起，开创闽西的新天地。"钟汉生的意图，看来和黄处长有共同之处。现在国民党在闽西已经处于弱势，内部派系之间的比拼也处于微妙时期，正在强大起来的钟汉生，已经开始谋求向传统的闽南军阀地盘上布棋了。

赵田禾同样大吃一惊，没想到钟汉生有那么大的抱负。他问："汉生，你能说得具体点吗？"

"我知道先生和共产党有着非同一般的关系，这种关系您可以继续保留。我们一起合作，主要对付的是袁宝儒和卢天明的部队，就是闽南张贞部在闽西的那一帮家伙。只要我们合作，我可以派一支队伍到古坊来，由您负责带领，古坊部队的军饷全部由我负责。等时机成熟的时候，将袁宝儒和卢天明的队伍一举消灭。"钟汉生将计划和盘托出。

"不瞒你说，汉生。袁宝儒和国民党省部的黄处长刚刚从这里离开。他们来的目的，和你差不多。黄处长以闽西保安司令部总司令之职许诺我，我以不擅长军事为由拒绝了他们。你看，我现在的位置很尴尬，别人看我是共产党的人，共产党把我看成是别人；福建的国民党想拉我，现在你又来说服我。现在我答应了任何一方，都将引起轩然大波，而使自己引火烧身。"赵田禾也将实话告诉他，"所以，我现在不能答应你。请你理解。"

钟汉生听了，也十分理解他的处境，说："先生，我理解您。您不答应没关系，你说的话已经表明了您的立场。您有什么需要，尽管吩咐，我钟某人赴汤蹈火在所不辞。先生，今天小弟前来也没备什么礼物，带了点薄礼，请您务必收下。"说完，钟汉生一个吆喝，手下的随从立即会意，从外面扛了两个大麻袋进来，放在赵田禾面前。钟汉生起身，将麻袋解开，原来全部是银圆。

赵田禾一看那么多银圆，赶紧说："汉生，这可当不起。现在你的队伍也正在扩大，又管理着两座城，用钱之处多着呢。你的心意我领了，银圆你带回去。"

钟汉生手一挥，大声说："先生，您就不用客气了。现在您这里没什么收入，又要养部队、学校，我这点钱算不了什么。以后，我定期让人送些钱来，算是我对先生的一点敬意。"

钟汉生的大方让人不好拒绝，而且话已说到这个份上，赵田禾只好收下银圆，让人抬进房间。为表示感谢，赵田禾从书房里拿出一幅新罗山人的画送给他。新罗山人是闽西人，是扬州八怪之一，画作名贵。因为他长期流寓于杭州扬州等地，家乡闽西倒很少他的作品。这件画作还是赵田禾在上海时偶然遇到，高价从藏家手里购得的。钟汉生不懂得书画，但知道这是价值不菲的名画，于是小心翼翼收起来，让随从保管好。

谈论间，已到午饭时节。赵田禾请赵先生一起过来吃饭。今天，为了款待钟汉生一行，赵田禾特地让人杀了一头猪，所以午餐十分丰盛。钟汉生虽然现在当上旅长，吃穿不愁，但还是最喜欢大块吃猪肉，特别是古坊的大块肉，吃起来最过瘾。入席后，便与赵先生、赵田禾痛快畅饮起来。赵先生为人通达，饮食也不忌口，与钟汉生虽然是初次见面，但也不生分。喝酒吃肉聊天，桌上气氛热烈，特别令人奇怪的是，赵先生似乎对钟汉生也颇感兴趣。他问："汉生老弟，听说你对教育很重视，县城里的教育办得红红火火。你有什么想法吗？"

钟汉生正吃着肉，看着赵先生，等咽下去才说话，"不瞒先生，汉生从小就是个孤儿，没有上过学，大字不识一筐，所以特别羡慕有知识有文化的人。像您两位先生，就是我敬重的文化人。因此，自己有机会去管理一个地方的时候，最要紧的事就是办好学校。我的想法是让大家的孩子都能读到书，不能像我一样做个粗人。这两年，我也专门请人教我读书，现在还在坚持。您知道吗？先生，我现在已经能读报看书了。"

"汉生老弟，了不起啊，了不起！重视教育的人才能管好一个地方。要改变一个地方，必须得靠教育。有了人才，才有希望。来，我敬你一杯。"赵先生听了很高兴，主动向钟汉生敬酒。

"我是向田禾先生学习的，办教育您和田禾先生都是我的老师。"钟汉生说，"从今往后，古坊的事就是我的事，只要有什么需要，随叫随到。"

三人喝得痛快，聊得更痛快。对于赵田禾来说，钟汉生的到来，可能引起袁宝儒的不满，也可能使他不敢轻举妄动，毕竟现在钟汉生的实力远在他之上。如果不是红军控制了大部分地区，使国民党内部暂时保持了一致，钟汉生早就将袁宝儒、卢天明这两人拿下了。不过，赵田禾没有想到的是，他与袁宝儒、钟汉生的接触，已被闽西特委掌握。在闽西特委看来，他就是墙头草，没有原则，风一吹就转向。本来，他要是来闽西苏维埃政府工作，是可以发挥他的特长，为政府工作，但是，他以拒绝合作的姿态，将这扇门关起来。因此，在以后很长一段时间内，他已经从党的可靠人士中被删除了。

今天，钟汉生来找赵田禾，实际就想在古坊布下一颗自己的棋，一旦有机会就可以最快的速度向对方进攻。说明白一点，他想把古坊变成自己的基地。表面上，他十分敬重赵田禾，实际上还是利益的驱动。他为人大方豪爽，可以一掷千金，具有浓重的江湖义气，但他同样杀人不眨眼，土匪的本性使他可以在某一瞬间变得杀气腾腾。这一点，赵田禾其实是清楚的，所以他们之间的关系也是点到为止。精明的赵田禾不会让他随意把手插进古坊，双方保持一定的平衡即可。

尽管如此，赵田禾对钟汉生还是比较满意的，他也忠告钟汉生，不要轻易与共产党结仇，要学会陈济棠的处世之道，只要不到自己的地盘上，就睁一只眼闭一只眼，保全自己方为上策。

钟汉生点头称是，说一定谨记先生教诲。

酒足饭饱后，钟汉生要赵先生带他去看看学校，学一学赵先生的治校经验。赵先生一听，自是欢喜，便一路向他介绍学校情况。赵先生提任校长后，要求学校增加了劳动技能课。这个思路其实是从温永祥的农艺学校受到的启发。赵先生认为如果单纯学农艺，缺乏基础知识的教学也不行，最好的方式是两者相结合，既培养品德和知识，也造就技术人才。他对学生的要求是，低年级的以认识动植物和游戏为主，中高年级以学习某一方面的技能为主。因为这样的规定，平民学校立即变得活跃起来。秋季开学后，劳动技能课成为学生最为热爱的课程。钟汉生听得津津有味，觉得赵先生的思路别致，很有创意，比他城里的学校好多了。到了学校后，赵先生带领他看学校的菜园、花圃。只见整片菜园被劈为一片一片，分别写上了班级名称，各种蔬菜长势喜人，在阳光下绿油油的迎风招展。钟汉生看得十分有趣，详细询问赵先生怎么做。据说，钟汉生回去后，马上交代上杭、武平两地的学校搞试验，劳动技能课广泛开展起来。赵先生和钟汉生一边查看，一边交谈，竟然有了这么多共同话题。赵田禾十分奇怪，一个土匪出身的粗人，竟然对教育倾注了那么多热情，真是不简单。难怪他能从梅花山的土匪中脱颖而出，成为称霸一方的实力派。

六

袁宝儒还是对赵田禾痛下杀手了。赵田禾有思想准备，但没想到事情来得那么快。

这次袁宝儒用的是借刀杀人。上次，袁宝儒以通共的借口袭击古坊，但在古田地区造成了不好影响，特别是自己也得不偿失，田坝头被铁血团捣了老巢。这次，他借黄处长来除掉对手。因为赵田禾的部队还是用红军独立营的名义，所以由福建国民党党部发出通令，由闽西保安司令部负责"进剿"古坊，扫除红军独立营。闽西保安司令部听上去名头很大，实际也是一个空架子，主要还是由袁宝儒、卢天明等人的部队组成，实权都在他们两个团长手中。这次"进剿"其实是袁宝儒借了一个闽西保安司令部的名头，队伍还是他们的。之前，由于赵田禾已向在福建省国民党党部任职的同学报告此事，并请他在其中斡旋。但是，这个黄处长心狠手辣，以六亲不认闻名，同学前去求情，他竟然以通共威胁。在这顶大帽子面前，同学也不便多言，毕竟双方都是同等级别的同事，在党部里关系微妙。同学得知国民党即将"进剿"古坊的消息，立即发电报给赵田禾，让他做好准备。

赵田禾获知消息后，马上加紧了准备工作。村口的布防由赵福民负责，重点做了三个防线，用布地雷、挖壕沟、打埋伏进行对付，目的是将敌人拒于村子外围。村里则家家户户做准备，万一敌人打进村里来，则老人小孩迅速往山上跑，大人守在家里随时准备袭击进犯的敌人。他自己马上修书两封，分别让人快马加鞭送给李芳和钟汉生，请求外围支援。

赵田禾找到赵先生，告诉他学校先放假，并让人送他回赵坑，以免受到伤害。赵先生坚决不同意回家做旁观者，他说："既然敌人来了，我就要和古坊人民一起，抗击敌人。我在你身边，可能出不了什么力，但可以多一个人陪你，有个人可以商量。如果李芳的红军和钟汉生的混成旅出手相救，谅他袁宝儒不能把我们怎么样。相信我们一定能够胜利，敌人一定会失败。"赵田禾深受感动，同意赵先生留下来。

整个古坊都处在极度紧张之中，大家对上次的袭击还记忆犹新，仿佛噩梦一般。赵田禾召集全村人在老祠堂前集中。老祠堂自被敌人烧毁后，就没有再重建，赵田禾干脆让人推掉，成为村里晒谷休闲的大坪。赵田禾让大家不要恐慌，要有信心，与敌人斗智斗勇，并告诉大家已经去请援兵了，"只要战斗一打响，我们的救兵就会到来。到时候把敌人打个落花流水。"赵田禾特意让赵先生也给大家做动员。

赵先生告诉大家,他虽然是一把老骨头,也要和古坊共存亡。他叫大家要相信田禾,相信我们部队的战斗力,有信心就一定能够取得胜利。村民们听了动员,才安定下来,按照部署的要求去做。

战斗打响的时候,送信的人也都回来了,说李芳和钟汉生都答应出兵帮助古坊渡过难关。赵田禾听了顿时镇定许多,如果三支队伍联合起来,袁宝儒那个保安司令部肯定吃不了兜着走。他亲自带着部队按照战前部署的三道防线进行布控,只等敌军进来。

敌军进来之前一个小时,有人以闽西保安司令部的名义送来通令。赵田禾一看,短短两行字"兹查明,古坊长期为共匪军基地,作乱周边,影响极坏。为正风气,捍卫党国利益,现对古坊匪军给予进剿。特此通令。闽西保安司令部"。他看完,轻蔑地笑了,然后将通令撕掉。纸片向空中扬起,然后纷纷飘落下来。他命令部队进入迎战状态。

不久,所谓进剿队伍浩浩荡荡地开进古坊,前面方阵的旗帜高高飘着"闽西保安司令部"七个大字。官兵们屏住呼吸,等待敌人进入目标阵地。走在最前排的敌人触发地雷,"轰——轰轰——"连续不断的响声拉开了战斗序幕。随着巨响掀起的爆炸,将敌人炸得血肉横飞,一声声惨叫在山谷回响。敌人顿时乱作一团,往后退的,蹲在地上的,哭爹叫娘的,什么都有。前方指挥模样的人见状立即鸣枪示意,要求大家保持队形,不得后退。赵田禾见状,下令向后方队伍开枪,挡住敌人退路。听到山上的枪声,好不容易反应过来的敌人才开始向山上射击。双方交起火来,持续的枪声在古坊村口激烈响起。村民们听得心惊肉跳。

袁宝儒躲在队伍后方向前方传令。他看到前方受阻,下令队伍分成进攻组和掩护组,不惜代价往前推进,谁撤退就枪毙谁。已无退路的敌人只能横下一条心,与古坊红军展开血拼。毕竟对方人多势众,古坊红军的枪声渐渐弱了下来。敌人看准时机,加快推进速度,特别是越过地雷区以后,敌人的胆子大了起来,都有一股往前冲的势头。赵田禾将力量往前压,除了山上的力量外,大部分的兵力调到村口牌坊前,要求大家死守最后一道防线。他的心里在暗暗着急,希望救援队伍早点到来。

战斗从上午打到下午三点,双方在体力、弹药上消耗都很大,伤亡也开始多起来。但是胶着的状态并没有改变,双方都显得焦虑。古坊红军已经到了极限,如果再打下去,最后一道防线就将突破,上一次的灾难必将重演。袁宝儒也知道,如果战斗拖到天黑还无法推进,对他是不利的,那就只能先行撤退,第二天再打。所以,他拼尽全力,要求部队加大火力,冲破牌坊前的防线,尽快进入村里。敌人的炮火齐飞,古坊红军处于被动局面。

正在危急时刻,敌人后方阵营一片骚乱。原来,李芳率领红十二军十六团官兵赶到,从后方抄袭敌人,包括袁宝儒自己都被红军困在包围圈里。袁宝儒赶快发令让前方官兵停止进攻,退下回防。敌人再次陷入慌乱之中,最前面的敌人纷纷转身往后方跑去。古坊官兵看了一时莫名其妙,也停止射击。赵田禾立即想到援军已到,于是要求官兵们马上追赶逃兵。战局发生戏剧性变化,袁宝儒带着陷入包围的队伍拼死突破,在一片丢盔弃甲之中,才狼狈逃出。

没想到,袁宝儒带着部队刚跑出不远,还来不及喘一口气,结果迎面碰上前来支援的钟汉生部。当然,钟汉生自己并不出面,派出以一个连组成的特别行动队,也没有让部队穿制服,而是换成普通穿着。这支看上去像普通农民的持枪队伍,对着袁宝儒的人马二话不说一阵扫射。可怜的敌人还没明白怎么回事,就活活地丢掉了性命。僵持了十多分钟,袁宝儒总算再一次冲出包围,跟跟跄跄地逃回田坝头。这一仗不仅让袁宝儒元气大伤,也使他再也不敢轻易产生动古坊的心思。

而令赵田禾没想到的是,取得战斗胜利后,两支救援部队尴尬地会面了。一开始李芳很高兴，战斗胜利，老战友又会面了。李芳说："十六团是从古坊起家的，古坊就是十六团的家。现在家里有敌人，理应要来打他个魂飞魄散。不要以为红军好欺侮，我们古坊红军和十六团个个好样的！"

正说着话，村道上又过来一支部队，全部乔装打扮，装备精良，看样子就知道不是红军。李芳问赵田禾："怎么会有其他队伍？"赵田禾随口说是前来支援的吧。她是何等人，一眼看出这支队伍的不同寻常，立即想到可能是钟汉生的部队。而钟汉生的行动队还没走近，看到红军队伍，也马上避开，没有和赵田禾打招呼就直接掉头走开了。她问赵田禾，是不是钟汉生的部队也来支援了？他支支吾吾地解释半天，李芳气鼓鼓地说他是非不分，到时候会坏大事的。他还想对李芳说什么，李芳干脆将脸转向别处，不接他的话。

赵田禾邀请李芳和十六团官兵到村里，李芳并不领情，说任务完成该回去了。他左看右看没见到鹏飞，便问鹏飞怎样没来。原来前来支援的也不是十六团的全部，因为战斗任务重，十六团正在另一处执行任务，于是派了部分队伍过来支援，鹏飞刚好不在这部分队伍里。李芳对袁宝儒等人的实力很清楚，大致估算古坊红军和十六团三个连足够了。本来李芳是有意回古坊看看的，但看到赵田禾与钟汉生不明不白，气得心情糟糕透了，带着队伍饥肠辘辘地离开了古坊。临走时，她气愤地说："既然你已经和钟汉生勾搭上了，下次有事情就别找我们，省得我们自作多情。让钟汉生做你的坚强后盾吧！"说完，她骑上马一眨眼就不见了踪影。

赵田禾看着自己一手培养起来的部队，连村门都没进就转身离开，心情十分复杂。而李芳，估计以后也不会再信任他了。

七

古坊又恢复了平静。大家都在念叨红军的好，念叨李芳姑娘的飒爽英姿。他们还在猜测李芳为什么不进村子里来，有说是生了赵田禾的气，有说是她还有紧急任务要执行，而更多的人说是她对被搞成不伦不类的古坊感到生气。至于什么原因，赵田禾也没有向他们澄清。他像一个处在边缘地带的人，混了个四不像。他知道，是时候自己该做出选择了。

一个天气晴好的日子，赵田禾骑上马独自去找温永祥。茶树下现在已经成为红区，建立了乡苏维埃政府。温永祥的农艺学校早就不办了，革命一来他在乡里的地位一落千丈，平日里深居简出，也不太过问时事。他的家在茶地下一个小山坡上，独立的一座院落，面积虽然不小但建得朴素，并不引人注目。赵田禾到来的时候，他正在院子里打理花花草草。这些花草都是原来农艺学校里留下来的，现在被他搬到家里。一来学校已经改作公共场所，免得留在那里被人糟蹋；二来他喜欢花草，放在院子里，自有一种生气。革命一来，像他这样的人，虽然是地主，但作用比较特殊，苏维埃对他还算客气。遇些刷刷标语、书写文书之类的活叫他来干干，除此之外，他似乎成了一个闲人。今天，赵田禾突然到访，他自然欣喜不已。赵田禾看到满庭花香，也受到感染，随着他一丛一丛看过去。他指着几株已经谢了的昙花说："昨天夜里这些昙花同时开放，洁白的花瓣在明灯下晶莹剔透，散发出圣洁的光芒，真是美不胜收。只可惜如此花事，只我一人独享，如果田禾兄在场，我们就可以品茗赏花，共话桑麻。"赵田禾笑笑说："如此雅事，只有你永祥兄可以独享，我对花草可一窍不通，只有羡慕的份。"两人赏完花，信步走进厅堂，坐下来谈正事。

"田禾兄，您今日光临寒舍，怕是带着任务来的吧？"他一边泡茶一边问道。

"永祥老弟真是个聪明人。实不相瞒，现在非常时期，平日也尽量少串门，串门必有事啊。今日前来，乃有一事相求，万望老弟支持。"赵田禾也直接点题，不多客气。

"田禾兄客气了，有事请讲无妨。"

"还是想请老弟出山，到我古坊共创新业。"

"现在是多事之秋，我已对创业之事不感兴趣，怕是会拂兄好意。"

"我知道老弟并不是不感兴趣，而是对现在的时局尚在观察，未下决心吧。"赵田禾说，"我呢，和你一样，有许多共同之处。前些年一直站在时代潮头，也算有了一番事业。特别是离开国民党后，在古坊吸纳共产党人，一度成为闽西革命的焦点。虽然几次陷于危难之中，但是那种革命的豪情曾强烈地感染了我。可是，我这个人，你是知道的，有时太感情用事，脾气又犟。所以与闽西特委多有矛盾，甚至起了摩擦，不听从指派工作，导致特委搬迁。现在古坊已经四面楚歌，左右难逢源。"

"古坊的事，我略知一二。但我想，兄是智慧之人，定会渡过难关，东山再起。"他听了田禾的话也颇有感触。

"现在关键是我这个人，已经无法带领古坊前进了。赵先生已经被我请到古坊，担任平民小学校长。他极力推荐你到古坊来，说只有你才能帮我解今日之困。"

"怎样，请兄弟说。"

"先生说，如果我们三人在一起，就是三个臭皮匠抵过一个诸葛亮。我们仨理念相同，志向相近，完全可以一起干事创业。我的意思是，古坊还是要跟着共产党干。但不能由我来牵头，而是你，永祥兄。你出面，将古坊带出僵局。我在背后支持你。"

"不行不行，你掌头，我跟你干。"

"不是这样，老弟。我这个字号已经让人反感了。特别是与钟汉生、袁宝珍都有过私下联络，在他们看来，我就是个墙头草，风一吹就倒。所以，这个头，必须由你来领。我呢，出外做生意。古坊和其他地方不一样，有军队有学校，如果还要养干部的话，都要花不少钱。我前些年合股做过生意，可借机外出，既避开风头，又可以为古坊发展提供保障。"

"问题是共产党会信任我吗？"

"没问题啊，古坊本来就是我们闽西最早革命的地方，不走苏维埃的道路，我们能走什么道路呢？我们现在请闽西特委的领导派干部来，一起建立苏维埃政权。这样实际上扩大了苏维埃区域，有什么不好呢？"

赵田禾说得头头是道，显然是有备而来。温永祥也被他的真诚打动了，站起来，激动地说："好，我就跟你去古坊，共创新业。不过，对于我来说，苏维埃是一堂新课，必须从头学起。"

赵田禾紧紧握住温永祥的手说："我们一起学。"

那天中午，赵田禾竟然喝醉酒了。他反客为主，频频向温永祥敬酒。他说，大家都说他是一只下山虎，但他只知道自己是一只困在山林里的病虎，没有生气，没有勇气，更没有虎气，"这些年思前顾后，活生生把一步好棋下得无脸见人。当年醉心于乡村运动，后来热衷革命暴动，如今人走茶凉。你看，刘庆兴是我引进来的，结果现在当了闽西共产党的领导；李芳是我部队的教官，现在是十六团政委；就连梅花山上的小土匪，现在已经是管着两座城的旅长了。而自己，一腔热血，一纸书生，落了个两手空空雾茫茫。这几天，我好怕早上从床上醒来的那一刻，因为梦醒就是残酷的现实，青山依旧，物是人非。那些有理想抱负的人都走了，那些雄浑激荡的歌声都散了，古坊真的好古啊。老弟，只要你来，我就不再害怕，我就有重振雄风的勇气。我赵某人愚蠢啊！幸好，有赵先生，有老弟，我们还可以从头再来。古坊，还会是当年的古坊。"

赵田禾醉倒在温永祥家里，到第二天才醒过来。他离开茶树下时，对温永祥说，三天后他在古坊村口恭候老弟到来。

第六章　芙蓉

一

温洁萍没想到竟然遇见了袁宝清。那天，刚刚打完一次阻击战，受伤的战士越来越多，简陋的战地医院到处都是伤病员。温洁萍是战地医院的护士，忙得不可开交。这是今年以来敌人的第三次大进攻，由国民党福建省党部直接指挥，号称五万人进剿苏区大本营。医院内外一片混乱，不断有伤病员抬进来。温洁萍正在处理一个肩膀中了枪伤的战士时，那个人突然想起身并大声地叫了声"温洁萍"。她大吃一惊，看着伤员，许久才认出是自己集美的同学袁宝清。

自闽西特委和闽西苏维埃政府迁到虎岗以来，敌人对虎岗的"围剿"一次比一次疯狂。原本弹丸之地的虎岗，成了革命最重要的指挥中心。誓死保卫苏维埃成为虎岗最响亮的口号，所有革命干部群众和红军都同仇敌忾，随时准备冲上战场。各地的红军部队都纷纷来到虎岗，力图打破敌人"围剿"。袁宝清自集美学校毕业后，瞒着家里偷偷参加了厦门共产党的外围组织，经过组织考验，毅然加入中国共产党。后来，他得知温洁萍已回到闽西参加红军，就主动申请回闽西工作。在闽西他又要求加入红军，被编入红二十军。这次跟随部队刚从附近调回来投入战斗，就不幸负伤。然而，却意外见到了朝思暮想的温洁萍。

温洁萍看着受伤的袁宝清，赶紧叫他别动。因为伤势未明，怕随意的移动加重伤势。袁宝清显然受的伤不轻，她看了很难受，没想到两年不见的同学，竟然以这种方式相见。她认真检查他的伤情，发现主要是肩上的枪伤，其余地方都是一些皮外伤，还有些是血溅到脸上身上，看上去很可怕。她让袁宝清耐心点，现在医生都在忙着，很快会过来为他治疗。她还让他放心，说自己就在医院里，会随时关注他的伤势。袁宝清傻傻地看着温洁萍，似乎忘记自己是一个伤员，想说话却被她一再制止。他感觉自己的眼眶湿润了。

自从去集美的路上，温洁萍和赵鹏飞遇到也去读书的袁宝清后，三个人意外地成为同学和朋友。袁宝清比他们两人小一岁，被他们当作弟弟。鹏飞比洁萍大几个月，所以鹏飞为大哥。年轻人的友谊似乎可以冲破一切，什么家庭隔阂、上辈恩怨都可以抛开，而且他们竟同时受到革命思想的影响，积极追求进步，都走上了革命道路。

青春的年代，既可以诞生友谊，也可以发生爱情。只要时机成熟，爱情的种子就在他们之间悄悄种下。鹏飞和洁萍相爱了，但是宝清竟然也爱上了洁萍。这是三人行最常见的问题，古今中外概不能外。洁萍曾认真地对宝清说，在她心里，把他当作自己的弟弟——一个可爱的弟弟。爱情中的主人公最害怕被人扫地出门，尽管用了"弟弟"这么温柔的名词。可是傻子也懂得，"爱人"与"弟弟"是有着天差地别的两个名词。伤心的宝清还没开场就退出了角逐，于是他故意开始疏离他俩，直至彻底与他们分开。虽然如此，他却无时无刻不在思念着他心中的女神。在闽西的每一天，他都希望能够与洁萍巧遇。没想到，这一天真的来了，只是场面好像不太适合。但他还是感到自己心诚则灵，感动了上天，才会有这样的安排。

经过检查，医生认为袁宝清的受伤部位虽然不至于危及生命，但与动脉的位置过于接近，必须马上进行手术。于是，他被迅速抬进手术室。他并不感到自己危险，而是从心里发出一丝高兴，因为手术护士就是洁萍。手术持续了整整三个小时，子弹的位置太深太特殊，紧靠着动脉，医生想了好多办法才将子弹小心地取出。经过消毒洗净缝针，手术才算结束。当宝清清醒过来睁开眼时，第一个看到的就是洁萍微笑的脸。

"大英雄，醒过来啦？"洁萍高兴地说。

宝清点点头，好想说点什么，又什么也说不出，只觉得头晕乎乎的。

"不用讲话，刚做完手术，麻药还没消除，头脑会眩晕沉重。不过，你放心，手术很成功，只要静静休养就好了。"她的话像一股清泉流进宝清心里，宝清笑了，安然地闭上眼。

"宝清，不能睡，不能睡。"洁萍在轻轻地拍着他。

他没有应她，反而更加舒服地睡着了。

"哎——这个宝清，那么贪睡。"洁萍看着睡着了的宝清，一脸无奈地摇了摇头。

宝清再次醒过来的时候，发现四周一片黑暗。他吓坏了，一时想不起这是什么地方，为什么会伸手不见五指。他想到，自己是不是被敌人绑架，扔进一个黑暗山洞呢？又好像不是，那为什么会黑得无边无际呢？他想着，不禁叫了起来。突然，前面出现了亮光，一个护士举着油灯出现在他眼前。他突然想起来，自己此时正在医院里，现在应该是晚上。那个护士问他，怎么啦？他不好意思地回答，说没什么没什么，做了一个噩梦。看见没有什么事，护士悄悄地离开了。他看着黑沉沉的医院，再也睡不着，满脑子都是洁萍的影子。

洁萍现在每天都工作十二小时以上，医院护士紧缺，只能几个人连轴转护理那些较重的伤员。对于轻伤病号，医院招了一些临时护士，进行简单处理。做完宝清的手术，她也没什么空照顾他，只有工作的空隙去看看他。他恢复得很快，已经可以下床活动。医生说他再过几天就可以出院，回到部队再休养一段时间。他可不想那么快出院。洁萍笑着说，"现在伤病员那么多，医院根本容纳不下，你看连屋外都搭起临时帐篷，哪里还能赖在这里不走呢。"宝清说，"好不容易见到你，一回部队就不知什么时候才能相见了。"洁萍说，"只要战斗胜利了，大家在一起工作，就可以相见啊。"宝清苦着脸说，"那得什么时候啊。洁萍笑得更开心了，说没见过那么爱受伤的战士，看来得回去好好受教育。"

住院半个月后，宝清肩膀上的伤还没痊愈就出院了。出院后，洁萍特意请了半天假，陪着他在虎岗走了一圈。红旗招展、歌声嘹亮，红军队伍整齐划一，虎岗处处洋溢着革命的豪情，走在其中，人很容易受到感染。宝清看着一片红色的海洋，赞叹着："真美啊，洁萍，你在这里工作真幸福！"洁萍说："这里的人每天都被革命的热情鼓动着，我也热爱革命工作。可是，当看到那么多的伤病员，甚至牺牲的战士，我的心情又非常低落，甚至常常陷入一种忧伤。""是啊，战争是残酷的，自己受伤好像还没有那么难过，看着身边的战友牺牲，却是一件悲伤的事。"

他们这样聊着聊着，就聊到了鹏飞。宝清问鹏飞现在在哪里？洁萍说，她也很久没有见到他了，只知道他还在十六团，现在是一名营长。这次保卫虎岗，好多战士都回来支援了，可就没有十六团的消息。她在空余的时候，偷偷到部队驻地去询问，大家都不知道十六团的消息。有人说可能在新泉一带，也有人说在旧县一带，到底在哪里，谁也不知道，真是急死人了。宝清问，鹏飞知道她在这里吗？洁萍说，不清楚。一开始，医务队在龙岩城，双方还能经常见面。后来，国民党加强了"围剿"，闽西特委和闽西苏维埃机关迁到了虎岗，同时医务队和大量的其他机构也一起搬到了这里。从此，他们就失去了联系。屈指算来，也有大半年时间没有音讯了。按理，鹏飞应该知道医务队随迁到了虎岗。只是红军队伍一直也在流动之中，根据敌情进行部署。"现在虎岗的形势也很严峻，医院院长交代我们随时要做好转移的准备，所有物品用好之后都要归类放好，每天打包起来，方便转移。有消息说，首长们已经在秘密准备搬迁的地点了。空闲的时候，我也常常想起鹏飞，但愿他平安顺利，多打胜仗。"

二

鹏飞正经历参加红军以来最艰难的时刻，面对敌人的两面夹攻，他所在营担负着坚守阵地的重任。这是1931年夏，国民党对中央苏区的第二次"围剿"失败后，很快组织第三次更大规模的"围剿"。蒋介石纠集了三十万兵力进攻苏区，妄图消灭苏区红军。苏区军兵以一抵十，采取"避敌主力，打其虚弱，乘退追击"的作战方针，进行了顽强抵抗。在闽西，国民党部署了三万余兵力，准备将仅五六千兵力的闽西红军一网打尽。8月，国民党对闽西苏区大举进攻，红十二军为避免与强敌正面作战，采取灵活战术，在各地打击弱小与分散之敌。鹏飞带领的三营完成汀江渡口回龙的攻击任务后，马上顺着汀江而下，攻取离上杭县城仅十来公里的梅溪寨。夺取梅溪寨之后，为配合红军主力解虎岗之围，直接向上杭芦丰集结，目的是消灭向虎岗方向增援的钟汉生部。鹏飞带领三营提前到达芦丰后，接到军部指令，要求坚守阵地，务必阻止敌人前进，让敌人在芦丰滞留三天，为军部在虎岗的战斗空出足够的时间。三天时间，在平日里只是一眨眼工夫，可对于战场来说，一分一秒都是实力的较量，生死的决战。鹏飞派出侦察人员摸清敌人实力，得知有三千敌人从西、南两个方向奔袭，马上将到达芦丰。

战斗在暮色苍茫时分开始，双方都陷入一种神秘莫测的氛围中。双方都不敢以大部队直接对抗，而是派出小分队试图袭击对方。结果两支小分队在半路相遇，意外交起火来，胡乱打了一通后，双方撤到安全地带。鹏飞根据敌情，制订了偷袭敌人后方阵营的计划。在地方党组织的配合下，尖刀连由本地村民做向导，抄小路来到钟汉生部驻扎的房屋后方。在后山，充分利用居高临下的有利条件，同时向房屋方向投放手榴弹。瞬间，火光四射，房屋内呼起一片鬼哭狼嚎，敌人四处逃散。乘敌人还摸不着头脑的时候，尖刀连快速撤出后山，安全回到自己的地盘。

到了第二天，恼羞成怒的钟汉生直接将全部兵力像坦克般推进，企图以势压人，突破红军防线。鹏飞带领队伍拼死防守，他给部队下死命令，谁的防线被突破谁就军法处置。面对敌人数量多、武器好，红军也借助山头优势，打退了一次又一次的进攻。第二天晚上的时候，鹏飞清点人数，发现已有上百名战士负伤。战斗性减员，使斗争越来越严峻。他临时召集各连连长，要求明天严防死守，"只要熬过第三天，我们的任务就完成了。"

第三天，天空下起了阵雨，一会儿狂风大作暴雨如注，一会儿风轻云淡阳光普照，给战斗带来了很大的麻烦。鹏飞太熟悉夏天的台风天气，来去变化莫测，经常被老天爷戏弄。只有山上的菌类，在这种气候中疯长。至少有二十多种菌子，在这段时间内，每天都生长一批，成为红军最方便的食物。可红军不像生长的菌子，由于受伤和牺牲，加上两天两夜的坚守，实力正呈几何级数递减。敌人更加疯狂地向红军阵地进攻，枪、炮、手榴弹轮番上阵，红军的火力被不断压制。面对敌人的绝对优势，鹏飞指挥着部队进行战略性撤退。直到下午四点钟左右，正当红军无法抵挡的时候，敌人突然停止进攻，从阵上撤退下来。鹏飞吃惊地看着，不相信这是真的，又怕敌人有诈，赶紧叫部队停止射击，静观其变。但是，终究没有意外发生，敌人从阵地上撤退得干干净净。

后来，鹏飞才得知，原来钟汉生的部队也被挖了老巢。中共上杭县委为了配合红军在芦丰的阻击战，动员了附近的各武装大队，向上杭县城进攻。由于上杭县城的兵力大部分被调到芦丰战场，钟汉生在上杭的防守相对空虚，也没有强有力的队伍。幸好上杭县城城墙坚固，还能抵挡个一时半会儿。钟汉生得知红军企图打进上杭县城，赶紧撤退芦丰的部队，以最快速度驰援上杭县城。然而，当钟汉生的部队回到上杭的时候，武装大队早已撤退，回家睡大觉了。鹏飞的三营在最关键的时候，躲过一劫，不然即使完成了三天阻击任务，也可能元气大伤。

但是，还来不及欢喜，另一个不幸的消息传来：虎岗失守，驻守在虎岗的党政军机构都已撤退到其他地方，具体在哪里一时也无法搞清楚。鹏飞的心情一下像被子弹打穿，碎成片片雪花。他原本期待，这个阻击战后，回到虎岗十二军军部，去寻找洁萍。通过别人的消息，他得知军部卫生队已经改成红军医院，全部的医生护士都在红军医院，所以他猜测洁萍肯定在那里。虽然战争环境的动荡，使他们彼此无缘相见，甚至连书信都无法联系，但是他坚信会很快见到心中的她。他甚至想好了见到她的那一刻，如何拉起她的手，如何在没有人的时候，偷偷地拥抱她、亲吻她，将大半年的思念全部表达出来。可是，任务完成了，大本营却丢掉了，心爱的人也不知去向，连同他的心也被飘到空中被暴雨淋得疼痛。

没有机会见到洁萍还不算什么，毕竟战争时期什么情况都有可能。现在最大的问题是，被称为小井冈的虎岗沦陷了，部队该何去何从？这就意味着，从现在起到与军部重新获得联络之时，鹏飞领导的红三营必须自己决定去哪里、干什么。他和政委商量后，决定还是往虎岗方向行军。既然党政军机关从虎岗撤出，那一定会往一个方向走。往哪个方向呢？虎岗的东北两个方向是敌人"进剿"的路线，大量的敌军聚集在那里，不可能往那个方向走。最有可能的是西南两个方向。而现在他们所处的位置刚好是西偏南的方位，是最有可能相遇的方向。即使两支队伍无法相遇，至少也是最接近的距离。于是，他们按原计划向虎岗方向前行。

鹏飞从未想过自己肩上的担子,会像此时一样重。以前行军战斗,都由团一级以上首长带领,他的主要任务就是执行,带着队伍按照指示去战斗。而这一次,没有任何人可以依靠,没有任何指令可以遵循,每走一步都需要自己决定。在这个时候,他觉得自己的责任特别大,只要稍有不慎,发出一个错误指令,就有可能使部队发生致命的悲剧。他小心翼翼地分析敌情,尽量避开敌人主力的锋芒。从芦丰出发后,他们沿着山路走,尽量避开村庄路段。精心设计好露宿地点,找有群众基础容易警戒的小村庄。就这样,他们行军了三四天,已经接近虎岗三十公里的地方,还是没有一丝消息。鹏飞开始泄气,却不敢表露出来。

尽管小心行事,但还是遇到了一股敌军,打了一场遭遇战。那是他们走到朱良寨的小村子边上时,正准备派人到村子里看看是否有粮食补充。因为经过这些天,队伍的补给已跟不上,米袋空空,面临忍饥挨饿的境地了。突然有人发现,附近有一股敌军在活动。估计是一帮国民党的游兵散勇,正进入村庄准备抢劫一番。鹏飞仔细观察,没有发现对方还有后续部队,就决定随机消失敌人。他们瞅准机会,偷偷进入村子形成包抄态势。鹏飞看到时机已经成熟,鸣枪示意,队伍迅速靠拢,将正在打家劫舍的敌人一网打尽。等抓起来后,清点人数发现竟有四十多人,是附近国民党的一个保安团。除了缴获一批枪支弹药外,他们还从保安团里获得一些珍贵的消息。他们确认红军就在附近的石马岐活动,今天他们到朱良寨主要是警备巡查,防止有红军活动。另外,由于赣南方向战斗吃紧,国民党在闽西的主力已经开始向江西方向开拔,留在这里搜查的队伍大都是地方民团和部分闽南军阀的部队。这个消息,使鹏飞和战友们十分高兴,知道党组织和政府机关、军队还是安全的,可以确定很快就可以找到部队了。

不到一天的时间,红三营进入石马岐山区。石马岐是一座茫茫大山,区域面积仅次于梅花山,据说有九十九座山崟,方圆几十公里连绵不绝。大山之中丛林灌木郁郁葱葱，还有不少原始森林。峰峦之下，许多山坳错落着小村落，进入大山就像走进一座丛林迷宫。所以，如果贸然进入寻找部队和组织，基本上属于白费工夫。在进山之前，鹏飞让人找到一个向导，由他带领部队进入。向导是当地的猎人，对山里十分熟悉，知道哪里可以藏身，知道哪里的村子闹过革命，所以仅用了一天时间就找了红十二军军部。红三营顺利归队，官兵们都激动异常，纷纷拥抱祝贺。鹏飞长长地松了口气，肩上一下轻松起来，觉得自己完成了一件了不起的大事。

三

鹏飞问遍红十二军的战友们，大家都不知道战地医院搬到了哪里。当时撤退的时候，命令一下就得马上转移，大家连自己的工作都顾不上，哪里知道其他机构的情况呢。红十二军作为主力部队在战斗时处在最前沿，撤退的时候是最后一批，除了看见敌人，什么人也没看到。而且为了保密，转移地点也只有少数人知道。是啊，一进丛林，谁知道谁在哪里呢。好吧，刚刚燃起的希望就这样被熄灭，无声无息，死死地压在心里，只有祈祷心上人能够平平安安。当初向组织申请回闽西时，只有一腔青春热血，对战争并没有多深的认识。直到走上战场，才明白战争的残酷，才明白与心上人见上一面都可以如此之难。闽西的大山锻炼了他，仅仅一年，就使他从一个学生仔成为坚强的红军指战员。不过，他还是不习惯只有蚊子嗡嗡却无人倾诉的日子。

部队很快又要出发了。走出丛林前，军部召开了连以上干部会议。在一座独立的纸寮里，军长和政委分别讲话，分析当前的敌我形势。军首长指出，目前第三次"围剿"最艰苦的时候即将过去，虽然痛失革命大本营虎岗，但敌人已是强弩之末，短期内不可能再有大规模的战斗。据可靠消息，国民党主力部队已前往赣南方向增援，留在闽西的敌人大部分是地方部队和保安团。因此，闽赣省委决定红十二军除军部留守保卫党政机关外，分兵到闽西各地组织群众，夺回阵地，重建苏维埃政权。"我们要利用时机，扩大苏区，扩大红军规模，争取在敌人新一轮进攻到来之前，壮大自己，彻底打败敌人，建立巩固的苏维埃政权。"首长说完这些，对部队的分兵情况进行部署，其中鹏飞的三营被安排到石马岐南边一带活动，主要任务是将来自广东方向和闽粤边境的敌人赶到汀江南岸，守住北岸。鹏飞对这一带并不熟悉，看了看军长手里的地图，大致知道了方位。军长告诉他，这一带很重要，是闽西赣南苏区东大门的重要一翼，守住汀江北岸可大大减轻苏区东边的压力。进入石马岐南边活动后，要紧紧依靠当地党组织和武装力量，灵活运用战术，争取早日打开新局面。鹏飞向军长保证完成任务。

　　开会一结束，鹏飞马上回到营部，传达会议精神，并要求第二天一早就出山，向南边进发。鹏飞问队伍里谁是这一带的人，碰巧有个叫王福寿的战士站了出来。他告诉鹏飞，石马岐南边地域很广，至少三四十个村子，大的集镇有四个，统称太平十三乡。他从小在那里长大，需要到哪里他可以带路。鹏飞非常高兴，详细向他了解了那里的情况，意外得知著名的"铁血团"就诞生在这一带，群众基础好，老百姓对共产党和红军有感情。掌握了这些消息，鹏飞对完成任务充满信心。

　　丛林的早晨是在鸟声中醒来的。夜晚的黑还没散去，高大的林木像魅影般包围过来，战士们已经整装待发。鹏飞指挥着队伍向山下走去，密切交代注意保密，不得大声喧哗。当他们走出丛林时，阳光直愣愣地照射下来，一时间连眼睛都睁不开。适应好外面的光线后，他们看见了村落，好像还听到了鸡啼狗叫。再走出不远，遇到前来接应的地方党组织联络员。在联络员的带领下，步行一个多小时，队伍来到一个叫清水坑的小村子，驻扎下来。负责这一带工作的星泰区委，就设在那里。区委书记老吴早早等候在下山的路口旁，迎接他们的到来。

清水坑处在石马岐的边沿，一个不引人注目的山坳里。战士们到村子里活动，外面根本看不见。而如果外面有人进来，则从村子里就看得清清楚楚。老吴专门空出一栋最大的方土楼，给三营的官兵们驻扎。官兵们看到早已收拾干净的房屋，十分开心，以连队为单位分割成几个区域，很快就安排妥当。在这样贴心的环境里，三营的官兵们终于睡到了屋子里，洗上了热水澡，吃到了热乎乎的大米饭。鹏飞算了算，大家已经有半个月没有过上一个安稳的日子了。老吴对鹏飞说，让大家先好好睡一个晚上，守卫的任务就交给区里的武装大队。鹏飞感激不尽，说到了这里就像到了家，温暖了大家的心。

老吴身材不高，年纪看上去不大皱纹却很深，配上一张国字脸，让人觉得是个经验丰富的革命者。他抽烟，用竹根做成的烟斗，只要坐下来就吧吧地抽上几口。他对鹏飞说，总算把红军给盼来了，现在是万事俱备，只欠东风。鹏飞不解地问，什么东风？他哈哈大笑起来，说你们就是东风啊。鹏飞也笑了起来。

鹏飞问老吴："你们有多少兵力？"

老吴用手比了个一字，说"一个武装大队，三十来个人，十五条枪，二十把砍刀。我们戏说自己是丐帮，我就是丐帮帮主。"

鹏飞看着老吴乐了，说："我没有见过这么淡定的丐帮帮主，也没有见过喝酒吃肉的帮主。"

"咳，真正的丐帮比我们强，他们威震江湖，而我们连太平十三乡都震不了。所以要请你们这些金菩萨，让牛鬼蛇神统统滚蛋。"老吴拿烟斗的手一挥，烟雾也跟着画了一道圈。

"我们也不是金菩萨，要打胜仗，还得依靠你们当地的力量，不然，我们到了这里就是一座泥菩萨。"鹏飞跟着老吴的思路聊着，"我们接下来要怎样打开局面呢?"

"别急,你们先在这里好好住上几天。明天我给你们宰杀一头野猪,好好享受大块吃肉的滋味。"

"吴书记,我们可不是来享受的,我们是带着任务来的。我心里急得很呢,哪里住得安心?更不用说吃肉的事了。"

"赵营长,心急吃不了热豆腐。如果打一仗就占领得了太平十三乡,那我老吴两年多拿不下来,岂不是能力太差了?部队住在这里,还不能轻举妄动,一是休养几天,二是要派人摸清情况,知根知底后再伺机出击。不是说知己知彼,百战不殆吗?"

老吴的一席话,说得鹏飞羞愧不已。姜还是老的辣,这句话不管什么时候还是管用的。"好吧,听您的。"

"这就对了嘛。你打胜仗,我当大官,两全其美的事,比你还上心呢,你就尽管放心好了。"老吴的话幽默有趣,鹏飞觉得和这样的人好相处。

这天夜里鹏飞一觉到天亮。听到外面有杀猪声,才知道天已大亮,窗外传来老吴的声音,知道他早就起来了。

待鹏飞走出屋子,才发现杀猪的人正是老吴。他和另外两个人正娴熟地给野猪刮毛、剖腹、折骨,忙得不亦乐乎。

鹏飞问他,怎么会有野猪,而且那么大?

他头也不回地说:"野猪肥死,我们饿死,你说不吃它还能吃谁?山里人自有生存技能,自古说的山珍,对于我们来说,就是想吃什么就能弄到什么。"

一套歪理,将枯燥的话说得热气腾腾。鹏飞也想靠近帮忙,老吴赶紧说不要帮倒忙,等会儿负责吃就行。

鹏飞看着这个场景,倒想起家乡过年时的情景。只要是过年的时候,父亲就会组织村里人宰杀五六头大肥猪,分给大家过年。每当这时候,村里人都会放下手中的活,围在祠堂的大坪上,一边看着热火朝天的宰杀场面,一边开心地说着什么。也是他和一伙孩子最高兴的时刻,不是在大人堆里钻来钻去,就是在旁边玩游戏唱儿歌。可是,家乡近在咫尺却没有机会回家。从上一次漳州回到古坊,至今已经有一年多时间了,他没有踏进过家乡,几次从周围越过,却无法停下脚步,去看看自己的父母亲。尤其是母亲,自嫁给父亲以来,基本是独守家门,与父亲过着两不干扰的生活。他们没有共同语言,除了家庭事宜,几乎没有别的可说。暴动后,原本大家闺秀的母亲也要下地干农活、料理家务,还要照顾孩子们。这些年在外地,每每想起母亲,就觉得特别可怜,很想在身边陪着她。可是,长大成人后,却越来越少有时间和母亲相处,更不消说陪着她说话聊天。对于父亲,他的心情十分复杂,复杂到不想对任何人表露自己的心迹,即使在洁萍面前,他也从来不愿意评价自己的父亲。小时候,父亲是一个神,是他崇拜的对象;后来,父亲是一座山,压得他喘不过气来。父亲的所作所为,与他日益滋长的革命冲动,逐渐背离。他苦恼、迷茫,曾经向李芳透露过自己的心迹。李芳鼓励他走出去,离开小小的古坊,在天地间才能看得远走得准。在这点上,他感谢父亲提供了一个机会,让他到集美,接触到了完全不一样的世界。在他成长的关键时刻,集美给了他精神最丰富的营养,也给了他坚定的志向。而父亲,那个曾经勇敢的革命者,却成为庇护乡土不敢迈出世俗的守更人。他痛苦,却始终没有勇气和父亲好好谈谈。

思绪一下飘出好远,直到老吴问他最喜欢吃猪的哪个部位时,他才回到现实,发现野猪已经宰杀完毕。

四

老吴和鹏飞决定袭击附近的大地乡公所。因为这个乡公所是红军进出的必经之路,只有打掉这个地方,才能使红军打通太平十三乡全部地区。老吴派去的人带回来情报说，乡公所没有多少人，只有不到二十人的武装队伍，武器弹药多，其他设备倒简陋。比如大晚上的时候，连个探照灯都没有，只有大手电发出微弱的光，即使有人在下面走过也看不太清楚。鹏飞决定由他带领一个连队，利用晚上的时间一举端掉这颗毒瘤。

大地乡在清水坑下方，稍微开阔的一个小盆地，有上千人居住在那里。按理打掉一个仅有二十多人的乡公所，只要直接冲过去打掉就行了。但考虑到一旦打起来，会很快波及其他乡村，容易使敌人集结起来进攻红军。这样的话，就会打乱全部计划，使红军过早暴露给了敌人。要实现成功偷袭，第一道关卡就是如何进村。村庄是开放式的，不从村道走还有其他道路。问题是村里养了狗，一旦发现陌生人，狗马上就狂吠，引起敌人注意。老吴决定，提前到村子里找到一户猎人，让他在袭击乡公所那天，假装去打猎直到晚上天黑后才进村。进村的时候，猎人要故意让猎狗叫起来，然后引来其他狗的叫声。趁着狗叫声一片混乱的时候，鹏飞的连队从其他地方快速进入村庄，到达乡公所附近。果然，这个计划实施成功，鹏飞带着战士们顺利地抵达乡公所的房屋旁边，分成四个方向向乡公所包围。

在鹏飞的方案里，战士们接近乡公所后，让三个战士组成突击队，通过乡公所房屋的窗户攀爬进去，然后设法打开后门，战士们直接冲进里面，将敌人一网打尽。没想到，战士们正准备用绳索攀爬的时候，房屋后门吱的一声打开了，从屋里走出一个人，往外面的厕所走去。原来闽西的房屋，大都将厕所建在正屋之外，如果晚上要大便，必须打开正屋的大门或后门出去。这个倒霉蛋，根本没有意识到危险已经发生，还大摇大摆走向厕所。鹏飞一看情况有了变化，对旁边的战士做了个手势，他悄悄跟上那个人。就在那人进入厕所的一瞬间，鹏飞一个箭步捂住他的嘴巴，同时将他扑倒在地，迅速地结果了他。随即，鹏飞指挥队伍从打开的后门摸进乡公所，突然出现在敌人面前。还没等他们反应过来，早已被红军缴了械。就这样，不费一枪一弹，从进村到结束前后不过一个小时，成功拿下乡公所，缴获了一批枪支弹药。后来，缴获的这批枪支被送给了老吴的武装大队，使全部队员都有了自己的枪支。

胜利一开始，局面就打开了。老吴和鹏飞决定乘胜追击，快速向前推进，争取早日将太平十三乡全部拿下。大地乡公所被拿下后，经过审讯俘虏，得知了其他乡公所和武装分布情况，知道大部分都是由土豪劣绅和地痞流氓组成的乌合之众，只有一处有正规的武装，也是最难攻克的南蛇渡码头。南蛇渡码头位于汀江北岸，是南北往来的重要通道，被国民党视为进入苏区的重要关口，由重兵把守。广东国民党梅州警备区有一个加强团的兵力在此，负责码头和周边地区的安保。得知这个情况后，鹏飞向老吴建议，趁现在敌人还没察觉红军的时候，直接向南蛇渡码头推进，争取将敌人有生力量消灭掉，彻底消除汀江北岸的隐患。老吴同意，还说那里的情况他熟，没问题。

经过几次战斗的历练，鹏飞对战术的运用已经越来越有自信。他认为面对敌人的地形优势和兵力优势，要智取、巧取，不然硬碰硬，我方实力较弱，注定会失败。他和老吴拟定了一个调虎离山计，让老吴负责演戏，他负责打掉敌人老窝。于是兵分两路，老吴带着武装大队和十来个红军战士，向南蛇渡最近的大田乡公所奔去，而他则带着三营的战士们悄悄向南蛇渡码头出发。

南蛇渡，南蛇在此人难渡。南蛇是当地人对蟒蛇的别称，意思是大蛇的意思。关于南蛇渡，老吴说有一个来历。原来南蛇渡下方有一个南蛇滩，滩中波涛汹涌，长达一里之遥，传说有南蛇作怪，甚为恐怖，因而得名。民国版《上杭县志》讲过这样一个故事。对于南蛇作怪的传闻，有人想一探究竟，就派了善于泅水之人到水底，结果发现滩下有一块巨石像极了南蛇。人们认为出现的怪异现象就是南蛇在作怪，就在北岸上建了一座龙文馆来镇住南蛇。但是薛耕春听了这个事后,偏偏不信邪,觉得很是怪诞荒唐,不肯相信。这个薛耕春不是一个迂腐的读书人,是个文武双全的乡村勇士,也是一位武举人。太平军经过当地的时候,曾驻扎南蛇渡索要银圆大米,他带领乡勇斩其头目,保卫了家乡平安。某一个夏天的正午,太阳火辣辣地炙烤着大地,天上看不见一点云彩,薛耕春和撑船人在南蛇渡沙滩上的树荫底下避暑。突然,江上掀起一阵数丈高的巨浪,从滩下逆涌而上,靠在岸边的渡船迅速被巨浪带走,人们都惊呼起来,茫然不知所措。薛耕春亲眼看见这一怪异场面后,才不得不相信,并且在认真阅读了旁边的《孝义渡亭碑记》后,才知道人们所说的怪异现象就是指"青天无云浪忽翻,滩波逆上狂风助"。正是因为南蛇滩为汀江段著名的恶滩,路过此段的船舶如果遇上恶劣天气或晚上,就必须在附近休息等候,同样两岸往来也必须在此上方通过,所以位于上方的南蛇渡就成了重要的渡口。

鹏飞带着队伍于下午一点前,到达南蛇渡国民党加强团的驻地附近。敌兵驻扎的地方依山傍水,是专门建造的两层围屋,并不像当地民居那样可以全封闭的土楼。红军就在房屋的背后山包里藏起来,等待时机直捣黄龙。鹏飞带了三个战士,找到一处有利位置,可以观察围屋内部,又不会被别人看到。他们在山上等到两点、三点,敌人在里面还是没有任何动静,觉得十分奇怪。鹏飞也觉得纳闷,按理下午两点前敌人一定会有动作,为什么到现在还没有呢?是不是计划出现了问题,导致失败了呢?鹏飞盘算着如果计划失败,如何用其他方式弥补。正在这时,他发现围屋内的敌人开始骚动起来,在屋内跑来跑去,好像还有嘈杂声,紧接着传来集合的哨声。他精神一振,知道有戏了,让人悄悄通知大家注意隐蔽,准备战斗。不多久,敌人集合起来,大约有一半的人跟随旗手走出围屋,向大田方向紧急出发。

敌人走出围屋后,屋内剩余的敌人恢复了常态,又开始打牌、玩耍、唱歌、溜达,一副无所事事的样子。鹏飞估计向大田方向的敌人已经走出够远，指挥部队按计划开始突击驻地敌人。部队分成三部分，一队为突击，一队为掩护，还有一队直接冲到渡口。突击队从山上向围屋靠近的时候，掩护队也已经找到最佳投弹射击位置，然后用手榴弹直接扔进围屋。顿时围屋内浓烟滚滚，一片大乱。突击队乘机冲到围屋大门前，用树桩直接撞击大门，破坏门锁。大门很快就被打开，大部队直接冲进围屋和敌人决一死战。没有防备的敌人哪里想得到红军会到来，个个鬼哭狼嚎，就是拿到了枪的，也很快被红军消灭。不到半个小时，围屋内的战斗结束，全歼守敌，缴获枪支弹药无数。与此同时，渡口也早被我方拿下，并控制住往来船只。

但是战斗还没结束，还有一场硬仗在等待着他们。原来敌人往大田方向疾驰，是因为得知大田乡公所遇到了红军袭击。大田乡公所是距离南蛇渡驻军最近的一个乡公所，对于保障驻军和渡口安全有重要意义，所以这个乡公所是由南蛇渡驻军保护的，人数也比其他地方多。老吴和鹏飞正是了解这一点后，决定以老吴带领队伍佯攻大田乡公所，诱使敌人增援，从而虚其驻地，鹏飞的主力部队以优势兵力攻入驻地将其消灭。而大田乡公所那里，只要援兵一到，老吴立即撤出战斗，往山上安全撤离。援敌见乡公所安全后，一定会原路返回。鹏飞他们这里的任务，就是在半路将他们消灭。那么，为什么围屋内敌人直到三点多才得到消息呢？原来，老吴到达大田乡公所的时候，意外地发现守敌很少，只有寥寥几个把守着，而且防线大开。老吴吃不准敌人搞的什么把戏，以为泄露了消息，敌人故意引诱他们进入乡公所，然后一网打尽。因此，老吴只能小心翼翼地观察着。一个多小时后，敌人才出现在他们的视野里。原来今天是大田迎神打醮的日子，敌人被请到当地地主家喝酒去了，所以才只有几个人把守。老吴松了一口气，本来想乘机全歼的，但一想到自己的任务只是引诱南蛇渡的敌军，就打了一场故意放水的仗，轻松完成了任务。

这次埋伏的地点选在大田与南蛇渡中间路段的一处峡谷地带。道路在最低处，两边都是芦苇丛，利于埋伏。这次偷袭能否成功的关键，不在于地点，不在于人，而在于时间。与时间赛跑，抢在敌人到达之前在预定位置埋伏起来，才是制胜法宝。结束围屋战斗后，鹏飞要求部队立即集合，以最快速度前往目标地点。

三营自成立以来，一直都处在机动作战中，官兵们身体素质过硬，特别是能打这种小规模的灵活作战。这次奔袭对于红军来说，不算什么。不巧的是，突然天上下起小雨，道路变得湿滑，一不小心就滑倒在地。大家只能选择有一些杂草的地方小步跑，这样速度就慢了许多。幸好，当他们拼尽全力赶到时，敌人还未到达。原来，这些敌人紧赶慢赶到达大田时，发现红军不堪一击，很快就溃败而逃，反而觉得太不值，没什么意思，累个半死连枪都没响几声。于是，他们干脆在乡公所里休息了大半小时。回来的路上又碰到下雨，一路上发牢骚骂娘，个个一肚子怨气。他们没有想到，比起现在的处境来，接下来的遭遇才是性命攸关呢。

下午五时左右，敌人进入埋伏圈。红军埋伏在距离敌人十几米高的地方，能够清楚地听到他们的讲话。鹏飞看准时机，首先开枪下令，一场毫无悬念的战斗拉开帷幕。居高临下的红军一枪一个准，敌人连对手的模样都还没看清，就放弃了抵抗。双方对局势都非常清楚，处在这样的峡谷，只要失败就已经无路可逃。这一次战斗，红军以绝对优势取得胜利。到此，整个南蛇渡战斗圆满结束，红军获得最为重要的南蛇渡口控制权。从此，国民党丢失了对这个区域的控制权，再也无法卷土重来。

鹏飞带领三营返回南蛇渡国民党驻地后，指挥战士们收拾战场，将围屋清理干净，决定把围屋作为红军的新家。战士们都非常高兴，说敌人给我们建好了家，还送来枪支弹药、粮食猪肉，真是客气啊。随后，老吴也赶了过来，紧紧地握着鹏飞的手说，感谢天兵天将，感谢英勇的红军，现在我们区委也扬眉吐气了。鹏飞对老吴说，把区委也搬到一起来吧，有利于领导太平十三乡的革命和政权建设工作。老吴痛快地答应了，说明天就将机关搬过来，光明正大地开展工作。

两个月后，太平十三乡已全部在共产党和红军的领导之下，陆续建立了苏维埃政权。老吴这个区委书记可得意了，对鹏飞说，这才像个书记的样子，不然净干憋屈的活。

五

鹏飞带领的红军在太平十三乡名声大振，国民党的保安团听到红军就拍翅而飞，逃跑的速度堪比鸵鸟；老百姓纷纷将孩子送到红军队伍，红三营一下就增加了三百多名红军。鹏飞将主力部署在南蛇渡，并向十三乡其他主要地区派驻部队，一是可以有效威慑敌人，二是可以减轻给养压力。

太平十三乡整个区域打通后，与石马岐周边的消息往来也方便多了。在此期间，鹏飞一直在打听战地医院的消息。终于，有消息传来，说是闽西的主要党政军机构都转移到了大洋坝一带，听说在那里建立了闽西红军医院。他在大洋坝打过仗，知道那里群众基础好，也处于石马岐边沿区域，与太平十三乡接壤。他兴奋地想，洁萍一定会在那里。于是，他迫不及待地回到房间，在油灯下给她写信。

亲爱的萍：

  见字如面。自去年龙岩一别，已有一年有余未曾见面，不知一切可好？甚念。

  我一年来走南闯北，依然做着小本生意。兵荒马乱，生意难做，常有惊险，好在每次都能化险为夷。近两个月来，得上天保护，生意日隆。如今在乡亲们支持下，已铺设太平十三乡，南蛇渡口有一摊位。如有经过，我们或可相见。

你呢，身体吃得消吗？世道不安，工作难找，你且珍惜保重。你有眩晕症，不宜过度劳累，要学会劳逸结合。
　　每当夜深人静的时候，我就会想起你，想起我们走过的日夜。你的样子印在心里，即使最为艰难的岁月，也能温暖着我。一颗孤独的心灵飘飘荡荡，希望能与你早日相见。
　　秋安！

飞
即日

　　与上级的邮路畅通后，鹏飞的书信也沿着秘密通道送到了闽西红军医院。正在红军医院护理伤病员的温洁萍，于秋日的一个普通午后，收到了来自太平十三乡的问候信。她看到熟悉的字体，心跳一下剧烈加快，连手也颤抖起来，接着就看到了令她思念不已的个个热烫的字眼。整整一个下午，她都沉浸在幸福之中，根本没有心思工作。好不容易熬到晚上，她才有机会给他写信。

　　飞：
　　我太高兴了。收到你信的那一刻，我还在怀疑是不是做梦呢？我确实经常做梦，梦到我遇见了你，或者收到你的信。可是每一次梦醒之后，都是如竹篮打水，发现全都是幻觉。我是多么希望能早日见到你，哪怕看到你一眼，我也就心甘情愿。可是，老天爷连看一眼的机会都不给我。整整一年零二十天，我才盼到你的只言片语。可是，这样就已经够了，从下午到现在，我一遍遍地读着你的信，想象你在那里的情形。你生意兴隆，就意味着我们会更快见面了。真是好啊，希望你一夜就把生意做到全闽西，不，是全福建、全中国。那样，我们就可以自由见面，幸福地在一起了。

飞，我现在也很好，你不用牵挂。自从随着店铺搬迁到这里后，稳定多了，生意正常起来。老板对待我们员工不错，大家的关系很好，除了工作，我们还常常在一起唱歌，搞联欢会呢。咳，要是你在就好了，我们还可以一起跳舞呢。不过，你放心，你不在，我是不和其他男人一起跳舞的。

告诉你一件事，店铺搬迁前，我意外地见到了宝清。他因小恙前来抓药，刚好我也在岗。得知他已回到闽西，和我们做着同样的生意。后来，他也匆匆离开，应该是回去继续做生意了。

天气转凉了，记得穿暖和点，不要感冒了。你一感冒就会咳嗽，因此一定要照顾好自己。我给你织的围巾还在吗？天气冷了，就用得着了，让它替我温暖你吧。

想你！

爱你的萍

即日

洁萍的信也很快送到了鹏飞的手上。那一刻，他知道爱神又将他们重新连接了。他捧着洁萍的信，仰起头向天空张望，眼泪扑簌簌地流下来，流下来，将天空都模糊了。

虽然通上了信，但他们不能像正常的情侣一样联络。根据保密要求，他们不能轻易通信，怕暴露目标。所以，他们之间的这封信，也将成为他们相见前的最后一封信。他们心里踏实了，双方都还好好的，这就是最重要的消息。一年多来的思念，都已化作短短的信笺，埋藏在每一个字里行间。他们彼此都不约而同地把信放在胸口，等待相见的时候，像接头暗号一样将信件同时拿出来，然后紧紧地拥抱在一起。

和苏区的其他地方一样,阴霾过去就是短暂的晴天。现在就是中央苏区最好的一段时光,暖阳普照,秋高气爽,第三次反"围剿"胜利后,筹备中华苏维埃临时中央政府的事项已在秘密进行着,各级都在保障这一重要时刻的安全顺利举行。当然,大部分人都不知道这一秘密,只知道安全保密工作比以前更加严格。鹏飞驻守的南蛇渡口是国民党进入苏区的一个重要通道,他格外注意,将最重要的兵力放在那里。另外,他还接到秘密指令,近期将有一批重要人物进入苏区,需要驻守南蛇渡的红军做好保障,确保万无一失。

鹏飞知道南蛇渡是中央苏区秘密交通线的一部分,经常会有党的干部通过这个通道进入苏区腹地。由于交通线有专门独立的一套人马,别人不能过问,只能按照要求做好保卫和保障工作。这一次,显然来的是高级别的领导,不然不会提前特别指令。鹏飞安排了一支精干的队伍,专门负责完成此次任务。

南蛇渡下方就是南蛇滩,暗礁多,水流湍急,经常发生触礁翻船事故。从下游往上游的船只,到达南蛇滩水段后,由船工下船拉纤而上,十分危险。这次领导们坐船进入苏区,到达南蛇渡后下船,改走陆路。进入陆路后由于都是苏区路段,就基本安全了。经过分析研判,鹏飞决定船到达南蛇滩之前就要找一个地方靠岸,让领导们下船,由专门的护卫人员护送离开。这样既躲过南蛇滩的危险河道,又可以保证在南蛇渡下船时的安全。经过层层上报,领导同意了这个方案,由鹏飞具体执行。

鹏飞带着人专门先摸了底,在南蛇滩前方三百米左右的岸边找到了最佳的位置。它刚好处在一个弯坳边,水流缓慢,吃水也够深,船舶可以正常靠岸。岸边是山坡,生长着高大的楮树,可以把人挡住。船靠岸后,人员可以放心地上下船,而周围的人根本不知道发生了什么事。

到了迎接领导到来的那天,鹏飞亲自带着小分队到岸边的停靠点迎接，周围还埋伏了三个连的兵力，以防万一。到了预定时间，果然出现了载着领导的木船，然而鹏飞发现其后有另一艘船紧随，似乎在追赶前面的船只。鹏飞心一紧，在接到的情报中，明明只有一条船，不可能再有其他船只，于是他意识到前方的船只可能暴露了目标，被敌人盯上了。于是，他让埋伏在旁边的一个连队盯住后船，如果确认是敌船，立即打掉，不得威胁前船安全。果真，前方船只看到岸上的红军，大声喊："同志们，我们已经被后面的船只跟踪了，现在上船不安全，快点想办法！"鹏飞听了，马上下令打掉后船，保证前船领导安全。他也大声对船上喊："各位首长，你们放心，我们会确保你们的安全。请将船驶过来停靠！"话音刚落，枪声已经密集响起，后船已经被红军的枪林弹雨射扫，完全失去了战斗力。前船看到已经脱离危险，就放心地驶了过来。在鹏飞他们的保护下，领导们安全抵达南蛇渡，并将他们护送到下一接头地点。

多年以后，鹏飞想起一个细节。船上下来的人当中，有一个穿着随便又不像普通战士的人，问他叫什么名字、什么职务，他如实相告。这一问话，是无心之举，还是有意为之，我们不知道，却使鹏飞的命运得以改变。

六

冬去春来，转眼又过去一年。中央苏区已经真正连成一片，闽西赣南成为中国最大的苏区。太平十三乡作为中央苏区东大门的桥头堡，立下了赫赫战功，赵鹏飞的名字也在闽西红军中流传，成为远近闻名的英雄。许多熟悉的人在传闻，鹏飞将调回军部，首长将给予重用。鹏飞听后笑笑，对重用不重用并没有想太多，现在守护东大门也十分重要，他关心的是什么时候能够见到洁萍。不过，奇怪的是，昨天晚上他做了一个梦，梦见了自己的父亲。他在结束一次战斗往回走的时候,看到路上一个像父亲的人行色匆匆,赶紧追上去。可是无论他走得多快,就是老赶不上,每次想要喊又喊不出来。后来,就醒了,再也睡不着。他想了想,自己与父亲分别已经两年有余了。

早晨,码头已经开始有声音传来。他干脆起床洗漱,简单吃过早饭,就往码头走去。自驻军南蛇渡以来,他已经习惯每天往码头渡口走一遍,看看守卫情况,也一并在江边散散步,放松放松心情。从国民党手中接管的南蛇渡口,除了军事上的价值外,还在经济贸易领域发挥了重要作用,成为苏区打破敌人经济封锁的重要阵地。鹏飞按照临时中央政府指令,鼓励货物流通,支持各种商品进入苏区。这样一来,原先由敌人层层封锁的道路,变成了服务商贸往来的通衢。繁华的渡口往往人声鼎沸,舟楫不断,也给渡口安全带来隐患。近两个月来,发现了好几例装扮成商人的国民党特务,试图混进苏区,破坏苏区。鹏飞就此专门组织人员进行训练,让他们掌握如何识别特务的方法,效果十分明显。这不,他才刚刚往码头走去,就有战士押了一个商人模样的男子向他走来。战士敬了个礼,向他报告说,发现了一个形迹可疑的人,怀疑是国民党特务。商人头戴礼帽,鼻梁上挂着一副眼镜,看上去倒派头十足。不过,他交代过手下人,越是这样的人,越有可能是特务。再加上眼神游离,到处瞟来瞟去,十有八九是特务。而对面这个人,显然就符合这些条件。这个人低着头,态度诚恳,说:"长官,我是实在的生意人,做的是正经生意。"

鹏飞一听声音吓了一跳,这个声音怎么这么熟悉?他赶紧侧着头,弯下腰,看对面的这个人。他一看,这不是父亲赵田禾,还会是谁?他惊喜地叫着:"爹,您怎么会在这里?"

对面的这个人听到叫声也猛地抬起头,看到了眼前的红军军官,正是自己牵挂的儿子赵鹏飞,说:"鹏儿,你怎么也在这里?你不是在十二军吗?"

"在这里的部队都是十二军的啊。爹,您怎么会是这般模样?"鹏飞也对父亲这身打扮很是诧异。

"我已从古坊出来，村里由你温叔叔和赵先生负责。我现在专门做生意，积累一些资金，用于古坊建设。"赵田禾说，"这条线路走了好几回，都没什么问题，没想到这次被当作特务嫌疑了。不过也好，不然怎么也想不到，你就在这里。"

"好，我们到屋子里说吧。"鹏飞领着父亲向围屋走去。

赵田禾告诉鹏飞，国民党试图拉拢他，被他回绝后，恼羞成怒的黄处长和袁宝儒就借机攻打古坊。正是李芳带领十六团来救援，才打败国民党军。但李芳发现钟汉生的部队也来增援后，头也不回地离开古坊。他思来想去，认为继续留在古坊，古坊的未来会受他影响。于是，他把温永祥请到古坊后，请他和赵先生代他管理。而他则主要外出做生意，将生意赚到的钱用于学校和军队开支。而且，他离开了，国民党就失去借口，古坊也将得以安全。事实也正如此，他负责赚钱，温永祥和赵先生负责管理古坊，古坊暂时得到安宁。

鹏飞奇怪地对父亲说："爹，您为什么不入党呢？或者您不入党，也可以在古坊建立苏维埃政权啊。这样的话，我们古坊就可以得到党和红军的保护，也不需要费您那么多心血。"

"唉，说来话长，我和革命的关系并不是一两句话说得清的。现在我离开古坊，目的就是要让你温叔叔请来党组织，在村里建立苏维埃，使古坊和其他赤色区域连通起来。"赵田禾不愿意多说，只将鹏飞不知道的情况简单说一说。这点上，赵田禾没有说谎，古坊现在真的建立了党支部，也有了乡苏维埃政权，但基本模式没有大的改变，还是以原来村民接受的方式进行治理。可以说，古坊是赤色区域，但又不是完全的赤色。那里有过渡色，不那么赤，也不那么绿，被赵田禾自己称为古坊特色。

"这么说，您现在是慈禧太后垂帘听政哦？"鹏飞的口气中似乎带着一点讽刺。

"我哪里是慈禧太后！你别乱说，我只是没有加入共产党而已，我的心是红的！"赵田禾对这一点是敏感的，即使对自己的儿子，他也认为不能含糊。因为，这一点是他的软肋，也是最无法见光的一面。

两人的谈话不知不觉有了一丝不快。鹏飞见状转移话题，对父亲说："爹，现在兵匪横行，加上汀江边多有抢劫作乱者，很不安全，您就别做什么生意了。"

"那怎么行？你不知道，我们那里开支有多大，一睁开眼就要钱，就有开支，不做生意怎么行呢？"赵田禾马上否定了他的想法，"当然，我会注意安全。我自己扛过枪，带过部队，不是只好看的花架子。如果不是你的兵把我抓起来，我能有什么事呢。"

"好吧。既然您要做，我也无法勉强。不过，现在苏区的一些日常生活用品奇缺，如果您能够弄到一些，那就帮了党和红军的大忙了。"鹏飞说。

"可以啊，没问题。你提出来，我来办。不过，钱我还是要收的哦。"赵田禾说起这些，声音大了起来。

"可以。我马上向上级汇报。"鹏飞终于向父亲笑了笑，"也许您可以做一个红色商人。"

赵田禾没有说什么，也许他对"红色商人"这个称呼，还没想好要不要接受。这次对话，在赵田禾来说，只是一次偶遇，是父子之间普通的一次对话，但对于鹏飞来说，是很重要的一步。他向父亲提要求，这是第一次；他对父亲有意见而且大胆地说了出来，这也是开天辟地的第一回。谈过这次话后，他觉得自己真的长大了。以前，父亲是他心中的偶像，是永不可能坍塌的偶像。在那个封闭的年代，一个小山村的孩子成为留学生，然后回来闹革命，加入同盟会，组建军队，暴动举旗，声名远扬，谁能够与他匹敌？可是什么时候，父亲的形象逐渐模糊，父亲再也跟不上革命的步伐，甚至被人觉得是在走另外一条路？他想了许多，但没有一句向父亲说过。神像坍塌，最伤心的不是神像,而是每天默默敬神的那个人。他不知道,自己流过多少泪,也不知道怎么向父亲表达自己的想法、意见和建议。他只有用更加"革命"、更加勇敢来表现自己的忠诚,似乎这样才能抵消父亲那些摇摆的形象。闽西保安司令部进攻古坊那次,李芳姐不顾危险,毅然抽出一半兵力增援古坊红军。然而,她却伤心地发现,父亲还让钟汉生前来增援。一个举着红旗的革命者竟然和敌人搅在一块,李芳姐不仅悲愤,更是伤心,她不愿眼睁睁看着曾经亲密的战友好坏不分,甚至与敌为友。当她将这些告诉他时,心目中那个神圣的父亲,就已经成为昨日的影像。随着革命形势的深入,他是多么希望父亲能够重新振作,真正加入苏维埃的行列。可是,在那份令人肃然起敬的革命者名单上,父亲的名字消失了,连同"古坊"两个字。

这次父子间的相遇,虽然匆忙,也算是难得的一次相聚。鹏飞叫来老吴,请老吴列举出苏区的一些紧缺物资,然后将名单交给父亲。他对赵田禾说:"爹,请您务必帮忙。现在国民党对苏区进行残酷的封锁,虽然南蛇渡看上去热热闹闹的,实际上大部分物资是进不了苏区的,这点您也很清楚。这份紧缺物资,您能搞到多少算多少,苏维埃政府都会按合理的价格支付。您把这些工作做好了,实际上也是在干革命工作。"

儿子的话,他得听。虽然作为父亲,威严还是要有的,但是此消彼长这个道理他是很清楚的,儿子长大了,老子就弱下去了。赵田禾不得不承认,鹏飞比他成功,比他更加勇敢,一定会有出息的。作为老赵家的男人,他有这个信心。想到这里,他还是略感欣慰。

七

鹏飞接到命令的时候,已经是暮春时节。军部来了急电,要求他马上赶到军部,接受新的任务。军部设在白砂,距离南蛇渡不过六七十公里，他不敢耽误，骑着马很快就到了。到达军部时，李芳已经站在那里迎接他。原来，李芳已从十六团调到军部任副政委了。在军部办公室里，军首长表扬他干得不错，带出了英雄的红三营，牢牢保卫了中央苏区的东大门。军首长告诉他，根据军委决定，提拔他为十六团政委。他听了一喜，这个政委原来不就是李芳姐吗，现在由他来接任，当然高兴得合不拢嘴。首长告诉他，在军部吃过午饭就直接到十六团报到，不用回三营了，三营工作已经安排人员接替。这次十六团将配合东路军攻打漳州，他又在漳州工作过，所以他是最合适的人选。听了首长谈话，他立即表示服从命令。

李芳陪着鹏飞在军部食堂吃了一餐饭，算是为他送行。李芳对他说，这次他带领十六团到漳州，还会送他一个大礼。鹏飞笑笑说："什么大礼，是不是送我一把好枪啊？"李芳说比好枪还要大的礼。鹏飞想了半天，还是想不出来。李芳看着他那个样子，笑了起来，告诉他："红军医院的部分医生护士也将跟随部队行动，目的是协助东路军做好医疗保障。"

鹏飞听到消息，眼睛瞪得大大的，这下他听懂了，"李芳姐，难道洁萍也会一起去？"

李芳盯着他笑，"难道你不希望这样吗？"

"希望，一百个希望。李芳姐，我向您保证，这次打漳州我们一定能打胜仗。"鹏飞觉得全身的血液都沸腾了，"您知道我现在多厉害吗？在太平十三乡，曾创下连续一个月每天扫掉一股国民党武装的纪录，两个月内全部建立苏维埃政权，比军部要求整整提前了一个月。我们在那里上演'蛇吞象'，将比我们多一倍兵力的敌人全部消灭。这次，我在洁萍面前一定得好好表现，让她看看现在的我是怎样的一位战斗英雄。"

看着鹏飞得意的样子，李芳不禁大笑，说："鹏飞，你看你现在的样子有多狂，哪里像个团政委，根本就是一个愣头小子，得意便猖狂。你是不是怕自己不够优秀，在洁萍面前表现不够好啊？"

李芳的话一下戳中他的死穴，鹏飞像泄了气的皮球，苦着脸说："是啊，李芳姐。就要见到洁萍了，反而觉得自己心虚。怕自己做得不够好，怕自己被洁萍说没有进入中央红军。所以，我需要您给我鼓励和勇气。"

"傻孩子，你已经够优秀了。洁萍见到你，一定会为你骄傲的。你就放心去见她吧。"李芳看着他，认真地说。

鹏飞也看着她，似乎相信了她的话。

要离开军部的时候，鹏飞突然想起忘记了一件重要的事情，问李芳："十六团在什么地方？"

李芳又一次哈哈大笑起来，告诉他："十六团就在大洋坝，和红军医院在一起。"

"哦，万岁！"鹏飞开心地叫着，"我要八百里加急挥鞭快跑了！再见，李芳姐！"他一个飞跃上马，不等李芳回话，"驾"的一声绝尘而去。

傍晚时分，鹏飞赶到了大洋坝，团部就在村子中间，直接就找到了。团长是鹏飞在红军学校学习时的教官王达，两人一见面，亲热如初。王团长对他说，红军医院就在上面一公里处，你快去，不然洁萍下班了。他说了句"感谢团长"，又跃上马奔驰向前。

他在马上看到一座大大的土楼，前面大坪挂着白色床单之类，知道红军医院到了。他牵着马问一个护士，请问温洁萍在吗？护士抬起头，鹏飞惊呆了：这不是洁萍吗？一下抓住她的双手说，"洁萍，我们终于见面了！"可是那个护士无动于衷，用力挣扎被他死死抓住的双手，说我不是洁萍，洁萍在里面呢！他一下满脸通红，要多尴尬有多尴尬，赶紧赔罪说对不起，眼睛不敢直视，往医院里面走。进到医院，他反倒怕认了，每个女同志都穿着护士服，哪里认得出谁是洁萍呢？他站在那里看了一会儿，还是壮着胆子问了问路过的护士。护士够热心，马上向里面喊："洁萍，温洁萍——你男朋友来找你啦！"好家伙，她一叫，洁萍还没有来，其他护士听了将他围成一圈，都来看洁萍的男朋友是什么样子。洁萍赶过来了，被挡在外面进不来，她急得用手扒开人群，说让我进去，才终于看到让她朝思暮想的人。她一把拉住他的手，说我们到外面说话去，接着冲出人群，带着自己的男朋友飞奔到外面僻静处。只听到里面的护士们议论的声音，说什么好帅、好英俊之类。洁萍咯咯地笑得很开心，心里想，我的男朋友当然是最帅的，他可是战斗英雄呢。

鹏飞拉着洁萍的手，告诉她刚才认错人的事情。洁萍笑他真傻，一个大活人还会认错，说是不是记不得我的模样了？他急忙说，"不会的，你的模样，你的一举一动，我每天都记得清清楚楚，怎么会忘记呢？只是太想见到你，一看到穿护士服的人就当作是你了。"鹏飞目不转睛地看着洁萍，眼睛里有一团火，仿佛要把洁萍燃烧。洁萍满脸娇羞，不知不觉将身子往他身上靠。他悄悄地说，"萍，我想抱抱你。"洁萍说，"现在还不行，那么多人呢。"

过了一会儿，洁萍才想起来，问："你怎么会找到这里的？"

"我已被安排到十六团来工作了，现在是团政委。在见到你二十分钟之前，刚刚报到。"

"是吗，太好了！"

"还有更好的事呢，中央已经决定攻打漳州，十六团和红军医院将与东路军一起参加战斗。你将和我们团一起随行，参与卫生保障。"

"那就是说，我们将在一起参加战斗？"洁萍似乎不相信自己的耳朵。

"是的，我们将天天在一起。不管战火如何猛烈，不管敌人如何强大，只要有你在身边，我就是战无不胜的红军英雄！"他沉浸在未来的幸福之中。

"只要两个人在一起，什么困难也不怕。"

第七章 猎犬

一

鹏飞没有想到的是，东路军攻打漳州的时候，还有一件事与他稍微有点关系，准确地讲是与他父亲有关系。有一天，温永祥收到东路军首长写给赵田禾的秘信。温永祥将信送到赵田禾手中。赵田禾从信中得知，中央红军已经组成东路军，即日从赣向闽南方向推进，为确保出其不意攻击敌人，请他帮忙保障古田地区的道路安全，使东路军能够顺畅通过该路段。赵田禾收到信后，立即回复"马上照办"四个字，然后匆忙赶回古坊。

明眼人都知道，虽然现在是赵先生和温永祥在管理古坊，但实际的掌权者还是赵田禾；虽然现在古坊也有党组织和苏维埃政府，但实际还是赵田禾说了算。一来，赵田禾威望高，在古坊没有一个人或一个组织能够超越；二来，赵田禾将经营所得的利润源源不断地送回古坊，作为古坊的民生经费。没有赵田禾，古坊人实在想不出这里会是怎样。赵田禾之于古坊，正如鹏飞所说的"垂帘听政"，说白了他就是个土皇帝。现在情形似乎对他更为有利，革命风暴席卷而来的时候，袁家终于顶不住了，袁松奎带着家眷外逃，据说到闽南一带去躲风头了。而袁宝儒自挟国民党福建党部指令进攻古坊失败后，也同样日落西山，与卢天明一道，四处逃窜，很多时候只能躲进梅花山，过着土匪一样的日子。趁着有利时机,田坝头也慢慢成为赵田禾的地盘。它的模式如同古坊的复制版,党组织和苏维埃政权同样存在,但他通过支持民生,取得大家信任,成为共产党的亲密好友、地方开明人士。

古坊红军保持了相对独立,也基本实现了赵田禾的理想状态——平日驻扎古坊,管理古田地区,有任务时接受统一指挥,称为闽西红军独立团。赵田禾回到古坊后,召集几个方面的负责人开会,研究如何保障东路军顺利通过古田,并做好给养供补。他布置独立团在沿途安排战士把守,同时组织秘密侦察小组,防止敌人前来袭扰;安排慰问物资,由苏维埃政府组织人员,在古坊和田坝头设置供给点;党组织、苏维埃政府负责人和他一起在边界欢迎东路军官兵。一切准备就绪,大家分头负责。

东路军经过古田地区的时候,赵田禾早早就在边界上等候。东路军首长特地走向他,向他表示感谢,说希望赵先生早日归队,走向光明。他还意外地见到了刘庆兴。刘庆兴紧紧地握着他的手,说了声"保重"。在短暂的交流中,他得知,刘庆兴已经离开闽西党组织和苏维埃,到中央红军任某军政治部主任。这次中央组成东路军,他主要负责收集情报和后勤保障。两位老朋友相见,似乎已经不用多言,刘庆兴的一句"保重"蕴含了所要表达的一切。

赵田禾的感慨肯定要比刘庆兴多。不管是从外地回到闽西搞革命,还是从闽西到军队成为真正的军人,刘庆兴的路越走越宽。他的见识多了,思考的事情大了,哪里还有那么多的感叹呢?而他赵田禾似乎在走一条窄路,他自我安慰,比喻这是通向桃花源的田间小道,然而,这是一条田埂路,一不小心就会从田埂上滑下去了。这条路其实是不存在的,他选择的是逃避现实,用做生意来逃避。表面上,他通过做生意来支持自己的事业,确实也让古坊保持了一定的稳定,也在一定程度上融入了革命的大局,但是,他和赵先生、温永祥都知道，这条道路仍然是危险的。他对人说入世即出世，其实是一种自我辩解。世界之大，每个人都只有一条路可走，就像一个人不可能两次踏进同一条河流一样，没有中间地带，没有调和妥协的余地。

对于刘庆兴来说，又何尝不是呢？当他说出"保重"两字时，还有一句话没有说出口，那就是"和我们一起走吧"。这句话，他曾说出多次，但每一次都像石头沉入江河般无声无息。俗话说"相逢一笑泯恩仇"，何况两人没有真正的"仇"，只有对革命理解的分歧。有时候他也会反问自己，如果赵田禾提出入党时他同意了，那么赵田禾后面的选择会不会不一样呢？假设都只能是假设，他明明知道后来党组织同意赵田禾入党，是赵田禾自己选择了退缩。正如今天的相遇，他无论如何不能再讲出那句话，因为讲出来就意味着伤害，再一次伤害两人脆弱的友谊。

东路军整整走了大半天，才全部通过古田地带，老百姓都惊呼，从来没有看到那么多的红军，肯定是要打大仗了。熟悉的人跑去问赵田禾，需要他们做什么，出钱出力都可以，只要能够支援红军打胜仗。赵田禾没有正面回答，只说红军有重要任务要执行，我们也不知道能帮上什么。他确实不知道红军此去何地、此行如何。相比儿子鹏飞，他已经是个旁观者了。东路军路过古田后，向龙岩方向进发。鹏飞率领红十六团已经在龙门一带集结，等待东路军到达后，统一行动。

完成任务，赵田禾邀请赵先生、温永祥一起吃顿饭。他们经常一起吃饭，要把它当作一回事写下的饭局，当然是不一样的饭局。简单地说，因为有东路军轰轰烈烈地从古坊经过，这顿饭就变得不一样了。

温永祥认为，如果田禾兄当年随着闽西特委进了龙岩城，今天队伍中的可能就是他，而不是刘庆兴。

赵先生不这样认为，他说时也，运也，势如不合，运也不济，田禾不进城有他不进城的理由，既然没有进城，就没有今天带领队伍的事了。

赵田禾呵呵一声干笑，"我就是一闲人，现在的理想就是赚点钱，让你们将古坑和田坝头打理好，这天南海北地带兵打仗不是我的本性，我唯一的愿望是种豆南山下。"

赵先生接上话，"田禾，你错了，树欲静而风不止，在这个千古大变局面前，要想独善其身是不可能的。这个道理，我记得二十多年前就说过，至今老夫还是这样认为。当年，你是意气风发的青年，代表着闽西最年轻的革命力量。如今，你的力量还在，可更激烈的风暴已经挟持更强劲的力量往前冲。就像今天，我们已经是一个边缘人、一个看客。说实在的，心情复杂，五味杂陈。当年，人家把我们弹丸之地当成宝贝，现在我们的地盘在扩大，却已不再是他们的心仪之地。得与失，不仅仅是时间的交错，更是时机的把握。"

他们在酒桌上谈论着命运，命运却在黑暗中不紧不慢地走着。摆在他们面前的不是闲谈，而是明天该往何处去的问题。温永祥告诉赵田禾，赵福民在红军独立团里为虎作伥，一手遮天，不仅不听党支部领导，也不听他们的指导，这个人迟早会出事。

赵先生说，"一粒老鼠屎，坏了一锅汤啊。"

温永祥担忧地说，"有人反映赵福民还在暗中勾结袁宝儒之流，准备拿古坊、田坝头的利益进行暗中交易。"

赵田禾交代他俩，要密切关注赵福民的动向，一有风吹草动，立刻采取措施，免得造成更大损失。

第二天，赵田禾找到赵福民，希望和他好好谈谈。赵福民在古坊赵氏中属大房族、辈分高，论辈分赵田禾要叫他叔公。当初选用赵福民的原因，其中有一点就是他辈分高，能够说得上话。没想到，这么多年来，他竟用自己的辈分，尽干些以势压人、吃里爬外的勾当。其实，赵田禾没少提醒他，但狗改不了吃屎。在古坊暴动前后，闽西特委领导时，赵福民失势了，经常在他面前抱怨，说那些教官和长官的坏话。李芳带着队伍离开后，赵福民被重新起用，并没有从中吸取教训，反而变本加厉，影响很不好。连赵田禾自己也对外面人称古坊红军为赵家军时说，这个"赵"可不是赵田禾的"赵"，而是赵福民的"赵"。可见，赵田禾早就心中有数。他对赵福民说，做人做事要有底线，既然队伍还是叫红军，就得有红军的样子，不得损坏红军的利益，更不能损坏我们古坊、古田的利益。赵福民态度很好，他说什么都答应下来。这样一来，他倒不好再说什么。

二

赵田禾也感觉满肚子委屈，做生意虽然比不上枪林弹雨，但也绝对不是风平浪静，何况赚来的钱都用在民生事业上了。他一向不喜排场，穿着也简单，家里头细凤虽然也是大户人家出身，但她从来都是勤俭持家。孩子们也都听话、争气，鹏飞在部队里发展得很好，小女兰芬乖巧伶俐，在学校里深得老师喜欢。只有自己的事业，姑且叫作事业吧，总是磕磕碰碰，没有让人顺心过。

革命同志一直对他和钟汉生之间不明不白的暧昧关系，有诸多诟病，认为这是革命不坚定的表现。他自己也清楚，这是一种自保，不希望能够左右逢源，只是想和钟汉生那里达成一种平衡，类似互不干涉的默契。可是，钟汉生太过凶猛，像只恶狼，什么都敢吃，什么事都敢做。共产党方面态度十分明确，这种人不能交往，只能彻底打击。赵田禾的难处就在于此。以前在古坊时，各踞一方，可以达到互不干涉。现在自己以商人的面目出现，如果没有钟汉生的保障，要想在汀江畅通无阻，简直是天方夜谭。那次，他意外被红军当作特务嫌疑抓住，幸好遇到鹏飞。从此以后，他为苏区偷偷运送了不少紧缺物资。虽说该收的钱收了，但对于苏区政府来说，就是做出了贡献。也正因为如此，所以这次红军首长才提出请他保障东路军的开拔。

但是，这也是危险的生意啊。在钟汉生的眼里，即使是赵田禾这样的关系，也不能坏了规矩。钟汉生曾话里有话地对他说过："赵先生，您做本分生意，为古坊事业辛劳奔波，钟某人十分佩服。但是，您知道现在党国对苏区运送物资是严格禁止的，希望先生把握分寸，千万不要因为疏忽，让共匪钻了空子。"特别是近期以来，他的货物也多次被钟汉生的手下扣押，每次他都要费九牛二虎之力才能要回。他想，估计是钟汉生有所怀疑，或者是他的生意与钟汉生的买卖相冲突了。

赵田禾刚刚回到上杭城里，手下员工就来报告，一船货物又被钟汉生的部下扣押了，理由是这批货物有通共嫌疑，必须没收。他问了一些基本情况，知道问题有点棘手。这批货报的是粮食，实际运送的是食盐和纱布等物资。食盐由钟汉生以政府名义垄断经营，纱布等属于战略物资，两种都犯了钟汉生的大忌。运送一些粮食，钟汉生是答应过的，他知道古坊的部队供给不够，只能外面买粮补充。不管如何，他只能硬着头皮向钟汉生求情了。

这天，他打听好钟汉生到了上杭城，便早早到了衙门。见到钟汉生后，发现钟汉生故意装着很忙的样子，不太想搭理他。不过，这难不倒他。他从包里拿出一个纸袋，纸袋打开，里面是一幅书法作品，平平整整地放在办公桌上。

钟汉生看到书法作品是四个字"亲爱精诚"，不解，问赵田禾是什么？赵田禾微笑着对他说，你看看落款。他一看，"钟良"两个字映入眼帘，忙问是怎么回事。赵田禾问他知道不知道这四个字的来历。他说不知道。赵田禾和他说了一件事。

当年，赵田禾和钟良同赴日本留学，在早稻田大学同修法律。两人怀着报国图强之志，在日本吸收了当时世界各国思潮，赵田禾对空想社会主义和乡村运动感兴趣，而钟良对军事强国感兴趣，经常探讨这些问题。回国后，钟良加入了同盟会，后来在上杭县城遇到赵田禾，被拉进来成了一块钱的同盟会会员。与赵田禾不同，国共合作后，钟良进入黄埔军校，参加过北伐战争，后来在陈济棠手下谋职，直至现在担任梅州警备区司令。这幅字就是钟良在黄埔军校毕业那年，赵田禾和几个同窗好友在广州聚会，并祝贺钟良军校毕业，两人分手时，钟良写下送给他的。

赵田禾告诉钟汉生，"亲爱精诚"是黄埔军校之校训，当年钟良以这四个字共勉，以寄同窗之情。说起这四个字，他当时对赵田禾说，民国十三年（1924）黄埔军校在广州成立，首任校长蒋介石先生，就是现在的大总统，亲自拟定了"亲爱精诚"四个字作为校训，呈交国父孙中山先生核定后使用。可以说，只要黄埔系的学生，对这四个字都是十分敬重的，都把它当作自己的人生格言。这四个字中，"亲爱"是要所有的革命同志能"相亲相爱"，"精"是"精益求精"，"诚"是"诚心诚意"，其目的就是要造就"顶天立地"和"继往开来"的堂堂正正的革命军人，发扬黄埔精神。钟良赠送书法给赵田禾的寓意十分明确，就是希望两人能够精诚团结，共创未来。

赵田禾说："汉生，你是党国英才，必将建设伟业。我赵某人早就无意于两党争纷，只愿固守弹丸之地。现在将钟良司令的墨宝转赠于你，也不至于辜负了他的心愿。"

钟汉生听了赵田禾的话，自然知道这幅字的重要，也明白他的用意。他愿意将钟良的字赠送，说明对钟汉生的看重；同时，也告诉钟汉生，他与钟良的关系非同一般。钟汉生是个聪明人，在笑纳钟良的"亲爱精诚"之时，将扣押的货物如数归还给了赵田禾。

这次事件是双方关系的一个转折。在此之前，两人并没有实质性的关联，无非就是一个仰慕一个关爱，而现在两人至少是平起平坐，在实际的利益面前，也开始有了计谋的较量。从表面上看，这个交易由赵田禾发起，钟汉生被动接受。但实际上，钟汉生始终处于主动的位置，真正被动的是赵田禾。沧海横流，实力代表一切。

在赵田禾全心处理生意上的事时，古田地区也不安宁。古坊还好，基本还能控制局面。问题在于田坝头属于袁家的传统势力，虽然现在袁家人去楼空，但许多人都担心袁家人卷土重来后会反攻倒算，所以田坝头的革命工作开展得并不顺利。党组织和苏维埃政府也觉得群众思想落后，想通过赵田禾做工作，提高群众积极性。赵田禾当然愿意到田坝头，毕竟一个古坊还是太小了。他在田坝头支持苏维埃政府改善民生，建了平民小学，和济善堂合资设立了古坊医院的分院，还有开路修桥，没少出钱。经过这些，民心稳了，但背后搞事的人也不少。那些失势的小地主纷纷向苏维埃和赵田禾丢暗箭，生事造谣、挑拨他们之间的关系。他们向古田区苏维埃政府报告，赵田禾和钟汉生勾结做生意，将苏区紧缺物资倒卖到苏区，剥削苏区人民，罪大恶极。区苏政府觉得事关重大，向上级汇报。上级复查了情况，认为赵田禾做苏区生意是经过批准的，也为苏区经济发展作了一定贡献，但是他一向和钟汉生的关系不明不白，应当谨慎对待，并逐渐减少对他供货的依赖。由此，赵田禾的位置又处在微妙之中，对赵田禾的议论也没有停息。

苏区政府主席找到赵田禾，对他说："赵先生是知名人士，在闽西影响极大。鉴于目前国共两党关系以及苏区严峻的形势，苏维埃政府认为赵先生应该停止目前的经商活动，回到苏区，避免授人以柄。"

赵田禾生气地说："难道我没有自由了吗？何况我做生意不是为我自己，大家有眼都能看到！"

"因为您是名人，你的一举一动对苏区影响很大，希望赵先生能够理解。"

"如果我要继续做生意呢？"

"经区苏政府研究，如果您继续做生意，那么就不能再自由出入苏区，进入需由区苏政府审批。"

"难道我回家也不行吗？"

"可以，但需要检查和审批。当然，您也可以留在苏区，参加苏区工作啊。"

三

有人说，因为这次对话，赵田禾从苏区消失了；也有人说，他早就有新的打算，离开闽西去了别的地方。

去了哪里？谁也想不到，赵田禾竟然扔下手中的生意，畅游全国去了。据说他跑了大半个中国，亲朋旧友访了个遍，其中有请他担任某个职务的，也有请他留下共同创业的，他一概回绝，当了一回红尘逍遥人。经过大半年游历，赵田禾的眼界开阔了许多，但也感慨自己已经落伍，跟不上形势发展了。在上海，刚刚经历淞沪会战失败的中国大都市，陷入一片萧条之中，群众爱国运动蓬勃发展，抗日救亡的呼声越来越高，一股地火正在冲破土层。在福州，他会见了同学友人，看见他们艰难的生存状态，体会到了整个国家的衰败。他大为感触，觉得自己太过狭窄，只为一个小小的古坊，将国家民族前途抛在脑后，与当年那个热血青年越走越远。

福州的同学邀请他留下，在那里谋一个差事。福州是他少年时的求学之地，临海望洋，思想开放。可以说，如果没有福州的学习生涯，就不会有他日本留学的经历。那位同学就是在国民党福建党部谋职的处长，极力蛊惑他留下，还说现在来了一位名将，爱惜良才，可以一见。他问是谁，同学说，是蔡廷锴将军，刚刚在淞沪抗战中赢得盛名的抗日名将，现在到福州来了，任第十九路军总指挥，听说很快将任福建绥靖公署主任。他一听，说算了，蔡将军是抗日名将，我又没参加抗日，一介山野之人，去凑什么热闹。可同学不听，说蔡将军正在物色与红军打过交道的人，找得焦头烂额，你来了正好啊。他听了，马上谨慎起来，说我可不做叛变革命的事啊，我虽然没有加入共产党，但我还负责着一支红军部队。同学解释说，不是让你叛变，是蔡将军有事相求。就这样，他被同学半推半就送到了蔡将军面前。

蔡将军果然气度不凡，有着军人的威严，但又不失儒雅的举止。蔡将军得知来的是闽西赵先生，马上放下公务接待他。赵田禾自是对蔡将军十分敬佩，并吟诵起蔡将军的《抗日军次登虎丘》："劫灰血泊掩长江，半壁江南不忍亡；寇重已无磨剑暇，那堪尝胆救家邦！"说这首诗慷慨激昂、悲壮感人，将军的拳拳爱国之心跃然纸上。

蔡将军没想到他竟能随口吟出自己的诗作，与他一见如故。他们将赵田禾的同学撇在一边，两人整整谈了一个下午。自从被蒋介石调防到福建来，蔡将军的使命就由抗日变成了"剿共"。蔡将军不服气，更多的是悲哀。国难之际，不是共同御敌，而是同室操戈，令人不齿。在上海，他率军以一抵十，全力抗击日本侵略者，赢得了广大民众的支持，却在蒋介石的放弃下，签下令国人耻辱的《淞沪停战协定》。然而，在老蒋的眼中，可以不打日本，却不能不打共产党、红军。他消极怠工，可老蒋一天一个电话，才不得已将部队派往闽西赣南。此时，识破老蒋阴谋的红军指战员将红军主力由江西东征福建，先在闽西连城等地歼灭了十九路军的三个团，继而又在闽北歼灭了两个团，并围困廷平、顺昌、将乐等县城，直接威胁福州，弄得他十分狼狈。在一系列失败面前，他终于识破蒋介石让红军和十九路军两败俱伤的意图，于是毅然决定，停止剿共，"反蒋抗日联共"，并立即派人与红军联络，在九月下旬顺利实现停战。

蔡将军见到赵田禾后，兴致很高，不断地询问闽西和红军的情况，并将自己部队的情况也向他说起。他还说，正准备与红军签订一个《反日反蒋的初步协定》，框架已经起草好，现在就具体条款在进行协商，估计很快就会签订。赵田禾听了十分高兴，说这样很好啊，兄弟之间不打架，最应该对付的敌人就是日本军国主义。

说到高兴处，蔡将军对他说："赵兄，能否请您和一起谋事，共同促进反日反蒋，解救中国于水火之中？"

赵田禾说："赵某不才，恐难担当大任。"

"赵兄大才，不用谦虚，何况我已将情况和盘托出。现在最关键的是我们要有一个环境，既不能让老蒋知道，又能和红军方面迅速协商完成，真正达到抗日救亡的目的。你是最合适的人选，既有人又有地。"

"我现在是四处流浪，哪里有地啊？"

"你在国共两党都有良好声誉，你的家乡靠近国统区，又是相对独立的一个地带，所以你既有人又有地，是最合适的人选。"

"我不合适。我这次远游神州，就是想躲避争纷，不再问世事。"

"错了，赵先生。现在泱泱大国，哪里还有清静之处，不问世事是不可能的。所以，恳请先生为两党和平、共同御敌作贡献。"

赵田禾被蔡将军的一席话打动，他站起来对蔡将军说："赵某愿尽绵薄之力，尽快结束目前闽赣地区的战争状态。"

蔡将军紧紧地握住他的手，感谢他的支持，并让他出任闽西善后委员会主任，说方便开展工作。赵田禾拒绝了，说一心不事二主，他的部队还是红军的番号，如果他任了国民政府的职，就不仁不义，他愿干干净净做事，明明白白做人。

蔡将军赞赏他的决定，请他先回家乡，在闽西共产党那边做好沟通，到时候与红军签订协议的代表，要从闽西进入瑞金。路线由他确定，路途安全由他负责。蔡将军说，闽西已经有多地重归国统，治安也好多了，关键是让代表们能够顺利到达商定地点。

他痛快地答应了。在他看来，走过大半个中国，现在可以堂堂正正回家了。

四

温永祥感到肩上的担子越来越重。自赵田禾负气离开古坊后，他义无反顾地担任起操持古坊的重任。赵先生毕竟老了，常说人老不中用了，等田禾回来就把担子交出去，让年轻人来挑重担。他也想放弃，如今有党组织，也有苏维埃政府，就让他们好好管理，没有必要插手，现在这种状况，反而造成很多误会。实际上，如果当初赵田禾彻底把古坊交出来，也不至于走到离开苏区的地步。但是，正当温永祥要和赵先生商量，把古坊全部移交给苏维埃政府时，意外发生了。

就在十九路军和红军交火的同时，国民党加强了对苏区的"围剿"，大片土地重新沦为白区，古田地区周边都成为国民党的势力范围。因此，福建省委和省苏维埃政府决定党组织撤出沦陷区或转入地下秘密状态，已经建立的苏维埃地方政府也随之被解散。古田地区因为有红军独立团的存在，敌人一时还没有办法"进剿"。但出于安全考虑，古田的党组织和党员还是都逐渐离开了，只有少数未暴露的党员转为地下党员。古田回到自治状态，袁松奎在袁宝儒的支持下，又悄然回到田坝头。而古坊，除了温永祥，还有谁能担得起来呢，思前想后，他不得不继续把责任担起来。

面对国民党的虎视眈眈，温永祥需要解决的第一件大事就是军队问题。一天，古田区公所的主任带着一帮人来到古坊，要面见温永祥。他接待了这帮不知从哪里冒出来的主任，看他们有什么花样。这个主任倒也客气，和言细语地对他说："现在共产党已经被我们打败了，可是您的村里却还有一支叫红军独立团的部队。这好像不合时宜吧？"

温永祥问："那怎么办？这支部队从辛亥革命后就有了，不管是什么名称，古坊有部队谁会不知道？"

主任捏着嗓子笑着说:"我们都知道哦。古坊的部队照样保留,可能不能换个名称呢?"

温永祥被对方一提醒,觉得这倒是一个思路,但他不动声色,表示会慎重考虑主任的建议,但他一个人说了不算,需要和大家讨论决定。

主任笑笑说等他的决定哦,不要让闽西保安司令部觉得还有一支红军的存在哦,不然那样就麻烦了哦。主任的普通话里有浓重的方言腔,讲起话来总是有很多的"哦"。

温永祥点头称是,不再作过多的解释。他说,请主任不用惦记,古坊的武装队伍就是自我保卫,不会构成什么威胁的。主任想了想没有反对也没有赞同,然后就大摇大摆地离开了古坊。

乡公所主任走后,温永祥找到赵先生商量,认为部队名称还是改了好,不然还是会授人以柄,留下隐患。于是,商量了整整一天,两人决定将红军独立团改为古坊保安团,意为保卫村庄之意。第二天,部队就正式改名,并脱下红军服装,以示脱离关系。好多战士们不解,又是费了很大口舌才讲清楚。他们不情愿脱下军装,还说保安团的名字不好听,就像国民党的游兵散勇,哪里像红军独立团的名称威风。但是,温永祥和赵先生认为,非常时期还是低调一点好,不引人注目才是最安全的。他们特别强调,我们现在既不属于共产党,也不属于国民党,古坊实行乡村自治。

温永祥对赵先生说,现在党组织和苏维埃政府一撤走,古坊又只剩下原来的几个人,最大的问题还是没有人才。他想请自己的侄子过来帮忙,征求赵先生的意见。他的侄子温伯祺,上海工业学校毕业,后在厦门一带工作,因为战事影响工厂倒闭,刚刚回到家中。他思想开阔,有钻研精神,能给古坊带来新气象。赵先生认为举贤不避亲,欣然同意,还说能够帮助我们干事,是最好不过的,"贤侄学的是工科,也可以在古坊尝试开办一些工厂,实现生产自给啊。"温永祥连连称赞赵先生开明、有眼见。

得到赵先生的支持后,温永祥修书一封,将温伯祺请到了古坊。温伯祺中等身材,五官匀称,穿着时尚,显得一表人才,走在古坊有种鹤立鸡群的感觉。他的到来引起村中妇女的注目,她们在儒溪里洗菜洗衣服的时候,悄悄议论新来的后生长得耐看,一定是从大城市里回来的;还有的说,不知有没有结婚,自己的妹妹可以介绍给他;还有的说着说着就一阵哄笑起来,讥笑某人是酸女人。伯祺不是个轻佻的人,看到引起大家的议论后,默默更换了衣服,换上村里人那样的普通穿着。可是里子好的人,想掩盖也掩盖不了,他走到哪里还是有不少关注的目光。据说,后来他在村里不太受男人们欢迎,因为女人们太不会掩饰自己的眼神了。

其实伯祺的身份并不那么简单,他是一名地下党员,由组织委派进入古坊秘密开展革命工作。他得到指令后,偷偷地找到了叔叔温永祥,请叔叔帮忙介绍进入古坊工作。温永祥对侄子的要求满口答应,并让侄子请求党组织要暗中帮助他们搞建设。温永祥在与共产党员的接触中,逐渐感受到共产党更得民心,得到群众拥护,而国民党除搜刮民脂民膏之外,只会进行所谓"剿共"。对于古坊未来的发展,温永祥心里的天平开始慢慢地倾斜,将希望寄托于共产党的领导。伯祺的到来,正合了他的心意,于是安排伯祺当了他的助手,协助管理古坊。

赵福民是第一个不喜欢伯祺的人,他把伯祺的到来当作最大的威胁。因此,他向村里放风说,古坊快要变成姓温人的天下了。村里老人让他莫乱讲。他振振有词地说,温永祥代田禾管古坊,现在趁田禾不在,把自己的亲侄子拉来当协管,什么事情都是他们俩说了算,不是姓温的古坊吗?有人反驳,说不是还有赵先生吗?赵福民嗤之以鼻,那赵先生就是个摆设,年纪大了免不了犯糊涂。他的话一开始大家是不信的,但说多了人们也就渐渐信了。

温永祥知道，赵福民不喜欢伯祺，实际上是不喜欢他温永祥，是从骨子里不喜欢。赵福民在部队里待太久了，又常常一手遮天，除了赵田禾，谁也管不住。现在部队由温永祥管理，他本来就不服气，经常无理取闹，造谣生事。都是乡里乡亲的，低头不见抬头见，虽然大家也知晓他的底细，但也不当面揭穿，这恰恰助长了他的骄横，甚至使他自我膨胀。温永祥和赵田禾谈论过这件事，要田禾拿定主意，不能再让赵福民有太大的权力，否则总有一天会坏事的。赵田禾颇为犹豫，说他早就知道赵福民的德行，但赵福民辈分高，还代表着大房族的利益，所以留着这个人实际上是保持一种平衡，更好调动大房族的人。温永祥叹了口气，没有再说下去。

有战士向温永祥报告说，赵福民每次带队伍到田坝头后，都会将他们支走，自己跑到其他地方。队伍住在田坝头时，他也违反规定不回来住，直到第二天才会出现。有人提醒过他，请他注意安全。可是他不听，反而将人臭骂一顿。温永祥听了暗暗吃惊，不知道他在搞什么鬼。温永祥知道他好赌，但古坊不允许赌博，以为他是去其他地方赌博了，找他谈话，委婉地告知他要注意影响，也要注意安全。但是他听后，反而怪温永祥多管闲事，还说根本就这回事，是有人造谣，他赵福民是什么人，古坊人都知道，他是不会做那事的。提醒无效，温永祥只能多加个心眼。袁松奎回到田坝头后，他更加注意赵福民的言行举止，甚至故意不让他出去。但是，赵福民一意孤行，根本不听劝阻。温永祥找了一个借口，将宿舍搬到了营房旁边，主要目的就是为了方便监督赵福民。

一个雾蒙蒙的早晨，能见度极低，二十米开外就看不清东西。温永祥听到营地马厩里有窸窸窣窣的响声，以为是有人偷马，悄悄起来观察。结果发现赵福民在那边牵马。温永祥想不通，今天没什么特别任务，他在神神秘秘地做什么。温永祥在暗处继续观察，将他的一举一动尽收眼底。只见赵福民将马牵出来后，把地板上的一包长长的袋子绑在马背上。绑的时候，他特别细心，摸摸绳子，动动袋子，看有没有绑稳。确认绑好后，他牵着马，蹑手蹑脚地往外跑。温永祥判断那个袋子肯定有问题，而且他不直接骑上马出去，就是怕马跑起来响声太大，被别人发现。于是，温永祥决定在村子里将他截住，否则让他骑上马就追不上了，但是也不能太早碰到，不然他随便找个借口就能搪塞过去。温永祥也猫起身子，偷偷从一条小路直插到出村口的道路上，等待他的到来。不一会儿，他果然牵着马过来了。正在他准备跳上马的时候，温永祥出现了。他大吃一惊，想快一点上马奔跑起来。

温永祥站在路中间，对着赵福民，大声说："赵团长，这么早准备去哪里啊？"

赵福民显得十分紧张，随口说："有点事，准备出去走走。"

温永祥一边走向他，一边问："公事还是私事呢？"

赵福民用手抹着额头，似乎在擦汗，"私事，一点私事。温主任也这么早啊？"

"没您早，我是看见您早我才早的。请问袋子里装的是什么呢？"温永祥还是若无其事的样子。

"没什么，一点给亲戚的东西。"赵福民笑了笑，极不自然。

"能让我看看吗？"温永祥一副好奇的样子。

"不，不能……没什么好看的。"显然有些紧张。

"对不起，我今天想看看赵团长要带什么出古坊。"温永祥平静地说，话语里有不容分辩的坚定。他直接一个快步走到赵福民前面，摸到了马背上的袋子，硬邦邦的，长条形，一摸就知道是枪支。"赵团长，带着这个硬家伙去哪里啊？"

赵福民一下变得慌乱，用哀求的口气说："温主任，我看到仓库里有一些破烂的枪支放在那里，也没什么用，就想偷偷运出去，换点买酒钱。温主任，对不起，是我鬼迷心窍，以后再也不敢了。请您不要张扬出去，给我一次改过的机会。"

温永祥没想到赵福民竟然这么混蛋，竟然敢将身家性命的枪支偷出去卖。他让赵福民打开袋子，赵福民不肯。没办法，只好自己上去将袋子解下来，发现里面装着完好无缺的三支好枪。他忍住心头怒火，让赵福民将枪带回去，绝对不准再犯。

赵福民乖乖地将枪绑回去，然后一步一步牵着马往回走。温永祥站在晨雾中，感到脊背发冷。

五

温永祥站在村道上一动不动，像一根木头立在那里，雾水打湿了他的脸、他的身子，不知接下来该怎么办。他真想扔掉这个烂摊子，让赵田禾自己回来收拾。可是，他又答应过赵田禾，要把古坊管理好，等田禾回来的时候，把古坊完完整整地归还。

可是，凭一个赵福民敢如此胆大妄为，他感到不可思议，特别是看到那些好枪的时候，他知道绝不是像赵福民辩解的一样，而是有更大的内幕。今天是被他发现了，还有多少次是没有被发现的呢？保安团里到底少了多少枪支弹药？流到了哪里？如果有人将古坊多余的枪支偷出去，足够组成一支连队，可以反过来进攻古坊了！

温永祥决定暂时不公开这个秘密，只对赵先生和伯祺透露。赵先生和温伯祺都感到十分震惊，赵福民不是一般的战士，而是掌握实权的负责人，却干这样的勾当。他的背后，必然有更大的阴谋。他们也同意先不打草惊蛇，看他什么时候露出真面目。为了防止陷入被动，温永祥和赵先生商量，让伯祺到保安团当政委。虽然红军的番号取消了，但职务还是可以按原来的配备，伯祺去任职可以钳制赵福民。同时，伯祺也能对武器进行秘密清点，暗中加强管理，掌握清楚家底。

日子好像与平日没有什么两样，只有温永祥和赵福民的心思不一样了。趁着赵福民还心神不宁的时候，温永祥带着伯祺到了保安团，宣布伯祺担任保安团政委，主要负责保安团的日常集训和思想政治工作。他对保安团的官兵说，温伯祺从上海工业学校毕业后，又进入了南京陆军工兵学校学习，后来在国民政府的部队任职，有丰富的作战指挥经验，希望大家齐心协力，配合温政委做好工作。赵福民眼睛睁得像牛眼，他不知道这个有时像花花公子一样的小年轻，竟然有如此丰富的经历。后来，伯祺也对温永祥说，"叔叔，您怎么把我的经历都篡改了？还有，我哪有到军校学习过？在部队也只待过一年就偷偷地跑了。"温永祥笑着说，"你自己不暴露，谁会知道你没有那些经历呢？叔叔说你有就有。我不这样说，谁会一下子服你这个乳臭未干的小子呢。"伯祺说，"叔叔，还是您'老奸巨猾'。"

古坊保安团的服装与红军的服装没什么两样，也是灰色的，只是少了两个领章。伯祺穿上制服后，少了一些时尚的气息，多了一份精气神。他也一改看上去懒散的习气，每天都第一个起床，第一个站在操场边监督全体团员出操，吃过早饭后，半天训练，半天读书，把团员累得一个个像只狗，个个都叫苦连天，说温政委这样下去，非把他们剥层皮不可。但偏偏伯祺油盐不进，不管他们如何叫唤，依然我行我素，直到他们将训练读书养成一种自觉。赵福民大气不敢出一个，还对官兵说，要支持温政委的工作，谁不听指挥，他就处罚谁。赵福民的惩罚可不是玩的，既要体罚又要罚钱。官兵们都知道，赵福民动不动就罚钱，好容易发点军饷，被他搜刮走不少。但他们也觉得奇怪，赵福民最恨有新领导来和他分权，为什么对这个小年轻却如此客气？

温伯祺在温永祥的支持下，开始加强保安团内部管理。特别是枪支管理方面，枪支不能随意取用，必须履行手续，而且须有两名以上的人在场领取。他还特别重视学习，对官兵们进行思想教育。由他亲自上课，讲国内形势，讲日本对中国的侵略、九一八事变、淞沪抗战等，官兵们听了都很震惊，对国家和民族命运有了更多关注。

赵福民装作言听计从的样子，却在暗中观察温伯祺的言行举止。伯祺上课的时候，他也一起听课，说是自己没文化，也要多学习，实际上是在抓辫子，看有没有什么把柄，以备日后反击之用。他越听越不对劲，觉得温伯祺恐怕没有想象中那么简单，很可能是共产党员。一想到共产党员，他一个激灵，将刘庆兴、李芳等人联系起来，更加怀疑温伯祺是共产党派来的。但现在自己是戴罪之人，没有发言权，没有证据可不能再乱说话了。

温永祥也一直在观察赵福民。赵福民显然像腌过的黄瓜，耷拉着脑袋，一副无精打采的样子，倒也老实。但他相信，赵福民这种人装不了多久，一定会有所动作，终究会露出马脚。他让伯祺想方设法摸清赵福民在外面的勾当，不久伯祺带给他更让人吃惊的消息。

赵福民有一个姘头在田坝头，保密工作做得很好，瞒过了古坊人的眼。这是他带领部队去田坝头整压地主恶霸时的成果，那人是一个地主的小老婆，地主被枪毙了，大老婆带着孩子过，小老婆孤单一人，赵福民看着可怜就把她收编了。从此，他借口到田坝头巡查的名义，在那里过夜，度过了一段美妙的时光。然而，好景不长，国民党打过来了，田坝头的地主恶霸又开始卷土重来，连袁松奎也回到了老家，据说袁宝儒也很快就会回来。赵福民看着姘头白皙的身子，心有不甘，还是瞅准机会就往她被窝里钻。但是，不问时机，控制不住欲望的人，总会在欲望的道路上翻船。一次月明之夜，赵福民在姘头家里快活的时候，袁宝儒带着士兵破门而入，将他捉了个现行。被枪毙的地主是袁宝儒五服开外的叔叔，按辈分地主的小老婆要叫婶婶。外姓男人睡了婶婶，那还了得，袁家人的脸面往哪里搁？如果田坝头听之任之，不是反了天吗？袁宝儒一声声义正词严，让光着身子的赵福民无地自容，只得在袁宝儒递过来的纸上签上大名。

赵福民签字画押的不是他的身子，他的身子袁宝儒看都不想看，是一个个条款。主要内容有三点：一是要求赵福民回到古坊后，从此听他袁宝儒的话；二是为袁宝儒提供情报；三是帮袁宝儒弄一些枪支过来。古坊在共产党的领导下，武装队伍的枪支弹药都有盈余，而袁宝儒几次大败之后，元气大伤，连枪支都无法保证。赵福民没有选择，所以只能全盘接受。当然，他也不是没有回报，那就是袁宝儒答应他，既然叔叔已经去世，无福享受，那婶婶的床位还是可以让他继续使用。赵福民悲喜交加，从此沦为袁宝儒的一条狗。

一天，赵福民对温永祥说，现在伯祺将部队管理得风生水起，他也没什么事，想出去走走，散散心，调整一下心情。温永祥爽快地答应了他，叫他要往前看，为古坊发展多做事。随后，赵福民什么也没带，骑着马就出去了。他没有想到的是，伯祺早就派了一个外地人盯住了他的一言一行。

赵福民也不是一个草包。一开始，他漫无目的地乱跑，还到附近村庄的亲朋好友那里坐坐，聊聊天，装作真是散心一样。直到夜幕降临，他才将目标指向田坝头的姘头家。但是，他这个人不是草包，却是色胆包天，正在快活的时候，袁宝儒又出现了。袁宝儒对他可不客气，让他只穿着一条裤衩，跪在天井边，责问他为什么这段时间没弄枪过来。他吓得浑身发抖，只能如实相告，还说现在管理更严了，很难弄到好枪。袁宝儒听了很生气，手枪指着他的脑袋说，既然你没有用处了，还留着你干什么，毙掉算了！他赶紧求饶，说一定争取戴罪立功。好不容易，袁宝儒才气势汹汹地离去，留下他在那里面如死色。

派去盯梢的人没有看到袁宝儒抓奸的精彩镜头，但确切地知道赵福民是去找姘头了。温伯祺告诉温永祥，赵福民又去田坝头找他的姘头，而且被袁宝儒抓了个现行。他俩分析，赵福民偷枪不成袁宝儒是不会放过他的，所以故意吓唬他，给他施压。袁宝儒这次重回田坝头，气势大不如前，大概还想利用赵福民，从内部攻陷古坊，所以还不能过早和古坊再结仇恨，只是对他进行一顿教训。

赵福民的心没有散成，却又一次遭遇滑铁卢。他灰溜溜地回到古坊，见到熟人也不愿意多讲话。

六

令古坊人没有想到的是，赵田禾回来了。大家都很高兴，有一种解脱感，好像他回来就什么事都解决了似的。他倒一副若无其事的样子，好像才出去几天，回来是很正常的事。从进村开始，他就一路和人打招呼、拉家常，这边停停，那边看看，看到什么都感到很亲切。邱细凤听说他回来，在门口张望了半天也没看到个人影，说是不是被老虎叼走了，那么久还不回来。跟在她旁边的兰芬早已等得不耐烦，跑到村里将正在唠嗑的赵田禾拉了回来。

家里好久没有团聚的喜气了，赵田禾的心头也涌起一股久违的亲情，温暖而舒心。鹏飞从集美学习回来后，就没有回过家，幸好有兰芬给家里带来一些欢乐。他望着细凤，像其他农村妇女一样，不过四十来岁，却已有皱纹爬上额头，一笑起来鱼尾纹也露出来，让他感到十分内疚。他家本来是小房族，然而从父亲开始就是男丁单传，富庶有余，热闹不足，时常显得冷清。鹏飞在红军队伍里进步很快，但子弹不长眼，身家性命都系在裤腰带上，细凤最担心的就是儿子的安全。他安慰细凤，儿子命大、有福相，不要担心，其实他自己也是担心的。甚至有时候，他也会想是不是报应，自己没有走上战场，儿子却义无反顾地参加红军。

"爹，你还要走吗？"兰芬望着有些陌生的父亲。

"不走了，就在古坊，陪你。"他边夹着菜边回答。

"阿姆说，你再不回来，连我都认不出了。"兰芬说着，还站起来，"你看，我现在都这么高了。"

"是啊，芬芬都这么高了，爹爹应该好好陪你的。"他觉得眼眶有一丝湿润。

吃过饭，一家三口坐在厅里聊天。细凤说了一些七大姑八大姨的事，好让他知道些亲房亲戚之间的事。兰芬对他说，再读一年书，她就毕业了。他突然想起来，问她毕业后怎么办，还想不想读书？她说，想和哥哥一样到集美去读书。他说，也可以到福州读书，爹爹当年就在福州读的书。她的眼睛亮了起来，说那到福州读了书，也和您一样去日本留学啊？他哈哈地笑了，"难道你还想去日本？看来比你哥哥有志气。好啊，只要你愿意，爹爹让你去留学。不过，不能去日本，可以去其他地方。"细凤赶紧在旁边叫起来，"芬，你这个野孩子，读到福州就够远了，还想出国留学，我是不同意的哈。"兰芬对着母亲做鬼脸，"说说而已，别那么紧张，不管读到哪里，我都会回来陪你的。"细凤说，"傻孩子，你能陪我多久，只是希望你不要走得太远，要想见你一眼都得漂洋过海。"他不说话，听着她们母女俩没边没际地扯着。

月亮升起来，圆圆的，照在天井里，像铺上一层银色的细纱。屋子里传来兰芬和细凤轻盈的歌声：

月光光，照四方；
四方暗，走田坎；
田坎尾，捡枚针；
针有眼，交给伞；
伞有嘴，交给锯，两子同年学搬锯；
搬锯冇老婆，不如学补箩……

第二天一早，赵田禾还未起床，屋外就传来"田禾兄，田禾兄"的喊声。一听就知道温永祥来了，赵田禾立马起床，到窗边招呼他进来，同时叫细凤准备些菜肴，喊他在家里一起吃早饭。简单洗漱完后，赵田禾和温永祥坐下喝茶聊天。温永祥有一肚子的话要讲，所以坐下来他就开始倒竹筒般说起古坊大半年的情况。

他将部队改名为保安团的事说了一遍，前因后果讲清楚了。赵田禾表示赞成，说不管什么年头，首先要独立自主，不然就没有根，没有话语权。然后，温永祥重点讲了赵福民的事。他认为赵福民的所作所为，不仅涉及个人道德品质的问题，而且对整个保安团都是一个隐患。从目前估计来说，赵福民至少偷出去了二十支长枪，子弹无法统计。赵福民到田坝头找的姘头，就是一个祸端，这个姘头是地主的小老婆，又被袁宝儒抓了个现行。古坊和田坝头本来就有矛盾，如果让田坝头得了口实，很有可能再出现他们攻击古坊的情形。他认为，必须尽快解决赵福民的问题，不能让这个人掌握实权了。

赵田禾听了赵福民的劣迹，倒没有很吃惊，只是眉头紧皱，一脸严肃。他对温永祥说，赵福民的事情确实很严重，接下来要痛下决心，解决这件事。但目前，还有更重要的任务要实施，赵福民的事先缓缓，安排人盯紧就是。他将在福州会见蔡廷锴将军的事说了一遍，说蔡将军即将与共产党实行会谈，现在要从闽西过瑞金，进入苏区的路线要与共产党方面沟通，由我们负责联络和保障。这是关系闽赣安全的大事，也是他回来的主要目的。他和温永祥交换了一些意见，两人都比较统一，但是派谁向苏区共产党方面进行联络时，犯了难。他和温永祥、赵先生都不合适，然后提了几个名单也都觉得无法完成任务。温永祥提议温伯祺去沟通协调。他吃了一惊，谁是温伯祺？温永祥才想起，还没向他介绍温伯祺的身份。简单介绍一下情况后，温永祥还特别提出温伯祺有过军队的经历，也在大城市工作过，见过世面，有经验，能够胜任此项工作。赵田禾听了，表示同意，还说这两天想见见伯祺。

温永祥对赵田禾说：“田禾兄，您和蔡将军接触，是准备与国民党合作？"

"没有，只是同学临时起意。但是，同学的引荐是有意为之，因为蔡将军正需要一个人打通这条路。"赵田禾认真地说，"只要有利于团结的事，我们就干。何况，蔡将军在上海的爱国行动早已为国人景仰，现在他寻求和平之路，我赵某人愿尽微薄之力。"

"嗯，明白田禾兄的良苦用心。我以为，兄要与国民政府靠拢，所以本想提醒。有了兄的这些话，我也放心了。"温永祥也诚恳地说，"今日之国民党，已偏离中山先生宗旨，其所作所为，越来越让人不可思议。"

"是的，自作者自受。"赵田禾说。

七

从赵家出来，温永祥直接去找伯祺。

伯祺到保安团后，天天抓训练，人也很快变了。皮肤黑了些，身体更有形，走起路来昂首挺胸，与刚到古坊时比又另有一种风度。温永祥看着侄子也满心欢喜，对他从事革命活动也越来越认同。这两年来，温永祥从对革命不理解，到对革命包容，直到赞成革命，走过了一段柳暗花明的心路历程。赵田禾并没有特别察觉温永祥的变化，认为温永祥是一个君子，并从好朋友的角度信任支持他。在温永祥看来，古坊不仅需要赵田禾，更需要共产党的领导，不然风雨一来，没遮没挡，老百姓就遭殃了。伯祺的到来，他从心里支持，所以这次是绝好的机会，可以让伯祺好好表现，也使赵田禾重新回归共产党这边。

伯祺满头大汗地赶来见温永祥，知道一定有什么要紧的事。温永祥特地找到一个偏僻的地方，悄悄地将赵田禾带回来的消息讲了一遍，要求伯祺尽快与苏区的党组织取得联系，争取瑞金方面支持，划出一条秘密通道,保证蔡将军方面协商人员安全顺利进入瑞金。伯祺听了,觉得事关重大,答应马上去一趟苏区,完成重任。温永祥问伯祺有没有什么困难。伯祺说,没什么困难,给他一周时间就可以。温永祥特别交代他,要秘密完成这项工作,在古坊不能有其他任何人知道他的共产党员身份和此行目的,到达苏区后,也尽量少与无关人员接触,不要让人知道自己在古坊从事地下工作。伯祺点点头,说了声明白。

临行前,温永祥带着伯祺到了赵田禾那边。赵田禾见了伯祺,也很满意,鼓励他大胆工作,小心行事,希望他尽快完成任务。

温永祥对保安团的官兵们说,伯祺政委接受赵主任的指派,到外面去谈一笔生意,过几天就回来,这段时间由他代行政委职责。

温伯祺将自己乔装打扮成一位商人,骑上马直奔汀州城准备向福建省委报告这一重大政治任务。由于事关重大,而且党内对此持不同意见,赵田禾交代温伯祺没有见到可靠对接人,不得泄露任何信息。到了汀州城外,红军战士把守得严严实实,任何进出的人员都得检查盘问。他大摇大摆地想进入,结果战士一看那骑着马摆阔的样子,直接就扣下了。他大声喊叫却无济于事,被战士送到了他们的领班面前。他看到旁边没有其他人,便说自己是地下党员,有紧急情报送省政府,需要直接面见省政府领导。没有人相信他的鬼话,认为是胡说八道,准备交接班的时候再将他送到集中的地方盘问。他只好不断地解释,领班的战士看到他讲得头头是道,便将信将疑地送他到省政府办公室,让办公室人员进行确定。到达省政府办公室,他提出面见某个领导,以证身份。于是,他的身份获得认可后,向省政府领导汇报蔡将军代表进入苏区一事。领导听了,马上安排人员专门护送到瑞金,向临时中央政府主要领导汇报此事。在瑞金,中央政府和福建省政府共同商议出蔡将军代表进入瑞金的路线图,同时确定了时间、地点以及每一个环节的联系人、约定暗号等细节。为了确保安全,中央政府提出蔡将军的代表人选须先报备过来，然后按人员名单进入苏区。伯祺将确定的要求一一记录下来，拟定了注意事项，并与各位领导一一核实，形成了完整的护送方案。

一周以后，温伯祺圆满完成任务，回到古坊，将情况全部向赵田禾汇报。赵田禾听后十分激动，说要亲自到福州向蔡将军汇报。他对伯祺的工作能力十分赞赏，说古坊正需要你这样的英才，关键时刻能够发挥大作用。他叫伯祺和他一起去福州，向蔡将军汇报联络情况，并争取尽快成行。

在福州，伯祺也同样受到蔡将军的赞赏。赵田禾提议伯祺作为本次进入苏区的具体联络人，一切联络护送工作由他负责。蔡将军欣然同意。因此，伯祺暂时留在福州，与蔡将军代表等人具体商议各种细节。10月，伯祺和蔡将军代表一起从福州进入闽西，按照事先约定，顺利地从闽西到达瑞金。10月26日，由周恩来主持，红军全权代表潘汉年与十九路军全权代表徐名鸿在瑞金签订了《反日反蒋的初步协定》。张闻天、毛泽东、朱德等中共领导人会见了徐名鸿、陈公培等人，大家对这一合作持欢迎态度。领导同志得知这次的联络人温伯祺是共产党员时，特地在私下找到他，对他的工作表示肯定，鼓励他继续为促进停战、一致反蒋抗日作贡献，同时也继续为闽西革命作贡献。

赵田禾十分满意伯祺的表现，他甚至对温永祥说，伯祺的能力无人能比，是青年中的翘楚。温永祥自然也是满意，但他对伯祺还有更多的话要说。一天，他们在聊天时，谈到理想信仰。伯祺说："在苏区时每天都感受到一种心灵的激荡，灵魂的洗涤，那里虽然物质匮乏，但十分充实，因为每天都有梦想，有自己要去实现的理想。"温永祥问："那你的理想是什么呢？"他说："我的理想就是让穷苦百姓都过上好日子，不要有战争，不要有伤害。"温永祥说："那你相信理想会实现吗？就如伤害会不存在吗？"他说："相信了就会看见。我会像猎犬一样守护自己的理想，让它不至于熄灭，不至于失去奋斗的目标。"

第八章　紫薇

一

"田禾，我们古坊安全吗？"赵田禾走在村里，总是遇到人们这样问他。

"有什么不安全的？你看，我天天都背着手散步，优哉游哉着呢。"他看着问话的人，"我可以负责任地告诉你，整个闽西也没有我们古坊安全。你就放心吧。"

问话的人听到他的话，嘿嘿一笑，也就放下心来。古坊人心中荡起的涟漪又归于平静。

古坊人的担忧是有道理的。1934年过后，苏区的局势越来越严峻，大片区域由红区变成白区，古坊、田坝头接壤的地方全都成了白区。战斗越来越频繁，红军越来越少，然而敌人对苏区的杀戮似乎没有尽头，到处都传来自己的亲戚朋友被杀的消息。老人们说，又要变天了，一会儿红一会儿黑，唉，不知什么时候才是个头。

伯祺觉得被困在古坊，很难有作为，一直想拓展出去，尽力帮助苏区摆脱目前的困境。他着急上火，得不到真实的消息，只知道苏区在沦陷，敌人在前进。每天都看得到一拨拨的敌人在古坊的道路上快速前进，从进入的人数看，苏区已经陷入一片火海。沦陷区的革命工作，已经完全转入地下，伯祺也已经对接到了一些地下党员。他们正重新组织人手，试图从各个方面破坏敌人的"围剿"。而这些游击活动，使敌人更加疯狂地进行报复。伯祺和其他沦陷区的同志必须更加小心谨慎，不容有半点失误。

但是，让大家没想到的是，古石背出大事了。古石背距离古坊五六里路，虽然是同属一个片区，也是赵田禾的管辖范围，可实际上既没兵更没将，有点山高皇帝远的意思。平时靠保安团例行巡查，保护村庄安全。这天下午，天快黑的时候，赵福民带着巡查队到达古石背，发现一支穿着红军服的小股队伍正在村里烧杀抢。赵福民立即带领队伍冲上去，与他们展开搏斗，开枪射击起来。他们看到赵福民的巡查队人多势众，趁着混乱逃了出去。赵福民赶紧查看村里死伤情况，结果发现赵田禾的姐姐金香、银香均中了枪伤，其中金香已经没有了呼吸，银香受了轻伤；另外还有几个人受了伤，有些财物受到损失。赵福民让人以最快的速度回去报告赵田禾，并请医生前来救治。

赵田禾让温永祥留在古坊看家，他和温伯祺带着一批人马快速向古石背驰援。由于袭击的队伍已经逃窜，剩下的只有救治和安抚。赵田禾看到姐姐金香倒在血泊中，悲痛欲绝，伏在她身上久久不肯起来。许久，他才回过神来看姐姐金香的伤口，发现是一颗子弹近距离直接射向胸膛的；而二姐银香也说，好在她被一块木板挡住才打偏到了手上，不然她也得死。赵福民说，是他亲眼看到红军进村来抢杀的，据村民反映，他们还叫嚣说红军就是要打古坊的所有村庄，要让赵田禾失去亲人。所以他分析，这次红军是有备而来，摸准了古石背没有武装力量，特意冲着赵田禾的亲人而来。赵田禾听了赵福民的话，怒火中烧，恨不得马上前去追击，杀他个落花流水。伯祺问赵福民是否看清楚，是不是红军干的？赵福民信誓旦旦地说，绝对没有看错，其他弟兄们也可以做证。大家也说，确实看到了，都是穿着红军服的人。伯祺也无话可说。

无端失去姐姐，令赵田禾悲痛不已，更让他对红军产生了一股仇恨。不过事后，温永祥和赵先生都劝赵田禾冷静，说这次红军的到来有些蹊跷，不像是红军惯常的作为，而且现在苏区处于大沦陷时期，哪里还有精力进攻古坊呢。他们说，即使赵田禾与闽西特委交恶时期，红军都没有进攻古坊，甚至还来支援古坊，现在不可能没有来由地打古坊。赵田禾十分痛苦，也想不明白，他说事实摆在那里，赵福民亲眼所见，还有什么假！

伯祺从理性和情感出发分析，都觉得红军不可能到古石背杀害赵田禾的姐姐，不要说与红军的原则不合，也不符合一般常理。他知道要说服赵田禾，一定要有证据。于是，他暗中派人偷偷地到田坝头，抓了袁宝儒的一个兵来审问。因为，他高度怀疑这事是袁宝儒干的，假冒红军还让赵福民为自己背书，使赵田禾与共产党之间的关系彻底恶化，让自己坐收渔翁之利。保安团还是有得力干将的，伯祺派出去的五个人，真抓来了国民党的一个兵。一审问，果然如伯祺预料的一样，是袁宝儒的手下假冒的，目的是制造矛盾，使赵田禾彻底与共产党决裂，再也得不到共产党的支持，从而实现对整个古田地区的控制。他请来赵先生、赵田禾、温永祥，让他们自己审问那个兵。那个兵吓得半死，像竹筒倒豆子般将知道的情况都说了出来。至此，赵田禾才回过神来，知道全是袁宝儒的阴谋，恨得咬牙切齿，决心和他拼个你死我活。

大家决定饶了那个兵的性命，但要他做内线，一旦有什么事要立即报告给古坊。那人只要有活命的机会，什么都满口答应。

伯祺私下向温永祥说，他怀疑这件事与赵福民脱不了干系，为什么赵福民那么巧就遇上了假红军呢？为什么平时他不带队，那天就偏偏带队伍去了古石背？温永祥也表示同意，但没有证据不能随便下结论，说接下来，还是要重点盯住赵福民，现在他被袁宝儒下了药，就是袁宝儒的一条狗。伯祺点点头。

失去姐姐金香，对赵田禾打击很大，精神萎靡不振，常常陷入自责之中。晚上睡觉时常做噩梦，父亲临终前的样子，姐姐被枪击后的惨状……惊得他从睡梦中惊醒过来。他回忆起结婚那天，自己一时想不开跳进冰冷的儒溪河，醒来第一眼看到的是哭成泪人儿的姐姐。他对姐姐说，以后再也不犯傻了。姐姐激动地抱起他的头大声痛哭，一边还说："不用怕，有什么事姐姐会担着呢。"姐姐家被分田地后，生活再困难也没有向他开过口，他要资助姐姐，她死活不肯，说这样挺好，大家都一样过日子，也不用挨旁人指桑骂槐。姐姐一辈子善良，喝汤都要吹凉，却没落个好下场。他想起这些，又悲从中来，再也睡不着。

他交代温永祥加强古坊所有村庄的警戒，每个自然村都要有驻军，实行轮换值守。温永祥对他说，不仅是加强外部巡查，还要注意内部的团结，防止有内奸，特别是赵福民这种人，已经劣迹斑斑，而且很有可能已经与袁宝儒有勾结，要随时防范。他同意温永祥的说法，让温伯祺多担些责任，逐渐将保安团领导起来，同时进行一个分工，赵福民负责其他自然村的安保，伯祺负责保安团的日常工作和古坊本部的安保。他会召集一个会议，宣布这些规定。温永祥要他抓紧宣布，免得再起祸端。

二

赵先生从春天开始就感觉身体虚弱，脚下软绵绵的，还时常伴着咳嗽。他以为是感冒，没有特别在意，就抓了些草药自己熬制，效果不太明显，时好时坏。温永祥看到赵先生脸色蜡黄，精神也不太好，让他去看医生。先生说不碍事，人老了，感冒一下就不舒服。但是，先生的精神还是一样的萎靡，于是温永祥硬是叫济善堂的医生来出诊。医生认真诊断了一遍，眉头紧皱，没有说一句话，然后拿出纸片，开了一张方子，交代到济善堂配药，按要求服用即可。温永祥问医生是不是感冒，医生说是感冒引起肺部有些感染，及时调理一下吧。

看完病，温永祥送医生出门。温永祥送出门后还不肯离开，一直陪着医生往前走。医生让他回去，不用那么客气。温永祥对医生说，医生，您没有说实话，告诉我赵先生的病究竟怎样了？

医生停下了脚步，看着温永祥说："主任，您是火眼金睛啊。不瞒您说，赵先生的病很严重，心肺功能都出现了问题，有比较严重的衰竭。唉，估计不会剩太长的时间了。"

温永祥的预感被证实了，他问："那您给他开的药方是什么？"

"就是补补气血，调理调理心肺的药品。"医生如实相告。

"那还有多久时间？"

"不好说，要看先生的造化了。赵先生是大气之人，看淡了生死，应该会活得更长久。"

温永祥告别了医生，回到赵先生房间。赵先生说："情况不太妙吧？"

他赶紧说："哪里会呢，医生说调理一下就好了。你别胡思乱想了。"

赵先生微笑着，说："别骗我了，永祥。一般的病我还是懂得的，医生的表情和药方也证实了我的想法。自己的病，自己最清楚。"

温永祥还是劝慰着他，说自己马上去抓药，吃过药慢慢就好起来了。赵先生点点头，不再说什么。

过了不久，赵田禾回来得知赵先生的病情后，非常着急，要到县城请医生来看。赵先生制止了他，说一切顺其自然，不必强求。但赵田禾还是亲自去了一趟县城，高价请来最有名望的医生。医生看罢，也是相同的观点，调理调理就行，能吃则吃，能睡则睡，心态要好，其他靠运气。事已到此，赵田禾也没辙了，只让赵先生停止一切工作，安心养病。他将师母请过来，和先生一起生活。还专门请了一个人，负责赵先生的起居饮食。赵先生原是推辞的，后来才勉强答应下来。

赵先生闲不住，还是喜欢在校园里走走，帮忙做一点事。师生们对赵先生都很尊敬，见到他"校长，校长"叫个不停，有空都来陪着他，让他宽心不少。身段感觉好些的时候，他就在房前屋后摆弄花草，还自己种起蔬菜。赵田禾不让他种菜，说他从来没有下过田种过菜，现在身体不好反而弄起这些来了。但他不听劝，反而对赵田禾说，自己一辈子五谷不分、四体不勤，以为自己清高，其实想想，百无一用是书生啊，所以在人生的最后阶段，想试试能不能自食其力。虽然种点菜解决不了温饱，但总是有过尝试吧。他还说："田禾，你不是致力于乡村运动吗？永祥也做过乡村试验，你们都比我勇敢，实践认知也比我强，所以我也向你们学习。"

赵田禾想想也对，只要赵先生喜欢，还能动手就是好事，弄不好天天待在房间，没病都憋出病来了。于是，他和温永祥也尽量抽空陪着先生种种菜，管理管理花草，房前屋后倒也一片欣欣向荣。蔬菜成熟了，他们一起动手采摘，烹煮一番，津津有味地吃着自己的劳动成果。赵先生格外高兴，说终于吃上自己种的菜了，这是惊天的突破，感觉太好了。这一顿饭大家都吃得很开心，并约好有空就在一起吃饭。赵先生说："有你们陪着，我每一天都过得很充实、很愉快，感觉就像没病似的。如果从二十岁开始自食其力，我估计可以长命百岁呢。"说完，大家都笑起来。

秋天到来的时候，赵先生的病情逐渐加重，除了咳嗽，还气喘，晚上睡不着，人也一下瘦下来，走路的时候脚也抬不起来，只能拖着身子往前走。最开始他停下了种菜，后来花草也无法摆弄了。一天，他向田禾提出，要回赵坑，把最后的时光留在家里。赵田禾看到这般光景，也只好点头同意。他请了轿子送先生回家，还让原来照顾先生的人也一起随行照顾。

赵田禾知道先生已经时无多日，烛光即将熄灭。他七岁跟随先生开蒙执弟子礼，十五岁离开古坊外出求学，整整八年时光都在一起。从某种角度上说，这段时间的赵先生，代行了父亲一职，为赵田禾的人生打开了最初的一扇窗，知识和理想的曙光照进了他的心房，也让他知道除了古坊之外，还有另外一个世界。当决定是否外出求学时，赵先生说服了父亲，让他踏上前往陌生世界的旅程。在福州，在日本，读书愈多，困惑就越多，他在不断地探索，慢慢地丢掉了身上的小家子气，人生有了更加明确的目标，有了更加高志向。当他每次回到古坊，向先生畅谈那些外出见闻时，先生都听得津津有味，还不时问这问那。先生虽然没有见过外面的大世界，但心里却装着大境界。先生欣赏他对空想社会主义和乡村运动的关注，更赞成他以实际行动参与到中国的改造中来。支持他加入同盟会、在古坊闹革命，先生还第一个鼓动他加入中国共产党，后来对他没有坚持下去还有所惋惜。但他从内心里爱护学生，从不多埋怨，而是从侧面进行引导。先生说，我们都是投过儒溪河，经过清水濯洗的灵魂应该更加清醒，更加开阔，那些柴米油盐、鸡毛蒜皮的小事，不应该成为羁绊我们前进的理由。他觉得惭愧，觉得虽然走南闯北，还不如静坐家中的先生睿智。先生的这种处世态度，不断地影响着他。思及过往，他每每觉得自己太过柔弱，甚至像刘庆兴批评的那样，是"墙头草"。当鹏飞走上战场时，他没有犹豫，尊重儿子的选择，在他的心里，希望儿子不像自己那样优柔寡断，真正去做想做的事。先生一直鼓励他往前走，往光明的方向走，而他总是觉得人生有太多不如意的事，每临决断考虑过多，而错失良机。先生像一只无形的手，拉着他的手，生怕他走失了、走丢了。就像古坊最困难的时候，先生毅然答应前来，出任平民小学校长。后来，与温永祥合作，使古坊走过一段黑洞。如今，先生即将离去，他的内心怎么舍得！他感到无比孤独，自从父亲去世之后，心里将先生比作父亲。然而先生即将远行，天各一方，让他悲从中来。

赵田禾隔三岔五到赵坑,一待就是一天,守在先生旁边,哪里也不想去。先生不断地催促他走,让他去做自己的事。他不肯走,不想走,只希望能多一点时间陪着先生。先生躺在床上,天气好时,就抬着他到外面坪里晒晒太阳。在不咳嗽气息好些的时候,先生总会和他说上几句话。一天,先生气色特别好,两人之间也聊得特别多,他的预感特别不好,觉得这是不是回光返照的兆头。

先生对他说:"田禾,以后你要多倚仗永祥叔侄俩,遇事多与他们商量。"

他点点头,说:"永祥是信得过的好朋友,伯祺也是个好后生,古坊还是有希望的。"

"我走后,你不要悲伤,要往前看。生死由命,一切随缘。你我师生一场,缘分已尽。"

"先生,我舍不得你走。哪怕就像现在,我愿一直陪着你。"

"不行的,我难受,也已经活够了。今生有你这样情深义重的学生,寿铭知足了。"先生喘着粗气,"田禾,有道是:'休涕泪,莫愁烦,人生如朝露,何处无离散。'"

他默然无语,喉咙中涌起一股血腥的气味,十分难受。

那天晚上,他没有回家,守在先生旁边。果然,先生没挺过漫长的黑夜,一个咳嗽没有咳出来,脸涨成了酱紫色,喉咙里只有"咳,咳"的回音,然后慢慢没有了声音,停止了呼吸。

赵田禾厚葬了先生,要将师母接到家中一起生活。师母没有答应,她说就留在家里终老一生。他一个人走在古坊的村道上,看着青山如黛,仿佛流泪的脸庞,没有一丝光彩。

三

平民小学没有了校长,需要聘请一位校长。

温永祥对赵田禾说:"自红军长征后,原来的苏区陷入一片萧条,国民党的凶残出人意料,最苦的是老百姓。学校这块,所有的平民小学、列宁小学都停办了,大量的孩子没有书读。我们能否将平民小学扩大规模,尽量招收一些周边的孩子前来读书?"

赵田禾问:"如果扩大规模,我们的财力支撑得了吗?"

温永祥说:"财力支撑几年应该没问题,我们只收一点基本费用就可以,让穷人家的孩子也能读上书。不过,眼下还有件棘手的事,需要抓紧解决。赵先生辞世后,学校没有了校长,要重新聘请一位有能力的校长。"

赵田禾同意温永祥的建议,至于校长人选,他认为可以从外地请,不拘一格选人才,只要有志于乡村新式教育,熟悉教育规律的,都可以来应聘。"我们要争取像陶行知先生一样办学校,将古坊办成闽西的晓庄。校长是很关键的一个人,他的思想将直接影响学校的办学质量,要造就一代新人,必须有一位新思想新抱负的校长。"他要温永祥、温伯祺一起想办法,发动大家来关注古坊办学,吸引有识之士。

当天晚上,赵田禾修书一封,请福州的同学帮忙介绍合适的人才到古坊来,共同创造新式的学校,造就新式的农村。他认为,战乱之中,唯有教育图强,才能民众觉醒,民族图强。他赞成陶行知先生"教育是立国之本"的主张。在古坊他可以放弃武装,放弃管理乡村,却不能放弃教育。他把办好学校当成自己最重要的目标,做到陶行知先生说的"活的乡村教育要教人生利,他要叫荒山成林,叫瘠地长五谷。他教人人都能自立、自治、自卫。他要叫乡村变为西天乐园,村民都变为快乐的活神仙"。事实上,教育也成为他最后一张名片,治理古坊二十年,一张张名片都湿了、坏了,唯有教育使古坊成为名声响亮的斯文之乡。其实,何曾有斯文?他想,在这个斯文扫地的年代,只有教育才可能挽回斯文。

接下来的几天，赵田禾带着伯祺走访了周边村庄。在那些红军标语墨迹未干的墙上，有机枪击穿的累累弹洞；在那些曾经红歌嘹亮的大坪里，已经没有丝毫的激情存在；甚至那些曾经充满生机的稻田，也被糟蹋得奄奄一息。这些都是原来的苏区，经过敌人的清扫之后，又重归死气沉沉。他看着这一切，忧心忡忡地说："原来这些地方都办起了列宁小学，所有的孩子都有读书的机会。现在红军走了，学校也没有了，孩子们又变得无书可读。没有教育的村庄，哪里有希望呢？"伯祺说："赵主任是希望通过教育启迪人们吗？"他肯定地说："当然，没有教育人们就会愚昧无知，有了教育就会使人充满力量。我父亲是个文盲，后来有了钱财，但还是受人欺负，于是想方设法要送我去读书，只要我想读，出国留洋也让我去。其实我父亲连省城都没去过，哪里想得到出国呢。他深深地知道没有文化的难处，所以砍树卖田也要扶持我读书。现在想来，我第一要感谢的人仍然是父亲，他的读书观改变了我的命运。"伯祺点点头，明白了他的良苦用心。

回到古坊后，赵田禾拟了一个开学通告，将周边十多个村庄都纳入了招生范围，希望儿童都能够前来学习，学费只收取书本费，其他项目都是免费，确实困难的家庭，连书本费都可以免掉。他让温永祥安排人张贴到每个村庄。温永祥问他，"如果十多个村的儿童都来读书，连住宿的地方都没有，怎么解决？还有招聘校长的事，到现在还没影，万一招不到校长怎么办？"

他拍了拍温永祥的肩膀，说："老弟，你放心。学校住宿的地方先暂时安排一个地方，接着我们马上盖一幢学生宿舍楼。今年招生，因为还处于战乱之中，肯定不会太多人，所以我们一边开学一边建宿舍。至于校长人选，如果开学了还没有找到合适的，就你永祥兄担任。你不是当过农艺学校校长吗，为什么就不能当平民小学校长呢？"

温永祥摆摆手说："田禾兄，这使不得。农艺学校和平民小学是两码事，我哪有赵先生那样优秀啊。"

"你和赵先生是两种类型的人，但都有开阔的视野，当然是适合人选。但现在你要帮我更多的事务，所以才不得不公开招聘校长。"赵田禾说，"反正没有人选，你就得先上，直到有新校长到来为止。"

温永祥的担心没有变成现实。不过一个月，赵田禾就收到同学的回信，说刚好有一位从东南亚回到福州的知识分子，在广州岭南大学读过书，思想活跃，知识面广，崇尚陶行知先生办学理念，愿意来古坊担任平民小学校长。预计8月底，将会到古坊应聘，希望赵田禾亲自接洽为盼。赵田禾十分高兴，将短短的来信看了又看，立马回复，说在古坊等候新校长的到来。

四

8月的最后一天，天空飘荡着几朵白云，太阳懒懒地照着古坊，村前的石狮也昏昏欲睡，村庄上空写着大大的"静"字，将声音全部屏蔽。一个穿着蓝布旗袍披着齐肩长发的女子，提着一个皮箱，从古坊村口的牌坊款款走来，走过昏昏的石狮子，走过清冽冽的儒溪，走过垂头丧气的柳树，在写着"古坊平民小学"的校门前站立。

一个看门的校工走过来，问她从哪里来，要去哪里？

她看了校工一眼，说自己从福州来的，并让叫赵田禾出来，他说要在校门口欢迎我，结果连人影都没见到。

校工看到女子不凡的装束和对赵田禾直呼其名，一时猜测不出何种来头，只好快步去将赵田禾请来。

赵田禾很快出现在女子面前，发现也不认识女子，一时头脑发蒙，猜不出对方来意。

对方看赵田禾没有反应，不客气地说："赵先生，你说求贤若渴，急需治校人才。然而，人才出现在你眼前，你却视而不见。难道一切都是假象吗？"

赵田禾听出了弦外之音，猜出对方正是同学提到前来应聘的校长，所以赶紧说抱歉，将女子迎进学校。

原来这位女子叫刘薇，确实是赵田禾同学介绍过来的。同学在信中并未说明是男是女，也未说出姓名，所以赵田禾认为是个男的。估计同学也是怕他会顾虑女人不适合当校长，所以故意在信中不透露出来，让其造成既定事实，容不得拒绝。眼下，赵田禾正是面对这种尴尬，一个娇女子，还那么咄咄逼人，真能够胜任校长一职吗？

事实上，不管刘薇能否胜任校长，却能轻易改变古坊的氛围。原本万物了无生机，却因为她的到来，整个村庄都亮了，树绿花开水淙淙，男人女人叽叽喳，全村都热闹起来。如果说上次温伯祺的到来，吹动了女人们的心思，那么这次刘薇的到来，却将男人女人的心思都撩了起来。她从校门口出来，就像一只蓝色的飞鸟，穿行在每一个角落。她对这里的一切都感到新奇，感到无比的舒畅，欢快的歌声飘荡在村子里，让人怀疑她是否专门来这里传送快乐的。赵田禾看着她，觉得不可思议，一个女子竟有如此威力，看来村里真应该吹吹外来的风了。

在古坊平民小学即将开学的前夕，赵田禾召集举行教师大会。会上，赵田禾亲自宣布刘薇任古坊平民小学校长。随后，他将校长的聘书送到刘薇手上。她开心地笑了，将聘书举得高高的，怕别人看不到似的。赵田禾让她讲讲话。她站起来，看着十几位老师，开始了在古坊的第一次讲话。

刘薇说，她出生在福州，三岁时随父母到了东南亚，在那里度过童年和少年时光，后来到广州岭南大学读书。读完书后就没有再回东南亚，四处隆隆的炮声让她不忍心抛弃自己的祖国，她决定寻求救国之路。后来，她到了南京，到了晓庄师范，遇到了陶行知先生，终于停止了寻找的脚步，觉得陶行知先生的教育理念特别适合她。认为可以通过改造国民教育，实现新的教育理念，促进人们思想的转变，从而提高国家素质，让我们的国家不再任人宰割，不再陷于兵戎战火之中。虽然陶行知先生的教育实践受到阻挠和破坏，但先生的理想和精神唤醒了千千万万的人。最后，她说："今天，我千里迢迢来到古坊，就是来实践我的教育理念，让我们真正做到生活即教育、社会即学校，实现教学做合一，从而提高民众素质，开创乡村教育新未来。我相信，只要我们共同努力，一定会创造出新的奇迹。"

刘薇的一席话，让全体老师刮目相看，甚至有人私下说，又一个女赵田禾出现了。赵田禾对她当然也是另眼相看，没想到原来娇娇女般模样的女孩子，心中竟隐藏着那么大的理想。他仿佛看到了当年的自己，不禁被她真诚的话感动了。

会后，赵田禾和刘薇一起走出办公楼，一边聊着天。他惊叹刘薇像挂帅出征的穆桂英，一出场就身手不凡，责怪他同学在信中没有写明来的是位奇女子，不然初次见面不至于那么失礼。

刘薇笑了起来，说赵先生的同学是她亲叔叔，是她故意让叔叔在信中不写姓名、不写性别的，免得他重男轻女，一下子把她打入冷宫。

他好奇地问为什么。她说，对于古坊的这个校长，她志在必得。"我立志于陶行知先生的教育理念，正愁找不到一个地方试手脚呢，结果就有您送上门来。那我还不得抓住机会，过了这个村就没有那个店了。所以，虽然您是刘备有三顾茅庐的心，但我绝不像诸葛亮那样欲擒故纵，而是直接开门见山，送上门来。您说，我是不是够义气啊？"

说完，两人都哈哈大笑起来。路过的老师们都不知道他们为什么笑得那么开心。

开学的日子到了，平民小学比往年更加热闹起来。今年除了古坊原来的学生，还来了不少外地的学生。学生家长们一传十，十传百，纷纷把自己的孩子送来读书。苏区建设那么多年，老百姓对读书的认识大大提高了，都希望自己的孩子不当睁眼瞎。那些原来在列宁学校读了一点书的，听到还有书读，赶着山路几十里也来了。一时间，古坊村里人头攒动，熙熙攘攘。赵田禾没料到会来那么多学生，又喜又愁，那么多学生哪里读书、哪里睡觉、哪里吃饭？他赶紧叫温永祥、温伯祺过来想办法。

温永祥提出学校周边还有民房空置的，转让出来做学生宿舍和学生食堂，学校办公室让一些出来改成教室，这样下来可以解决大部分急需。伯祺说，如果确实还不够，就将部队的营房让一些出来做学生宿舍。温永祥说，当务之急是赶紧贴出告示，由于校舍紧张，今年暂时不再招生，待明年新校舍建好后再增加招生名额。赵田禾一一同意，让他们马上去布置落实，确保在正式开学前准备完毕。他还特别交代，如果需要用钱，会特批专款。

学校的开学就像是乌云深处透出惨淡的微光，还是给赵田禾和古坊带来一丝喜讯。赵田禾看着学校里秩序井然、书声琅琅，心里逐渐开阔起来，积郁的心事也消散了不少。他和刘薇约定，两人各司其职，他负责学校基建，尽快建好新校舍，保证下学期开学的时候，师生们都能在校内教学食宿；刘薇负责教学计划，把她在晓庄学到的理念实践于教学管理和教学过程。他还向刘薇建议，如果有机会，还可以邀请陶行知先生的中国教育学会前来考察。刘薇一口允诺，有他的坚定支持，学校一定办成具有南中国乡村教育特色的平民小学，做到知行合一，使整个古坊成为学生学习的课堂。赵田禾看着刘薇一股激情，心里也觉得重新有了活力，教育成为他现在最重要的大事。

一天，刘薇对他说，现在各地学校都有校歌，我们应该也要有一首自己的校歌，表明立场，启发师生，涤荡心灵。他当然满口答应，但是请谁来作词作曲呢？她说："你来啊，你自己写最适合，我来作曲。"他觉得这个主意好，便搜肠刮肚一番，写了十几稿，终于选出一个最满意的交给她。她一看，说，"好啊，有古风，有乡土，是首好词，一定要配上好曲。"

五

　　梅花十八古洞旁，古坊地名彰。
　　军民齐心建乐坊，里仁安谧远名扬，
　　生活教育新气象，管弦声扬扬。
　　诗书画意是吾乡，儒溪水泱泱。
　　莘莘学子来四方，云程展翅共腾骧，
　　寒窗刻苦数载长，中华好儿郎。

　　每天这首《古坊平民小学校歌》从校园里飘出的时候，是古坊最为恬静的时刻，村民们都侧耳倾听，鸟虫也停止鸣叫。有孩子在上学的父母们尤其喜欢试图在整齐的歌声中搜寻出自己孩子的声音，他们觉得这是世界上最美妙的歌声，这首校歌是全中国最好听的校歌。赵田禾得意地问大家好听吗，大家都乐呵呵地说真好听。他又会再问大家，会不会唱一两句？大家都说娃娃们唱的歌，我们唱来干什么！他会一脸严肃地对人说，这首歌老少皆宜，老人小孩都可以唱，你看"梅花十八古洞旁，古坊地名彰。军民齐心建乐坊，里仁安谧远名扬"，说的是我们古坊，我们学校建得好，是因为我们的古坊好，所以才远名扬嘛。大家似懂非懂，都非常整齐地点头肯定。他不知道，这不过是为了不让他没完没了地一直说下去，应付他的。

　　孩子们喜欢他们的校歌，不仅因为新来的校长好看，而且校长还会拉手风琴，唱出好听的歌谣。孩子们说，因为校长唱得好听，所以我们才喜欢校歌。孩子们还说，因为校长不仅带我们唱校歌，还带我们学知识，很有趣。这一点，孩子们没有说错，老师们、村民们都看在眼里。可是,老师们、村民们都疑惑,那叫读书吗?确定不是放羊吗?怎么回事呢?原来,新学期开始后,刘薇对原来的课程进行了大规模变动,除了基础的国文、算术外,还有美术、音乐、体育,特别是大量的时间放在了课堂之外,菜园里、村道旁、田野中、山林里,都是学校教学活动的一部分,还说什么生活即教育、社会即学校。那如果生活就是教育,村庄都是学校,还要建学校干什么,还要上学干什么?刘薇首先给老师们讲述了陶行知先生的教育理论,还讲了她在晓庄学校的见闻。她告诉大家,现在最时髦的就是陶行知先生的乡村教育理论,要想振兴乡村,要想培养出一代新人,必须向陶行知先生学习。老师中有了解陶行知先生和晓庄师范的,说如果陶行知先生是对的,为什么国民政府要查封晓庄师范呢?她说,那是对陶行知先生的蓄意打击,是无知,是中国的悲哀,但中国的教育他们是打压不了的,因为陶行知先生的教育理念已经传遍全国。陶先生现在也通过中国教育学会推广自己的生活教育理论。看到大家还是不够理解,她就让大家跟着干,一定要让学校充满朝气和阳光,处处弥漫热爱生活、积极向上的新气象。

刘薇请语文老师在校园里刷上大大的标语,内容有"行是知之始,知是行之成""教育是立国之本。千教万教,教人求真;千学万学,学做真人""要把教育和知识变成空气一样,弥漫于宇宙,洗荡于乾坤,普济众生,人人有得呼吸"……她要求老师们都像陶行知先生说的那样"捧着一颗心来,不带半根草去"。她要求老师自选一门技能课,将自己在实践中习得的技能传授给学生,会种花的教种花,会种稻的教种稻。当她得知温永祥先生办过农艺学校时,马上赶到温永祥那里,请他指导老师们开展农艺教学。温永祥想到前些年的老手艺有了发挥之地,欣然接受。以前他只想着培养有一定文化的新农人,没想到刘薇直接在小学教育中设置技艺课程。他认为刘薇确实有新的思想与理念,值得好好支持。

不要以为刘薇不重视基础课教学，她同样引用陶行知先生的话，"文化钥匙要使学生得到最重要的四把：一是国文；二是外国语；三是数学；四是科学方法——治学治事之科学方法。与其把学生当作天津鸭儿填入一些零碎知识，不如给他们几把钥匙，使他们可以自动地去开发文化金库和宇宙之宝藏。"因此，古坊小学比起闽西的其他小学，增加设置了外语和科学两门课程。外语课的老师由刘薇和赵田禾担任，分别教授英语、日语。日语的设置当然与赵田禾留学日本有关，也与刘薇的理解有关，她说现在日本侵略我们中国，要想打败他们，让我们的孩子掌握日语也是很重要的。以后万一再打起来，学学日语可能是会有用处的。一个小小的乡村学校能够教英语和日语，在全国估计也是很少见的。赵田禾欣赏她的远见，不禁对她有了更多敬意。

刘薇的用人之道，令赵田禾深为叹服。她竟然打起了温伯祺的主意，向赵田禾要人。赵田禾说伯祺主要负责带兵，哪里有时间来当老师？她说当老师不影响带兵，何况都在同一个地方，占不了多少时间，非要把伯祺请过来不可。她解释说，伯祺是学过工科的人，当科学课老师最为合适，现在学校里面都是学文科的，没有科学思想和科学基础，所以科学课非他莫属。赵田禾只得同意，但由她自己去请。刘薇二话不说，直接就找到了温伯祺，三下两下就把伯祺拿下。别说，他还屁颠屁颠很乐意呢。拿下伯祺还不够，她又找到济善堂的医生，要他来学校当卫生老师。医生不肯，怕手艺被学生偷走，一两个学生还好，一大群学生都来学医，那还了得。俗话说，"教会徒弟，饿死师傅"，谁会那么傻？她对医生说，不是教徒弟，是教会学生最基本的卫生常识，做一些预防，让学生从小养成讲卫生的习惯。经不起她的软磨硬泡，医生只好同意了。

在刘薇的带领下，古坊平民小学真正成为陶行知教育理论的实践地。一个学期尚未结束，大家已经能够看到学校的变化、老师和学生面貌的变化。一个快乐积极向上的校园气氛已经形成，学生不再只死气沉沉地背书写作业，而是将课堂内外相结合，实现教学做合一，真正走向社会学知识学技能。老师的观念也在慢慢变化，越来越多的人感受到了变化的力量，一种新的充满激情的教学正在成形。

六

赵兰芬见到刘薇的时候，觉得特别亲，像见到自己的姐姐一样。其实兰芬没有姐姐，也不知道姐姐是一种怎样的存在，反正就觉得她像自己的姐姐。事实上，刘薇也特别疼爱兰芬，真把她当成自己的妹妹。开始懂事的兰芬已经不满足于母亲单纯的慈爱，而需要有人解答她越来越多的疑问、而刘薇的出现，正好弥补了母亲没有文化、没有主见带来的缺憾。

刘薇看到兰芬有音乐天分，就教她练手风琴，从五线谱开始学起。刘薇利用课余时间教她基本的乐理知识，同时让她摸摸手风琴，练习基本指法。兰芬接受得很快，不到一个月就开始练习歌曲。每天傍晚，学校的老师宿舍外，都可以看到兰芬在练琴，一丝不苟地练。从原来的碎不成音到勉强拉出完整音符，直到将一首曲子全部熟练掌握，兰芬到期末结束的时候，已经能够拉出《古坊平民小学校歌》。刘薇高兴地表示，等下学期开学仪式的时候，由兰芬为校歌伴奏。兰芬知道这是无上光荣的事，更加刻苦地训练，希望自己在开学仪式上有优秀的表现。

伯祺常常来找刘薇，一开始是谈工作，后来熟悉了就聊天谈心，一起打羽毛球，两人有着许多共同话题，增进了不少了解。伯祺喜欢刘薇这种类型的女孩，热情大方，开朗干练，知书达理，还有一种让人动心的魅力。从事党的工作以来，他很少考虑个人的感情，既有工作的关系更多的是现实的无奈。在苏区工作时，妇女干部少，能谈得来的女干部更少；在白区工作时，纪律要求严，不能轻易与人接触，更不要说女孩子了，在好长一段时间内，个人感情被他有意无意地忽略了。刘薇的出现，让他的心里燃烧起一股激情，甚至是一种冲动，只要和她在一起就会有莫名的愉悦。他不知道这是不是爱情，但确信是强烈的喜欢。当刘薇请他担任科学老师时，他怎么会拒绝呢？他甚至用尽全部心智，去准备每一节课，还虚心向她请教，如何提高教学质量。每一堂课后，他都会去找她，谈教学感受，谈学生反应。她也很乐意和他一起探讨教学的话题，希望更多的人加入这一场乡村的教育变革中来。

伯祺显然不希望止于探讨教学，而是希望能有更广泛的话题可以谈。当然，他也不希望只限于谈话，还希望两人有更多的共同空间。比如散步，对，只有两个人的散步，在乡间的小道上，慢慢走着，看着夕阳涨红了脸，看见溪流搅动着心事，想象一场最浪漫的爱恋。可是，刘薇总是很忙，他的计划只实施过一次，夕阳还没落下去，他们就从搭着篱笆的小路上返回学校了。她说，还要指导老师准备元旦的文艺演出。

不过，刘薇可以和赵田禾经常地散步，热烈地讨论着学校的发展与未来。那时的她，声音很大，手势的幅度很大，将披肩的长发在空中甩来甩去，好像很放肆的样子。她和他谈论得不可开交，胜利的时候她会哈哈大笑，吓得旁边的鸡鸭夹着翅膀一阵乱飞。

伯祺看了心里酸溜溜的，只好安慰自己，他们是在谈论工作，只是有些不顾场合，声音太大了些。他很想去提醒刘薇，又怕她不高兴，只好作罢。他这只曾经在古坊可以高高在上的长颈鹿，却在刘薇面前低下高傲的头颅。可是他不知道怎样去讨她的欢心，怎样去揣摩女孩子的心理。他觉得这个功夫太难了，比他学过的所有功课都难，于是他焦虑，甚至患得患失。当他不知从哪里摘下紫薇花、打碗碗花，突然出现在她面前时，得到的不是欣喜的表情，而是一句略带嘲讽的"那么幼稚"。和她探讨教育,他可不懂什么陶行知的教育理论,似乎听到过晓庄学校,却说不出一个所以然;和她探讨革命,她醉心于教育救国,对现在的战争却不太感兴趣。他不能讲自己的工作,不能讲那些暴露身份的话,只能做她眼里的"幼稚男孩"。

赵田禾看出了伯祺的心思,对刘薇说:"伯祺是个好青年,你俩挺般配。"刘薇扭过头,对着他怒目而视,"你怎么知道我和他般配?哼,他那个幼稚的样子……"她不再说下去,也不想和他多说。他笑了,说:"这么孩子气,我看你才幼稚呢,说一句话就这个样子。"刘薇"哼"的一声,不搭理他。

她似乎很健忘,不过半天又去找赵田禾了,和他探讨乡村教育的有关问题。她要赵田禾支持学校办一个运动会,让村民们,还有保安团也一起来。赵田禾说,"大家一起来参加运动会,比什么啊?"她说,"可以比他们擅长的啊,跑步、挑担都可以,还可以让保安团的战士们表演操练、健身。"赵田禾点点头,说我明白了,这样才是真正的生活即教育、社会即学校啊。刘薇笑了,表扬他进步真快。赵田禾说,"我们这是殊途同归啊,乡村教育和乡村运动是并驾齐驱的两翼,缺一不可。"刘薇说,"是啊,你看,我们这样是不是比翼齐飞啊。"赵田禾赶紧摆了摆手,说,"不是比翼齐飞,是珠联璧合,哦,也不是,是精诚合作,对,是精诚合作。"刘薇一听,生气了,说你这个人太没意思了,什么精诚合作,你跟我叔叔去精诚合作吧。赵田禾听了摸不着头脑,不知是什么意思。

秋天的古坊显得特别干净,高高的天空,洁净的流云,还有村旁摇曳的紫薇。那一天散步的时候,赵田禾跟刘薇说,"你看紫薇开得那么艳丽,在秋色里独树一帜,像不像你?"刘薇说,"我就是秋天出生的,父母亲希望我像紫薇一样,坚强、独立、不随波逐流,在人间绽放自己,所以名字就是这个薇。"他点点头,说原来如此,他还以为薇字取自《诗经》中的"采薇采薇,薇亦柔止"的薇。"也许有这个成分吧，但我更喜欢'紫薇'这个说法。你看，紫薇的树干坚硬，虽然看上去弱小，却能抗击任何外力，它一枝独秀，用尽全力，在枝头开出红艳的花朵。我就是这样的，你说呢，赵先生？"刘薇望着他。赵田禾说："是的，你就是这样的紫薇，人世间的一朵奇葩。"刘薇纠正他，"赵先生，错了，我希望不仅仅是我一个人像紫薇，而是希望千千万万个女性都像紫薇，像它那样独立，像它那样自信地绽放绚丽多姿的花朵。"

古坊首届运动会在冬天如期举办。在嘹亮优美的校歌声中，由学生、战士、村民组成的方队相继进入运动场，然后赵田禾宣布运动会开幕，运动会便正式拉开帷幕。这是古坊盛大的节日，全村人都倾巢而出，连周边的村民也早早来到运动场看稀奇。首先是表演节目。伯祺走在最前面，组织战士们进行操练和队列表演，只见穿着军装的战士们动作整齐划一、展示威武有力，大家一直拍手叫好。随后，学校师生也进行了课间操表演，博得大家阵阵掌声。表演完节目，是比赛项目，有跑步、负重跑、爬竿、扔铅球、跳远、跳高……比赛开始后，观众各自找到自己喜欢看的项目，为他们加油呐喊。无论参加的或观看比赛的，大家都参与其中，感受浓浓的氛围，感觉特别过瘾。这些年，村里没有了迎神打醮，没有了传统节日的气氛，现在有了文艺表演、运动会，将大家的心重新聚在一起，觉得彼此之间又亲近了起来。

刘薇被赵田禾称为陶行知的忠实信徒，她承认乡村教育只有像晓庄那样的才是正途。她去过苏区，看到过那里的教育，同样生机勃勃，与国统区的教育完全不同。她认真调研过，发现苏区的扫盲班、识字运动、列宁小学、苏区运动会，与陶行知先生的乡村教育理念极其相似，都是将社会作为一个大学校，将课堂搬到田间地头，不仅仅是学生进入学校学习，学生也变成了小先生，到各村各户去教更多的人，教育成为人人有份、人人参与的社会生活。她想，这才是她理想中的教育。可惜苏区经历一片火海之后，再也没有真正的乡村教育了。她对国民政府的教育举措失望，已经不再有奢望，于是才会有机缘巧合下的古坊之行。

冬去春来，兰芬即将在开学典礼上进行她的首秀。春节刚过不久，古坊平民小学就开学了，兰芬经过一个寒假的练习，已经熟练地掌握好校歌的伴奏，而且动作也更加自如。刘薇鼓励她，不用怕，只管按平时训练的去做。刘薇找到一套自己的服装，用了整整一个星期的时间将它改小，让兰芬试穿，结果完全合身，像变了一个人似的。开学典礼时，当刘薇宣布全校师生齐唱校歌时，兰芬走上来，在旗台右侧坐下。大家看到兰芬剪了个和刘薇一样的披肩秀发，穿着漂亮的碎花连衣裙，都禁不住轻轻地赞叹起来。当兰芬弹奏出第一个音符时，全场瞬间安静下来，沉浸在校歌悠扬的旋律中。奏完过门，师生们一起唱起来："梅花十八古洞旁，古坊地名彰……"新春的第一个音符就这样在古坊吹响，它随着清纯的歌声，抚慰着静谧的大地和她的子民们。

开学典礼结束后，同学们都围住兰芬，说她今天太漂亮了，像个小公主。兰芬显然也很开心，和同学们说当时紧张的心情，有哪个地方觉得自己还没有处理好，总之她觉得自己是最幸福的人。待同学们都离开后，赵田禾把兰芬身上的手风琴背到自己肩上，拍着女儿说："芬，没想到你表现那么好，爹爹好高兴。"兰芬听了爹爹的话，心里乐开了花。不过，她还想听刘薇姐姐怎样说。可是等了好久，刘薇才走过来，一把抱住她，说，"好孩子，太棒了，姐姐为你骄傲！"听完刘薇的话，兰芬的泪水一下涌了出来，止也止不住。

幸福的日子总是流淌得很快，春暖花开，落英缤纷，古坊春天的美每一年都在相同地演绎。这几年赵田禾在村里种了许多花草树木，今年春天又在村道两旁种下几十株银杏树。他想象的是，无论春夏秋冬，古坊都是一片花草繁茂。只有村口的桃花，一年不如一年，未等开齐就簌簌地往下落。赵田禾看着粉红的桃花，心情就黯淡下来，想着它再也不能在春天怒放了。每一种花都有它的宿命，花期过了，就不会再开，时间的河流不会挽留一朵未曾开放的花朵，也不会再来一遍往日的青春。

一天，刘薇对兰芬说："妹妹，读完这个学期你就毕业了，有什么打算吗？"兰芬认真地想一想，说："爹爹曾经说，毕业了可以到福州读书。当年，他就是在福州读的书。"刘薇高兴地说："好啊，妹妹。这学年结束后，我就带你去福州读书，天天陪着你，好不好？"兰芬正要说好，突然想到："刘薇姐，您不是还要在我们古坊当校长吗？怎么有空到福州陪我呢？"刘薇笑着说："我陪你到福州啊，你读书，我还是教书。辞了这边的工作，和你天天在一起。"兰芬说："您走了，爹爹会伤心的。"刘薇抚摩着她的头，没有说什么。

这个期末的时候，刘薇对赵田禾说："赵先生，有一件事，我思考了很久，还是决定向您提出来。我决定辞去校长一职，这个学期结束后就离开古坊，下学年就不再来了。"

赵田禾感到十分吃惊，抬起头急急地问："为什么？为什么好好的要提出辞职？难道有什么不满意的地方吗？"

"没有什么不满意的地方，在古坊我很快乐，也很充实。只是想着要离开就离开了，没有什么特别的原因。"刘薇平静地说，显然已经深思熟虑。

"你不是说，这里最符合你的理想，可以实现你乡村教育的理念，实践陶行知先生的知行合一吗？"赵田禾声音大了起来，"在古坊，只要你提出要求，我一定最大限度地满足你。你看，现在老师和学生们都尊敬你、喜欢你。你把我们学校带活了，是我理想中的平民小学。"

"您说得对。在古坊，您确实对我的工作全力支持，大家都积极地投入到乡村教育的实践中，我也很高兴有一个这么纯粹的地方实现我的理想。可以说，在古坊，我看到了另一种希望。但是，这半年来，我又有了新的思考。那就是，我们的这种教育比起当下中国更加需要的和平与安宁，还是显得渺小无力。我现在有更大的困惑需要去回答，所以我想回到福州，到激流中去思考去寻找更多的答案。"刘薇说，"现在的古坊已经走上正轨，温永祥先生完全可以担起校长的责任。您和温永祥先生、伯祺是最佳的搭档，会把古坊治理成乡村建设的模范。所以，我已经完成了自己的使命和诺言，应该离开了。"

赵田禾望着她，知道再说什么也没有用。

"赵先生，还有一件事请求您同意。这个学期兰芬就毕业了，我想带她去福州继续读书，一切都由我负责，直到她完成学业。这个孩子聪慧灵巧，是个好苗子，但古坊毕竟太小了，应该到大的世界中去见识。希望您能同意。"她说。

"我也正有此意。我已将近天命之年，此生除困守古坊，已无可作为。如果兰芬能够跟随你再好不过，也了却我的一桩心事。跟着你，我放心。谢谢你，刘薇。"赵田禾尽管心情复杂，还是对她的提议满心感激。

在刘薇看来，一段旅程即将结束，新的旅程正在开启。她早已习惯在异乡奔波，一个场景一个场景地变换着，在人生的旅途中思考生活的意义。她说，人生往复，就是在布满风霜尘的世中来来去去，以真情为剑，坦坦荡荡，不断抵御世俗的风尘，走向更广阔的天空。

第九章　锦鸡

一

1934年的天气特别怪异，不是狂风暴雨，就是连续干旱，许多地方颗粒无收。倚仗国民党东路军总司令蒋鼎文的信任，袁宝儒卷土重来，以田坝头为中心，再次建立起自己的势力范围。这一次有了正规军的支持，袁宝儒的架势似乎更大了。但他自己很清楚，派头再足，最后比拼的还是实力。经过几次"偷鸡不成反倒蚀把米"的鬼把戏，他的实力已大不如前，甚至刚回来时还要靠赵福民给他偷枪支。后来，蒋鼎文除了要面对正规红军，还不时受到苏区地方武装的打击，损失也不小。不堪其扰的蒋鼎文，想起袁宝儒这个地方实力派，便任命他为闽西剿匪司令部第一支队支队长，拨给他一些枪支和经费，让他驻扎在新泉一带，专门对付那一带的地方武装。

新泉距离田坝头三十多公里，是闽赣通道上的一个集散地，辐射范围比田坝头大得多，又可以辐射到田坝头。袁宝儒担任闽西剿匪第一支队支队长后，急于立功，像只疯狗一样到处乱咬人，还动不动就搞连坐，杀害无辜群众，新泉一带人民对他恨之入骨。当时整个苏区都处在动荡之中，各地的党组织与苏维埃政府都陆续转入秘密状态。原本在新泉驻扎的新杭县苏维埃政府也早已人去楼空，但仍坚持革命斗争，时不时给袁宝儒放放冷枪，抓几个最活跃的坏分子。袁宝儒发誓要彻底摧毁县苏组织，把他们抓来千刀万剐。在袁宝儒的高压态势下，他终于抓到了一名县苏干部。这名干部因为想家，偷偷地趁晚上警戒放松的时候，从山上跑下来，一进家门就被敌人抓住。在袁宝儒的威逼利诱下，这名干部叛变革命，将县苏干部的藏身之处详细地告诉他。袁宝儒大喜，决定孤注一掷，他精心策划，带着全部人员上山抓捕。他将兵力分成三股，一股正面佯攻，一股后面堵住去路，另一股从侧面突然袭击。由于主要领导出外执行任务了，留在那里的县苏干部经验不足，发现有人偷偷离队，却没有及时转移人员，也没有加强守卫，甚至还在那里争吵如何解决干部离队问题。结果还没研究出个寅卯，就被袁宝儒闯了进去，被一个个五花大绑，押到新泉集镇上游街示众，然后在河边的大榕树下举行警示大会，将他们一一枪毙。袁宝儒将枪毙现场拍了照片，专门送到蒋鼎文手中，表功说将新杭县的领导人一举歼灭，消除了来自地方武装的威胁。蒋鼎文大喜，对袁宝儒给予表彰，还奖励了一批枪支。

又是一年秋天到，国民党组织发动针对中央苏区东大门的松毛岭战斗。由于蒋鼎文在前一阶段的温坊战斗中失利，蒋介石恼羞成怒，撤换下蒋鼎文，派上北路军总司令顾祝同指挥战斗。顾祝同接到负责东路"剿共"的命令后，从广昌坐飞抵龙岩准备大干一番，不料途中飞机发动机坏了，被迫降落在距离新泉十多公里的庙前稻田里，十分狼狈。袁宝儒得到消息后，带着人马飞奔庙前，要将受困的顾总司令救出来。其时顾祝同陷在庙前广阔的稻田里，情形相当尴尬。秋天稻田的禾苗正盛，田野中间，一架标有青天白日旗的飞机的头部插在稻田的泥浆里，飞机屁股稍微翘起，显得十分滑稽。顾祝同在机组人员的帮助下，已经从飞机上跳下，身子落在稻田里，半天没有爬起来。机组人员告诉他要赶快远离飞机，怕飞机漏油发生爆炸。

顾祝同吓得面如死色，一句话说不出来。袁宝儒赶到稻田边沿，二话不说，也径直踩到田里，将顾祝同悬空架起，迅速转移到了道路上。随后，他请顾祝同到庙前武装大队洗澡，换上干净衣服，同时好酒好肉招待，给他压惊。顾祝同回过神来，对眼前的支队长多看了几眼，认为他处事迅速果断，办事灵活得体，问清楚情况后，决定将他任命为闽西"剿匪"司令部总队队长，负责闽西地方"剿匪"工作，全力配合东路军进攻苏区。

袁宝儒没想到会遇到这等好事，支队长的位置还没坐热，又坐上直升机成了总队长，真是"天降大任于斯人也"。他在庙前将顾总司令服侍得妥妥帖帖，无疑是靠上了一棵大树，感觉自己的威风又来了。他自告奋勇要帮助顾总司令排忧解难，主动要求带部队上战场，为松毛岭战斗立功。顾总司令笑了笑，说："你的勇气我很欣赏，可是你的部队能在战场上发挥什么作用呢？我们全部用的都是正规军，是训练有素的军人，而不是什么上去搞笑的队伍。不过，你也不要灰心。我的意思是要把每支队伍的作用都发挥出来，你这个总队长，要负责切断从东路片前来支援的部队，也要切断从松毛岭试图逃脱的人员。如果做好了这两点，就是立了大功，作用丝毫不比在主战场上作战差。总之，如果你的后援做得好，我顾某人会让你有更大的惊喜。"袁宝儒听了，心中暗喜，正对他的胃口。其实他哪里想上战场送死呢？何况他一共才那么几条枪，万一出现个牺牲受伤的，自己的力量就被削弱了。所以，他说要去上战场，不过是讨好顾祝同的虚假之词。

顾祝同离开庙前后，袁宝儒第一件事就是将卢天明拉回来。这几年红军如日中天，国民党在闽西就只能夹着尾巴生存。像卢天明这样的小虾米，没有文化，只靠蛮力，就过得更加困难。听从袁宝儒的派遣，第二次攻打古坊失败后不久，他就灰溜溜地钻进梅花山。后来，因梅花山难以养活那么多人，他就流窜到了永安、大田、永春一带，借助闽西闽中闽南的交界地带，今天一榔头明天一斧子，勉强将部队保留下来，但无论人数还是实力都与从前大相径庭。当妻舅的有出息了，第一个想到的当然是妹夫。何况，只要卢天明一回来，他袁宝儒有了帮手，实力也将大大增强。卢天明收到袁宝儒的信后，当天就起程，赶了四天三夜，第一时间回到了袁宝儒身边。袁宝儒将基本情况向他说了一遍，任命他为闽西"剿匪"司令部总队第一支队支队长，驻守在田坝头，负责古田地区安全。

袁宝儒将顾祝同的命令向他传达了一遍，还说："我们俩一人管住一段，你把古田那段管住，不让一人往松毛岭增援；我把新泉那段管住，不让一人从松毛岭退却。只要这次干好了，顾司令一高兴，也许又给我们一顶帽子，那么我们俩就可以将闽西全部管下来了。"

卢天明听了很解气，说："终于憋出个头了！我们好好干，将那些共党分子、跟风群众全部杀他个遍，看谁还敢去当那个送命的红军！"

袁宝儒赶紧说："天明，使不得，我们不能像以前一样蛮干，不计后果。这样我们会吃亏的。我们既要抓共产党，也要保存实力。不然风一转，我们拿什么去和红军斗。总之，干什么事，见好就收，不干损兵折将的事。"

卢天明说："好，我全听大哥的。"

袁宝儒看着卢天明那股冲劲，高兴地说："天明，就要这样，要有信心。还有，好长一段时间宝珍都在上杭城里，让人把她接回来吧，夫妻还是在一起好。"

"好的，大哥。那我带部队回田坝头了哈。"卢天明说完，就迈出门去。

二

袁松奎老爷的身体仿佛又硬朗了许多。说起袁老爷也真不容易，七八十岁的人了，总想着把田坝头的江山稳稳当当地坐下去。早年间古坊的田地被赵善财易主，他已经气得折寿十八年；后来，红军一来，打田豪分田地，他逃出田坝头，捡回一条命，东躲西藏，差不多也折寿十八年。现在国民党赶跑红军，他得势又回来了。虽然折寿三十六年，但他像孙悟空打不死的妖怪，还有好几条命。你看，他现在仍然红光满面，仗着自己的余威、儿子女婿的黑枪，天天在田坝头指点江山。这不，战火刚刚停止，他的心中就冒出一个伟大的计划。

农历八月初三是田坝头人传统的迎神打醮日，袁松奎要求大家重新热闹起来。响应者寥寥无几，都说，现在兵荒马乱的，连命都保不住，欢迎什么神打什么醮。如果神仙靠得住，为什么我们年年求神拜佛都没有用，连老爷这样虔诚的人都差一点掉了老命呢？可袁老爷不管这些，还是慷慨出资，请了戏班来演木偶戏，还有外江戏。看上去热热闹闹，实际上大家都没什么兴趣。袁老爷不管这些，还将各房族的负责人召集起来，到他家开会。开什么会呢？袁老爷自有打算，所以这个会既是他主持，也是他主讲。

袁老爷对大家说："古人云'立家庙以荐蒸尝，设家塾以课子弟，置义田以赡贫乏，修族谱以诲疏谕'，所以家庙、家塾、义田、族谱是我们的四件大事。可这四件大事都因为搞共产被革命掉了。大家看，自明代洪武年间建的祠堂烧毁了，新学将家塾取代了，义田被穷人分掉了，而族谱已经五十年未修了。万派归源，千根同本。如果没有这些，哪里还能够说什么根本！现在礼崩乐坏，同室操戈，急需要通过这四点来恢复礼制、教义。如今在国民党军重新夺回管辖权，正是我们重振雄风的好时机。因此，我建议在袁氏家庙原址重修家庙，在袁氏公厅开办私塾，恢复国学传统，同时还要组织人马新修袁氏族谱。至于置义田，因为义田全部都分配给了个人，现在要收回有点困难，待以后再解决。目前，我们集中做好三件事，不知各位意下如何？"

大家听了都议论纷纷，感觉经历这些年的战火，除了生死，这四件事根本算不得什么事，何况，现在再重新恢复起来，每一件事都没那么容易。钱从哪里来，谁来牵这个头，都是摆在面前的难题。

袁老爷听了很生气，说："这些都是有利于袁氏宗族的大事，钱当然得大家来筹，谁牵头，当然是我来牵头，你们跟着我干。这些有什么难的，你们头上都顶着一个'袁'字，不能太自私，要有为宗族奉献的公心！我袁松奎只要还有一口气，就要把这些大事做下去！"说完，袁老爷猛地咳嗽起来，原来是一激动被咽不下去的口水噎住了。

大家都不敢多说什么。毕竟袁老爷的辈分、资历、权威摆在那儿，再说他如果让自己的儿子拿枪顶你胸口，你能不答应吗？在这种场合，还是少说为妙，最好是闭嘴。

袁老爷看大家不再说什么，就让每一个人按房族里辈分大小表态。大家只好按顺序硬着头皮同意，但也就只有"同意"两个字，再多说一个字都不愿意。袁老爷板着脸，十分不高兴。最后，他总结大家的意见，形成袁氏宗族决议：从即日起，启动立家庙、设家塾、修族谱三件大事，由袁松奎总理事，各房族负责人为理事，田坝头全体袁氏后裔均须出钱出力，共同促进三件大事早日完成。

袁松奎一说完，大家都说好，然后趁他还没反应过来，一窝蜂都跑了出去。有些比较客气的人，会说迎神打醮家里来客人了，要赶紧回去招呼客人。袁松奎怔怔地望着空无一人的客厅，久久说不出话来。

原本袁松奎老爷是有如意算盘的，他要求每家每户都出钱出力，按人头均分，这样明天一开春就可以启动这三件事。他已提前做好了统计，列举出了每一项的开支预算，以及每人出资的数量。他想凭着自己族长的位置，别人是不敢提出异议的。如果有人说他家更有钱要让自己多出钱，他也想好了反驳的办法。他会说，"祖宗又不是我一个人的，也不是我的份额比别人多，凭什么要我多出钱。而且，我是总负责，花的心思比你们多，难道还要我多出钱吗？"但是，现在这情形变得不一样了。以前唯唯诺诺的一群人，现在变得敢讨价还价，或者故意装疯卖傻。他不知道，经过苏区时期的人，想法已经变了，他们也不像以前那样软弱了。

袁松奎决定主动出击，他凭着自己身为举人的深厚功力书写了一纸洋洋洒洒的通告。大意是经过房族会议研究决议，拟重建祠堂、开办私塾、新修族谱，经费由所有袁氏后裔承担。为公平起见，特将须出资金额公布周知。然后是一串长长的名单，还有出资金额等信息。

通告一出，田坝头炸开了锅。除了沉默不语的人，全部都表示不同意，说要钱没有，要命有一条。他们说建祠堂修谱族是本分，但总要大家生活都好过的时候做这些吧，现在要把家里保命的钱来建这些，他们都不同意。还有人说，家里根本就没钱，拿什么拿？总之，围在通告下面的是一张张愤愤不平的脸、不断撕开的嘴巴。甚至有人考虑要不要再来一次打土豪，不然饱汉不知饿汉饥。有人附和，说还是苏维埃好，穷人当家做主，现在又当回奴隶了。有人悄悄提醒，现在袁宝儒、卢天明都杀回来了，小心不要让他们听到。那些人才默不作声。

袁松奎在家里知道这些消息后，气得直跺脚，骂他们数典忘祖。他说："自盘古开天地，哪有不敬祖宗不修谱的？难怪这些人一世穷，依我看，他们不仅一世穷，还要世世穷。呸，这些穷鬼，我还耻于和他们同一个姓呢。"可是，在袁老爷骂他的亲房叔伯时，却忘记了正是他当了族长，管了族田，他自己才越来越富，才逐渐将田坝头变成他袁松奎的一言堂的。他也忘记了，正是由于袁宝儒、卢天明之流用枪指着他们，族人才一遍遍向他表忠心。当然他也肯定忘记了，当初自己带着田坝头人庆祝袁世凯登基，然后闹了一个寂寞。如果说对他袁老爷有信用考核的话，他的信用早就透支了，而那个象征文明人的举人身份早已像腌过的黄瓜，又软又酸。

可袁老爷哪里甘心？他召集自己的家庭会议，要求大家同心，支持他的三件大事。没有人敢说不，当然就通过了。这些事由谁来帮助袁老爷呢？袁宝儒在新泉，袁宝清当红军去了，当然只能由回到田坝头的卢天明负责。卢天明读书念经不会，杀人放火逼良为娼的事他最拿手。于是，他和袁老爷的配合真是诸葛亮与刘备、星星与月亮、绿叶与红花，不，都不恰当，是狼与狈共同作奸犯科。一个人发话，一个人施行，田坝头人敢怒不敢言。

袁老爷的私塾最先开张起来，毕竟这个难度系数最小。他请来国学底子深厚、自己的开门嫡传弟子黄国仁为田坝头袁氏私塾老师，在袁氏公厅开课。他要求凡家里有七岁以上孩童的必须接受私塾教育，费用均摊。还有一条，如果孩子已经去古坊平民小学读书了的，则必须从那里退学，回来上私塾。他说，现在的人不成体统，不读国学，却赶什么时髦，弄了一套西洋的把戏来糊弄人。没想到，此举一出，民愤极大。他们说，人家古坊早已经办新学了，我们还在搞老八股，真是笑死人了。古坊平民小学开放后，大部分孩子都去了古坊小学，而且一个个都非常快乐，家长们也放心。在袁老爷的威逼下，大家没办法，只能陆续将孩子带回来上私塾。

田坝头的举动早被温伯祺看在眼里，他觉得时机成熟了。他利用晚上时间秘密联系田坝头的进步群众，召开会议，鼓励他们起来抗争。大家问，现在袁松奎办起了私塾，可孩子们都不爱听，整天坐在公厅里一动不动地背八股文，该怎么进行抗争呢？

伯祺听了，笑起来说，这个最好办，只要大家联名写一封信给所谓国民政府，告袁松奎一个状，说他不执行国民政府教育方针，不办新学强办私塾，民愤极大就行了。

"真的吗？"大家不太相信。

"真的，只要大家同意，我来帮大家办。来这里之前，我准备了一封给国民政府福建省政府的信，你们看行不行？如果可以就直接在上面签名按手印,然后由我请人送到省政府。"伯祺说着,拿出纸笔和印泥。他将信的内容念了一遍,大家都轻轻叫好,说就这么办。

办完事,伯祺就趁着夜色潜回古坊了。大家望着远去的伯祺,都希望他的法子能早早见效。

可惜,一个月过去了,还是没什么动静。大家私下说,估计没什么用,袁老爷家势力那么大,凭一封信就想告倒他,没那么容易。第二个月,还是没有音讯。大家失望了,说没有指望了,袁老爷的手就是那么大,能把天遮得严严实实。

就在第三个月到来的时候,田坝头公厅前的一纸通告不胫而走。原来是来自省政府教育厅的通告,说是田坝头不履行教育厅关于兴办新学的指令,私自开授八股文,倒行逆施,民愤极大,现通令即日起停办私塾,永不复办,否则一经发现,必施重罚,并按法律追究责任。大家看完公告,再看公厅,早已人去楼空,黄国仁不知去向,孩童们正在村里嬉戏玩耍不亦乐乎。而袁老爷呢,正躲在家里生闷气,想说什么却什么也说不出。

办私塾不成,建祠堂总成吧。他又开始动建祠堂的心思,可建祠堂不是一件小事,那么多钱财哪里来,不要说其他人,就是他袁老爷家也建不起了。据说当年赵善财建祠堂时,是他最鼎盛的时期,却也是花了他大半积蓄才建成,后来祠堂被袁宝儒烧毁后,连提也不敢提再建祠堂的事。家里人劝他,说办一个私塾都办不成,建祠堂的事就不要再折腾了,待以后国家安宁,大家有钱再建也不迟。可他眼睛一瞪说,等到那个时候我早已黄土埋身了,还有什么用?大家劝不住他,就把袁宝儒从新泉叫了回来。袁宝儒很干脆,对他父亲说,爹爹,您要建祠堂可以,等你的祠堂建起来的时候,我和天明就脱下军装回来陪您安度晚年了。袁老爷心里对儿子还是有点怵,不敢抬头看他,但声音还是很大,问为什么。袁宝儒说,现在国民政府倡导新生活运动,您大兴土木,还搞封建的那一套,我和天明在国民政府任职，那还不得被革办啊。袁老爷将信将疑，沉思了一会儿，他抬起头说，那就不建了，你们有出息就是祖宗保佑的。

袁老爷是个不轻易言败的人。前面两件事都出师未捷身先死，他想第三件事总办得成吧，修族谱，只要拉上一帮人就可以干，不冒烟，不张扬，还是积祖宗功德的大好事。于是，他又兴致勃勃地提议起修族谱的事来。他召集了一帮老学究，在公厅召开了一个启动大会。这次他们都十分赞成，因为这些老学究已经很久没有人理睬了，就像出土文物，终于有机会能够重见天日，别提有多高兴。他们确定在公厅办公议事，争取编一本田坝头有史以来最高水平的袁氏族谱。大家神情亢奋，天天准时到公厅上班，开始了他们的伟大工程。

袁家人松了口气，老爷要折腾就让他折腾吧，只要不闹出什么动静就好。袁宝儒说，人老了就像孩子，一哄二吓三骗，什么事都可以搞定。

其实，袁宝儒现在哪有心思管老爷的这些鸡毛蒜皮的小事，他的心里装着"剿匪"的大事呢。自从见到顾总司令后，他的眼界一宽，觉得统管闽西指日可待。不过，他没想到的是，顾祝同只是临时负责，等顾祝同拍拍屁股一走，闽西还是蒋鼎文说了算。

三

1934年的冬天，不得不转入梅花山地区的红九团，已经有一段时间和上级失去联系，成为一支孤军。赵鹏飞现在是这支部队的副政委。为保存实力，红九团由他和政委方强各带一班人马分散活动。天寒地冻，山上获得给养十分困难，山下国民党正实行烧杀抢的"三光"政策，如何生存下去，成为摆在他们面前的头等大事。

这年4月上旬，中革军委在瑞金叶坪举行军事会议。鹏飞被要求火速赶往瑞金，参加这次绝密会议。在会议上，他意外地见到一个熟悉的面孔。想了很久，才想起是在南蛇渡时护送过的那位问他姓名的领导。这次叫他来开会正是领导亲自点的将。这位领导人自从南蛇渡注意到他以后，知道他是位战斗英雄，对闽西南情况熟悉，于是要求他担任红九团副政委。这次会议上，中革军委为了破坏敌人的后方运输，牵制干扰敌人向中央苏区的进攻，决定福建省军区的红八团、红九团从今日起直属中革军委领导，要求马上深入敌后，到漳龙公路和永安、宁洋交通线，开展游击战争。红九团的任务是挺进到岩连宁地区，破坏漳宁敌人的筑路计划，并向闽南发展。红九团在政委方强的带领下，圆满完成中革军委交给的任务，并于当年秋天建立了岩连宁边区县革命委员会，建立了纵横三百余里、人口四五万的岩连宁游击根据地。红军主力长征后，随着苏区沦陷，红八团和红九团都被各自分割到独立的区域，而且根据地迅速缩小，他们被迫转移到茫茫大山之中。

鹏飞带着队伍来到靠近新泉、庙前一带的区域，试图在梅花山下的村庄重建根据地。在当地老接头户的支持下，鹏飞开始了秘密联络。他们想方设法搞来一些粮食、油盐，但杯水车薪，根本无法解决一支部队的给养问题。他认为只有伺机出击，缴获敌人的物资，才能度过这个漫长的冬天。他和转入地下的当地干部共同研究，确定将边远的鱼潭乡公所作为打击目标。

鱼潭本来是个鸟不拉屎的偏远地方，已经深入梅花山中，平时根本没人看得上。现在形势一变，却同时被敌我双方盯上。敌人看中的是它的地理优势，倚靠梅花山，方便向游击队进攻。俗话说，兵马未动，粮草先行。袁宝儒特地派人送来了一批枪支弹药和粮食等过冬物资，准备下一步将人马调拨一些过来进驻。没想到，袁宝儒的一举一动早被鹏飞看在眼里，他决定趁人马还未到时，先袭击鱼潭乡公所。说干就干，除了驻守山上的少数人马，鹏飞带着全部主力快速下山，在获悉准确消息后，立即闯进村庄冲到乡公所，将敌人团团包围。在敌人还没有反应过来的时候，密集的枪声将他们压倒，然后鹏飞带队强行冲进里面，将敌人全部歼灭。此次战斗收获甚丰，根本改变了部队给养困难的局面，鹏飞和战友们更有信心面对接下来的困难了。

袁宝儒得知消息后，勃然大怒，发誓要将红九团消灭干净。他亲自率领部队，浩浩荡荡向梅花山进军，希望在过年前取得梅花山战斗大捷，好向蒋鼎文表功。他派出的探子回来报告说，赵鹏飞的部队近期在梨岭、桂和一带活动，听说还与其他部队建立起了联系。他觉得事不宜迟，将近千人的队伍带到梅花山下的上福村稍事休整后，就向梨岭方向出发。

袁宝儒的队伍雄赳赳出发时，天空开始飘起坚硬的米头雪。雪落到地上，路面一会儿就打起滑来，队伍里不断有人摔跤，大家开始骂这个鬼天气。然而，袁宝儒要求大家要加快速度，不能停下，说要赶在开黑之前到达梨岭，否则大家就要在冰天雪地里过上一夜了。雪越下越大，路面已经铺上一层积雪，使上山的路更加难走，走了半天还没有走完一半。队伍开始有人泄气，有人相互传递着梅花山种种恐怖的事件，士气一落千丈。只有袁宝儒像个疯子般大喊大叫，要求队伍加快上山速度。这些士兵平时训练都松松垮垮，哪里能适应这种长时间行军，更何况这种风雪天气。有官兵向袁宝儒提议，按照这种速度肯定是无法在今天内到达梨岭，即使到达了那边，也很有可能受到红军的袭击，不如就近找个村庄，先住上一晚，然后再出发。袁宝儒看着疲惫不堪的队伍，只得同意了。他命令前方部队找到宿营的地方，然后接应大部队入住。直到下午四点钟左右，大部队才好不容易在一个叫马坊的村子里停留下来。这时，全部人员又饥又饿又冷，幸好村子里有吃有住，全部人可以勉强挤进屋子里避寒。冬雪天气，梅花山很快就天黑下来，又困又累的敌人吃过饭，早早地准备睡觉。可哪里睡得着呢？没有床，更没有被子，大家只能挤在一起御寒。尽管如此，他们还是在半睡半醒中过了一夜。

第二天一早，全部敌人都还在迷迷糊糊之中，村里突然响起枪声，袁宝儒和其他敌人一阵慌乱，不知道发生了什么事。原来得知敌人来犯的消息后，赵鹏飞与其他领导研究敌情，认为敌人虽然人多势众，但经过一天的行军，消耗极大，决定乘其不备将他们一举打败。由于风雪交加，晚上无法行军，鹏飞决定从早上四点开始出发，天还没亮时可以举火把，待到天亮后全部熄灭，直捣敌人宿营的马坊。马坊本来就是老根据地，红军来之前已经让村民们悄悄撤出村子。所以鹏飞的人马一到，就可以放心大胆往村子里射击。由于分散到不同房屋居住，敌人一时无法统一指挥，给红军的打击带来了方便。从村口开始，他们被各个击破，敌人顿时鬼哭狼嚎，一片混乱。袁宝儒幸好住在村子里面，在红军尚未到来时，组织了一部分队伍和红军对抗。从早上交战到上午十点多，整整两个小时后，袁宝儒才率领残兵败将从村子逃出，连爬带滚向山下逃命。

袁宝儒这个闽西"剿匪"总队长再次遭遇"滑铁卢"，酿成了他最大的一次失败，受到蒋鼎文问责。从此，他再也不敢提到梅花山"剿匪"的事，鹏飞和他的部队倒也平静地度过了最严峻的这年冬天。不过，两人都没有闲着。袁宝儒在他掌控的地盘上，展开了大肆杀戮，只要和共产党扯得上关系的，甚至他看不顺眼的，都在他的清算范围之内。大量百姓从他的地盘上逃出，无家可归、流离失所，田地抛荒、村子无烟，成为最常见的画面。鹏飞除了自保，也在积极寻找上级组织和兄弟部队，同时针对袁宝儒的所作所为，旁敲侧击，抓住机会就给予狠狠教训。这样，袁宝儒的嚣张气焰才终于被打压下去，不敢随便出来，老百姓安宁了许多。

春节来临的时候，鹏飞和方强各自领导的队伍会合在一起。红九团经历了主力红军长征后的第一波考验，在梅花山地区顽强地坚持了下来，开始新一年更加艰巨的游击战争。

四

蒋鼎文坐镇闽西后，改变了这里以往只有国民党地方势力的局面，导致各股势力不得不暂时低头，甚至向他争相表功。相比袁宝儒的草包表现，土匪出身的钟汉生凭借粤系军阀的势力和对局势的敏感，倒不断壮大起来。即使中央苏区最为鼎盛时期，他也还在自己的地盘上，将上杭、武平两座城当作跳棋，红军来了他就到另一座城，或者干脆逃走缩回岩前。由于善于保存实力，所以红军主力长征后，他很快卷土重来，成为闽西地方势力的真正霸主。当钟汉生听到顾祝同任命袁宝儒为闽西"剿匪"总队长时，他轻蔑地笑了，根本不把袁宝儒放在眼里，说还没到他哭的时候，看吧，等着共产党收拾他们。

他这样说，并不代表比袁宝儒更仁慈，相反，土匪的本性使他比袁宝儒有过之而无不及。为了配合蒋鼎文毁灭苏区，他死死保住广东边境，并不断扩展势力范围，只要共产党和红军进入他的陷阱，就毫不犹豫地痛下狠手。他得意地说，共产党的一只蚊子进入他的地盘，也不能活着出去。正是这样，蒋鼎文对他也大加赞赏，鼓励他大胆干，不要有什么顾忌，只要抓住共产党的高官或者获取重要情报，还会有重赏。

他看到闽西各方势力出现反转后，决定由原来的守势转为攻势，像蛛网状向前推进。一大批从瑞金、长汀方向撤离的苏区干部不知不觉就进入到他的蛛网中，成为他的囊中之物。他像一只吸血鬼，看到流血的革命者，便兴奋异常，更加肆无忌惮地向苏区进攻。

1935年的春节刚过，寒意还压着春风，到处是一片萧瑟之感。一天傍晚，暮色苍茫中，钟汉生急匆匆地来到古坊，叩响了赵田禾的家门。赵田禾看到钟汉生风尘仆仆的样子，猜出肯定有不小的事，才会如此紧迫。赵田禾将他迎进家门，叫他暖暖身子。可还不等坐下喝茶，他就急急地向赵田禾说出来访的原委。

他走近赵田禾身边，压低着声音，一字一顿地说："赵先生，我捕到了一条大鱼，不知如何下手，您给指明方向。"

赵田禾内心一阵战栗，不知道是什么大鱼，问："是谁？"

他说："中国共产党曾经的领导人，姓瞿。"

赵田禾转过身，一下子血往上涌，"是他？怎么会是他？"

"确定是他。现在关押在上杭监狱，已经承认了。"他说。

"怎么回事？汉生，你能详细说说吗？"赵田禾尽量平静地说。

"正月二十一，我们在长汀水口遇到了一支共产党的小分队，除了逃跑和击毙的之外，还抓捕了三个人，一男两女。男的说是林琪祥，三十六岁，江苏人，是红军总卫生部的医生和文化教员。女的分别为客商的老婆和红军护士。关押到上杭监狱后，我对他们进行了多次审讯，没有什么新情况，本来决定就地解决，许可保释。结果有一天中午，因看押人员没有准时来拿饭，我手下有一名厨子把饭送到监狱里，他在瑞金政府里头的食堂干过活，认出林琪祥实际是瞿部长。于是立即将这个情况报告给了我。我一听，头就大了，这个人可了不得。前天蒋鼎文还特别电告要特别注意这人，发现情况立即报告，不得有误。从得知真相到现在，我心里一直忐忑不安，不知该如何办。"

赵田禾听了，觉得确实事关重大。这个瞿先生不仅在中国共产党中影响很大，在全国、共产国际都很有声誉，如果轻易报告上去，很可能就是一条不归路。然而，如果蒋鼎文发现钟汉生没有报告，甚至放走了人，也可能遭到灭顶之灾。他沉思了很久，不敢轻易开口。

"不然，我就按蒋鼎文的命令办，将他押到长汀，由他们去处理吧。这个烫手的山芋，我接不了。"钟汉生有点自言自语的味道。

"不能。"赵田禾脱口而出，"交出去，很可能就没活路了。他一旦被杀害，你钟汉生就成了杀人凶手。他是有影响的人，到时候你就在历史上留下了污点。"

"那我就不交了。但留在上杭监狱怎么办呢？最关键那个厨子已经认出来了，如果我不闻不问也不行，私自放掉更不行。"钟汉生还是有疑虑。

"先缓一缓，留在监狱观察一段时间。交代那个厨子闭嘴，不得乱说话。如果被发现了，就按规定送。如果没什么事，就按原来的规矩保释。万一上面查办下来，就说经过仔细甄别，当时没有发现特别情况，所以才释放的。到时候，最多一个失察，问题不大。"赵田禾向他建议。

钟汉生也觉得只有这样了，但是又觉得心有不甘，这么一条大鱼就让他溜走。

赵田禾对他说，目光要放长远，不能只看眼前利益，杀害中共重要官员，这是会钉在历史的耻辱柱上的，千万要谨慎。宁愿不作为，也要保全名声。

钟汉生点点头，还是心神不宁的样子。他将杯中的茶一口气喝下，站起来，向赵田禾告辞，说得赶快回去处理此事了。

赵田禾看着他走远，心里觉得不踏实，预感一定会发生什么事。

果然，没过几天，就得知消息，钟汉生将瞿先生押送到长汀，移交到第三十六师师长宋希濂那里了。赵田禾气得捶胸顿足，直骂钟汉生糊涂，吃相难看，狗改不了吃屎。他心气难平，找到温永祥和温伯祺，将这件事向他们说出来，并告诉他们凡事不能做绝，对于国共两党重要人物，一定要考虑清楚，不能轻易将他们推向火坑。做不到锦上添花，也绝不能干落井下石之事。

温伯祺得知瞿部长被捕并已暴露的消息后，当日就将消息传递了出去，请求党组织设法营救。

钟汉生将瞿部长交出去的那一刻，仿佛卸下了心上的一块石头。他是在收到蒋鼎文的第二封密令之后，做出移交决定的。对于他来说，历史怎么写，他管不着，但现在的路怎么走，他必须得考虑。交出共党要犯，明摆着是立功的大好事；而窝藏要犯，甚至故意放走，是要冒砍头的风险的。以前他在闽西可以当土霸王，现在中央军来了，他和袁宝儒只能算是乌合之众。再想在与袁宝儒的竞争中胜出，必须依靠中央军的支持。袁宝儒先一步得了闽西"剿匪"总队队长的头衔，已经处于优势地位，如果他钟汉生再不争取，就真有可能被袁宝儒假蒋鼎文之手灭掉。想清楚了这些，他将赵田禾的话放在脑后，一不做二不休，亲自将犯人押送到了长汀。蒋鼎文大喜，亲自接见了他，并承诺必将重赏。

四个月后，各方营救无效，瞿部长牺牲于长汀罗汉岭。赵田禾十分敬重他的学识与为人，长叹一声，写下"天妒英才"四个字。钟汉生依靠此举立功，为他的黄粱美梦铺平了道路。

五

梅雨季节未到，阴雨却连绵不断。细凤望着天空唉声叹气，说这天气不知怎么啦，再下几天，连人都要发霉了。这家里冷冷清清的，不知鹏飞和兰芬怎么样。然后，她对赵田禾说，田禾，你也让人找找，看看鹏飞现在怎样啦，我实在是放心不下他。

赵田禾心里也一直不踏实，放心不下鹏飞。自从南蛇渡一别，他就再也没有见过儿子。鹏飞自小心高气傲，和他很像，但又比他更有主见，更能吃苦。红军节节败退，苏区不断沦陷，他的心里时刻在担心鹏飞的安危。蔡将军与红军签订反日反蒋协定的时候，他特意托伯祺打听鹏飞的消息，得知他在福建省军区担任团政委，稍稍放了心。可红军主力长征以后，明眼人都看得出来，留守在苏区的干部和红军是多么危险。不仅干部被屠杀，而且红军部队也基本不成建制。当时，他还不知道中革军委提前布下的棋子，早已转到外围的红八团、红九团保留了红军火种。当然，他更不知道，鹏飞已经到红九团任职了。还有洁萍，也不知道情况怎么样了。虽然她不用上战场，但是苏区全部沦陷之后，哪里还有安全的地方呢？现在细凤一问，将他的心事全部问了出来。可他能说什么？他能知道什么？他只好对细凤说，会派人打听的，不用担心，鹏飞是豹子转世，会有大福。细凤说，你不是不信那一套吗？人家还说你是老虎转世呢。唉，真让人着急啊。

赵田禾举着雨伞，满怀心事地向学校走去，到了校门口却在那里徘徊不停。校工觉得奇怪，赶紧告诉了温永祥。温永祥出来，走到他身旁，问怎么啦。赵田禾说，"来，我和你说件事。""什么事啊，在学校里面不能说吗？"温永祥问。"哦，可以可以，你看，我都想糊涂了。"赵田禾回过神来，跟着温永祥进了校长办公室。

温永祥觉得奇怪，问："您今天怎么啦？心神恍惚，神神道道的。"

赵田禾说："咳，还不是鹏飞、洁萍俩孩子闹的。刚才细凤责怪我不知道鹏飞的消息，也不叫人去打听打听。可我哪里知道他的消息啊，现在是国民党的天下，哪里去打听一个红军指战员的消息呢？你说，鹏飞和洁萍现在在哪里呢，他们的情况也不知道好不好。"

温永祥说："我也正着急啊，洁萍所在的红军医院去年就解散了，没了，人也不知道在哪里。像她那样，估计是没有跟随中央转移，留在苏区的话，唉——凶多吉少啊。鹏飞在部队也是地方部队，面对敌人一次次疯狂的攻击，哪里能够抵挡呢。"

"是啊，我越想越后怕，脊背一阵阵发冷，如果有个三长两短，我们怎么对得起孩子们。"赵田禾说，"我就想一定要派人去探个究竟。"

赵田禾的话提醒了温永祥，他附和说："对，可以让伯祺负责，设法打听到他们俩的消息。"他站起来，"我这就让人把伯祺叫过来。"

伯祺得了命令，马上来到办公室。坐下来后，听了两个长辈的讲话，他立即说："没问题，把任务交给我，我一定圆满完成。我相信鹏飞和洁萍一定没事的,等着我把好消息带回来吧。"

伯祺得了指示,就退了出来,说马上出去探听消息,让两位长辈早日安心。

赵田禾望着伯祺快步行走的身影,忧愁的心稍稍安定下来。他转向温永祥,突然问:"伯祺是共产党员吧?"

温永祥脸色一变,马上说:"怎么可能?不是,绝对不是。"

赵田禾微微一笑,对他说:"永祥兄,你就不要骗我了。我跟共产党都打了多少年交道了,还不知道怎样的人是不是共产党员吗?伯祺这样自律自重,做事拿捏有分寸的人,就是典型的共产党员。"

温永祥不说话,过了一会儿才说:"其实一开始我是不知道的,后来才由他亲口承认,受党组织的派遣来到我们古坊。当时,您不在古坊,赵先生又疾病缠身,赵福民作威作福,我身边急需一个帮手,所以觉得伯祺留在古坊,还是很好的。后来,您回来也都看到了,伯祺的所作所为实在于古坊是好处多多。而且,我亲眼看到共产党和国民党的所作所为之后,感觉两党高下立分,共产党领导下的苏区一片朝气蓬勃,而国统区人民陷于水深火热之中。在我的心里,其实还是希望古坊能回归共产党的领导之中,您和党组织重归于好。所以,我就没有向您说明伯祺的情况,希望有一天能够以更加光明的方式共同迎接古坊的新生。"

"永祥兄,我不反对伯祺是共产党员,我赵田禾自己的儿子也是共产党员呢。不管伯祺是哪类人,只要他有能力和我们一起带领古坊走上幸福生活,我们就欢迎。我和你的感受是一样的,对于国民党的大多数,我十分反感;对于共产党的大多数,我深怀敬意。"

"田禾兄,我和您同感。要不是红军主力转移,苏区已全部沦陷,我也会向共产党靠拢的。"温永祥说出自己的心里话。

"现在进入了特殊时期,暂时不要提共产党的事。"赵田禾从上衣口袋里掏出一封信,递给温永祥看,"永祥兄,你看,这样一封来自国民党福建党部的信,邀请我参与福建国民政府工作,可以去福州工作,也可以就留在闽西,担任闽西善后委员会主任一职。"

温永祥问:"您怎么打算?接受省党部的邀请吗?"

"是,就在和你谈话的时候,决定接受他们的邀请。并且担任闽西善后委员会副主任,不担任主任。"赵田禾说。

"为什么?"温永祥以为他会推辞,没想到竟然接受了邀请。

"现在苏区已经不复存在,下一步,袁宝儒一定会将矛头再次对准古坊。怎么办呢?打是打不过他了,救也没有人能够救了。只有利用这次省党部邀请的机会,拿一个名头来戴戴,袁宝儒就不敢来找碴。而且,我突然想到,如果鹏飞、洁萍还在闽西的话,可以通过我的身份,躲到古坊来,这样就安全了。"赵田禾说。

温永祥听了,眼睛一亮,显然最后一句话的吸引力最大,"好,田禾兄,就这样办。不要当正主任,当一个副主任就行,部队也名正言顺地保留,还可以向党部要军饷要军需。"

"是啊,就等伯祺带着好消息回来。"

这次谈话过后,赵田禾、温永祥每天翘首以盼,等待伯祺回来。

等啊等,等到雨停了伯祺还没回来;等到雨又开始下了,伯祺还是没有回来。赵田禾的心里都有些慌了,伯祺会不会出现什么意外呢?这样的年头,什么事都有可能发生。唯一的办法就只有等待。

半个月过去将近二十天的时候,伯祺回来了。那天,一个骑着白马的男人快速从村口的牌坊经过,有人大声喊:"伯祺政委回来了!"赵田禾和温永祥都不约而同往村口跑去。还没跑出两步,伯祺就来到了他们身边,从马背上跳下来。

"好消息,你们俩放心。"伯祺要把最关键的话说出来,让他们不要再担惊受怕。他向两位长辈使了个眼色,他们明白了,一起向屋内走去。

刚刚到达屋里,赵田禾和温永祥就要他说清楚点。

伯祺喝了口茶，笑着对他们说："鹏飞现在是红九团副政委，已经从梅花山地区向南转移，具体方位不清楚，估计到了我们这一带附近的山场。洁萍也安全抵达游击区，现在应该在杭永交界地带的山林里。"

赵田禾和温永祥终于放下心来，两人的手紧紧握在一起，在他们的心里孩子们的安全比什么都重要。

"虽然鹏飞和洁萍都已转移到安全地带，但是红军游击队的处境非常困难，只能整天躲在山上，没有吃没有穿，也常常受到敌人搜山的危险，不少同志在游击战争中牺牲了。可以说，现在他们还很艰难，很危险，急需得到帮助。"伯祺将了解到的情况说了出来。

赵田禾和温永祥相视一笑，伯祺看糊涂了，鹏飞、洁萍他们的处境那么困难怎么还笑啊？

赵田禾说："伯祺，你再做一回传达员。让游击队到古坊附近的山林活动，只要在我们的势力范围，我们就可以保障他们的安全，也可以给他们提供相应的补给。你看，这样行吗？"

伯祺听了一愣，原来是这么回事啊，他立即笑了起来，但转眼一想，不行啊，要是被国民党发现了怎么办？

温永祥看着伯祺疑惑的眼神，笑笑说："你赵伯伯现在是国民党闽西善后委员会副主任，官大着呢，袁宝儒之流还不敢随意到古坊来搜查。所以，你和红军游击队说说，尽管让他们来，只要不太张扬就行。"

赵田禾看着伯祺，对他点点头。

伯祺什么都明白了。

六

赵田禾精神抖擞，昂首挺胸，走在古坊村里，见人都打招呼。大家以为他当了国民党的什么主任,心情好,还祝贺他当大官呢。他也不拒绝,嗯嗯哈哈,随便说说"天气很好""禾苗长得不错"之类的话。温永祥看着他,也笑他当了个官打起了官腔。他回答说,有好事不能说,当然只能打官腔。伯祺回来的当天晚上,他就对细凤说了,儿子在红军中当官了,没有事,过得很好,下次争取叫他回家一趟。细凤听了,心花怒放,双手合十说菩萨保佑。

在伯祺的牵线下,红军游击队与古坊建立了秘密联系。赵田禾和温永祥想方设法弄来粮食、油盐和急需物资,源源不断地向山上供应,游击队的生活很快得到改善。山上药品短缺,赵田禾通过济善堂购买药品,解了燃眉之急。赵田禾通过伯祺传话,希望游击队请鹏飞有空时回来一趟。游击队说等鹏飞的队伍在这一带活动时,一定通知他回家见面。

从游击队传来消息,鹏飞这几天将回家。赵田禾将话说给细凤听时,细凤一听眼泪就掉下来,哽咽着说,"终于要回来了,可把我吓坏了。"然后,忙着将他住的房间清理一遍,把被子席子一股脑儿都搬到坪里晒太阳。她在家里忙里忙外,弄了房间弄整个屋子,就怕哪一点让儿子不舒服了。突然,她想到什么,问丈夫:"田禾,你说鹏飞会不会带洁萍一起回来啊?"赵田禾可没想那么多,是啊,传来的消息只说鹏飞,没有说还有别人。他跑去问温永祥。

温永祥也说:"没听说洁萍会回来啊,按理鹏飞和洁萍不在一块,应该不会一起回来吧。"

赵田禾这次考虑得比较多了,问:"万一一起回来了呢?"

温永祥说:"回来就太好了,我让家里的老太婆也一起过来,见见自己的女儿。"

"我说的不是这个。听说鹏飞和洁萍在恋爱,如果他们一起回来的,是不是把婚礼也一起办了?"赵田禾说。

温永祥被他一提醒,点点头,说:"也好,他们天天在做革命工作，年龄也不小了。如果一起回来，就为他们办个婚礼，也了却一下我们做父母的心愿。田禾兄，还是您考虑周到。"

赵田禾哈哈大笑，"我是男方，当然得我考虑。哎，永祥兄，要多少聘金啊，我得提前准备准备。"

"我要您家的金山银山，您拿得出吗？田禾兄，聘金的事您就别操心了，我们都是新人，不兴这一套。只要他们幸福，比什么都更重要。"温永祥说。

"好，只要他们回来，该办的事，我来办。"赵田禾说。

这天上午，细凤正在家里收拾着一些杂七杂八的东西，门口来了一男一女两个青年人。男青年对着细凤喊："妈——"

细凤抬起头，看见一个穿着粗布蓝衫的青年站在那里，旁边也是一位穿着农家服装的女子，一时反应不过来。

"妈——是我，鹏儿。"青年向她走来。

"鹏儿啊，你怎么这个打扮？我都认不出来了！"细凤扔下手中的工具，一边小跑一边用手在围裙上擦拭着。

鹏飞已经来到母亲面前，他的手抓住母亲的双臂，说："妈，我回来了。你看，洁萍也回来了。"他向身后的女子招招手。

洁萍微笑着走上前，对细凤说："伯母好！"

细凤笑了，泪水都笑了出来，她说："洁萍啊，都好几年没见，认不出来了。你看，你们俩，穿成这个样子，我都不敢认呢。现在好了，回来就好，回来就好。"

赵田禾、温永祥听说鹏飞和洁萍都到家了，提着长衫一路往回跑。跑到家里，两人都气喘吁吁，除了大声喘气，连话也说不出来。鹏飞、洁萍看到两位长辈，感到心疼，几年不见，原来像山一样的父亲竟也开始老了。互相招呼过后，一家人在欢声笑语中坐下来。

赵田禾说，"我和永祥兄这几天都尽量待在校门口讲事情，就是想你们回来的时候一定会经过那里，一看就知道。没想到，你们穿成这样,大家都没注意到,连回到家里你母亲都没认出来。哎,真是有意思,我看你们干革命都干出经验来了。"

鹏飞说:"现在我们都在秘密地开展活动,最主要的就是不能张扬,穿成这样,也是从安全着想。不过,现在就是让我们穿,也找不到什么好衣服穿。"

温永祥问洁萍怎么和鹏飞在一起了,原来都没听说会一起回来呢。洁萍告诉他,红军主力转移后,她和医院的其他人员也转移到了山区,一直过着朝不保夕的日子。今年过后,情况稍微有些好转,闽西各地的游击队伍也慢慢恢复了联系。前段时间,她和军政委员会转移到了附近的双髻山,鹏飞也带着队伍到了山上会合。"听说,游击队和我们古坊建立了秘密联络通道,我和鹏飞都很高兴,为你们支持革命的义举而自豪。所以,领导对我们说,两位长辈希望鹏飞回一趟家时,我们就一起回来了。"

赵田禾问洁萍:"那现在你们在一起吗?"

洁萍感到疑惑,说:"伯伯,我们现在就在一起啊。"

"我是说,你们是不是在一起生活啊?"赵田禾见洁萍没有理解他的意思,暗自着急。

"爹,我明白您的意思。来,我来告诉您,我和洁萍在一起了,准备一起结为革命伴侣。这下您明白了吧?"鹏飞站了起来,大大方方地对父亲说。

"明白了,明白了,这样就好。我和你永祥叔都高兴。"赵田禾说着,一边看着温永祥。两人都开心地笑起来。

大家都在开心地聊着,快到午饭时分,伯祺带着洁萍母亲也赶到了。原来,听到洁萍回来,赵田禾马上叫伯祺骑着马把洁萍母亲接过来一起见面。洁萍母女见面,免不了一番寒暄,然后快快乐乐地坐下来。

午饭的时候,赵田禾提出举办婚礼的事。鹏飞和洁萍都马上表示反对，说现在形势那么严峻，万一声势搞大了，引起敌人注意，那就麻烦了。他们回来就住一个晚上，然后就按规定返回。今天回来主要是报个平安，见见双亲。等革命成功了，一家人再好好相聚。父母们听了，只能表示同意。细凤和洁萍母亲听了，默默地流下泪水，又不敢让他们看见，偷偷用手擦拭。

吃过午饭，赵田禾还是让人杀了一头羊准备做顿丰盛的晚餐，一家人好好团聚。细凤连忙将准备给鹏飞结婚用的被套换上，其他结婚用品也一并摆上。她还叫田禾用红纸写上喜字，贴在房门上。

晚餐时，伯祺没有来，他亲自负责安保。虽然之前他已经布置好，可绝对不能让人走漏消息。鹏飞现在是红军游击队的领导，是国民党重点抓捕的对象，必须慎之又慎。他要求保安团二十四小时值班值守，他自己带着队伍在村里巡查。

晚餐吃得很慢，大家聊得很多，似乎说也说不完。细凤将她结婚时父亲送她的金项链给洁萍戴上，说虽然没有举行婚礼，但今天双亲都在，从今往后就是一家人了。大家笑着开心着，但又有一丝伤感。明天一别，又不知什么时候才能见面了。大家都觉得舍不得散席，舍不得分开。

夜深人静的时候，晚餐才结束。待鹏飞、洁萍回到房间时，已是午夜时分。鹏飞看着崭新的充满喜气的被褥，开心地说，"好久没有在床上睡过一个晚上了。"洁萍说，"那就好好睡吧。""有你在身边，我舍不得睡，我要好好看着你，看着你入睡。"鹏飞说。"我也不睡，我也舍不得睡啊。"洁萍望着自己的爱人。

鹏飞走到洁萍面前，将她轻轻拥入怀中。洁萍紧紧地贴在他的身上，希望她的每一寸肌肤都能够和他融合在一起，感受他的呼吸，他的阳刚之气。他吻着她，她也热烈地回应着，舌尖味蕾散发出的气息弥漫着他们的神经，像鸟儿快乐地舞蹈，像藤蔓深入地纠缠。他为她轻轻脱去衣服，双手颤抖着，每当手指接触到她身上的时候就涌起无法抑制的冲动。他抱起她,将她放在喜庆的床单上,身子慢慢地与她叠在一起,抚摸着,触动着,感受着她的每一次战栗。终于两人汇合在一起,像滚烫的水流冲刷着青春的堤坝,身体一次次被融化,一个波浪冲击着另一个波浪,翻滚着,推动着,轰轰烈烈向更深远的地方奔去。

这一夜,过得很快,又过得很慢。他们终于在黎明到来的时候沉沉入睡,脸上有着恬静的笑容。当在阳光中苏醒过来的时候,他们又踏上了新的旅程。他们再次告别家乡,往广袤的森林走去。

第十章 蕉花

一

钟汉生后来想起自己的决定，认为还是做出了正确的选择。这个瞿先生虽然是个有影响的人物，但又有什么关系呢，人不是我杀的，杀他的人是宋师长，称他为先生的那个人。而我，因为抓住了这么一位要犯，受到蒋鼎文司令的表彰，比起袁宝儒救顾祝同那招管用多了。当然，我的作用摆在那里，那姓蒋的不能不重视我，可以说我比那些正规军还管用，在我的地盘上还是我说了算。强龙难压地头蛇，就是这么回事。

他也不时把赵田禾拿来对比。赵田禾是高人，家境好，从小就是个公子哥，读得起书，关键还出过洋，所以要混出个名堂很容易。哪像自己，白手起家，完全靠自己打下一片江山。不论地盘还是实力，我现在比赵先生强多了。赵先生守着古坊那一亩三分地，一成不变，到头来还不是弄了个闽西善后委员会副主任的帽子来戴。他啊，就是书读多了，前怕狼后怕虎，迈不开大步，连袁宝儒都比他有更多人马。不过他有一点挺佩服赵田禾，那就是他做事考虑周全，也很稳当。二十多年来，除了袁宝儒这个傻瓜敢去打古坊，古坊竟然一直平平安安，也算是奇迹了。

这个时候的钟汉生，"春风得意马蹄疾"，自己认为的事业必将蒸蒸日上。特别是除了得到钟良的赏识之外，还受到蒋鼎文的重视，让他特别受用。他意识到，这是他命运的一个转折点，只要抓住这个机会，到时候这些中央军一走，闽西就是他的天下。

一天，钟汉生刚刚枪毙一批共产党员，回到自己的办公室，电话响了。他抓起听筒一听，原来是蒋鼎文的电话。蒋鼎文告诉他，要他马上准备，明天出发到南京，参加中央陆军军官学校将校班培训，这是一次千载难逢的机会，还有机会面见蒋委员长，要好好把握。他听到消息激动得电话都握不住，什么话也不会说，只会说一句"感谢司令栽培"。等蒋鼎文挂断了电话，他还愣在那里，没想到蒋鼎文会如此器重自己，将这么重要的培训安排给他去参加。

钟汉生将消息告诉了夫人陈娇娇，让她安心在家，不用为他担心。然后，他把能牯等几个心腹叫到身边，安排他不在闽西期间的事务，特别强调要把好大本营，尤其是不能让袁宝儒、卢天明之流端了老窝。遇到强敌的时候，可以相机放弃武平、上杭，但无论什么时候，岩前不能掉。他说，现在共产党暂时成不了大气候，重点还是国民党各派之间的矛盾，不要轻易挑事，好好守住家门就行。

第三天，钟汉生起了个大早，精神焕发，当走出住所时，能牯他们已经等候多时了。他与他们一一告别后，踏上了前往南京的行程。一路北上，他这个南方的土包子终于见了世面，什么都觉得新鲜，什么都觉得很神奇。他心里想，大城市的才会享福，自己以为当了个土霸王就了不起，没想到自己是黄瓜打铜锣——差了好几截。到了南京后，进入中央陆军军官学校，将校班里大部分是正规军的将校长官，许多人鼎鼎大名，只有他最寒酸，站在一群同学面前就像一个小丑。他觉得惭愧，甚至觉得自卑，在那些星光闪耀的同学面前抬不起头来。过了几天，他才忽然想明白，在这么重要的将校班里，他一个地方部队的旅长竟然有资格参加，不正说明了他的重要吗！想清楚了这些，他也有自信了，开始主动与同学们联系交往。

将校班有个福建老乡胡少强，是省保安处派来培训的。胡少强是黄埔系毕业，自视甚高，与班上一帮同是黄埔出来的师兄弟打得火热，对钟汉生却连正眼都不瞧一眼。钟汉生有自知之明，也不太与他接近。于是，一帮非黄埔系的同学自然而然就在一起，个个称兄道弟也是亲热得很。钟汉生这人虽然像个土包子，但他有一个特点——大方、热情。来南京的时候，他特地带了一些黄金，以备需要时使用。身上有钱，心中不慌。熟悉了之后，他显示出自己的优势，只要课余有时间，就邀请一帮人到外面喝酒，今天你几个，明天他几个，一个月不到，钟汉生的豪爽就在班里流传开了。胡少强看不上他，他不着急，自有办法对付。他通过其他同学邀上胡少强出去喝酒，一开始对方好像不情愿的样子，几次以后态度就变了。特别是，钟汉生还私下送给胡少强一笔钱，让他好回请同学。虽然胡少强在省保安处，但在经济上哪里比得上钟汉生这样的土霸王呢，他的囊中羞涩早被钟汉生看在眼里。钟汉生并不点破，只是趁着没人的机会，当作是向他表殷勤的心意。胡少强假装推辞了一下，就收下了。从此，他俩的关系好转了许多。

不知不觉在南京已经三个月了，再过一周就要毕业。钟汉生觉得这三个月过得比一辈子还值得。什么叫天上人间？南京就是天上，而他岩前就是实实在在的人间。他在天上接受了最新的思想和指挥作战方法，更主要是接受了那些将军的生活方式。对于那些灯红酒绿、吃喝嫖赌，他照单全收。在他看来，这才是真正的上流社会。而现在，他已经进入这个上流社会，和上流社会的这些人有了同学之间的情谊。他是靠拳脚和关系起家的，知道关系的重要性，他想以后在闽西谁还有他钟汉生的关系硬！

对于培训的收获，他已经觉得足够多了。但没想到，更大的惊喜在等着他。即将毕业的前两天，指导教官特意找到他，说蒋委员长要面见他，叫他赶快去总统府，学校已经安排专车送他进总统府。他一时手忙脚乱，教官帮助他整好制服，拉着他跑到小车边，打开车门，将他塞进座位。小车轰的一声就往总统府跑。

到了总统府，他已经紧张得大汗淋漓。他对引导的工作人员说要上个厕所，跑到厕所却半天尿不出一滴尿。一跑出来，就又想尿尿了。工作人员等得不耐烦了，半架着他到了一个会客的小客厅。不一会儿，蒋介石出来了，轻轻地握了握他的手，然后说了几句表扬的话，鼓励他再接再厉，将闽西的赤匪全部消灭，以不负党国厚望。接着，有人递给蒋介石军服之类的东西，示意他准备接受。于是，蒋介石授予他被视为最高荣誉的中正剑，并授予少将军衔。他感到不可思议，像在梦中一般。他稀里糊涂地接受过来，还在工作人员的引导下，换上了少将服装，在总统府留下了一张珍贵的照片。这些程序结束，蒋介石走出会客厅，他站在那里还没回过神来。

回到军校后，整个将校班都沸腾了，同学都没想到这个乡下土包子竟然能够得到蒋介石接见，还授予中正剑和少将军衔。大家都向他祝贺，并探听他和蒋介石有什么关系，为什么一个班只有他独享这份荣耀。他呵呵地笑着，感谢着，并不回他们的话。在班级的结业式上，钟汉生还以优秀学员身份做了发言。"一朝看尽长安花"，此时的钟汉生登上了人生的巅峰时刻。

晚上，钟汉生接到了蒋鼎文的电话，向他祝贺。他立即意识到，这次受蒋介石接见，与蒋鼎文有极大的关系。作为蒋介石的"五虎上将"之一，两蒋之间的关系非同寻常，否则不可能有他钟汉生在将校班的一枝独秀。于是，他立即向蒋鼎文表感谢、表忠心，还信誓旦旦唯司令马首是瞻。

蒋鼎文告诉他，回去之后，首先到省党部那里报到，向省党部汇报学习情况，然后再回闽西。他反复交代，要听从福建省党部和省政府的领导，要处理闽系和粤系之间的关系，毕竟他是在福建的地盘上，不是在广东的地盘。

这话他已经不是第一次听到了。有一次喝酒时，胡少强借着酒兴，对他说："汉生，你给我小心点哈。福建的地盘上，我们是容不得广东势力插一手的。你是谁的人，我心里一清二楚，但我不会说破。不过，其他人呢，他们会说破吗？他们与你无亲无故，不仅会说你，还会落井下石。所以啊，没事多来福州走走，不要老是去广东。"钟汉生自然说好，感谢他的提醒。

听完蒋鼎文的交代，钟汉生说，他一定到福州报告，他也一定会听从福建省党组和省政府的指挥，与粤系保持距离。

二

钟汉生有了中正剑和少将军衔，等于有了尚方宝剑，回到岩前之后大摆酒席，与官兵们共同庆祝一番。随后，他带着银圆和泰国象牙、缅甸玉器等珍宝，来到梅州，一是向钟良报喜并表谢意，二是感谢堂舅曾文焕。钟良和曾文焕看到自己培养的人有出息，自然十分高兴。钟良趁着酒兴说："汉生，你现在是少将旅长，身份不一样了，但是你要知晓，你的背后是我们粤系强有力的支撑。说实话，这些年来，如果不是我这边保障了你，袁宝儒的命运就是你的命运。你看，他比你起步早，因为他的靠山太怂，靠不住，导致他像一个没娘的孩子，到处摇尾巴，乞求人收留。"

钟汉生说："司令，您放心，您的大恩大德，汉生怎敢忘记啊。没有您，我就是梅花山上的一只野狼。现在这日子，我做梦都没想到。这些都是司令的恩赐啊。"

钟良听了自然十分满意，曾文焕频频点头。

从梅州回来，钟汉生还是觉得有点飘，既有飘飘欲仙，也有不真实的感觉。没两天，他做出一个决定：回竹岭老家建一栋将军楼。不是说"富贵不还乡，如锦衣夜行"吗，现在他出息了，当然得在家乡敲敲锣、打打鼓，建造一栋大房子，让全村的叔伯兄弟都知道他当了将军。他把这个主意向陈娇娇一说，陈娇娇不同意，说太高调了，不要那么显摆。他向能牯一说，能牯也不同意，说现在不是衣锦还乡的时候，竹岭是袁宝儒的势力范围，在袁宝儒的地盘上建将军楼，不是明摆着刺激他吗？他问手下的老二老三老四，个个拍着手说，好，大哥，就要建将军楼，让大家知道大哥的厉害。他觉得还是兄弟们理解他，就决定回一趟竹岭。

竹岭是袁宝儒的势力范围，但不在核心区内，也没有驻军，村里只有治保主任之类的办事人员。钟汉生要进出竹岭还是比较方便的，何况他们都属于国民党系统，没什么利害关系也尽量不去发生冲突。袁宝儒当然知道竹岭是钟汉生的家乡。钟汉生偶尔回家乡，他也睁一只眼闭一只眼。所以，钟汉生想，回去盖一栋房子没什么大不了，就在自己的家乡呢。

钟汉生保持着一贯的低调回到竹岭，宰杀了一头猪，请同一房族的长辈吃饭。竹岭人都知道钟汉生当将军了，自然没有人敢不来。这个曾经流着鼻涕的流浪儿成为全村最有出息的人，大家都怀着一种陌生而敬畏的眼神望着他。他客气而恭敬地对待长辈，向他们频频敬酒。在他们的询问下，他也讲述了在南京的传奇经历。酒足饭饱后，他将自己回家建房的意图向大家说了。

大家都说好啊，当了将军理应回来造房子。

"可是，家里的祖宅早就没有了，都被大家占掉了吧。"钟汉生端着酒杯。

大家一听，都默不作声了，他家的祖宅塌掉后已经被邻居一人占一块全瓜分光了。

"放心，我也不要大家拿回来，我想重新选一个地方建房，是谁家的地我花双倍的价钱买下来，好不好？"他笑嘻嘻地说。

大家面面相觑，都不敢表态。

"这个地方就是我们村里的竹背岗，岗上有一块大家种菜的平地。我看这块地不是稻田，也不肥沃，就是种一些闲菜。请大家高抬贵手，成全我一回。"他放下手中的酒杯，向大家抱抱拳。

大家松了口气，那块不是什么好地，而且以两倍价钱买，当然表态同意了。

钟汉生看到大家答应，也很高兴，说接下来建房还请大家一起帮忙，凡是帮他建房的，工钱照发，过年的时候还有奖励。大家一听，气氛重新热闹起来，又重新喝起酒、猜起拳。

钟汉生的名声一下在竹岭传开，大家都说汉生崽牛气，既当官又发财，还不记旧账。

袁宝儒也知道了钟汉生建房的事，一开始也不太在意，要建就建吧，只要不出格就行，毕竟现在还是同一屋檐下吃饭。

可是，当房子建造初具规模的时候，袁宝儒坐不住了。为什么？竹背岗是竹岭全村最高的一块平地，从村口就可以看到它，站在平地也可以俯瞰全村。钟汉生的眼光很毒，一眼就相中了这块村里人不在意的地。房子建起来了，大家站在房子前面一看，全村的房舍田园尽收眼底，远处连绵的青山像奔跑的马群非常壮观，山岗左边有一条小溪汇入前面的溪流，山岗前方是溪流弯曲处构成的水潭，真是风水宝地啊。最要命的是房子建的是传统的五凤楼结构，占地足足有三千多平方米，从村子的任何一个角落，都可以看到错落的楼层像五只飞翔的凤凰。据说，房屋建造起来后，前门会有一个像牌坊一样的大门，上面写着三个大字"将军府"。袁宝儒偷偷到竹岭看过之后，心里像点燃了一团火，感觉钟汉生建这栋房子就是来嘲笑他、侮辱他的。他仿佛看到钟汉生皮笑肉不笑的样子，说你袁宝儒不是闽西"剿匪"总队的总队长吗，我钟汉生就不鸟你。我是委员长亲自授予的少将，还有中正剑，我就要在你的地盘上造一栋将军府，压压你的气势。袁宝儒越想越气，连饭也吃不下了，觉也睡不着。

怎么才能杀杀钟汉生的嚣张气焰呢？袁宝儒想啊想，终于想到一条在古坊用过的歪招——借刀杀人。他让自己的士兵扮成红军游击队的模样，趁着傍晚天未黑可以看清楚的时分，大摇大摆摸进竹岭村，冲到竹背岗，殴打建房子的工人，将门窗等容易破坏的强行拆除毁坏，同时故意还嚷嚷"红军就是要打击敌人，打倒欺压人民的钟恶狼"。随后，在大家还没反应过来时，快速撤离现场。

看着满地狼藉的现场，有人赶快将情况报告给了钟汉生。钟汉生勃然大怒，带着一队人马飞快向竹岭奔去。一开始听说是红军游击队前来袭击，他狠狠地说，非要把游击队抓来千刀万剐。但是，当他查看现场的时候，发现了两个卷烟的烟头，立刻怀疑这帮人不是红军游击队。于是，他细细问了当时的情况，心里有数了。他猜出十有八九是袁宝儒的把戏，看不惯他又想假借别人来挑起事端。

钟汉生派了一个连来保卫竹岭，房子经过维修之后，又继续往下建，终于在年底的时候建造完成。现在，只要有人进入竹岭，在村口就可以看到竹背岗上那栋雄伟的五凤楼，前面的牌坊上写着大大的正楷书法"将军府"。

将军府竣工的时候，钟汉生要回家大请乔迁喜宴。从陈娇娇到能牯和他的兄弟们，没有一个同意，大家都担心喜事变成悲剧。钟汉生叹了一口气说："那好吧，那就等着袁宝儒滚蛋的时候，我们再杀回去，好好庆祝一番！"

三

红军主力长征胜利后，中共中央和中央红军在陕北扎下根来，与此同时，日本侵略中国的步伐也在加剧，西北、华北成为国民党进攻的战略重点。蒋鼎文等中央军早已离开闽西，曾经血腥的战场，只剩下国民党的地方武装在对付顽强的红军游击队。闽西的"剿匪"并不理想，对比起南方的其他苏区，闽西的"匪"越"剿"越多。留在闽西的国民党部队却未能发挥统一战斗力，各自为战，特别是钟汉生的部队打着自己的小算盘，经常不服指挥，让福建省党部颇为头痛。

"西安事变"之后，国民党并没有将枪口对外，反而变本加厉地在南方的土地上开展新一轮的"扫荡"。在闽西的丛林中，红军游击队已经度过最艰难的时期，不仅以几座大山为根据地，还逐渐向外扩展，有目标地打击敌人。蒋介石对福建下了死命令，要重点打击隐藏在闽西大山里的共产党和红军游击队。福建省国民党党部和省政府要求闽西各支部队服从指挥、统一作战，争取早日消灭红军游击队。收到消息后，袁宝儒犯愁了，其他人还好说，钟汉生会受他的指挥吗？原来的时候就不服管，现在是少将旅长，更不把他放在眼里。他向省政府报告后，省政府以一纸命令发向钟汉生部，要求该部服从大局，在本次行动中归闽西"剿匪"司令部指挥，统一调度，形成合力，不得有误。

钟汉生收到电令后，把电报一扔，大骂："老子一个少将旅长，要听他一个小团长的话，真是笑话！我看省政府也昏了头，竟下达这样荒唐的命令！"不过他毕竟也算混迹多年的老江湖，特别是参加南京培训后，知道违抗命令的严重性。于是，他让手下回电报"遵照执行"四个字。说归说，做归做，他钟汉生找各种借口就不愿意配合袁宝儒。在他看来，闽西"剿匪"与他没什么关系，因为红军游击队都没有在他的地盘活动，而且红军游击队的存在，可以有效遏制袁宝儒之流的壮大，不会对他构成威胁。如果他配合袁宝儒"剿匪"无异于引火烧身，既削弱了自己的力量，又为袁宝儒扫除了障碍。所以，无论从哪个方面来看，都是得不偿失的事。

但也不能完全不配合，不然做缩头乌龟，会被袁宝儒抓把柄的。钟汉生给自己定了三条原则：一是袁宝儒地盘的"匪"不"剿"，二是威胁到自己地盘的"匪"一定要"剿"，三是除此之外的"匪"看情况"剿"。现在他是借助汀江天险隔江而治,南岸到梅州地界归他管,他管得严,红军游击队一般不会来。只有北岸剿得严的时候,红军游击队才会偷偷进入南岸。这个时候,他绝对是毫不留情,把红军游击队往死里打。

一天,钟汉生收到袁宝儒要求配合他在汀江北岸的一次"扫荡"活动。那个地方与他的地盘只有一江之隔,于情于理都得配合,他当然答应,便派出实力最强的三团配合袁宝儒。袁宝儒大喜,两支部队一起向游击队扑去。交战半个多小时后,游击队抵挡不住,向山里撤退,借助对地形的熟悉,抛开了敌人。袁宝儒岂肯善罢甘休?命令部队将山林团团围住,形成包围圈,向山里逐步前进并缩小包围圈。就在袁宝儒志在必得的时候,钟汉生的部队接到命令,要求他们全部撤退,迅速驰援官庄回龙一带,说是官庄回龙受到红军游击队袭击。袁宝儒命令他们不得撤退,必须完成这边的任务之后,再去官庄回龙。但是,钟汉生的部队以旅长的命令为由,拒绝再配合袁宝儒,并且马上整队离开了现场,火速向官庄回龙奔去。袁宝儒眼睁睁看着胜利从身边溜走。而更为可怕的是,红军游击队竟看准时机冲了出来,将袁宝儒的人打死不少,然后成功冲出包围圈,消失得无影无踪。

灰溜溜地回到新泉的袁宝儒后来得知,当天有小股红军游击队冲击了设在官庄回龙的检查站,情况不太严重,钟汉生竟然将三团全部抽走,使自己的战斗功败垂成。他知道事情原委后,气得鼻子冒烟,口舌生疮,就差七窍流血。他将情况向省政府参了一本,省政府也无可奈何。不过,省政府也算有了动作,那就是由省保安处派遣部队进驻闽西,大本营就设在汀州。保安处要求袁宝儒也随行进驻汀州。省政府的想法是,通过进驻汀州,使龙岩和汀州两个闽西最大的城市都能够服从指挥,即使钟汉生不听话,也不会影响大局。如果龙岩和汀州驻军力量能够强大起来,那就将钟汉生吃掉或者驱逐出闽西,然后再全力歼灭红军游击队。

闽西的"剿匪"进展缓慢，省政府心如火燎，要求省保安处督导闽西"剿匪"工作，谁不听话，就让谁下台。钟汉生依然我行我素，隔江而治的现实，使他悠闲自在地过太平日子，而对岸的袁宝儒和省保安队，却如坐针毡，每天都不得安生。一天，钟汉生收到来自汀州的加急电报。原来是省保安处处长、将校班同学胡少强亲自发来的电报，说根据最高指示，安排部署"剿匪"事宜，请火速前往汀州参加会议。他一看是最高指示，又是自己的同学亲署的电报，不敢怠慢，迅速往汀州城跑去。

钟汉生对胡少强的态度有点复杂，既有点怕他，又看不起他。初识胡少强时，此人一脸高傲，目中无人，似乎没有他看得上的人，黄埔的牌子在那边，确实有他值得骄傲的资本。但是，这个人明显也没什么本事，堂堂黄埔毕业，却在地方上混了个处长，而且还是前任黄处长升任司令后，因为同学的关系才弄到的。另外，当钟汉生向他送礼请客后，他竟坦然自若，也从未明显表示过感谢，只是态度好了些。不过，不管怎样，两人毕竟同学一场，应该还是讲点感情的吧。

一路疾驰，钟汉生风尘仆仆地跑进汀州城，将马交给卫兵后，径直往"剿匪"指挥部走去。到了指挥部办公室，里面却空无一人，钟汉生觉得奇怪。不是说紧急会议吗，怎么会没有一个人？正在疑惑间，突然从外面进来八个荷枪实弹的士兵，将钟汉生包围，并且冲上去将他绑起来。他感到莫名其妙，大喊："这是怎么回事，胡少强处长呢？我要见他。"士兵中有人大声喝令："不得乱叫，我们执行的就是胡处长的命令！"他叫道："胡说！是他叫我来开会的！我要见他！我要见他！"此时，他觉得胡少强才是自己的救命稻草。

不一会儿，救命稻草出来了。不过，他已经变成夺命稻草。胡少强出现在钟汉生面前，阴恻恻地说："汉生，是我叫他们将你绑起来的。"

"胡少强，是怎么回事，你给我说清楚！"钟汉生大声喊道。

"汉生，你一直自以为是，从来不听省政府指令，使闽西'剿匪'不仅停滞不前，而且损失惨重。我们三番五次劝你要服从命令，可是你什么时候听过？"胡少强那副高傲的神情又出现了。

"我怎么不服从命令？我一直是全力打击闽西'共匪'。你想怎么样，胡少强？你别忘了，我是有中正剑的，委员长亲自授予我的！"钟汉生想到另一根救命稻草，这根稻草是最有用的稻草，也是他最后一根稻草。

"你以为有了中正剑，就可以为所欲为吗？别想错了，校长授予你中正剑，是希望你从党国利益出发，共同战胜我们的敌人，永葆我们军人的荣誉。而不是像你一样，不知天高地厚，以为老子天下第一。所以，今天我代表省党部和省政府，对你进行处置。"胡少强严厉地说。

"胡少强，你想怎样处置？你还认同学之情吗？你还有人性吗？"钟汉生也被彻底激怒了。

"我想怎样处置，取决于你的态度。如果你老老实实接受处分，我会向省政府给你求情，宽大处理。如果像你刚才这样的态度，我看你是把自己的死路提前准备好了。"

"胡少强，你别吓我！老子天不怕地不怕，还会怕你这个小人！你说，在南京你吃了我多少饭，喝了我多少酒，还拿了我多少东西！现在你竟然这样无情无义，我看你连狗都不如！"

"钟汉生，我看你才是一条疯狗！警卫员，给我把他拉下去，关在监狱里！"

士兵们一哄而上，将钟汉生连推带拖押到了汀州监狱。

在监狱里，钟汉生毫不屈服，从胡少强骂到袁宝儒，从个人骂到他们全家。胡少强看到他如此强硬，觉得以后放出去肯定不会放过自己，对自己终究是个隐患，于是一不做二不休，干脆下令以通匪罪的名义，将钟汉生枪毙。

第三天，钟汉生被枪杀在汀州监狱死牢。据说，临刑前钟汉生高喊："胡少强，你不得好死！胡少强，你活着走不出闽西！"

胡少强躲在指挥部里，没有听到钟汉生骂娘，只感到胃里发烫有东西在翻滚，头上直冒冷汗。袁宝儒说请个医生来给看看，他摆摆手没答应。

四

陈娇娇待在家里，右眼皮一直在跳，用了什么方法都不奏效。她担心有什么事发生，一时心神不宁。她打电话问能牯，旅长有没有在身边。能牯说旅长去汀州开会，三天了还没回来，也没有个音信。她让能牯去问清楚是什么会，什么时候回？能牯说打电话没问清楚，现在已经派人去了。还说袁宝儒在汀州，怕他搞鬼搞怪。她听了放心不下，骑着马就从岩前跑到上杭。

刚到上杭，能牯就对陈娇娇说有情况。就在陈娇娇打完电话后，袁宝儒打电话过来，说旅长被省保安处处长胡少强扣押了，主要原因是旅长不听省政府指挥，激怒了胡处长，要来教训旅长。陈娇娇问，"袁宝儒的话可靠吗？"能牯说，"应该可靠，袁宝儒就是担心万一旅长有事，会被我们认为是他在搞事，他还说，情况非常危急，赶快想办法，不然旅长有性命危险。"

人命关天，一下找谁去啊？陈娇娇心乱如麻，一时也想不到该找谁去。找钟汉生将校班同学或老师？可她和能牯这些人都不认识他们。找省里面，也没有能够说上话的人。思来想去，只有钟良是最合适的人选。幸好陈娇娇跟着钟汉生去拜访过钟良，她直接拨通了钟良的电话，将情况告诉钟良，请他一定想办法解救钟汉生。钟良听了也感觉事态严重，找到南京方面一个同乡好友，请他立刻向福建省政府沟通，要求放了委员长亲自授予中正剑的少将旅长钟汉生。福建省政府的陈主席听了一开始还不相信，后来问了一圈，才知道胡少强到汀州去质问钟汉生了，确有其事。但是电话打给胡少强的时候，胡少强报告说钟汉生不服管教，还威胁要在闽西闹独立，已经被他枪毙了。陈省长大发雷霆，可是已经无力回天。当钟良把消息告诉陈娇娇的时候，她一下就晕厥过去。

紧接着，袁宝儒也打来电话，证实钟汉生已经被执行死刑，人还在汀州监狱，等胡少强离开后，他会安排人配合其家人收殓尸体。能牯派人把老二、老三、老四等钟汉生的心腹叫过来，一起商量接下来怎么办。

大家一听老大被枪杀，都悲愤难忍，一致表示要打到汀州去，杀他个片甲不留，还说马上就去准备，把部队集中起来，抓紧出发。

能牯制止了他们，说："发生了这样的事情，我们都很愤怒，但不能意气用事啊。大家想一想，那个胡少强敢枪杀老大，难道他就不敢带着军队来打我们吗？他杀旅长的目的，就是想要一举摧毁我们的部队，或者让我们归顺他的管理。如果现在贸然攻打汀州，我担心我们的老巢会被他们乘机攻占，到时候我们就只能束手就擒，更不用说为老大报仇了。"

"那怎么办，总不能在这边无动于衷吧？如果是这样，那我们不是太窝囊了吗？"老二说。

"是啊，不能那么窝囊！"其他人附和着。

"那当然，我们一定要报仇。但这个仇怎么报，我们先听听嫂子的意见。"能牯说。

陈娇娇在医生的救治下，慢慢苏醒过来，听见大家的讨论，她也重新坐回厅里。能牯把大家的想法说了一下，征求她的意见。她抑制着悲痛的心情，看着满腔怒火的兄弟们，说："汉生被刽子手杀害了，此仇不报非君子。刚才能牯把事情的利害关系分析了一遍，我也觉得不能蛮干，大家都来想一想策略。我虽然是一个妇道人家，但汉生不在了，从今天起我就和你们一起，为汉生报仇！怎么报，我觉得要快，慢了就很难报了。大家说打到汀州去，肯定不行，不要说我们能不能打得进，就是打进去了，我们的地盘恐怕也被别人占领了。我的意思是，派一些人，专门去刺杀或者袭击胡少强。冤有头债有主，我们不找别人，就打他，打死了割下他的头挂在上杭城门示众。"

能牯和其他兄弟听了，觉得有理，就按照这个思路探讨。不多时，能牯决定先派几个人马上混进汀州城摸清楚胡少强的动向，根据他的动向布防，趁他不注意的时候将他干掉。陈娇娇也同意这个方案，她说要马上去，晚上回来报告。

晚上十二点，派去探听消息的人回来了，陈娇娇召集大家一起讨论计谋。原来心胸狭窄、刚愎自用的胡少强枪杀钟汉生后，受到省政府陈主席的严厉批评，叫他马上回去受审。听到主席的责骂，他才清醒过来，比枪杀钟汉生时更加害怕紧张，所以他决定明天坐车回省城。明天的车辆除了一辆小车外，还有两辆载着士兵的大车随行保护。陈娇娇听了，与能牯他们商量，能不能在半路截住胡少强，然后将他当场击毙。能牯说这个办法好，我们提前埋伏在自己管辖的公路地段，等他们的车辆过来的时候，发动突然袭击，胡少强必死无疑。还有人补充说，要设置路障，让他们过不去，这样的话他们就只能停在那边等死。陈娇娇说好，让能牯具体布置，她也和大家一起出发，要亲自打死胡少强，为钟汉生报仇。

能牯将地图摆出来，细细分析路段，最后确定伏击地点选在距离汀州城五十公里处的公路段。那里是钟汉生的势力范围，地形优越，刚好处于两山耸峙间，公路从中间弯弯曲曲地穿过，从汀州往省城方向刚好有点上坡，再设置一些障碍，车辆就很难通过了。一切准备就绪，凌晨四点钟，陈娇娇带领着荷枪实弹的队伍快速而秘密地向伏击地点冲去。

到达伏击地点的时候，陈娇娇首先带领大家察看地形，确定设置路障的具体地点，最终选定在上坡路段的一个拐弯处。这个地点刚好车辆开来时不容易发现，等发现的时候又来不及加油门，车辆就不得不停下或者直接熄火。确定路障设置点后，伏击地点也就确定了，就在公路的两旁山坡上，居高临下，方便埋伏，也方便射击。确定这些后，大家赶紧按分工准备。结果路障还没有全部设置完，目标就出现了。放哨的士兵来报说，前面出现了车辆，一辆小车在前头，两辆大货车在后面跟着，看样子像是胡少强的车。于是顾不上继续设置，大家都迅速埋伏起来，等待目标出现。

不一会儿，车辆轰隆隆开过来了，一秒，两秒，三秒……车辆越来越近，可以清楚地看出都是军车，可以确定是胡少强的车队。陈娇娇握着手枪的手都出汗了，她强压住心头的紧张，不让自己有丝毫闪失。她对能牯说，这次伏击由她指挥，一定要成功，不能让仇人逃走。所以，她其实还设置了第二道防线，在前面一公里处，老三还带着一帮人马在那里做候补。车辆开始上坡了，轰油门的声音越来越响。跑在最前面的小车一个转弯正要加速，看到路中央堆着木头、石头等乱七八糟的东西，赶紧大幅度打方向盘，车辆靠左边边沿继续前进，然后一个猛冲竟然冲过了路障。陈娇娇一看，小车要跑了，赶紧开枪，下令向小车射击。他们事前已经策划好，重点射击小车，因为胡少强就是坐在小车上，大车是护卫的士兵。随即，两边的火力一起向小车射击。后面两辆大车，看到小车受到射击，赶紧加大油门试图冲过路障。结果，由于大车笨重，而且只能走中间的道，路障竟然成功地挡住了它的去路。小车轮子被打破，在半坡上停了下来。陈娇娇看到大车被挡停，指挥火力向大车射击，预防他们下来营救小车上的胡少强。在强大的火力下，三辆车上的官兵根本来不及提枪就被压制住了，三辆车都被打得千疮百孔。

陈娇娇看到对方已无还手之力，下令全部冲下去，到公路上直接抓人。大家一边射击一边冲到公路上，发现车上不是死就是伤，没有一人逃脱。陈娇娇特别到小车上找胡少强,发现里面坐的都是士兵,竟然没有当官的,陈娇娇吃了一惊,以为打错了,不是胡少强的车队。于是,她审问受伤的士兵,问清情况。原来,这个确实是胡少强的车队,但胡少强怕死,没有坐在小车里,而是坐在中间的那辆大车的副驾驶座上。她大喜,马上跑到第二辆车上,看见副驾驶座上的那个人头部被打中多次,已经死亡。她从死者口袋里搜出证件,果然是胡少强的工作证,照片和死者一比对,完全吻合。于是,可以确定胡少强已经被打死。

　　陈娇娇抬起手枪,往胡少强胸口再打一枪,"砰"的一声鲜血从胸口喷出,溅到她的脸上、衣服上。她呆立在那边,说:"汉生,我为你报仇了!"

　　听到枪声的能牯知道前面已经成功拦截,于是率领队伍赶来接应。等他赶到时,战斗刚刚结束。他来到陈娇娇旁边,看着她悲伤而坚毅的面庞,想到一场惊险的伏击战被她指挥得如此完美,发现自己今天才真正认识她。她是一位奇女子,看似文弱,关键的时刻却能镇定自若,从未打过仗却能一鸣惊人。他提醒她,该马上撤离现场,防止发生意外。她对他说,让人把胡少强的头割下来挂在上杭县城的城门口示众三天,将胡少强的工作证也一起拿走。收拾完毕,她带着部队快速返回上杭。

　　陈娇娇回到上杭的时候,发现钟汉生的尸体已经停放在指挥部。原来,袁宝儒看到胡少强一离开汀州,立即安排士兵将钟汉生的尸体送回上杭,以免惹火烧身。袁宝儒和钟汉生虽然互争地盘,但双方都从未想过要取其性命,双方更愿意用实力争高下,而不是用这种损招。陈娇娇面对钟汉生的尸体痛哭一番后,将胡少强的头颅放在前面,摆上香烛,祭奠钟汉生。她咬咬牙,瞪着红肿的眼睛,对能牯说,将钟汉生带到岩前做丧事,轰轰烈烈地做一场,同时两座城也要安排重兵把守,防止有人乘机作乱。能牯照办了。她看到胡少强的头颅在城门示众后，就带着钟汉生回到岩前。

胡少强所作所为，已经践踏了基本的底线，作为同阵营的人，也没有一个人会赞成他。省政府得知他杀了钟汉生，也被他的所作所为弄得很狼狈，无法向南京方面交差。现在陈娇娇成功报复，杀了胡少强，等于肇事者受到应有下场，双方扯平。省政府哑巴吃黄连，竟然保持沉默，默许了钟汉生一方的行为。从此，闽西又回到原来的状态，省政府的干涉也更加无力。

五

陈娇娇把灵堂设在岩前，也是出于安全考虑。现在钟汉生一死，整个闽西都在震荡，位于震中的混成旅更是人心惶惶。摆在陈娇娇面前的现实很严峻，能不能安然度过，对于她是一个不小的考验。

陈傀儡从白砂赶到岩前，他为女婿的惨死悲痛，更为女儿担忧。钟汉生除了和女儿育有两个孩子外，没有其他亲人。现在内忧外患，一切的担子都要女儿承担，他怕女儿承受不起。在他看来，钟汉生有匪气，也有英雄气，这种下场其实在他出场的时候就已经注定了。当初他是反对这门亲事的，没想到女儿更想得开。女儿说，"爹，像我们这种穷人家，难道还有什么选择吗？钟汉生虽然是土匪出身，但能够路见不平，也算是一个草莽英雄，不管他将来结局如何，女儿跟着他也甘愿了。"戏班里的人戏文看得多，也醒悟早，生生死死看得开，他也就同意了。这些年，钟汉生在闽西搞得地动山摇，确实有两下三脚猫的功夫，他也暗地里佩服这个女婿。但他从来不主动到女婿女儿那边，他说汉生杀气太重，该杀不该杀的杀了太多，还有得势了以后不懂得藏，过于外露，会遭报应的。老人心里如明镜似的，陈娇娇自然也明白，所以父女俩坐在一起，不用任何言语已足够慰藉对方了。

陈娇娇说汉生是一代枭雄，又是如此惨死，最后一程一定要办得轰轰烈烈，才对得起他。她在岩前为他买了一座小山，准备作为钟汉生的墓地陵园。办丧事的时候，她请来最有名的乐队，还有戏班，热闹得像办喜事。钟良得知消息后，不仅送来花圈，还特地从梅州赶来，参加葬礼。他对陈娇娇说："汉生永远是我们的好兄弟，闽西第一混成旅永远是我们的部队，我钟良有责任保护大家。娇娇，你是巾帼英雄，临危不惧，报仇雪耻，多少男人都不如你。今后，你就把这支队伍带起来，我钟良就是你最大的靠山。"陈娇娇点点头，感谢司令的鼎力支持，说一定把队伍带好，为司令争光。

令陈娇娇意外的是，赵田禾也亲自前来吊唁。她一直对赵田禾怀着像父亲一样的好感，他的宽厚和修养让人放心。钟汉生在世时，她曾经要他多听赵先生的话，考虑事情多周全些。抓住瞿部长的时候，是陈娇娇出的主意让他去找赵先生商量，但他被欲望冲昏了头脑，将瞿部长交了出去，她还表示过不满，却被他训斥了一顿。现在赵先生到来，她很感动，因为比起钟良来，赵先生与钟汉生之间并不存在多大的利益关系。现在是敏感时期，各路人马都在观望，赵先生的到来无疑给了她更多的勇气。她在感谢赵先生的同时，也请赵先生为她多多指点迷津。

赵田禾说："汉生对我赵某人尊重有加，我实在惭愧，除了虚长几岁，并不能提供什么帮助。汉生以他过人胆识，成就今天伟业，实属不易。现在汉生离世，其他势力必将蠢蠢欲动，还须弟妹早作准备。赵某不才，但将竭尽所能提供帮助。"

陈娇娇再一次表示感谢，说："赵先生，汉生留下的功业，我一定会好好保护，不被坏人得逞。现在，我更迷茫的是，接下来的路怎么走。汉生短暂一生，业绩虽大，杀人放火的事也没少干，我心里很清楚。我想，从现在起，我想做一些好事，替汉生赎罪，让他在天堂安心，不被那些冤死的鬼魂缠住。"

赵田禾一听，暗暗吃惊，觉得眼前的陈娇娇比那些八尺男儿不知高明多少倍。他说:"弟妹,你太了不起了,不仅仅亲自替丈夫报仇,还有一颗慈善的心。如果要替汉生赎罪,就必须远离坏人,亲近穷人,为老百姓办事。"

陈娇娇一听,激动地对赵田禾说:"先生说得对,远离坏人,亲近穷人,为老百姓办事,听说共产党在苏区就是这样吧?"

"是的,所以共产党在苏区才那么得民心。而国民党,尽是干坏事、蠢事。跟你说实话,现在我虽然挂了一个闽西善后委员会副主任的虚名,但我是不干事的,目的是自保,也是让古坊的百姓不受侵扰。爱护自己地盘的百姓,百姓才会说你好话、拥护你。"他说。

"好,我听先生的。我把这些话也说给能牯他们听,打了那么多年仗,大家都厌烦了。特别是现在党国内讧,一个堂堂少将旅长竟被自己人杀害,多让人心寒。我现在也不想扩张,也不要战争,只想保住这些就可以了。如果有一天,大家说我陈娇娇没有干坏事,老百姓不会过提心吊胆的日子,那就好了。"她坚定地说。

赵田禾看目的已经达到,便告辞陈娇娇,离开了岩前。

与钟汉生葬礼的热闹排场相比,福建省党部和省政府的反应相当平静,实际上他们此时只能选择闭嘴。钟汉生是蒋介石亲自授予的少将旅长,身佩中正剑,竟然死于一个处长之手,这是何等荒唐的事。本来事已至此,省政府的目的达到,还可以对钟汉生家属进行抚慰,并表达一些言不由衷的悼词。但是,事情反转得太快,杀人者立即被报仇,还被杀头示众。于是,省政府既不好抚慰家属,又不能处分杀人者,只能沉默以待。在福建各地,胡少强之死成为一个笑话,得到了一个刚愎自用者最让人拍手称快的下场;而陈娇娇成为一个传奇,一个令人遐想的女英雄。

钟汉生死后七七四十九天,陈娇娇服丧结束,离开岩前,来到上杭城。她带着父亲陈傀儡一起,决定陪伴父亲走过余生。如果钟汉生还在世,父亲宁愿孤零零地在家,也不来城里,现在不同了,父亲心里装的全是女儿，担心女儿能否撑得起这个场面。陈傀儡对她说，能否将各地的木偶戏班联合起来，平时没戏演时就到城里来，供给他们一碗饭吃，有演出就去演，赚了钱归他们自己。她说好啊，我们父女靠着木偶戏为生，现在有能力了完全可以帮助那些兄弟姐妹。只要父亲喜欢尽管去做，也不枉自己女儿在管着一块地盘呢。城里平时也有戏演，大家都高兴，对我们也会有好感。

陈傀儡虽然年纪大了，但也是劳碌命，得到女儿同意，马上就去干。他通过木偶戏的田公会，很快召集到全县各地木偶戏班，告诉他们只要愿意到城里来，部队会保障场地住宿，还管饭，来去自由。大家听了都很感激，纷纷来到县城东边专门开辟的戏园，一起吃住、一起唱戏，等于被养了起来，都对陈傀儡父女俩感恩戴德，说他们不忘本。

陈娇娇也没闲着，到汀江沿岸收税点察看，了解收税情况；到学校找校长、老师，听听他们办学校的意见；还到各大药店、诊所，想着怎样办起一座大型的医院……总之，她觉得千头万绪，有处理不完的事。她还到武平，同样如此一番，对两地的情况有了底数，也才发现钟汉生这几年能够扩张那么快，与两地经济上的支撑分不开。有钱才好办事，但不是谁都能做到有钱。他抓住了财源，积累了一定财富，就有底气培养部队，所以才不会轻易被人打败。像袁宝儒、卢天明就是因为没有财力支撑，全部靠国民政府拨款或巧取豪夺，所以他们始终发展不起来，只能摆着尾巴做别人的走狗。赵田禾因为他自己做生意、有地盘，不依靠别人，所以能够一直稳坐古坊声威闽西。她决定对钟汉生的这些格局全部保持不变，将更多的精力放在维护各方关系和办学办医上。能牯管经济和民生，老二、老三、老四管军队，各据一方，陈娇娇很快就将原来钟汉生的位置坐稳，没有人不服气。

陈娇娇决定回一趟竹岭。她穿着一身素衣，带着一帮人马，前呼后拥地向竹岭走去。到达将军楼后，她将全村德高望重的长辈都请过来，好酒好肉招待他们。长辈们都不知道她葫芦里卖的是什么药，进入将军楼后，说话都不敢大声。因为他们明白，她在岩前为钟汉生办丧事的时候，没有一个人前往吊唁。陈娇娇明白，像钟汉生这样的人，家乡人还是从骨子里看不上他，偏偏他是那么成功，又那么张扬，把全村的梓叔都比下去了，谁会从心里高兴呢。这些长辈都是老滑头，所以担心今天陈娇娇摆的是鸿门宴。甚至在一桌佳肴面前，有人还担心是否有毒，心惊胆战小心翼翼地喝酒吃肉。她看出了他们的心思，便每一道菜自己先吃，酒也是敬了他们之后自己先喝掉。他们看了才放心地吃喝起来，很快就忘乎所以。

吃到一半的时候，陈娇娇站起来，先向大家敬酒，然后和大家谈正事。她说："各位长辈，现在汉生不在了，作为他的媳妇，我代他敬各位一杯酒，也向大家说说事。"停了一下，她继续往下说，"汉生从小失去父母，被迫无奈误入绿林，后来决定改邪归正，以求报效国家，建功立业。从此，他努力进取，单枪匹马，闯出一番天地，可以说闽西无人不晓。只可惜老天爷不长眼，汉生遭恶人暗算，英年早逝。各位长辈，汉生没有文化，没有那么多修养，但是我可以这么说，汉生没有给竹岭丢脸，也没有给钟家丢脸。他心里一直对家乡充满着感情，所以才会回来建房，其实他是想有朝一日能够回到家乡居住。只可惜这个愿望永远不会实现了。既然汉生已经住不上自己的房子，那还不如给房子一个好的去处。今天，我回来就特意为这事而来的。"

大家都面面相觑，等着她往下说。

"我想将这里改为学校。我们竹岭村不是没有学校吗？这个房子让出来，给我们村办成一所平民小学，让全村的孩子都可以在这里上学。不知各位长辈意下如何？"

"办学校好是好，就是不知你这个房子一年要多少租金？"一位长者说。

"不要钱，我把这栋房子送给村里办学校。办学校所有的钱也会由我出，孩子们只要来读书就行。另外，我们外面牌楼上的'将军府'三个字也不要了，改为'汉生平民小学'。大家还有什么意见吗？"

"这样啊，那太好了。感谢汉生媳妇为我们做了一件大好事！"大家没想到是这么一回事。

"大家不要谢我，我是替汉生做的。大家要谢就谢汉生吧。"

大家看着眼前说话干净利落的汉生媳妇，不禁为自己刚才的想法而愧疚。

"各位长辈，我还有一个想法，请大家多多支持我。"她说，"汉生人死不能复生，但我希望他叶落能归根。现在他葬在岩前，只是暂时的无奈举措。如果有一天，天下太平了，我想把汉生葬回来。所以，我想出钱在竹岭购买一块墓地，为以后做准备。我自己呢，到了那一天，也和汉生葬在一起。"

这个理由合情合理，大家也点头同意，还说只要看中了哪块地，全村人都一定支持。

陈娇娇谢过大家，说接下来就动手将学校办起来，钱由她出，校长、老师这些由村里去请，争取过完年就可以开学招生。大家也一致同意。

吃过饭，陈娇娇在堂叔的带领下，到山上找合适的墓地。有一块叫石狼拜佛的地方，她认为这是最合适的地方。这是与将军楼遥相对应的半山坳，坳不深，向阳，背倚笔架山，两侧为树林，坳口有一块略像狼形的石头，石头对面不远处有座枫林寺。传说这山上有一只狼经常到村庄偷鸡摸狗，村民十分厌恶，但又束手无策。后来，枫林寺的佛祖得知消息后，将狼叫来接受教育。受到佛祖教育的狼认识到自己的错误，于是一心向佛，化成了一块石头，天天望着佛祖，期待有一天也造化升天。陈娇娇除了认为这个地形地貌好之外，还认为这个传说故事有教育意义，所以就决定买下这块地。

从竹岭回来，她特意到古坊拜访赵田禾，一来表示感谢，二来请他为"汉生平民小学"题写校名。赵田禾听了欣然同意，当场书写了三幅，由她挑了一幅回去。她还请赵田禾担任汉生平民小学顾问，让他多多指导竹岭办学。赵田禾同样一口答应，还说让竹岭人到古坊来看看怎样办学校，如果缺老师古坊同样可以支持一两个。

第二年春节过后，汉生平民小学正式开学了。陈娇娇请了一位从金陵女子学院毕业在上杭萃英学校任教的女老师，到汉生平民小学担任首任校长。女老师姓陈，和陈娇娇一见如故，认作姐妹，也很乐意到竹岭来当校长。学校开学那天，陈娇娇让人从专门制造烟花爆竹的高梧买了五六箱鞭炮和烟花。鞭炮从村子连接到学校门口，烟花就集中在校门口的坪里。当她宣布完汉生平民小学正式成立并开学时，烟花爆竹齐鸣，锣鼓唢呐共响，小小的竹岭沸腾起来，揭开了山村崭新的一页。

据说那一天，来自周边村庄的人们也纷纷来到竹岭，将学校门前围得水泄不通，只为一睹陈娇娇的风采。在民间的传说中，她持双枪，枪法百发百中，一枪就将胡少强打得脑浆四溅。当大家看到一个娇小玲珑的女子时，怎么也无法将心目中的女英雄联系起来。不消说像花木兰、穆桂英，也不要说像樊梨花、梁红玉，眼前的陈娇娇更像是我们邻家能干的女儿。大家不禁有点失望，又觉得更符合现实。不管如何，陈娇娇已经成为一个传奇，成为闽西女英雄的代名词。

第十一章　走马

一

赵鹏飞对闽西南军政委员会的领导发了一顿大火，差点将桌子掀掉。原来，根据中央指示精神，坚持在闽西的红军游击队将改编为新四军第二支队，奔赴前线，北上抗日。赵鹏飞和战友们十分高兴，终于有机会到前线打日本鬼子了。可是，昨天领导找他谈话了，要他留在闽西，继续带领留在地方上的队伍。他不同意，坚决要求奔赴前线，说这是他的最大愿望，希望领导同意。他还表示，只要能够到前线杀日本鬼子，就是撤掉职，当一个普通战士他也干。领导说这是集体研究的，不能更改，要求他坚决执行。他的怒火一起来，说老子不干了，自己一个人去前线，杀完鬼子，由你们怎么处置！领导也不耐烦了，跟着发起了火。火药味十足的两个人，像两头公牛，互相怒目而视，都抓住自己桌子的一角，似乎随时要把它掀翻。幸亏，其他同志及时出现，两边各四个人将他们拉开，一场战斗才停止。

尽管被拉了架，鹏飞还是想不通，为什么不让他上前线？论年龄，他正值年轻力壮；论资历，他从学生时代开始参加革命工作；论职务，他是红军游击队的指战员，有丰富的斗争经验。就这样令人羡慕的条件，却只能眼睁睁看着战士们去前线，你说气人不气人？他生闷气，甚至还闹起情绪，不吃不喝。

"笃笃",门口响起敲门声,鹏飞不理它。"笃笃笃",再敲,他还是不理。"鹏飞——快开门!"一个女的声音响起,他吃了一惊,那么熟悉的声音,难道是她?他不敢怠慢,站起来将门打开,果然是她!但他还是垂头丧气的样子。

　　她走进房间,看见房间里窗户紧闭,暗得没有一丝光线,走到窗户边将窗门打开。阳光立刻填满房间,一丝丝的光芒像整齐的五线谱,随时将音乐弹奏。她在他面前站立,看着他,他不好意思地低下头。

　　"李芳姐,您怎么来了?您不是在延安吗?"他疑惑地问。红军主力长征后,李芳和闽西许多干部一样留在闽西南坚持三年游击战争,后来她受组织委托前往延安汇报工作,然后就留在延安参加工作。没想到,现在她又突然出现在他面前。

　　"我受党组织的指示,回到南方,参加方闽西南的抗日斗争。"李芳笑着说。

　　"闽西南有什么好抗日的,连个日本鬼子都见不到,怎么抗?"他嘟囔着。

　　"你看,你这个思想,谁说留在闽西南就不能抗日了呢?难怪我一到,就听说你在闹情绪。看来,这个情绪闹得还有点大啊。"李芳看到他那个样子又好气又好笑,但要故意板着脸,特别严肃地和他谈谈,"你说,你是共产党员吗?"

　　"那当然,都是老党员了。"他随意地回答。

　　"老党员?你也好意思说是老党员?老党员有你这样不服从组织安排的吗?"她反问。

　　"这是两码事。如果组织安排不合理,我当然得提出意见。"他提高声音说,理直气壮的样子。

　　"组织哪里不合理了?难道把你派到前线就合理,别人去前线就不合理?"

"我没有说谁去不合理，但是我没去就不合理。我会打仗，会指挥战斗，会做思想工作，我上战场不是最好的吗？"

"如果组织认为你留下更合理呢？你现在是红军指战员，对闽西南都非常熟悉，又有斗争经验。红军游击队主力改编为新四军二支队北上抗日后，闽西南游击区的局势必将十分严峻，甚至不亚于红军主力长征后的形势。谁能够领导这里的革命工作？一定要有精干的队伍。你留在这里，就是因为你能力强，组织相信你一定会配合其他领导同志把闽西南甚至更广大的地区领导好，而不至于落到敌人手里。"李芳语重心长地说，"在延安的时候，首长找我谈话，要我回来，我觉得没有什么理由不回来的，就匆匆赶了回来。我还要告诉你的是，不仅是我回来了，方强同志也回来了。邓子恢、张鼎丞同志带领队伍北上了，这里就是由他来领导我们。你说，留在这里不重要吗？"

"方强同志也回来啦？"他没有想到这一层，只想着去抗日杀敌，没想到守住家园也是那么重要。他低下了头，不好意思再说话。

"如果你想通了，就跟我走出这个房间，和我一起去见方强同志。"

他挠挠头，跟着李芳走出房间。

作为闽西南红军游击区的领导之一，方强同志自从到延安汇报工作后，已经有大半年没有见面了。大家都以为方强同志会在延安重新安排工作，没想到全面抗战后他却返了回来。他对鹏飞说："我也渴望随军北上，驰骋沙场，驱逐日寇。可是你想过没有，二支队北上后，我们闽粤赣边省委以及地方党组织怎么办？现在我们党提出抗日民族统一战线的方针，我们该如何执行？我们怎样应对国民党反动派的反共反人民行为？这些都是摆在我们面前急需解决的问题，留下来并不意味着比北上抗日的将士们轻松啊。你看，现在部队一旦开走，国民党便在军事上占绝对优势，我们是相对孤立无援的。现在日寇并未侵入闽西南，这里不是沦陷区而是国民党统治区。我们既要保护好革命成果,又要伺机向外发展,配合全国掀起的抗日救亡高潮。"在方强丝丝入扣的分析面前,尽管鹏飞的思想还未被疏通,但脑海中那块僵硬的石头总算开始松动,他明白再说北上的事情就太幼稚了。

"笃笃笃",房间门口响起敲门声。早晨的太阳好像已经射入房间,鹏飞赖在床上还没起来。他以为又是李芳来找,睡眼蒙眬地起来开门,边说:"不用做思想工作,我想通了。"

"什么想通了?"门口的声音响起。

他猛地睁开眼,看到眼前的不是李芳,竟是他朝思暮想的洁萍,高兴地叫起来,一把将她抱进门,将房门重重地关了起来。他说:"亲爱的,你怎么会在这里?"

"我听说有人不想跟我在一起,我特地来问清楚啊。"洁萍开心地笑着。

"谁说的,我天天都想和你在一起啊,我找他算账去!"他抱着她,牢牢地把她抱住。

"好啊,你去找李芳姐算账。"

"李芳姐乱说。"

"她当然没有乱说。她说你想参加新四军二支队,离开闽西。这不是不想跟我在一起吗?"

"哎,想去前线是一回事,想你又是一回事,不一样的。"

"有什么不一样,就是一样,离开闽西,就是离开我。"

"好了,现在我不是想通了吗?就留在闽西,坚持斗争。"

"所以啊,组织上奖励你,让我和你一起工作。"

"是吗,那太好了!"

两人嬉笑着,打着嘴仗,快乐地谈论着、调侃着,谈话很快就被搅和了。他的胡子扎在了她的脸上,她冷冷的双手贴在了他的胸口,冷与热,粗暴与温柔,互相缠绕,融为一体。清晨的阳光柔软地穿过窗门的缝隙、木床的边沿,还有挂着衣服的椅子,漫过身体的激情淹没了彼此，屋子里弥漫着诱人的芬芳，默契的行动比任何语言都更有力量。

二

闽西南军政委员会的代表找到汀瑞游击队的时候，袁宝清刚刚带领一支三十余人的队伍打掉了敌人在青山铺的一个据点。青山铺位于长汀古城，是闽赣公路上的一个军事要地，山高林密，地形险要，又居于长汀县城和古城区所在地的公路上。国民党长汀县政府在此设了一个据点，派了四十多人在此扼守，对来往行商和过路行人都要进行所谓的检查，实际是行敲诈勒索之实，民愤极大。袁宝清和三十余名游击队员化装成来自瑞金的国民党保安队，大摇大摆朝青山铺走去，竟然骗过了敌人，一枪未发，缴枪三十多支、千余发子弹，打了一个智取青山铺的漂亮仗。这次战斗是袁宝清所在的汀瑞游击队成立以来几十次战斗中的一次，对他们来说打小仗得大胜已是家常便饭。

袁宝清没想到，闽西南军政委员会和汀瑞游击队相距不过两三百里，竟然两年多没有音讯。1935年春，已经隐藏到山区的福建省军区解散，作为军区干事的他和几个战士循入山林，开始了孤独的丛林大冒险。后来，他们遇到了同样在闽赣边界活动的小股队伍，结成红军游击队。在与外界和上级党组织失去联系的情况下，保存实力，独立作战，顽强地坚持下来。他们曾尝试寻找党组织和其他红军队伍，但是周围除了敌人还是敌人，没有一点自己人的消息。直到卢沟桥事变爆发后，国民党的主要兵力调离，他们的活动才越来越自由，并了解到了周边一些情况。他们知道，在曾经中央苏区的这片土地上，还活跃着好几支红军游击队，特别是闽西南军政委员会领导的游击队影响越来越大。他们渴望有一天和兄弟队伍接上头，共同抗击敌人。

长汀猪子崇山上是汀瑞游击队的驻地。袁宝清兴冲冲地带着战利品回到驻地的时候，闽西南军政委员会代表正和大家其乐融融地谈论着。汀瑞游击队负责人彭胜标告诉袁宝清，闽西南军政委员会来寻找我们了，还带来了张鼎丞主席的亲笔信。袁宝清看到一张毛笔字写的指示信：游击队下山点验，同国民党谈判，准备北上抗日。

袁宝清将指示信看了一遍又一遍，疑惑地问："我们可以下山了吗？"

彭胜标笑着对他说："宝清，难道你不认识字了吗？张鼎丞主席已经明确指示我们可以下山了。"

他仍然感到疑惑，"为什么？下山不会遭到敌人的抓捕吗？"

"现在国共第二次合作了，红军主力部队已经改编成国民革命军第八路军，我们南方的游击队也将改编成国民革命军陆军新编第四军，简称新四军。根据中央指示精神，我们也将下山接受改编。"彭胜标说。

"那我们就不是红军，变成国民党的部队了吗？"他问。

"是的，接受改编之后就是国民党的部队了。但是，八路军和新四军都还是我们中国共产党领导，还是我们的队伍。"彭胜标说。

"变成国民党的部队？那我们天天和国民党的仗不是白打了吗？他们杀害了我们那么多的兄弟姐妹，难道都白死了吗？"他想不明白。

闽西南军政委员会的刘代表听了他的话，说："宝清兄弟，我们红军改编为八路军、新四军不是要同国民党部队同流合污，而是共同抗日。现在日本军国主义已经发动了对我国的全面侵略，中华民族危在旦夕。如果国共两党再不团结一致，共同御敌，那么中国将国之不国，我们也只能做亡国奴了！当然，八路军、新四军是独立编制的军队，我们在共同抗日的基础上，一定要保持高度谨慎，防止国民党对我们的攻击。"

他总算明白了一些，说："好吧，终于可以堂堂正正下山，能够见太阳了！"

汀瑞游击队从闽赣山区下来，到达龙岩城的郊区，等待接受点验改编。袁宝清再次回到熟悉的地方，如烟往事一幕幕袭来，令他不胜感慨。让他感到意外的是，整编之前，组织上将他留下来，分配到闽西南军政委员会工作。他倒没让领导多费口舌，很快就理解了组织的安排。他也认为自己更擅长在山区开展革命工作，到前方去未必能更好地发挥自己的长处。于是，他愉快地来到了闽西南军政委员会驻地。

就像山林里无数条小河一样，在通往大海的路上，不断交集不断分流，最终归为一条磅礴的河流，浩浩荡荡奔向大海。在闽西南军政委员会的驻地，袁宝清见到了鹏飞和洁萍，他们三人又在一起工作了。宝清自虎岗一别后，已是整整七年没有见到洁萍。现在得知她和鹏飞结为伴侣，真心地为他们祝福。三个人早已远离了学生时代的纯真，战争让他们明白了人生的更多意义。此刻，他们在炮火硝烟中重逢，重拾往日的友谊，更加明白了理想信念的坚守，更加清楚了真情真知的重要。

宝清到达的那天晚上，鹏飞和战士们抓到了一只山鸡和一只野兔，让洁萍做成丰盛的晚餐，款待自己的老同学。宝清看到可口的饭菜，竟狼吞虎咽起来，连话也顾不上和他们说。洁萍看着宝清，差一点掉下眼泪，觉得他两年多来坚持游击战太不容易了。不到上百人的一支小部队，在没有任何外援的情况下，竟然奇迹地生存下来，其中的滋味别人难以体会。坐在她对面的这个男人，曾经一脸清秀，斯斯文文，像个公子哥，如今却是头发蓬松、胡子稀疏，脸上粗糙得看得见沟壑。如果在路上偶遇，她哪里认得出这就是宝清呢。宝清似乎并不在意这些，外表的这些东西对他早已不重要了，他的内心和脸庞一样粗粝宽容，生死也激不起大波浪。就像这次看到洁萍，同样是欢喜，却和以前的心有波澜完全不一样，他知道这是一种朋友间的爱与友谊。他看到洁萍和鹏飞举止间的亲密，也不再感到妒忌，而是真心地高兴。他举起碗里的酒,祝福鹏飞和洁萍。三个人的碗清脆地碰在一起,同时将酒一饮而尽。

鹏飞向宝清敬酒,说:"宝清,祝你成功归队。以后,我们就在一起并肩战斗。"

宝清举起碗,再次干掉。"以前我滴酒不沾,自从进入山林后,开始饮酒。最早是为了驱寒和壮胆,后来是为了驱除内心的孤独与苦闷,再后来觉得酒是个好朋友。"他说,"在最苦的时候,差点就放弃了。你说,家里要啥有啥,父亲姐姐把自己当作宝,只要一迈下山,好酒好肉,好吃好穿,哪一样也不用愁。可是,一想起自己的家庭给多少人带来了苦难,如果自己还和他们一起,不是罪孽就更加深重了吗?幸好有酒,浓烈的米酒让我在丛林里活了过来,才能和你现在面对面地坐在一起喝酒。"

"是啊,我们都是因为自己的家庭,更加坚决地走上革命道路。我的家庭虽不像你家那样,可是我的父亲始终在革不革命的钢绳上徘徊犹豫,使我下定决心,将革命的道路走下去,即使这是一条不归路,我也要走,决不犹豫,决不后悔。"鹏飞带着酒气说。

"现在好了,我们都遵从了自己的内心,去追寻理想信仰。今后,即使有再多的困难,我们也不会害怕了。"洁萍说。

"是的,经过了这些年的非人生活,还有什么能让我们害怕的呢?从今往后,所向披靡,所向无敌!"宝清的话在夜晚的山林里回荡着,鸟儿也被惊醒得飞了起来。

洁萍大笑,说:"宝清的话,让鸟儿都害怕了。"

宝清和鹏飞也哈哈大笑起来。

三个人的话伴着米酒在心里荡漾着,都有了醉意,都觉得无比痛快淋漓。

三

闽西南红军游击队和汀瑞游击队改编为新四军二支队，离开闽西后，公开设立的有两个机构，分别为新四军办事处和新四军后方留守处。鹏飞和宝清等人除了党政机关的领导身份外，都还有在公开机构里的公开身份。实际上，党组织和游击队员是不能公开活动的，否则国民党一翻脸，容易遭到毁灭性的打击。方强找鹏飞、宝清他们谈话，说我们不能有麻痹思想，一定要学会保护自己。与此同时，要利用国共合作全民抗战的好时机，尽一切努力广泛地团结一切可以团结的力量，使他们站到抗日斗争的行列来。他要求两人要利用公开身份，经常同国民党当局磋商抗战事宜，与地方实力派签订互不侵犯和抗日互助条约。

谈话过后，鹏飞和洁萍回到古坊，开始他们新身份下的第一项工作。他们穿着新四军的服装，鹏飞以后方留守处副主任的身份出现在赵田禾的面前。而赵田禾也有自己的新身份——福建省政府议员，作为地方实力派，他正是闽西共产党组织争取的对象。和上次回来不同的是，鹏飞和洁萍穿着军装骑着马，意气风发，马蹄声起，惊动古坊。

赵田禾得知儿子回来的用意后，说："协议的事好说，我们原来也是这样干的啊，白皮红心。现在即使不签协议，我也一定支持儿子儿媳的工作啊。"

鹏飞说："这次签订条约是党组织和您双方的一个实质性协议，也是一份共同抗日的宣言书，目的就是让'抗日高于一切，一切服从抗日'成为我们的共识。"

赵田禾说："抗日是我们每个人的本分，国共合作也是顺应民心之举。儿子，你就放心吧，爹爹不是糊涂虫。"

鹏飞听了父亲的话，心里暖洋洋的，说既然爹爹已经同意，过两天就让领导亲自前来，双方举行一个签约仪式，共同宣告一致抗日。赵田禾说没问题。鹏飞和洁萍在古坊住了一个晚上就返回了留守处驻地。

在鹏飞回到古坊的同时，宝清也踏上回家的行程。他的公开身份是新四军后方留守处少校军官。自从参加革命后，他就没有回过家，表示与家庭决裂。可是他常常想起田坝头，想起自己的父亲，还有像母亲一样爱护自己的姐姐，只有大哥让他的心里始终有些害怕。姐姐曾经托人捎过信，说父亲一直想念他，让他有空时回家看看。他知道自己是不会回去的，回去了也许就再也出不来了。这一次，方强亲自找他谈话，让他回去做父亲和哥哥的思想工作，要他们放下枪支，共同抗日，并签订互不侵犯和抗日互助条约。他听后，犹豫了很久，心里并没有把握。自己的父亲不如鹏飞的父亲那么开明和支持革命，甚至可以说父亲是与国民党站在一起的，这种关系就像他家里的情形一样，哥哥和姐夫都是国民党的爪牙，还是百分之百的顽固分子，要想转化他们，谈何容易。

他还是决定回去，不管结果如何，都得试试。从龙岩骑马回田坝头，他只用了不到三小时。到达田坝头村口，看见古朴高大的进士牌坊，他翻身下马，牵着马慢慢走进村子。村子并无多大变化，石砌道、古榕树、池塘边，都是他小时候最喜欢玩耍的地方，泛黄的日历在这些熟悉的场景面前被一页页重新翻起，记忆重新激活，仿佛无知懵懂的少年又回来了。要是人不会长大，一直单纯地笑着哭着，该多好啊。可是长大终究是一件不可避免的事，成长的痛苦在心灵上落下一个个结痂，使自己在外人面前看起来不那么幼稚，不那么软弱无力。他终于在时代的洪流中加入革命的行列，然而家庭的恶行使自己有着天然的负罪感，没有别人优越，也没有别人干净，他用勇气一次次地洗刷自己，让自己变得更加纯粹。

比起村庄的熟悉，出现在他面前的亲人却一个个变得陌生起来。物是人非，大概说的就是这个吧。父亲已经老得不成样子，像干柴就要裂开时的样子，说话时喉咙像被堵住了的风箱，伴着杂音，他看了难受。父亲没有认出他来，他重复说了五遍"宝清"这个名，父亲才想起来自己还有这个儿子。这时，父亲记忆的闸门被"宝清"两个字打开了，往事像洪水一般涌过来。他看着宝清，突然号啕大哭，叫着："宝清，你这些年去哪里了啊，怎么也不回来看看我？你再不回来，我就要死了！宝清，你怎么这么狠心，连家也不要了，我的这些东西不都是留给你的吗？你怎么就不要呢？"

袁松奎颤颤巍巍地站起来，在距离宝清一米远的地方站立，也不过去，只是哭着抹着眼泪。大家面面相觑，也不知怎么办。宝清走过去，走到父亲身边，抱着瘦削的父亲，眼泪掉了下来。

住在附近的姐姐宝珍听到弟弟回来的消息，丢了魂似的往娘家跑。她跌跌撞撞地闯进大门，看见弟弟抱着父亲，自己也一把扑过去，呜呜咽咽地哭起来。

好不容易才止住哭声，家里又笑成了一片。宝珍看着弟弟，也还是心疼。她知道弟弟参加共产党，参加红军，曾经试图找他回来，可他竟置之不理。这些年，她反复交代袁宝儒、卢天明，见到宝清时一定要放他一马，不得有半点伤害。卢天明有一次被她说得火了，大声骂她，说妇道人家懂个屁，我放他？我自己都不知道什么时候被他打死呢。她说，她不管，只希望他平平安安。卢天明说，好，你心里只有这个弟弟，连老公的死活都不管啊。宝珍转身离开，不去理他。

宝清的回来，当然是家里的大事。这几年，袁宝儒和卢天明基本不在家，一年四季都在忙着捉共产党打红军，像个疯子般卖力。宝珍劝他们悠着点，少做点恶事，会遭报应的。袁宝儒反而讥笑她，"我像个疯子，共产党不像个疯子吗？躲在阴暗角落，到处揪住我们不放；宝清，你最宝贝的弟弟，不是疯子吗？家里这么好的条件不享受，跑去干什么革命，现在在山上也不知死活。"他还说，"袁宝珍，你少在我面前装什么善良，一边享受着荣华富贵，一边还假装崇高。"宝珍被哥哥气得差点吐血，愤愤地离开他们，不再想理他们的破事。

弟弟如今完好无损地回到家，还穿着一身少校军装回来，宝珍心里塞满了喜悦。她说，"现在国共合作了，又是一家人了，我们家也应当团结了。"宝清说，"姐，我也盼望大家都能抛弃偏见，真正像一家人一样团结起来，这样才能把日本鬼子赶出中国，我们家也能够真正团圆。这也是我这次回来的真正目的。"接着，宝清把当前国内的形势和共产党的主张，向宝珍说了一遍，告诉她红军游击队主力也已经北上抗日，投入到抗日的最前线了。

宝珍看着宝清，问："那你需要我做什么呢？你大哥和姐夫都是国民党军队的小头目，一直不遗余力地为国民党卖命，好处没捞到多少，名声却搞臭了。我真担心国共合作了，他们怎么办？"

"姐，只要大哥和姐夫都真心合作，不再与共产党、游击队为敌，而是为抗日大局一起努力，就是回到正路来了。"宝清说。

宝珍想了想，决定给大哥宝儒打个电话，只要大哥的工作做通了，卢天明那边自然没问题。她拨通了大哥的电话，告诉他宝清回家来了。宝儒听了也很高兴，叫宝清接电话。两人互相问了一下情况，宝儒问他怎么想到回家。

宝清简单地说："局势变了，就想回家看看。"

"那你领了共产党的什么任务回家？"宝儒是老狐狸，一下就猜中了宝清的目的。

"大哥，姜还是老的辣。我回来一是看看爹和姐姐，二来确实是带了任务，就是想动员我们全家不再与共产党为敌，签订一个互不侵扰和一致抗日的条约，让大家都把精力放到抗日上来，不再内斗内打，两败俱伤。"宝清坦诚地说。

"宝清，你还是太年轻啊。大哥现在是带着部队的人，哪里能够说签就签呢。我们只有听上面的命令，上面叫我们往东不敢往西，你不也是一样吗？另外啊，别说跟共产党签订条约，自己人之间都不行。你不是不知道钟汉生的事，他仅仅投靠广东军阀就被福建省党部处决。如果我现在和共产党签订协议，被人知道了，不是找死吗？"大哥没有骂他，"我跟你透露一下。现在外面大张旗鼓地宣传国共合作一致抗日，连你们的军队也都改编成了八路军、新四军，但我们内部呢，一点也没有松口，还说只要共产党敢嚣张，露头就打，不声张，不客气。你想想，口号变了，天还是没有变啊。老弟，你要清醒一点。"

"谢谢大哥，我明白了。"宝清在家里小，大哥和姐姐都疼他，听到大哥的一番话，也知道无须多言。

"宝清，既然你的领导给你派了任务。我给你出个主意，你可以和爹爹那里签订协议，可以叫姐姐共签，田坝头一方是完全可以实现互不侵犯的。我这边肯定不行，卢天明也不行。我和你吃着两家的饭，两家都要平安。你看，就这样好不好？"大哥给他出主意。

"好的，大哥。"宝清有点意外，也许这也是一条权宜之计。

宝清在家里坐了一个晚上。睡觉的时候，在父亲隔壁房间，听到父亲不断地咳嗽，咳不出时仿佛要把心脏都咳出来。他心里十分难受，但又告诫自己不能有太多儿女情长。第二天一早，他就告别父亲和姐姐，返回留守处了。

一回到驻地，遇到也刚刚回来的鹏飞，两人一起将情况向领导做了汇报。领导说好啊，只要能签订条约就好，不管大小，一点点去努力，就可以成大事。至于袁宝儒方面，目前条件确实不成熟，他也不能擅自做主。不过以后，还可以多做袁宝儒方面的工作，不签条约，但可以保持某种默契。

四

当鹏飞狼狈地从梅花山赶到闽西南军政委员会驻地的时候,带回来一个令人震惊的消息:卢天明违背国共协议,带着部队对梅花山地区进行"清剿",鹏飞手下一支二十余人的队伍遭到袭击,全部壮烈牺牲。他自己也在救援中遭受反击,三位同志受伤。这是自国共第二次合作以来,闽西南地区我党遭受的第一次重大打击。大家听了都义愤填膺,纷纷表示要血债血还,决不手软。方强同志说,这是第一次,也绝不会是最后一次,我们绝不能让这样的事情蔓延下去,必须坚决打击,定点清除卢天明这颗毒瘤。经过党组织研究,由赵鹏飞带领一支队伍,即刻向新泉进发,务必使卢天明部失去战斗力,无法死灰复燃。鹏飞接受命令后,马上出发。

鹏飞忍着悲愤,带着队伍穿过山林,不走大路,保持秘密状态。一天一夜之后,队伍到达距离新泉不远处一个叫瑶里的小村子。这个村子是游击队活动的基点,有自己的接头户、游击队员。部队先在此安顿,鹏飞派出侦察队,负责摸清卢天明在新泉的情况。在接头户的引导下,侦察队顺利地抵达新泉,通过旁敲侧击,将情况摸得一清二楚。侦察队回来报告说,卢天明部在新泉共有一百人左右,分布在两个地方,相距五里路。卢天明自己住在集镇所在地,每天晚上必喝酒泡温泉,还喜欢到温泉旁边的妓院消遣。鹏飞邀请接头户和当地游击队员共同商议,他交代这次必须将卢天明清除掉,不得留有后患。终于,他们想出了一条计策。

按照计划,鹏飞将队伍分成两部分,一部分潜入泡温泉的地方,一部分包围集镇的敌人驻地;待解决集镇敌人后,再到另一处解决敌人。于是,由鹏飞带领二十人化装成普通百姓,通过接头户的亲戚关系,偷偷进入新泉最大的温泉池,在周边埋伏起来,专门等待卢天明的出现。另一支队伍，主要在天黑后进入敌人驻地周围，将其包围。鹏飞埋伏在草丛里、杂物间等地，默默地忍受着蚊虫叮咬，不敢弄出一点声响。直到晚上九点左右，酒气冲天的卢天明才在当地财主的陪同下，走进温泉场子。场子里已经没有其他客人。他们一边说话，一边脱去衣服，直到一丝不挂，大摇大摆地走进温泉池里，舒服地泡起汤来。卢天明泡了一会儿汤后，头靠在池子的边沿，两手摊开，眼睛微闭，享受着温泉的抚慰。鹏飞看时机已到，打个暗号，一个箭步冲了出来。二十个人举着枪冲到池子边将卢天明和他的泡友团团围住，池里的人抬起头看着一把把枪全部一片惊愕。鹏飞站到卢天明面前，一声大喝，卢天明刚抬起头还没明白怎么回事，就被鹏飞一枪击中脑袋，歪在了池子里。紧接着，枪声一片，池子里响起几声救命之后，就再没有任何波澜。外面的警卫员听到枪声，刚刚进门就被鹏飞他们打了回去，吓得抱头逃窜。为预防不测，鹏飞下令大家马上撤退，前往敌人驻地支援其他队员。

集镇驻地的敌人听到枪响，一片慌乱，直到有人吹响了集合哨声，才反应过来去领枪，准备战斗。游击队听到枪响，知道温泉那边已经开始行动，也马上冲向大门，打死了门口的警卫，强行冲进里面。看到敌人惊慌失措的样子，游击队一齐开枪，密集射击，敌人一个又一个地倒下。没有被打中的敌人看到突如其来的游击队，赶紧抱头蹲下，纷纷投降。等鹏飞他们赶到驻地时，战斗基本结束，战士们正在清点战场。鹏飞看到这种情况，干脆一不做二不休，将敌人另一处的据点一起端掉。战士们在俘房中找到了卢天明的一位副官，鹏飞让他带路。副官看着一个个黑洞洞的枪口，吓得不敢说半个不字，乖乖地在前面带路。

经过半个小时的行军，举着火把的游击队终于来到敌人的另一驻地。腰间被游击队顶着枪口的卢天明的副官，装作例行检查的样子，叫开了据点大门。当警卫打开大门的那一刻，鹏飞一个快步上前将警卫控制，其他队员也立即跟上，冲进屋里。根据副官的交代，战士们已经掌握了据点的构造，掌握了敌人宿舍的位置。于是，兵分三路直接闯进敌人三个宿舍，将睡梦中的敌人一网打尽。一枪未放，竟然把这里四十三人全部俘虏。在押着敌人回去的时候，大家都笑着说，没想到卢天明的兵都是豆腐兵，一打就碎一打就败。还有人说，可怜卢天明还没明白过来，就上了西天。估计到了地狱，他还不知道自己是怎么死的。鹏飞说这就叫作多行不义必自毙。大家哈哈大笑起来。

鹏飞说："我们离开新泉之前还要做一件事。"

"做什么呢？是不是赵主任要请兄弟们喝一顿庆功酒再回去啊？"有人高声说着。

"想得美！你以为我们是卢天明的部队吗？我们现在要写几张安民告示，将卢天明的罪恶行径昭示天下，特别要写清楚他擅自违反国共合作协定，大肆屠杀共产党员和游击队，让老百姓知道我们的正义行径，免得被国民党抓住把柄。"鹏飞说。

战士们恍然大悟，纷纷评论鹏飞，说主任不仅智能双全，还"老奸巨猾"。鹏飞听了并没有高兴起来，他在为牺牲的战友们难过，也为自己没有保护好他们而自责。

卢天明之死和他军队的覆灭震惊了闽西的国民党各部队，整整半年时间基本龟缩在自己的地盘，不敢轻易对共产党和游击队下手，闽西保持了一段难得的安宁时光。

随着卢天明被斩除，袁宝清与家庭的关系也跌入冰点。不管卢天明怎样作恶多端，在姐姐袁宝珍眼里，他是丈夫也是一家之主，更是她吃穿享受的一应来源。现在卢天明被除，意味着袁宝珍在失去丈夫的同时也失去了主要的依靠。在现实的困境面前，宝清清楚，再暖的亲情也不能超越信仰的分歧，他和他的亲人们在时间的道路上已经越走越远，永远不会再有交集了。对于卢天明，他没有多少感情，如果不是姐姐宝珍，他早就对卢天明不客气了。但是对于大哥宝儒，他有几分亲近，也有几分害怕，近来又多了些担心。他知道大哥是不可能再回头的，只有一条道走到黑，但是他又害怕有一天大哥遭到像卢天明一样的下场。他不敢想象，只觉得心乱如麻。

五

日寇的铁蹄声越来越近，岭南大部从广州到潮州汕头已经陷入日军的轰炸与炮火之中，难民成群结队地往内地涌。他们沿着韩江、汀江，进入闽西各地。那些操着潮汕话、客家话的难民首先进入各个县城，县城很快不堪重负。国民党当局和驻军从治安和承受能力考虑，开始紧闭城门，将难民拒之门外。无法进入县城的难民开始往乡村流动，但乡村条件极其艰苦，只能容纳有限的人员。特别是各地的保长、乡长们也依葫芦画瓢，在村口设岗放哨，不准难民进村。本来就历尽千辛万苦的难民，处处碰壁，已经到了山穷水尽的地步。

但是，国民党当局也不是对所有难民都不开门。如果难民要进城，有一条路，那就是城里确实有亲属可投靠的，经亲属本人带领，可以进城。难民千里迢迢来到偏僻的内地，怎么会有亲戚朋友呢？答案当然是否定的。没有亲戚，可以认啊，可以马上有啊，那就是联姻。带着女儿的卖女儿，自己还年轻的卖自己，一时间到处都是等待出售被人领进城的女子。一开始还是规规矩矩的，真正没老婆的人，运气可来了，到城外或村外去找一个合适的，领进家给碗饭吃就行。渐渐的风气就变坏了，有人看准了这门买卖，做起了中间人的生意，两头赚。再接下来，还有更加恶劣的，他们疯狂地玩弄起女性，每天到城外晃悠，看见有些姿色的，便带回家，说是当老婆，实际就是骗来睡几天，然后找个借口就打发回去。

当难民潮涌到古田地区时，古坊村的门口也有不少等待进村的人。他们中有拖家带口的，也有孤身一人的，有老弱病残的，也有还不谙世事的，各个阶层不同年龄的人都变成了只有一个名字的人，那就是"难民"。

温伯祺看着一个个难民流离失所，性命难保，着急地找到赵田禾，请他能否想想办法，允许难民进村，让他们至少有一个安身之处。

赵田禾看到难民像潮水一般涌来，不敢轻易答应。他对伯祺说，"我们是心有余而力不足啊，你看，只要我们这个村一开口，马上其他村，甚至县城外的难民都会闻风而至。那样，我们就是有十个古坊也顶不住啊。"

温永祥说："能不能在村外搭建一些临时建筑，让难民们不至于在露天过夜，同时，拿出一部分资金赈灾，从现在起每天向他们供应一些食物。同时，让他们在村外的桃花地里种些蔬菜，起码不至于饿死。"

赵田禾说："这个办法好。永祥，这件事就由你具体负责，伯祺在治安上配合。"

伯祺有些担心，说："我们一旦这样实施，必然会有更多的难民到来。到时候，我们也一样支撑不住啊。"

赵田禾毫不犹豫地说："我们有多少能力就做多少能力的事，真到没有办法的时候再说吧。希望广东方面的局势好起来，不再有逃难的百姓，我们就好办。再说，一旦平稳，那些百姓大部分还是会回到自己老家的。"

温永祥说："人在做，天在看，我们凭良心做事，能做多少就做多少。你看现在尸横遍野，比打仗还惨烈。都是同胞兄弟，我们住在村里也不安心啊。"

赵田禾说："大家都出点力吧，如果自己的同胞都只顾自己，哪还有那些人的活路呢？我们不是和那些日本侵略者一样吗？现在就行动吧，早一天就可以少死一些人。"

温永祥决定在村口桃花地对面的缓坡上，用竹子搭建一排简易平房，屋顶由竹子和茅草掩盖。他估计只要三天时间就可修建完毕，而且即使还有难民到来，也可以立即搭建，能够很快满足基本要求。至于屋里的床，则用木头打桩，铺上木板解决；被褥只能从村里保安团和村民家中匀些出来，不够的用稻草代替。吃饭由村里定时定量供给，一天两餐，一餐稀饭一餐干饭。他将思路向赵田禾报告，赵田禾满口答应。

说干就干，温永祥请来保安团的战士和部分村民，分工负责，按计划实施起来。他还特地到难民中作说明，请大家理解配合，并让他们选出一个负责人，协助村里做好安置工作。难民们听到他的讲话，齐齐跪在他面前，感谢古坊人民的救命之恩。他们都说遇到青天大菩萨，大家的命有救了。他说，"都是同胞兄弟，不必客气。只要大家一起共渡难关，就一定能打败日本鬼子，早日回到家乡。"难民们看到正在搭建房屋，纷纷跑过去帮忙，一起共建家园。结果按计划三天完成的建房，只用了两天就完成了。

一场看似复杂的难民危机，在赵田禾和温永祥、温伯祺的共同努力下，得以化解。温伯祺将古坊经验向方强等领导汇报后，认为其他地方也可以借鉴，地下党员要发挥作用，帮助当地妥善解决难民问题，体现同胞之情，表示共同抗日之决心。

上杭县城是难民最多的地方，也是最早关闭城门的城市。方强要求做通陈娇娇的工作，让她参照古坊做法，安置好难民，体现闽西人民与潮汕人民共渡难关的决心。鹏飞主动请战，说他家与钟家素有交往，陈娇娇应该会给这个面子。方强高兴地同意了。

鹏飞带着三个警卫，进入上杭城，与陈娇娇见面。陈娇娇得知鹏飞是赵田禾先生的儿子，格外亲切，问长问短，什么话都愿意说。她对鹏飞说，她也知道现在国共合作，国家已经到了最危险的时候，抗日救亡是全国人民的第一等大事。但是，她也苦于文化程度低，所有知识都是从戏文里学的,现在她的身边也没有一个可以讲大道理的人。

鹏飞一听,很高兴,对她说:"娇娇姐,您有这样的想法太好了。如果您不介意,我可以派几名干部到城里来,帮助您一起管理好这里。"

"可以啊。不过,你们的干部都是共产党员吧?我倒是不太介意,但不能让别人知道,必须换一个身份。以后啊,哪一天我这边的工作顺了,也跟着你们干。"陈娇娇爽快地说。

"为什么?"鹏飞感到非常吃惊,她竟然有这样的想法。

"不为什么啊,因为汉生就是被国民党杀害的,而且我也看透了,跟着国民党,总有一天会坏事的。你看,现在国民党执政,不仅民不聊生,而且把日本鬼子给带来了,连那么偏远的广东都有日本人。而共产党呢,被国民党越杀越多,从我们南方都跑到北方去了,估计哪一天啊就是共产党的天下了。你说,我是不是该想想跟你们一起干?"

陈娇娇虽然是女流之辈,说出来的话可比谁都高明。每天唱戏的人,早把戏文当历史,当成自己人生的教科书。他们的生活不见得多丰富,却比别人看得更透。鹏飞不得不由衷佩服。

"好啊,娇娇姐。那就一言为定,我们先派干部过来,双方实现互帮互利,共同合作,互不侵犯,共同抗日。如果哪一天日本鬼子被我们赶出中国了,我们邀请您到我们阵营来,共创伟业。"鹏飞兴奋地对她说。

"好,一言为定。现在,我先把难民安置好,其他就等你们的干部过来帮助我。"陈娇娇伸出手,和鹏飞紧紧握在一起。

六

赵福民这段时间比谁都忙,而且忙得不亦乐乎。自从难民进入古坊村口后，他就开始了天天当新郎的日子。他仗着老婆早逝，成了单身汉的便利，不时到村口这个看看，那个瞧瞧，遇到年轻有姿色的，就说要把她娶回家当老婆。如果对方稍加迟疑，就说他是保安团的团长，跟着他不愁没饭吃，还有好日子过。在他连哄带骗下，又饥又饿的女子大多乖乖跟着他进村回家。过了几天，等他将女子玩够了后，就开始对她拳打脚踢，找各种借口，将她休掉，逼她出村。然后，他又到人群里找新的猎物。如此往复，难民群里的大家都知道有一个恶狼赵团长。一开始，古坊人不太清楚，只觉得赵福民怎么经常换女人。后来，大家也觉得不对劲，就向赵田禾悄悄反映。赵田禾让温永祥、温伯祺留个心眼，注意赵福民的举动。当村口的难民集中安置点建起来后，难民们也团结了起来，好多人向温永祥反映赵福民的情况。温永祥一一记录起来，还找到当事的女子，证实确实有那么回事。

正在温永祥搜集证据的时候，发生了一件事，彻底暴露了赵福民的无耻行径。一天，他又找到了新猎物——一位长相俊俏学生模样的女子，名叫徐秋凤。徐秋凤的双亲被敌机轰炸而死，自己便被迫跟着人群离开汕头向闽西逃离。孤身一人的她，几次差点死在路上，都是好心人相救才活过一命。到达古坊后，刚好赵福民前来物色女人，她稀里糊涂地就跟着他走了。没想到过了五天后，他故伎重演，要将徐秋凤休掉。徐秋凤不肯答应，认为他出尔反尔，是在故意找碴，目的是要抛弃她。但是，赵福民一肚子坏水，想方设法要逼走她。特别是他觉得这个女人有文化有思想，留在身边是个祸害，所以无论如何要把她赶跑。谁想，徐秋凤在村里待了几天后，竟然被她认出了赵田禾、温永祥两个负责人。她趁赵福民到保安团的空隙，突然跑到赵田禾办公的地方，向他投诉赵福民的行径，把她玩弄了之后要抛弃她。赵田禾听了事情全部经过，证实了温永祥的调查，决定将赵福民绳之以法。他安抚徐秋凤，让她留在办公室，暂时不要外出。同时，他叫来温永祥讨论如何处理赵福民。

温永祥带着伯祺一起赶来，将自己调查的详细情况一一向赵田禾汇报。温永祥说，"赵福民这种败类，如果再不实行查办，还不知要干出多少坏事来。"前几年，袁宝儒从漳州重新窜回田坝头时，赵福民就因为与地主的小老婆姘居，被袁宝儒捉奸，然后两人狼狈为奸，偷走保安团的枪支，还配合袁宝儒冒充红军进村杀害百姓。这次劣性不改，至少玩弄了五名女性，在难民中引起了极大恐慌和愤怒，败坏了古坊的形象。他建议，尽快将赵福民法办，送监狱坐牢。

赵田禾心情沉重地说，"赵福民发展到今天这个地步他也有责任，纵容忍让，使他在罪恶的道路上越走越远。袁宝儒的手下冒充红军杀害姐姐的时候，他没有把账算在赵福民头上，主要就是想维护团结。现在看来，狗改不了吃屎，坏人做不了好人，现在是下决心的时候了。"他对伯祺说，"带上保安团将赵福民缉拿归案。"

伯祺得了命令，马上去抓捕赵福民。

谁知，就在伯祺前往赵福民家抓捕他的时候，赵福民已经先行一步逃往村后的山林里去了。据保安团知情的人报告，赵福民得知赵田禾要查办他的时候，惊恐万分，赶紧带了十来个亲信，准备去投靠袁宝儒。事不宜迟，伯祺向赵田禾报告后，也带上一支队伍，全力追赶赵福民，绝对不能让他逃到袁宝儒那边。

赵福民如丧家之犬，夹着尾巴发疯似的向深山老林走去。此时，他只有一个目标，先摆脱赵田禾的抓捕，然后投奔袁宝儒。他带着的十来个人都是平时培植的亲信，也是怕自己东窗事发留的一手。现在他们一伙尽量避开人群，专门挑小路奔跑。山路崎岖，又一路攀爬，跑到半山腰的时候，个个都喘着粗气，连话也说不出来。

看着没有人追赶上来，赵福民骂了句："吓死老子了。"然而，一阵脚步声响起，又把他拉到恐惧边缘。他马上示意大家不要出声，全力注视脚步声响起的方向。一秒，两秒，三秒……时间缓慢而焦急地走着,赵福民一伙全都将枪举起,随时准备向前射击。果然,前方出现了一伙人,六七个百姓装束的人,向他们走来。这伙人同样都有枪,但没有像他们那样防备。当领头的那人发现前方有一支持枪的队伍时,喝了一声:"干什么的?"赵福民判断出是一支游击队,以为赵田禾请来游击队帮忙抓他,立即扣动扳机向对方射击。其他人员也一齐开枪。对方一看,赶紧也开起火来。但是赵福民一伙居高临下,又抢先发枪,对方明显吃了亏。经过激烈的枪战,赵福民一伙包括他自己四人受伤,而对方全部被打倒,暂时不知是死是伤。赵福民知道自己一开枪就暴露了目标,看到战斗结束,马上指挥队伍离开。但是还是迟了,就在赵福民转身的那一瞬间,看到温伯祺带着战士们站在上方,用枪指着他们。赵福民和他的十来个亲信,一起束手就擒。

温伯祺见赵福民已经成功抓获,立即来到那一伙人面前,查看伤亡情况。从装束上看,应该是游击队员,伯祺希望找到人问清楚。他扶起倒在最前面的那人,发现受了重伤,生命垂危。他轻轻地问:"同志,请问您是哪里的?叫什么名?"那人用尽全力,艰难地张开嘴说:"新四军……游击……队,我叫……袁宝清……"说完,就断了气。

袁宝清,袁宝清,伯祺在脑海里迅速寻找着这个名字,他终于想起来了,袁宝清曾经和他同一年在同一座城市参加革命工作,听过名字,但没有见过面。他还知道,在新四军后方留守处有一位少校军官就叫袁宝清。现在,他才将这个名字和这段经历合并到了一起。

伯祺马上又检查了其他游击队员,发现全部人员都已壮烈牺牲。回到古坊,他马上向后方留守处汇报。得知消息后,边区党委和闽西南军政委员会派鹏飞和洁萍立即赶到古坊,并为他们举行隆重的追悼会。鹏飞和洁萍快马加鞭,赶到古坊时,只看到宝清和其他同志的遗体停放在医院旁边的屋子里。鹏飞一个个看过去,心里一阵阵悲痛。洁萍一看到宝清的遗体就晕了过去,倒在地上,被鹏飞他们抬到济善堂的病床上休息。事已如此，鹏飞建议就在古坊为宝清他们举行追悼会，同时选一块地方安葬他们。追悼会以新四军后方留守处的名义举行，鹏飞宣读悼词，称宝清是一个纯洁的人、信仰崇高的人。洁萍苏醒过来后，问鹏飞是否要将事情告知宝清的家人。鹏飞想了想，说现在是非常时期，暂时先不要告诉他们，等时机适合的时候再说吧。

赵福民被温伯祺押送回古坊后，由赵田禾组织公开审判，让全村人都来观看。赵田禾满腔怒火，历数赵福民的罪行，一条条罪行一个个罪状，听得大家目瞪口呆，群情激愤。在大家的一致呼吁下，赵福民被当场枪毙。

离开古坊的时候，鹏飞和洁萍特地来到宝清的墓前，向他默默告别。洁萍一看到墓碑上的"袁宝清"三个字，泪水就涌出来，什么话都说不出来。

第十二章 兰芬

一

赵福民被枪毙后，徐秋凤也自由了。但她不愿意离开古坊，请求赵田禾留下她。她说自己原来是汕头一所学校的老师，毕业于汕头师范学校，日寇一来什么都毁了。现在她无路可走，请求留在平民小学教书。赵田禾看她一副大家闺秀的模样，有智有勇，心生怜悯，和温永祥商量了一番，决定留下她，担任平民小学老师。她谢过赵田禾，跟着温永祥到学校开始新的工作。

徐秋凤很快适应了新的工作环境，重新回到老师岗位，脸上开始有了笑容，精神面貌也好了许多。痛苦和孤寂不时像针一样刺在心里，但已经不那么疼了。教学之余，她也和温伯祺一起，到村口的简易避难处帮忙做些力所能及的事。每次从村口回来，她都默默地掉泪，眼睛肿得像水蜜桃。伯祺看了不忍心，叫她下次不要去了，省得触景生情。她说不是为自己哭，是为那些还住在那里无家可归的乡亲哭泣。她答应他下次不去了。可没过几天，又跟着一起去，干得腰酸腿疼。

伯祺经常到学校来打篮球，徐秋凤就在旁边看热闹。每一次伯祺进一个球，她就将手拍得很响，还一个劲地喊加油。凑不到人数的时候，伯祺就邀她打羽毛球。她的羽毛球打得好，奔跑灵活，力量虽然小但角度刁钻，和伯祺对打起来也不会吃亏多少。接触多了，伯祺很吃惊她的才艺，琴棋书画样样都会，说起来还头头是道。她觉得很正常，说师范学校学的啊，不会这些，怎么教学生呢。伯祺觉得有道理，可他不明白为什么其他老师没有这么厉害。最后，只能说毕竟是从大城市来的，有童子功，又见过世面。

她爱笑，脸上又带着淡淡的忧伤，看上去让人喜欢，又让人怜惜。伯祺就这样不知不觉被她打动了。当他发现自己每天都往学校跑，都想见她时，心跳就加快了，抑制不住对她的想念。他读过一句诗，叫作"高山上盖庙还嫌低，面对面坐着还想你"。现在他就是这种感觉，有思念的感觉，还有恋爱的感觉。而她呢，伯祺觉得琢磨不透。有时候她似乎很喜欢和自己在一起，开心得像个孩子；有时候她又故意和他拉开距离，甚至有时还明显地躲着他。他有时候会感到欣喜。一天傍晚打完羽毛球后，他们一起到食堂吃饭，吃完饭就在校园散步。两人慢慢走着，安静的校园只有他们心跳的声音，他悄悄拉住了她的手，两人的手臂若有若无地触碰着，微风吹来的时候，她的长发还飘到了他的脖子上。他有时候又会感到心情低落。有一次，一连三天没有见到她。他在学校里打球，没有她在旁边喝彩加油；他故意在学校放学的时候走进校园，却没有见到她的身影；去食堂吃饭的时候，左顾右盼始终不见她来吃饭。她明明在学校却就是不肯让他碰见。他惆怅，他伤心，他不明白这是怎么回事。第四天见到她，问她这三天去干什么了。她竟轻描淡写地说，没干什么。没有任何解释，也没有任何感情色彩。

不知不觉半年过去了，最为严重的难民潮也渐渐回落，古坊村口的难民每天都在减少，伯祺和秋凤的感情也在不冷不热地维持着。伯琪感觉自己要疯了，情绪随着秋凤的心情波动，什么事情都无法集中精力，脑海里只有她的身影。他终于将自己的秘密全盘告诉了叔叔温永祥。叔叔听了哈哈大笑，说这件事包在他身上，他会负责解决。

找了一个周末，学校里冷冷清清的，温永祥约秋凤在校园里谈心。秋凤以为是学校工作上的事，没想到温校长开门见山就谈到她的感情。

温永祥问她："最近，我听大家说起你的事，所以特地想听听你的意见。我在校园时，听到好多人说你和伯祺关系不错，两人挺般配的。不知秋凤你怎么看？"

秋凤被突然问到，一时没有思想准备，脸唰的一下红了起来，赶忙说："我不知道，我和伯祺是普通的朋友，没有考虑过般配不般配。"

"不会吧，我看伯祺挺喜欢你的，你也喜欢伯祺吧？"温永祥单刀直入，就是想让她没有犹豫的余地。

"不知道。我和他不合适。"秋凤似乎不太想说这个问题。

"为什么不合适呢？你们两人郎才女貌，年龄适中，都很优秀，为什么不能在一起呢？"他在引导着话题。

"伯祺是很优秀，但我配不上他。"秋凤低着头，憋了半天终于说出这句话。

"傻丫头，你怎么会配不上他？你知不知道自己有多优秀、有多美？我知道你有顾虑，怕伯祺会嫌弃你，别人会非议你。可是，这些不是你的错，是那些坏人的错，是这个时代的错。这笔账不能算在你的头上。明白吗？"他在极力说服她。

"校长，您真是这样认为的吗？"秋凤抬起头问他。

"当然，你和伯祺好了，你就是我的侄媳妇，我为什么要骗你呢？你提的这个问题伯祺早就和我探讨过了，他一点都不介意，而且对你很钦佩，说你很勇敢。今天的谈话就是他的意思。你不理他，他每天都很痛苦。希望你能解除他的痛苦。"他说。

秋凤听了，开心地点点头说："校长，我明白了。我知道该怎么做。"

听了秋凤的话，他开怀大笑起来。

当温永祥把这个消息告诉侄子时，温伯祺撒腿就跑到秋凤的房间门口。他长长地呼出一口气，稳定情绪，努力绅士般优雅地敲响她的门。过了好一会儿，门才轻轻打开，她出现在他面前。

她望着他，他也直直地望着她。

他抱住她。她的眼泪掉在他的衣服上，烫到了他的心里。

这年春节前夕，伯祺和秋凤的婚礼在古坊举办。赵田禾说学校刚好放假了，婚礼就放在学校里来办吧。大家都觉得是个好主意。结婚那天，温永祥作为家长忙前忙后做总指挥，赵田禾主动站出来主持婚礼，大家自己动手准备宴席。学校里一片喜庆，欢声笑语洋溢着整个校园。赵田禾在主持词中说，伯祺和秋凤是古坊历史上第一对在这里结婚的外姓人。

二

时间过得真快，抗战胜利了，内战又开始了。赵田禾担任着省政府议员的虚职，属于吃粮不管事，心里还是感到羞耻。他的内心越来越不安，渐渐滋长的负罪感压迫着他，像一条毒蛇吞噬着他的自信与希望。他常常感到心情低落，十多年前的情形再一次出现，而这次明显感到的是力不从心，甚至心力交瘁的感觉。

与心情低落相吻合的，是胃痛。先是隐隐地痛，若有若无，自己也感觉不出是不是真的在痛。后来痛感加剧，一阵阵的痛，只能放下手中的工作，用力压着疼痛的部位，过个二三十分钟又慢慢好了。再过一段，感觉肠胃都在痛，弥漫着的痛，还反射到背部，饭也吃得少，一吃就痛。他请济善堂的医生看了，抓了一堆药，效果不明显。再去找医生，医生让他赶紧去福州协和医院看看，不要耽误了病情。

温永祥和伯祺也来劝他抓紧去看病，家里有他们，请他放心。他点点头，下定决心好好治疗。在细凤和两个工作人员的陪同下，他启程赴福州。

兰芬收到了父亲的来信，知道他将来福州看病。她和丈夫田达早就联系好了协和医院的名医，等待父亲早日到来。自从跟随刘薇来到福州后，她考入了华南女子文理学院学习英语。毕业后，刘薇又帮她找了一所中学任教。在此期间，她接触到了福州地下党组织，秘密加入了中国共产党，工作之余为党工作。在开展一次救援行动中，她认识了共产党员田达。田达是受党组织委派从延安来到福州开展工作的一位年轻领导，进入福州的时候不幸被捕。她以家属的身份探狱，并想方设法将田达保释出来。田达出狱后，直接领导她的工作，两人有了更多接触。在工作中，两人彼此喜欢，经党组织批准，两人结为终身伴侣。田达是北京大学高才生，大学主修的是经济，到福州后，公开身份是一家银行的主管经理。夫妻两人以公开身份作掩护，搜集情报，掌握动向。

赵田禾到达福州后，田达用小车直接送他到协和医院治疗。医生经过仔细检查，确认是长期胃炎引起胃部糜烂，如果再不积极治疗就会导致胃癌。医生要求立即住院治疗，至少要一个月时间。于是，换上病号服、挂针、吃药，赵田禾开始了医院的病人生活。进了医院后，他倒平静了许多，一切都交给医生，自己只管被动接受，挂针注射两天后，疼痛感也慢慢减轻，人也轻松不少。

他感到最幸福的是女儿兰芬每天的陪伴。兰芬自到福州读书后，一年回来一次，聚少离多，参加革命后，形势严峻，往往两三年才回来一次。细凤埋怨他，自己不入党，却让儿子女儿都入了党，算什么事啊，搞得一家人三四个地方，从来没有团聚过。细凤的话倒提醒了他，是啊，孩子们全都参加革命了，只剩下自己飘零半生，却始终还在革命的大门外徘徊，应该做个决断了。兰芬每天都会抽出时间到医院来，和父母说说话，家长里短的，病房里经常笑声一片，引得医生护士很好奇——没见过住院还那么开心的。

一天趁细凤出去买一些日常用品的空隙,赵田禾悄悄对兰芬说了自己的心事。"芬,爹爹想和你说件事。"他说,"你和鹏飞两兄妹都是共产党员,在积极为党工作,而且你们的伴侣也是干革命工作的,爹爹看了很欣慰,觉得你们走了一条正路。爹爹年轻的时候,一心追求进步,从加入同盟会开始,到在家乡进行乡村试验,接纳共产党人,举旗暴动。后来,因为个人醉心于乡村改造,对革命的理解出现偏差,导致一脚踏进党的大门,一脚又缩了回来。然而,这一缩就是二十余年。现在,我想加入党的愿望越来越强烈,希望能够早日实现这一心愿。"

兰芬听了,高兴地说:"爹,你下决心了就好,我和哥哥一定支持你。现在局势越来越明朗,国民党不得人心,在解放战场上节节败退,而共产党在全国人民的拥护下,正取得一个又一个胜利。我相信,我们这边也很快会解放的。我和田达也谈论过你的事,我们都希望你能抓紧入党,共同迎接新中国的诞生。"

"是吗,有那么快吗?"赵田禾听了大吃一惊,没想到局势变化那么快。

"是的,爹。我也有件事想告诉您。根据中央南方局的命令,我和田达将在春节后,赶赴香港参与南方银行的筹建工作。党中央从长远着想,决定团结一批爱国人士在香港组建一家服务新中国的商业银行。田达有在银行工作的经验,公开身份是银行高管,到香港工作顺理成章,而我又会英语,组织上经过慎重考虑,决定我们俩过去最合适。"兰芬说。

赵田禾再次为眼前的女儿感到惊讶,没想到她已经在为即将诞生的崭新国家服务了。他深深地感到自己落后了,如果再不追赶就真的变成了老古董。

"爹,我和田达商量了,等您出院后,我们一起回家。在家里过完年，我们就直接从闽西去香港。"兰芬开心地说。兰芬还小的时候，赵田禾就最喜欢看到她的笑容。她的脸圆润可爱，五官像细凤一样端庄，笑起来让人心情舒畅。

赵田禾点点头，心里的阴霾一扫而光，阳光已经从窗户照进了心里。

快要出院的时候，刘薇匆匆忙忙地赶到了医院。原来，她刚从东南亚回来，父母亲还在那里，因年事已高，正考虑是否举家搬迁回来呢。她现在是福州有名的女校长，一直醉心于现代教育的改造与实践，据说在全国都有一定影响。她看到赵田禾老了许多，精神状态也大不如前，心情不禁有点低落。赵田禾看出了她的心思，反倒安慰她说，病好了人就精神了，这次来福州收获很大，不仅治了身体上的病，还治好了心病。回去后，还要向兰芬他们学习，多出来走走，不断追求进步，不然就要被社会淘汰了。她听了才开心起来，说有机会回古坊看看，经常做梦还在那里教书，还在唱那首校歌。

快过年的时候，赵田禾的病已痊愈，办理了出院手续。赵田禾夫妇和兰芬夫妇一起回到闽西古坊，准备开开心心过大年。赵田禾通过伯祺，让鹏飞和洁萍有空的话，也一起回家过年。

三

鹏飞和洁萍在年三十那天下午才匆匆赶到家。赵田禾对温永祥和温伯祺说，大家都在一起过年吧。于是温永祥夫妇和温伯祺一家都团聚在赵田禾家，临时组成了一个其乐融融的大家庭。

吃年夜饭的时候，赵田禾给每个人一个红包，里面装着压岁钱。孩子们都说，我们都长大了，应该我们给父母压岁钱才对呢。赵田禾说："今年是我们家第一次大团圆，不仅孩子们回来，永祥叔叔和伯祺一家都来了，这是我们家最大的喜事。今天的红包只由我来发，别人都不要互相给。现在大家都参加革命，不宽裕，能过日子就不错了。等以后革命成功，日子好过了，孩子们给我们多少，我们都照单全收。好不好？"大家听了，都高兴地收下来，说还是老爷子有钱，打打土豪也应该。赵田禾赶紧说，我早就不是土豪了，过完年我还想追求进步呢。大家听了都哄笑起来。

大家一边吃着一边聊着各自的情况，兰芬刚说到去香港的事，鹏飞就羡慕得不得了。他对田达说："妹夫，你和兰芬去了香港多留意一下，给我准备一份工作。等革命胜利了，我就去香港工作。你看，我和洁萍待在山上十多年，差一点都成野人了。"

大家听了又一阵哄笑。兰芬说："哥，你别想着大城市。你是领导，不要老想着享受生活。革命成功了，你还要带队伍到新疆西藏那里，解放更多的人呢。"

鹏飞说："兰芬，别净想着给哥哥安排重要任务。也许那时候党组织一个英明决策，让你们大城市工作的人到山区乡下工作，让我们这些土包子进城，干你们的工作呢。"

两人打着嘴仗，像回到小时候的情形。突然，秋凤说："等革命胜利了，我要回一趟汕头，看看我的家乡，看看我家的房子还在不在。"

伯祺摸了摸她的头发，说："到时候我们一起去，还有我们的孩子。"伯祺和秋凤的孩子已经三岁了，此刻正坐在父母中间，不声不响地吃着鸡肉呢。

兰芬看到气氛有些伤感，赶紧说："到时候我们都去，先去汕头，然后到香港，好好地看一看，玩一玩。"

"好，我们一起去香港，去潮州汕头，去看一望无际的大海，去看温暖人心的万家灯火。"鹏飞一边说着一边举杯，大家都举起杯，共饮一杯憧憬的酒。

过完年后，大家就各奔东西了。兰芬临走前，对鹏飞说起父亲入党的事。鹏飞说好啊，他会让父亲写一个入党申请书，他回去就向党组织汇报，争取早日批准。没想到，赵田禾早就写好了申请书，郑重地交代鹏飞一定要尽快向领导汇报，将他的情况说清楚。鹏飞答应他一定完成任务。

进入1949年后，形势发展之快让大多数人始料不及。解放战场上人民解放军的节节胜利，意味着国民党的节节败退。而随着国民党统治区域的减少，南方平稳的局势徒然紧张了起来。从中原败退下来的敌人开始进入南方，频频制造矛盾和小规模战斗。这些流窜作战的败将之师搞得各地鸡犬不宁，民怨四起。已经改编为闽粤赣边纵队的游击队决定联合地方实力派，打击一批制造混乱的流寇。在鹏飞等纵队领导的组织下，古坊保安团、陈娇娇的保安旅一起行动，有效地打击了流寇，稳定了闽西秩序，受到老百姓赞誉。

这次联合作战，给了鹏飞和其他领导同志一个启示——闽西革命可以走一条和平解放之路。鹏飞也认为这完全是可行的，闽西的主要力量已经倾向革命，甚至像赵田禾、陈娇娇都明确表示愿意加入中国共产党，闽西和平解放之路已经万事俱备只欠东风。闽粤赣边党组织和纵队经过慎重研究后，向上级党组织汇报了这一想法。上级党组织完全同意，并要求尽快与这些民主人士接触，进入实质性谈判，使闽西在全国解放中做出榜样。得到上级明确指示后，鹏飞他们就进入了紧张的工作之中。

正要出发前往古坊的时候，鹏飞接到命令——火速赶往边区党委驻地。于是，他调转马头，向边区党委赶去。马不停蹄地赶了两个多小时的山路，总算在规定时间内到达。他一下马，就看见门口站着一个宽脸大鼻子的人，那不是方强政委吗？怎么回来啦？他快步过去，方强伸出手，一股暖流传遍全身。方强告诉他，自从离开闽西后，就到了华南分局，这次是回闽西传达中央精神，为全力解放闽西南和华南地区做准备。他说，"太好了，现在我们也正在做这项工作，急需得到有关指示和指导。"他俩一边说着一边进了屋子。

方强看到大家都已到齐，便开始作指示。方强指出，在我军节节胜利的大好形势下，闽西南、华南地区要很重视做好争取国民党军队、地方实力派的起义工作。我们已经制定并发出了《关于对付起义事件的指示》和《关于瓦解地方反动武装工作的指示》。目前，在我党政策的感召下以及我方军事力量的打击下，国民党军队中的一些将领及地方实力派纷纷准备起义投诚，并频繁与我方接触。闽西的起义要与粤东的起义结合起来，建议在争取赵田禾、陈娇娇的同时，将钟良也纳入谈判的视野。同时，他还强调，在作周密部署的时候，一定要确保起义人员的生命财产安全，要坚定起义将领的决心和信心。

方强的讲话很有针对性，边区党委和纵队的领导们更加明确了如何开展工作。会议一结束，鹏飞特地找到方强，向他汇报了父亲赵田禾的情况，说现在父亲迫切希望加入党组织。方强深思了一会儿，说："你父亲的情况我们都清楚，在革命早期就做出过重要贡献，这些年来他一直追求进步，现在又主动要求加入党组织，我的意见是可以同意，由党组织开会研究通过，但在起义协定签订前不公开。待起义结束后，再公开你父亲的共产党员身份。"

方强说完，想一想，已经走出会场了又返回来，把边区党委召集起来，特地就赵田禾入党申请进行研究表决。针对当前的局势与赵田禾的表现，大家一致认为赵田禾经过长时间的考察，已经符合入党的各项规定，全票通过他的入党申请。

会议结束后，大家各奔东西，都在为即将到来的胜利忙碌着。鹏飞从会上获悉，李芳姐已经调到福州工作，准备迎接南下解放大军的到来。方强也启程返回岭南，部署一盘更大的棋子。广东作为南方工业重镇，他要全盘考虑如何为新中国保留更多的工业和现代化设施，让战争与建设实现完美过渡。

四

又是一年春来到,桃红柳绿新古坊。鹏飞带着方强和边区党委的指示,回到古坊。他刚进村,就碰到匆匆忙忙的父亲。问去哪里,赵田禾说准备去保安团,与伯祺共同商议怎样做好保安团官兵的思想工作。他说:"爹,先别去了,我们到你办公室谈点事。"在办公室里,他将办公室的门反锁上,悄悄对父亲说:"爹,您的入党申请,边区党委研究通过了。从现在起,您就是一名共产党员了!为了不影响整个解放大局,党组织决定你的党员身份现在还不能公开,等到起义成功后再行公布。"

赵田禾听了喜笑颜开,说:"我这几天感觉会有好事,没想到好事就来了。"

"爹,您入党这件事是由方强同志亲自拍板的。"他说,"接下来,爹,您就要以一个共产党员的身份,在率部起义这件大事中起表率作用。方强同志还要求我们要一并考虑粤东的情况,将钟良所部也纳入起义范畴。据悉,钟良已经开始和广东方面的党组织接触了。陈娇娇的部队现在也还是钟良部队的番号,所以争取钟良的支持也很关键。"

赵田禾点点头,考虑了一会儿,"鹏飞,我倒可以给钟良写一封信,请人送过去,表达共同商讨起义的意向。如果他同意,约定时间在上杭城见面,到时候他钟良、陈娇娇、我和边区代表几个方面一起探讨。"

"可以啊,就按这个办。"鹏飞觉得这个主意好,煮饭就要一次煮熟,不然就成了夹生饭。

两人结束谈话的时候,鹏飞突然想起父亲刚才要到保安团谈做思想工作的事。他对父亲说:"爹,起义这件事,涉及整个闽西解放的大事,一定要注意保密。同时,对人员的排查和思想政治工作一定要做到位，不能麻痹大意。现在保安团的人员来源也比较复杂，最好进行全面审查，对可疑人员要进行防控，不能让一粒老鼠屎坏了一锅汤。"赵田禾答应，会和伯祺认真研究这件事。

离开古坊村后，鹏飞又一路奔驰，到上杭城与陈娇娇会面。陈娇娇已经完全变成一个干练有气质的女军官形象。他觉得奇怪，她从一个穷苦艺人到国民党的官太太到带领部队治理县城的女长官，并没有大的障碍，所做的事都与她的角色相匹配，就像她唱的那些戏文、她提的那些木偶。此刻，陈娇娇站在他面前，略施粉黛，穿着军装，英姿焕发中还有那种成熟的风韵，说让人着迷也不为过。他喜欢与陈娇娇打交道，当然不是因为她的迷人，而是因为她是一个通情达理的人，一个善于趋时而动的人，陈娇娇的通达把多少男人都比了下去。

陈娇娇对鹏飞说："感谢你派来的得力干将，把战士们的思想工作做得妥妥帖帖，一个县城也管理得井井有条。你们共产党的干部，我们自愧不如啊。"

鹏飞说："这还得感谢娇娇姐的开明！能够如此用人的长官可不多，不消说在国民党，就是在共产党内这样的人也是难能可贵。娇娇姐，您是女中豪杰，同样让多少男人自惭形秽。"

"是吗？你故意奉承我哈。"陈娇娇听得十分开心，半开玩笑地说，"鹏飞，还有没有这样的干部啊，多给我送一些来。"

鹏飞笑着说："娇娇姐，我今天来，不仅是送干部来，还想邀请您一起干件大事，干扬名千古的大事。"

"什么事那么大，还扬名千古？我陈娇娇只是个弱女子，只要不遗臭万年就可以了。"陈娇娇接着话说。

"娇娇姐，现在的局势您恐怕都了解吧？国共两党在辽沈、淮海、平津战场进行了有史以来超大规模的战役，结果国民党三战皆败，估计彻底失败只是个时间问题。目前，东北、华北和中原大部分地区已经解放，很快南方的解放战争也提上了议事日程。深明大义的娇娇姐能否率部起义,和我们一道迎接新中国的诞生呢?"鹏飞试探着说。

"这些局势啊,我早就了解了。你的那些干部啊,经常给我上时事政治课。还有那个率部起义的事,他们也早就在探听我的态度了。"陈娇娇非常清醒,态度也很明朗,"我能有什么态度呢?我早就说过,我是替汉生赎罪的,只要有利于老百姓的事,我就干。现在共产党得民心,我当然跟着共产党干。今天你不来,我也要脱离国民党,率部起义,将队伍交给共产党,然后我回家唱戏去。"

"不,娇娇姐,到时候您和我们一起建设新中国,过一种全新的生活。"鹏飞被陈娇娇的话感动了。

"好啊,鹏飞,你有什么要求尽管提出来,我们根据你的命令,起义投诚,将这些城市、农村完整地交给共产党,交给新中国。"陈娇娇坚定地说。

商谈完正事,陈娇娇还带着他会见了派来的干部,一起逛了上杭城。看到井井有条的街市,老百姓安宁的生活,他为陈娇娇而感动。

从上杭城回来,鹏飞路过古坊,父亲告诉他钟良回信了,完全同意共同商议起义事宜。决定三天后,到上杭城开会讨论。鹏飞赶紧将情况告诉陈娇娇,让她做好开会准备。三天后,由边区党委代表赵鹏飞等人和钟良、赵田禾、陈娇娇三方的会谈在上杭县城拉开帷幕。各方就队伍收编、人员安置、保证利益诉求等方面进行具体磋商,起义筹备工作进入到关键阶段。这次秘密的磋商会议整整开了三天,达成了一整套协议,同时各方决定5月23日在上杭县城签署宣言,通令全国。会上,鹏飞要求各方严格保密,不得向外透露任何消息,同时对部队也要严格控制行动,不得有任何破坏起义进程的行为。

从上杭县城往回走的路上,赵田禾对鹏飞说,经过对保安团进行审查,果然发现有几个混入队伍的坏人,还有原来从袁宝儒、卢天明那里投奔过来的一两个人也心怀不轨,已经对其进行控制关押。鹏飞说,"幸好啊,稍不注意可能就坏事了。现在其他部队也要进行审查,以免出现意外。"

回到边区党委驻地，赵鹏飞汇报了起义筹备情况，并说已经确定通令时间。边区党委经过研究，决定闽西全境的起义通令时间统一到5月23日，就在上杭县城签署宣言。会议还决定，鹏飞带着工作组提前进驻上杭，筹备起义通令事宜。

赵鹏飞带领工作组秘密挺进上杭城，在那里以省政府检查组工作人员的名义开展活动。从5月初到5月23日，他们夜以继日地工作着，起草宣言、征求意见、确定稿子、制定工作方案，对现场工作一个流程一个流程地演练。与此同时，对起义后各将领如何安置的问题，也在与他们一一沟通，力争达到各方满意。5月22日，鹏飞收到边区党委命令，由他作为闽西军政代表上台签署协议。

5月23日，上杭县城气氛格外凝重，各大城门和街上都是持枪值守巡逻的官兵，过往行人都得接受严格盘查。县政府的礼堂里，来自部队官兵、各界群众的代表坐在观众席里，等待仪式开始。上午九点整，赵鹏飞首先走上主席台主持位，欢迎各方代表入场。以钟良、赵田禾、陈娇娇为首的二十多名闽西国民党、政、军领导和地方名士依次来到主席台就座。随后，各方代表共同签署《我们的宣言》。紧接着，赵田禾代表起义各方向全国发出通电，宣布闽西武装起义，闽西参与起义各部组成"闽西义勇军"。宣布完毕，全场响起雷霆般的掌声，观众席上的官兵们和群众代表自动起立，不断地鼓舞、欢呼。

赵鹏飞走向主席台，依次向各位握手致敬。就在大家沉浸在胜利的喜悦中时，赵田禾发现台下有一个人动作神态比较怪异，定睛一看，那人正持一把手枪，枪口正在瞄准鹏飞。他来不及多想，大喊一声："鹏飞，快躲，有枪！"一边扑向鹏飞，挡在前面。台下的人看到已经暴露，慌乱中赶紧开枪。"砰"的一声，子弹向台上射去。赵田禾的后背中弹，身子却还死死护着鹏飞。发现父亲中弹的鹏飞一把抱住父亲，随即守卫人员上前将他抬往医院紧急抢救。而台下开枪的人早已被愤怒的人们抓住，关押了起来。

鹏飞忍着悲痛，维持着现场秩序，让代表们安全有序退场。随后，派人对台下参加会议的全体人员进行搜查，看那人是否还有同伙。经过仔细盘查，真抓住一个同伙。鹏飞组织人员突击审查，结果发现两人都是国民党省政府派出来的特务。原来随着战事南移，国民党福建省政府一直担心各地会有人投诚起义，所以派出特务秘密搜查情报。由于闽西起义的保密工作做得好，直到前两天特务才有所察觉，但已经来不及了。这两个负责闽西情报搜集的特务，就化装成群众代表混入会场，目的就是直接击毙中共代表，于是制造了这起枪击案。

五

处理完善后事宜，鹏飞匆匆赶往医院，察看父亲伤情。

在医院的急救中心，父亲还在里面抢救着。院长说，子弹从后背射进去，正中肺部，导致大出血，情况非常严重。医院已经组织技术最精湛的医生，为赵先生做手术。鹏飞坐在手术室外的长椅上，等待父亲手术结束。他心乱如麻，只盼望父亲能够平安无事。

送走各方代表后，钟良和陈娇娇等人来到医院，等待赵田禾手术成功。大家都希望他能渡过难关，一起见证新中国的诞生。

直到晚上七点，赵田禾的手术才结束。推出手术室的时候，他还深度昏迷着。医生说，子弹已经取出，但危险期还没有度过，如果能够挺过这三天，后期应该就没问题。现在他还需要重症护理，医院会派专人负责。家属和朋友可以先回去，一有消息就会告知。

赵鹏飞对钟良、陈娇娇等人表示感谢，请他们先回去，不必在医院等候。他自己则留下来，不管能不能陪在父亲身边，他必须留在距离父亲最近的地方，陪他度过最危险的时刻。只有现在，他才感觉和父亲是如此紧密相连，甚至能感受到父亲一阵阵的疼痛。

　　第二天，医生告知鹏飞，赵先生的情况在恶化，很可能醒不过来，叫他准备赵先生的后事。他不相信，对医生说父亲一向很坚强的，请医生不要放弃治疗。医生说一定会竭尽全力，请他放心。

　　这天傍晚，赵田禾竟然短暂清醒过来。医生赶紧叫来鹏飞，让他有什么话赶快说。鹏飞走进重症病房，看见父亲侧着身子，身上插满管子，连鼻孔也插着氧气管。不过两天，父亲已完全变了样，脸上了无生气，大口大口地吸气，眼睛低垂着，连看人一眼的力气都没有。鹏飞坐在他的旁边，拉着他的手，叫了一声："爹——"

　　父亲试图张开嘴，想说什么，但一直没有声音，好不容易才说出一些字："鹏儿，爹爹……从来……没有保……护过你，现在……终于做了一次。只是……这是最后一次了……"

　　"爹，您给我的已经够多了，本来应该我保护您的。是鹏儿酿了大错，没有做好工作。"

　　"鹏儿，我……做了……这辈子……最正确的……一件事，已经没有……遗憾。我要……走了，你……不要伤心……"

　　"爹，您会没事的。您坚持住，过两天就好了。您一定要坚持住啊。"

　　"啊……啊……"突然，赵田禾说不出话来了。接着，他昏迷过去。医生开始对他进行新一轮抢救。

　　与此同时，得知消息的细凤、永祥、伯祺等人也从古坊赶到了上杭，一起守护赵田禾。

　　第三天早上，赵田禾经抢救无效，离开了人世。医院的病房里，一片悲痛的哭声。

　　社会各界得知赵田禾先生逝世的消息后，自发组织各种悼念活动。边区党委决定，在上杭县城为赵田禾同志举办隆重的追悼会，肯定他为党为人民做出的贡献。追悼会上，来自闽西各界人士纷纷前来悼念，许多群众也前来敬上一炷香。

在赵田禾的家乡古坊，一场乡村传统葬礼方式的追悼活动也正在举行。古田片区的人们像赶圩一样来到古坊，在他的灵堂前跪拜烧香。送葬那天，天空阴郁，然后飘起小雨，送葬的队伍从村口排到村尾，村里一片呜咽之声。

一个时代的传奇，在他迎来新生的时刻，离开了他的热土，留下了一个传说。而对于赵鹏飞来说，因为自己的疏忽，失去了至爱的亲人。在迎来胜利的那一刻，父亲用生命成全了儿子的荣耀，而这份荣耀如果不是因为自己的粗心大意，本该由父亲享有。在鹏飞心里，所有对父亲那些难以释怀的往事都已烟消云散，只有深深的内疚，以及像乌云一样席卷过来的无法诉说的痛楚。

赵田禾牺牲的消息传到袁宝珍耳边，她怔住了，没想到在人生的高光时刻，他竟会以如此方式离去。自从桃花相会后，她再也没有见过他。不同道路的人，终究只是一场虚幻的桃花源。她从来没有真正恨过他、骂过他，最多只是心里隐隐作痛，说不清道不明，因为那份爱与恨，从来没有明晰过。她已经知道宝清牺牲的消息，除了自己偷偷哭泣，也一直不敢告诉父亲，怕他受不了。在她看来，老天爷真是不公平，丈夫投靠国民党被枪杀，弟弟当解放军又被枪杀，哥哥在外也朝不保夕。两个月前，活了八十九岁的父亲袁松奎去世。父亲去世的时候是晚上，没有一个亲人在身边。她接到消息赶到的时候，父亲的身体都已经凉了。父亲的葬礼也是一片凄凉，哥哥袁宝儒困在汀州不敢出门，家族内部树倒猢狲散，家族之外一片冷眼旁观，只有她出面操持，按着乡间的礼数草草将父亲送上了山。事已至此，对于她来说，这个世上已经没有什么值得她挂念的。对于局势，她清楚地知道，共产党很快就会打过来，国民党将很快失败。像她这样的人，在尘世间还有什么立足之地呢。袁宝儒前两天打电话来说，跟着他一块走吧，离开这个是非之地。她说，去哪里？宝儒说，去香港，他已经打通了关系,把部队留下,自己一家人走。他说:"宝珍,父亲已经走了,现在只有我们兄妹俩了,你还是跟我在一起吧,互相有个照应。我手头上的钱,足够我们在香港好好地过一辈子。"听到哥哥的话,她当时就想哭出来,也有点动心,还做过周密的打算。后来,静下心来,想清楚了,哪里也不去,她有自己的去处。

多年以后,人们在梅花山的梅花寺里,看到一位叫清尘的尼姑,像极了当年的袁宝珍。有人问清尘,是不是原来叫宝珍?清尘双手合十,说了句"阿弥陀佛"就走了。

六

1949年秋天,闽西的漫山遍野秋色斑斓,远离了枪炮声,山川一片安宁。古坊村道上的两排银杏树叶金黄剔透,颇有古诗"落叶满长安"那种意象。这是赵田禾十多年前种下的树种,今年是叶子黄得最透的一次。人们没想到成熟的金黄是那么好看、那么美丽。村里的围墙上刷着"中华人民共和国万岁""中国共产党万岁"的标语,红得像一把把火焰,燃烧着人们的热情。区党委建立起来了,区政府也成立了。学校门前的高音喇叭每天都播着中央人民广播电台的新闻,古坊人第一次以这种方式知晓了国家大事。

1949年春节前,已经到福州工作的鹏飞和洁萍回了一趟古坊。此时,温永祥和温伯祺都已被分配到其他地方工作了,区里已经全部换上了新鲜血液。鹏飞在村里转了一圈,发现没几个他能叫得上名字。他和洁萍来到爷爷奶奶和父亲的墓地里,为长辈们清除杂草、敬上香火。面对父亲,鹏飞始终怀着深深的愧疚,父亲因他而死,不仅是因为父亲为他挡住了致命的子弹,更是因为自己的工作没有做细,让敌人钻了空子。夜里,他常常睡不着,失眠,眼睛一闭上,父亲的身影就出现在他面前。好不容易睡着了,连着做噩梦,一个接着一个，都是他和父亲的过往，陈年旧事全都搅在一起，争吵、拍桌子、离家出走、丢下父亲不管……做过的、没做过的，都在梦里真真切切地发生着，他生气，他伤心，每一次都在压抑得喘不过气来的时候，绝望地醒过来。他几次在睡梦中惊吓过来，脚下似乎踩空了，重重地将床一踩，洁萍被他吓了一大跳，问他怎么回事，他还沉浸在悲伤之中无法自拔，流着泪对洁萍说，是自己害死了父亲。这个时候，只有洁萍抱住他的头，他才感觉安稳一些，心也慢慢平静下来。

祭祀完亲人，鹏飞和洁萍来到宝清的墓前。鹏飞一直觉得宝清死得冤，躲过了多少枪林弹雨，却倒在了恶棍的枪下。这个恶棍是父亲亲自培养起来的副手，没有父亲的纵容就不会有赵福民的作奸犯科。从姑妈的死到宝清的死，父亲的心里肯定也曾深深地后悔。公开审判赵福民的时候，是父亲亲自开的枪。在开完枪转过身的那一瞬间，他看到父亲满脸泪痕。他相信，这不是同情的泪，是悔恨的泪。宝清与他，说不上情同手足，感情却越来越深厚，他们和洁萍有一种惺惺相惜的感觉。宝清走后，他也陷入一种无着无落的虚空中，总觉得少了什么。而洁萍的心情也十分低落，一讲起宝清来就控制不住哭起来。她老是说宝清太可怜了，没有家庭的温暖，背负很重的思想包袱，可这些又没有一个爱他的人可以倾诉，可以为他分担。他一定非常痛苦，他是带着痛苦离开这个世界的。现在我们都走了，只有他和战友们冷冷清清地留在这里。她对鹏飞说，我们有空就回来看看宝清。鹏飞点点头。

做完该做的事，鹏飞夫妇带着母亲离开古坊，到福州的新家过年。母亲不想离开古坊，说在这里待惯了，到了福州两眼一抹黑，连个说话的人都没有。鹏飞哪里放心得下她一个人在家，对她说，以前没有照顾过她，现在社会安定了，也应该享受天伦之乐了。最终母亲同意了，跟着鹏飞夫妇恋恋不舍地离开了古坊。

春节那天，鹏飞他们正在吃年夜饭。兰芬从香港打来电话，说南方银行开业后，生意兴隆，已经开始服务新中国的国际金融业务。中华人民共和国成立那天，他们在香港唱着国歌升起了五星红旗。她还讲了许多香港见闻，许多值得高兴的事，说等忙完这一段，请母亲和哥哥嫂子到香港来玩，来看看著名的维多利亚港。

鹏飞说："好，期待着我们全家在香港团聚。"

母亲细凤听到兄妹俩的对话，放下手中的筷子，在旁边叫着："什么香港团聚，都回到古坊，在那里集合。那里有你们的爷爷奶奶，还有你们的父亲，那里才是你们的家。"

图书在版编目(CIP)数据

向太阳/李迎春著.—福州:海峡文艺出版社,2024.8
ISBN 978-7-5550-3791-0

Ⅰ.I247.5

中国国家版本馆 CIP 数据核字第 202479KK44 号

向太阳

李迎春 著

出 版 人	林 滨
责任编辑	蓝铃松
助理编辑	吴飐茉
出版发行	海峡文艺出版社
经 销	福建新华发行(集团)有限责任公司
社 址	福州市东水路 76 号 14 层
发 行 部	0591－87536797
印 刷	上海盛通时代印刷有限公司
厂 址	上海市金山工业区广业路 568 号
开 本	720 毫米×1010 毫米 1/16
字 数	265 千字
印 张	20.5
版 次	2024 年 8 月第 1 版
印 次	2024 年 8 月第 1 次印刷
书 号	ISBN 978-7-5550-3791-0
定 价	68.00 元

如发现印装质量问题,请寄承印厂调换